KB131597

레이디투퀸

Lady to Queen

무소 장편소설

2

위즈덤하우스

차 례

1

Seizure

그러니까 이건, 흔한 발작이었다.

발작에 '흔한'이라는 형용사를 붙이는 것에서부터 이미 그는 자신이 정신병자라고 생각했다. 물론 그 정신병의 원인은 자신이 아니었지만. 아니, 어쩌면 자신인가.

이런 발작이 시작된 게 언제부터였더라. 대충 계산해보면……아, 그래. '그 일'이 있고 한 한 달? 아니, 두 달 정도? 그 정도의 시간이 지난 후였던 것 같다.

자신의 뇌도 어느 정도 충격을 받아들일 시간이 필요했을 것이다. 그리고 그 잔인무도함을 계속해서 되살리기 위해서는 어느 정도의 방어 기간도 필요했겠지.

신은 인간에게 딱 견딜 수 있는 만큼의 괴로움만 준다던데, 그 말이 개소리가 아니라는 걸 그는 그때가 되어서야 깨달았다. 신은 그에게 딱 견딜 수 있는 만큼의 괴로움을 주었다. 문제가 있다면 그 괴로움이 정확히 죽음 직전의 괴로움이라는 사실이었지만. 어쨌든 신은 그에게 딱 '견딜 수 있을 만큼'의 괴로움만 주는 것이었다. 영악하기도 하시지.

발작이 시작되면 아무도 자신을 말릴 수 없다. 아, 딱 한 사람? 아니, 두 사람 정도 있긴 한데 문제가 있다면 그 둘 모두 이미 죽어버렸다는 것이다. 그러니 이제 자신을 말릴 수 있는 건 그 두 귀신뿐이다. 문제는 그 둘 모두 꿈속에만 나타나 자신을 미치게 한다는 점이었지만.

그가 정신을 차리는 건 대부분 동이 트고 난 이후였다. 발작은 마약과 비슷하다. 할 때는 자신이 무슨 짓을 저지르는지 자각이 없지만, 일단 깨어나고 나면 엄청난 자괴감에 시달리게 된다. 특히나 그의 경우에 있어서는, 그 파괴적인 감정이 더더욱 심하다. 애당초 그의 발작은 그냥 정신병 따위에서 기인한 것이 아니었으므로.

그날도 그가 발작에서 깨어났을 때, 이미 창밖에서는 여명이 밝아오고 있었고, 그는 황후궁 안에서 두 번째로 발작했음을 깨달았다.

그리고 그런 그를 더욱 당혹스럽게 하는 건, 옆에서 잠든 황후의 존재. 그는 거의 경악하다시피 한 표정을 지었다. 그가 다급히 시녀를 불렀다.

"부르셨습니까, 폐하."

"황후가 왜 여기 있는 거지?"

"……"

시녀는 대답을 하지 못했다. 우물쭈물거리며 그의 눈치만 보고 있는 사이, 루시오는 그녀를 재촉했다. 결국 독촉에 못 이겨 시녀는 겨우 입을 열었고, 모든 사실을 다 말해주었다. 루시오는 사건의 전말을 듣자마자 지금껏 느끼지 못했던 엄청난 자괴감이 자신을 덮치는 것을 느꼈다.

제길. 평생 보여줄 일 없을 것 같았던 광경을 보여주고 말았다.

"황후궁 시녀들은 모두 입막음을 시켰습니다, 폐하. 궁녀장과 황후 폐하의 호위 기사는 물론이고요. 그러니 그 부분은 걱정을……"

"이미 황후가 다 봐버렸는데, 그게 무슨 소용이지?"

그렇게 묻는 그의 목소리는 마냥 차갑기만 하지 않았다. 엄청난 허탈감과 무력감, 그리고 자괴감. 어쩌면 박탈감까지도. 그러니까 그건, 그의 마지막 자존심의 박탈이었다.

역린을 제 스스로 공개한 꼴이 되어버리다니. 그가 헛웃음을 터 뜨렸다. 한심하고, 추하고, 역겹다.

"황후를…… 그녀의 침소로 모시거라. 그리고 그녀의 주변 사람들이 오늘 일에 대해 언급하지 못하도록 조치하고."

"네, 폐하. 그리하겠습니다."

"하아……"

루시오는 긴 한숨을 내쉬었다. 황후궁을 찾은 것도 모자라 황후에게 들키기까지 했다. 뒷감당을 어떻게 해야 할지.

그가 다시 한번 깊은 한숨을 내쉬며 비틀거리는 몸짓으로 일어났다. 옆에 있던 시녀가 얼른 그를 부축했지만, 루시오는 필요 없다는 듯 손을 내저었다.

"곧바로 중앙궁으로 복귀할 것이다. 늘 그랬던 것처럼 처리해. 아무 일도 없었던 것처럼."

"네, 폐하. 염려 마십시오."

충직하게 답한 시녀가 곧 물러갔다. 루시오는 문가까지 저벅저벅 걸었고, 뒤도 돌아보지 않은 채 그 방을 나오려 했다. 하지만 끝끝내 그는 뒤를 돌아 방을 다시 한번 빙 둘러보았다. 다시 앞을 본 그의 얼굴은 잔뜩 일그러져 있었다.

"아……."

미약한 신음을 터뜨린 페트리지아가 어느 순간 퍼뜩 눈을 떴다. 잠깐 동안 멍한 눈을 허공에 응시하던 페트리지아가 곧 눈에 초점을 맞추고 고개를 옆으로 돌렸다. 조금 지쳐 보이는 얼굴이었다.

"……."

침묵은 길지 않았다. 그녀는 천천히 고개를 다시 정면으로 향한 뒤 침대에서 몸을 일으켰다. 주변에는 아무도 없었다. 미약한 햇빛이 방 안으로 들어오고 있는 것을 보면 아침이었다. 잠시간 아무 말도 하지 않던 페트리지아가 곧 천천히 입을 떼 미르야를 불렀다.

"미르야."

"네, 폐하."

그녀는 금방 방 안으로 들어왔다. 평소와 다름없는 정돈된 표정에 페트리지아는 순간 이질감을 느꼈다. 너무나도 일반적인 이 상황이 이상하게 느껴진다고 표현하는 것조차 이상했지만, 여하튼 이상했다. 페트리지아가 조금 기괴해진 목소리로 그녀를 다시 한 번 불렀다.

"미르야."

"네. 말씀하세요. 혹 필요하신 것이라도……."

"이상하지 않나?"

"네? 무슨 말씀이신지……."

"이상해."

단정조로 말한 페트리지아가 잠깐 고개를 숙였다가 다시 들어 올렸다. 왠지 모르게 긴장된 낯빛으로 미르야가 자신을 쳐다보는 것이 느껴졌다.

그 표정에 페트리지아는 확신했다. 아, 그녀도 어제의 일을 알고 있구나. 그 일이 꿈이 아니었어. 그녀가 다시 입을 열어 그녀를 불렀다.

"미르야."

"네, 폐하."

"나도, 그대도 오늘 좀 이상하지."

"……."

"어제는 모든 게 다 이상했을 것이고. 그렇지?"

"폐하……."

"어제 쓰러지듯 잠들었다. 깊은 밤이었고, 난 너무 피곤했거든."

조용히 읊조리듯 말하던 페트리지아가 미르야를 돌아보았다. 자신은 잠에 취해 쓰러졌지만 그녀는 아닐 것이다. 기다리라고 말했고, 충직한 두 사람은 그렇게 했을 것이다. 하지만 그 이후 시간이 지났다면, 그때부터 이야기는 달라지지.

"내가 잠든 이후, 무슨 일이 있었지?"

"……."

미르야는 난감했다. 실은 어제 그녀가 본 것은 쓰러진 채 잠든 그녀의 주인과, 그 옆에서 죽은 듯한 표정으로 주저앉아 있는 황제가 전부였다. 그마저도 너무 오랜 시간 동안 페트리지아가 나오지 않아 걱정이 되어 가본 것이었다.

중앙궁의 시녀들이 두 사람이 있는 방 앞을 지키듯 서 있었고, 그 방 앞까지 다가온 미르야와 라파엘라에게 함구할 것을 부탁했다. 미르야와 라파엘라는 루시오가 발작을 일으키는 것까지는 보지 못했지만, 다만 짐작하건대 무슨 일이 있으리라고는 생각했다. 입을 다물어달라고 말하는 중앙궁 시녀들의 표정이 너무나도 진지했는 데다, 두 사람 모두 딱히 이 일을 퍼뜨릴 생각도 없었기에 이 부분은 그리 문제 될 건 아니었다.

다만 이런 경우에는 어떻게 해야 할지. 미르야가 조용히 입을 열었다.

"폐하께서 잠이 드신 이후, 황제 폐하께서 폐하를 처소로 모시라 명하셨습니다."

"……그게 단가?"

"네."

이것밖에는 말해줄 게 없었고, 실제로도 이것이 사실이었다. 물론 '폐하께서 잠이 드신 이후'와 '황제 폐하께서 폐하를 처소로 모시라 명하셨습니다' 사이에는 꽤 엄청난 간극이 있긴 했지만. 미르야는 그것까지는 말하지 않았다.

"……"

페트리지아는 알겠다고 대답한 다음 이만 나가봐도 좋다고 말했다. 미르야가 나가고 난 이후 페트리지아는 한동안 멍하니 침대에만 앉아 있었다.

이 모든 게…… 꿈이 아니라는 사실이 더 놀랍다.

어제의 그는 정말로 미친 사람 같았다. 짐승처럼 울부짖었고, 광인처럼 제 몸을 뜯었다. 그건 도대체 어디에서 기인한 것일까. 사람이 어떻게 해야지만 그렇게까지 미쳐버릴 수 있는 것일까. 혼란한 마음에 페트리지아가 저도 모르게 입술을 잘근잘근 씹었다.

내가 어제의 일에 관심을 두어야 맞는 것일까. 페트리지아가 속으로 중얼거렸다. 자신이 황제와 자주 마주치는 건 결코 아니다. 그러니 그냥 어제의 일을 못 본 척 지나가도 문제될 건 없었다. 어찌면 그는 그것을 더 좋아해줄는지도 모르겠다. 어찌 되었든 그건 치부가 아니라고는 도무지 말할 수 없었으니까.

그렇다면…… 그냥 이대로 아무 일 없었던 척하는 것이 더 나을지도 모르겠지.

페트리지아가 슬며시 자신이 입은 흰 드레스 자락을 움켜쥐었다. 차라리 어제 그 자리에서 잠들어버려 다행이었다. 끝까지 깨어 있었다면 그다음은 어찌 될지 자신도 몰랐다. 어찌 되었던, 그녀가 감당하기 버거운 일이 벌어졌으리라는 것은 자명한 사실이다. 페트리지아가 짤막하게 한숨을 내쉬었다.

그래, 그냥 잊어버리자. 꿈이라고 생각하자. 그렇게 되면 피차 좋은 일 아닌가. 자신도 신경 쓸 일이 없고, 그도 불쾌해할 일이 없다. 애당초 그에게 그런 류의 관심을 가질 만큼, 자신이 그를 각별히 여기는 것도 아니다. 그냥 이렇게 묻어두는 것도 나쁘지 않은 선택지다.

페트리지아는 결심했다는 듯 자리에서 일어섰다. 어제의 일은…… 그저 스쳐 가는 꿈 한 자락이었을 뿐, 아무것도 아니라고. 그렇게 그날의 일은 정말로 환영처럼 그녀의 가슴 한구석에 처박혀 있는 듯했다.

"폐하, 마지막 결재 서류입니다."

지친 기색도 없이 페트리지아는 서류를 받아 들었다. 그 일에 대해서는 미르야도, 라파엘라도 더 이상 아무 말 하지 않았다. 물론 자신도 굳이 이야기를 꺼내지 않았다. 그날의 일은 그들에게 있어 그저 그런 것으로 치부되었다. 그리고 페트리지아는 차라리 이게 나을 것 같다고 생각했다.

"건국제 때 파티장에 사용될 장식들에 대한 결재 서류가 안 올라오고 있는데, 어찌 된 일이지?"

"엊그제 발렌 백작부인이 서신을 보내왔는데, 최종 선정 작업에 들어가고 있다고 합니다, 폐하. 심려치 않으셔도 될 듯합니다."

"그럼 다행이고. 곧 소식이 들리겠군요."

무심하게 대답한 페트리지아가 마지막 서류를 받아 들었다. 당장 몇 주 후가 바로 건국제였기 때문에 그녀는 일의 마무리를 위해 박차를 가하고 있었다.

페트리지아가 '이만 나가봐도 좋아요' 하고 말하자, 미르야는 고개를 꾸벅 숙인 다음 그녀가 있는 집무실에서 나왔다. 복도로 나온 미르야의 얼굴은 조금 복잡 미묘했다.

"이야기를 안 꺼내시네."

"그날 밤 일 얘기예요?"

어느새 옆으로 다가온 라파엘라가 물었고, 미르야는 주변에 아무도 없다고 생각했는지 매우 놀라는 모습을 보였다. 라파엘라가 본의 아니게 미안해하며 그녀에게 말했다.

"어머, 이렇게 놀랄 줄은 몰랐네. 괜찮아요?"

"네, 경. 그보다 레이디 페트로닐라는 어디 계세요? 통 안 보이시네."

"주방장이 새 타르트를 개발했다고 해서, 그걸 가지러 가셨어요. 먹고 싶다고 하셔서."

하여튼 아이처럼 천진난만한 구석이 있다니까. 라파엘라가 흐흐 웃었고, 그 모습을 보던 미르야도 자연히 미소 지을 수밖에 없었다.

"그나저나…… 폐하께서 의외로 그 일에 대해 언급을 안 하시네요."

다시 되돌아온 주제에 미르야가 잠깐 생각하다 입을 열었다.

"……뭐, 그냥 잊으시기로 한 걸지도 모르죠."

"도대체 그날 거기서 무슨 일이 있었던 걸까요?"

라파엘라가 영문을 모르겠다는 듯 인상을 찌푸리며 뒷머리를 긁적였다. 아, 이렇게 궁금할 줄 알았으면 그냥 몰래 가보기라도 하는 건데. 괜히 푸념하던 라파엘라가 곧 말을 이었다.

"중앙궁 시녀들 태도도 좀 이상하고…… 정작 저흰 아무것도 본 게 없잖아요. 들은 것도 별로 없고. 무슨 일이 있긴 있었나 봐요."

"뭐…… 그래도 그걸 궁금해하지 않는 게 시녀로서의 도리겠죠. 라파엘라 경도 마찬가지고."

"무슨 이야기들 하세요?"

천진한 목소리에 이야기를 나누고 있던 두 사람 모두 흠칫 놀랐다.

주방에 갔다던 페트로닐라가 벌써 와 있었다. 입가에 미소를 띤 채 페트로닐라가 물었다.

"무슨 재미난 일이라도 있나요? '그날'이라니……."

"아……."

미르야가 난감한 표정을 지었다. 이 일에 대해 셋 중 유일하게 모르는 사람이 페트로닐라다. 그런 상황에서 이런 순간이라니.

"별일은 아니에요. 실은 며칠 전에 작은 소요가 있었거든요."

미르야는 머리를 굴리다 결국 이렇게 말해버렸다. 어쨌든 다른 누구도 아닌 폐하의 언니분이시다. 굳이 이분에게까지 숨길 이유는 없겠지.

"소요라뇨?"

흥미로운 표정으로 페트로닐라가 물었다. 자신이 모르는 일이라면 아마 퇴근한 이후 생겼던 일일 것이다. 자신은 저녁쯤이 되면 후작저로 어김없이 귀가했으니까. 페트로닐라가 지레짐작하고 물었다.

"밤중에 무슨 일이라도 있었나요?"

"폐하께서 귀가 예민하신 편이시라, 작은 소리에도 늘 잘 깨시는데, 며칠 전에도 그러셨거든요. 그런데 소음의 원인을 찾으시던 중 폐하와 마주치셨어요."

"……황후궁에서요?"

"네."

"그것참…… 이상한 일이로군요."

묘하다는 음성으로 페트로닐라가 중얼거렸다. 그러자 가만히 있던 라파엘라가 맞장구쳤다.

"내 말이. 왜 그 시간에 폐하께서 그곳에 계셨는지……. 실은 이것, 중앙궁 시녀들이 함구하라고 신신당부한 내용이야. 폐하의 권위에 문제가 생긴다나 뭐라나. 무엇 때문에 그런 말을 하는 건지는 잘 모르겠지만……."

"……뭐, 나름 이유가 있겠지. 우리가 궁금해해선 안 되는."

"역시 그런 걸까?"

"그나저나, 그럼 리지가 그 밤에 폐하와 함께 있었던 거야, 엘라?"

"그랬어. 폐하께서 거의 새벽이 다 되었을 즈음에 폐하를 처소로 모시라고 명하셨거든."

"……."

페트로닐라가 잠깐 생각하는 표정을 지었고, 그 모습에 궁금증을 느낀 라파엘라가 물었다.

"왜, 닐? 무언가를 아는 거야?"

"그럴 리가. 다만…… 이상하다고 생각하는 것뿐이야. 하지만 눈치를 보니 다들 잘 모르는 것 같네."

"폐하께서도 잘 모르시는 것 같던데. 역시 이 화제는 굳이 언급하지 않는 게 낫겠지."

"그래. 굳이 우리가 긁어 부스럼을 만들 필요는 없으니까."

깔끔하게 대화를 마무리한 페트로닐라가 곧 아무렇지 않게 손에 든 타르트 접시를 들어 올리며 해사한 미소를 지어 보였다.

"주방장이 새로 만들었는데, 맛이 끝내줘요. 다들 맛 좀 보세요."

"폐하 먼저 드리고, 남은 걸 먹도록 해요, 레이디 페트로닐라."

"당연하죠."

페트로닐라가 씨익 이를 드러내며 웃었다. 특유의 천진한 미소가 타르트처럼 상큼했다. 그녀는 태연하게 동생이 있는 방까지 걸어가 문을 열었다. 자신을 확인한 페트리지아가 반갑게 맞아주었다.

"닐."

"열심이네, 동생 폐하."

"열심이랄 것도 없어."

부끄럽다는 듯 얼굴을 붉히며 말하는 페트리지아에게 페트로닐라가 다가갔다. 테이블에 타르트가 담겨진 접시를 내려놓으며 그녀가 물었다.

"많이 바빠? 바쁘지 않으면 하나 먹고 해. 주방장이 새로 구운 건데, 정말 맛이 끝내줘."

"그래?"

해사한 미소를 지으며 페트리지아가 자리에서 일어섰다. 그리 급한 일은 아니니 타르트를 음미할 시간 정도는 충분하다.

그녀가 천천히 걸어와 페트로닐라와 함께 한 테이블에 앉았다. 타르트 하나를 들어 맛을 본 페트리지아가 곧 입가에 행복한 미소를 지어 보였다. 달콤하다.

"아, 맛있다. 정말 주방장 솜씨 하나는 대단하네."

"나도 그렇게 생각해."

그렇게 말한 다음 잠깐 동안 틈을 찾던 페트로닐라가 곧 아까의 화제를 끄집어냈다.

"리지."

"응?"

"며칠 전 밤에, 폐하와 만났다며?"

"아…… 그걸 닐라가 어떻게……."

"그게 중요한 게 아니라, 리지."

페트로닐라가 웃는 낯을 지우지 않으며 입술을 움직였다.

"무슨 일이…… 혹시 있었던 거니?"

"무슨…… 일?"

페트리지아는 순간 긴장했다. 뭘까. 닐라가 설마 뭘 알고 있기라도 한 것일까? 페트리지아가 냉정을 잃지 않으며 차분히 되물었다.

"무슨 일을…… 말하는 거야?"

"그냥 아무 일이라도. 내가 모르는 그 무엇."

"……아무 일도 없었어."

자매에게는 비밀이 없었다. 하지만 그 원칙은 오늘에서야 비로소 깨지게 되었다. 페트리지아는 거짓을 말했다. 이건 그녀의 쌍둥이 언니를 믿지 못해 나온 행동은 아니었다. 그저 말하기 조심스러웠을 뿐이다.

자신의 일이라면 발 벗고 나서 도와주는 언니다. 제아무리 작은 일이라도 신경 써주는 언니다. 그런 닐라에게 괜한 말을 하고 싶지 않았다. 걱정시키기도 싫었고, 가장 중요한 건 자신 역시 그 밤에 무슨 일이 있었는지 정확히 기억하지 못했다. 자신이 정확히 기억하는 건 그저 그 밤 루시오가 일으켰던 광란뿐이다. 물론 페트로닐라는 그런 종류의 것을 염두에 두고 물은 것이었지만, 페트리지아가 그것까지 알 턱이 없었다.

"정말이야. 무슨 일이 있었다고 말하기엔 나는 곧바로 잠들어버렸거든."

"……그랬구나. 난 또…… 무슨 일이 있는 줄 알았지. 다행이네."

"닐도 참. 나를 너무 걱정해. 내가 그렇게 물가에 내놓은 어린애 같아?"

정작 닐라도 가끔 보면 아이 같으면서. 페트리지아가 바스스 웃으며 중얼거리자, 페트로닐라도 그저 웃어버렸다.

그래…… 아무 일도 없다고 말한다니, 그걸로 된 것이다. 페트로닐라는 괜한 걱정은 지워버리자고 되뇌며 화제를 돌렸다.

루시오는 그때의 발작 이후, 아직 단 한 번도 발작을 일으키지 않고 있었다. 다행스럽게도 악몽과는 달리 발작은 그리 자주 출몰하는 일이 아니었다. 만일 이 일이 끊임없이 일어났다간 곧장 소문이 퍼졌을 터였다. '황제가 미쳤다'고.

그는 황권이 실추될 위험성은 미연에 방지하고 싶었으므로, 자신이 죽지 않는 이상은 주변 궁인들의 입을 잘 단속시키는 것밖에는 방법이 없다고 생각했다. 그의 철저한 관리 덕에 천만 다행으로 그의 이런 상태를 아는 이는 지척에서 그를 모시는 중앙궁의 시녀들을 포함하여 몇 되지 않았다.

발작을 일으킨 그날로부터 며칠 동안은 간헐적인 편두통이 찾아왔다. 이건 약을 써도 그리 효험을 보이지 않는 질환이었으므로, 그는 낮이면 조용히 낮잠을 잤지만, 밤에는 혼자 산책을 했다. 그나마 시원한 밤공기를 쐬면 머리가 조금은 상쾌해지는 기분이 들었다. 때로는 새하얀 달빛이 약으로는 해결할 수 없는 것을 해결해주었다.

그가 산책 장소로 가장 자주 찾는 곳은 아이러니하게도 페트리지아가 전생에 좋아했고, 현생까지도 좋아하고 있는 바로 그 후원이었다.

당연히 페트리지아는 이 사실을 모르고 있었고, 루시오 역시 두 사람의 마주침은 그저 우연이라고 여기고 있을 뿐이었다.

페트리지아는 미관적인 이유로 그 후원을 좋아했으나, 루시오가 그곳을 자주 찾는 이유는 그저 그런 이유 때문만은 아니었다. 페트리지아의 것보다 좀 더 깊고 정신적인 이유였다. 페트리지아는 그 후원이 아니라도 어디든 갈 수 있었지만 루시오는 오로지 그 후원만 갔다. 안식처는 오로지 한 곳만 될 수 있었을 뿐, 두 곳은 될 수 없었다.

어쨌든 두 사람은 생각이 날 때면 늘 같은 장소로 향했고, 그러니 두 사람이 마주치는 건 사실 당연에 가까운 일이었다.

"……."

"……."

마주친 두 사람은 말이 없었다. 루시오는 당황했고, 그건 페트리지아도 마찬가지였다. 이 후원, 어째 오기만 하면 그와 마주친다. 페트리지아는 난감한 표정은 드러내지 않으면서도, 속으로는 당황했다.

이제 어쩌면 좋을까. 피해야 할까. 내가 먼저 이 자리를 떠야 하나. 페트리지아는 시선에 머뭇거림을 두며 천천히 발을 뗐다. 이대로 그냥 그를 지나쳐 가는 것이 가장 좋은 수다.

페트리지아는 천천히, 아주 느리게 발걸음을 걸었다. 그냥 이대로, 모든 걸 다 지나쳐버리는 것도 나쁘지 않았다.

"피하는 건가."

"……."

루시오가 먼저 말을 걸어왔다. 피하고 싶었지만 질문 자체가 회피에 관한 내용이다. 이렇게 되면, 가버릴 수가 없잖아. 페트리지아가 눈을 질끈 감은 뒤 대답했다.

"피할 쪽은 적어도, 저는 아니지 않습니까."

"그럼 나여야 하는 건가."

"……."

글쎄, 그렇게 물어본다면 또 아니다. 그렇다면 이쪽이 피해야 하는 건가.

아리송한 대답에 머뭇거리는 사이 그의 말이 다시 들려왔다.

"아니면 우리 두 사람 다?"

"혹 폐하께서 피하시는 일을 군주의 위엄에 손상이 간다는 이유로 달가워하지 않으실 수도 있으실 것 같아서."

긴 문장을 빠르게 내뱉은 페트리지아가 천천히 옆을 보았다. 그의 옆모습이 보였다. 오늘만큼은 대공에 달빛 한 줌조차 없다. 별빛 한 조각도. 그의 얼굴이 어둡게만 보인다.

"그래서 제가 먼저, 피해드리는 것일지도요."

"지레짐작하는군. 아니면 그저 책임 전가거나."

"……."

그럴지도 모르겠다고 페트리지아는 생각했다. 하지만 저가 그를 피한다면 대관절 그 이유는 무엇 때문일 것인가. 그녀는 그가 불쾌하지는 않았다. 그저 불편할 뿐이지. 불쾌와 불편은 음절 하나 차이지만 엄연히 뜻이 다르다. 적어도 그녀는 그로 인해 기분이 상하지는 않는다. 그저 조금 어색해하고, 편치 않아 할 뿐이다. 만약 그녀가 그를 '불쾌'해 한다면 그것이야말로 큰일이겠지. 어쨌든 훗날 한 번은 살을 맞대 아이를 낳아야 할 사이 아닌가.

그러니 이건 그냥 낯섦이라고 봐도 무방할까. 그저 이질적인 존재, 혹은 낯선 존재와 한 공간에 있으면서 느끼는 감정. 불쾌하지는 않으나 그렇다고 해서 쾌하지도 않은. 그냥 약간의 이물감. 혹은 부자연스러움.

"아니십니까."

그래서 페트리지아는 그냥 이렇게 물을 수밖에 없었다. '당신에 대한 나의 감정은 이래. 하지만 당신은 그렇지 않다는 거야?' 이렇게.

"……적어도 우리 둘 다 피할 정도는 아니라고 생각했는데."

"……."

"아니었나."

"뭐…… 그럴지도 모르지요."

그녀는 마침내 완전히 돌아 그를 보았고, 그 또한 몸을 돌려 그녀를 쳐다보았다. 밤은 어두웠고, 하늘에는 별도 달도 없었으며, 그래서 서로의 눈과, 코와, 입술만 간신히 보였다. 페트리지아는 입술을 달싹이다 곧 무언가를 말하려 했지만, 그가 좀 더 빨랐다.

"그때……."

"……."

"기억하나."

"……."

그녀는 직감적으로 '그때'가 며칠 전 그날의 밤임을 깨닫고는 숨을 죽였다. 페트리지아는 가만히 고개를 끄덕였다. 그가 다시 물었다.

"그대, 내가 무섭나?"

"무슨…… 말씀이신지."

뜻밖의 질문에 페트리지아는 살짝 당황했고, 그는 흔들림 없이 질문을 계속했다.

"내 밑바닥까지 전부 다 보여주었지. 그대가 본 건 꿈이 아니야."

"……."

"미쳐버린 나를 보고서도, 무섭지 않느냐고 묻고 있는 거다, 지금."

"마치 제가 폐하를 무서워하길 바라기라도 하시는 것처럼 말씀하십니다."

"……뭐?"

페트리지아가 가만히 말을 이었다.

"그렇게…… 보이셔서요. 제가 폐하께 겁을 먹고, 폐하를 무섭다 말하고, 그렇게 반응하기를 바라시는 것 같습니다."

"……."

"제가 이상한 거겠죠, 역시?"

그럴 리가 없잖아요. 일반 사람들이라면.

페트리지아는 가만히 그렇게 물었고, 그는 한동안 아무 말도 하지 않았다. 직감적으로 그녀는 그의 내면이 지금 혼란스럽다는 사실을 깨달았다. 그래서 그녀 또한 그가 마음을 정리할 때까지 기다려주었다가, 일정 시간이 지났을 때 다시 입을 열었다.

"그런 장면을 보고서도 무서워하지 않고, 두려워하지 않을 사람은 없습니다만."

"……"

"제 귀에는 이상하게, 폐하의 질문이 순전히 그런 의미로만은 들리지 않는군요."

"……"

"제 말이, 틀렸나요?"

"이유도 묻지 않고."

질문 뒤에 이어지는 건 대답이 아닌 또 다른 질문이다. 페트리지아는 곧바로 대답했다.

"이유를 묻는다면, 말씀해주실 겁니까."

"……"

"아니잖아요."

"……그대는 이해하지 못할 것이다."

"그건 아무도 모르는 법이지요. 왜냐하면 저는 듣지 못했으니까. 그 내용을 알지 못하니, 당연히 지금 당장은 아무것도 이해할 수 없습니다. 그날 밤 일어났던 모든 일을, 제가 아무것도 알지 못하는 상태로 어떻게 이해하겠습니까."

"……"

"폐하께서는 필요 없으실지도 모르겠지만, 혹여라도 제 이해가 그리 구하고 싶으시거든, 제게 사정을 말씀해주셔야요. 전 독심술을 할 줄도 모르고, 그러니 폐하께서 말씀해주시지 않는 이상은 폐하를 죽을 때까지도 이해할 수 없을 겁니다."

하지만 그는 아마 말해주지 않을 것이다. 대관절 자신이 그에게 뭐라고 이유를 말해준단 말인가. 로즈몬드면 또 몰라도.

페트리지아는 기대하지 않았다. 애당초 그런 기대를 품기에 우리 두 사람, 너무나도 가깝지 않은 관계다.

"폐하께서 그 이유를 말씀해주시든, 그렇지 않으시든 저는 아무런 상관이 없습니다. 아시겠지만 제가 폐하께 그런 의문을 품기에는, 전 폐하를 사랑하지도 않고, 폐하께 관심도 없으니까요."

"……"

"하지만 이유를 말씀해주신다면, 듣기는 할 것이고, 상황에 따라 이해도 해보려 노력하겠지요. 적어도 그럴 수는 있는 사이 아닙니까, 우리 둘."

그 말을 마친 페트리지아는 순간적으로 그의 눈에 비친 두려움을 보았다. 그건 자신을 향해 갖는 두려움은 아니었다. 그보다 저 너머의 것, 그러니까…… 그는 아직 일어나지 않은 일을 두려워하고 있었다.

그는 무엇을 두려워했을까. 내가 그의 광란을 이해하지 못할 것을 두려워했을까? 그도 아니면 그날의 일을, 황제가 미치광이라는 사실을 폭로하기라도 할까 봐 두려워한 것일까? 페트리지아는 저도 모르게 입을 열어 이렇게 말해버렸다.

"그러니 말씀해주셔도, 안 해주셔도 저는 괜찮습니다. 그날의 일은 그저 묻어버리면 그만입니다. 그리고…… 제가 그 일을 떠벌릴 생각은 추호도 없으니 그 점에 대해서는 걱정하지 않으셔도 됩니다. 제 주변인들도 그리 입이 가벼운 사람은 아니고요. 황실과 폐하의 명예를 실추시킬 일은 없을 것입니다."

"……."

페트리지아가 말을 마쳐도 그는 아무 말 하지 않았다. 생각의 시간을 거치는 것일 테지만, 바로 대답이 나오지 않으니 조금 답답하긴 했다.

하지만 그녀는 인내심 있게 기다려주었다. 겁먹은 어린 아이에게 곧바로 대답을 요구하는 것은 어리석은 짓이다. 적어도 겁을 풀 때까지는 기다려줘야지. 그게 도리니까.

"날…… 이해하지 못할 것이다."

아까와 똑같은 소리에도 그녀는 지겹다는 기색을 전혀 드러내지 않으며 그에게 질문했다.

"제 이해가 폐하께 그리도 중한 것입니까."

"……."

"폐하를 이해 못 할 수도 있습니다. 하지만 그뿐이에요. 군이 제게 인정을 받으실 필요가 있으신지 의문이군요. 전 폐하께서 그토록 사랑하시는 레이디 로즈몬드도 아닌데요."

"……."

루시오가 살짝 벌게진 눈으로 자신을 쳐다보았다. 그는 울고 있는 것일까. 붉어진 눈만 보일 뿐, 그의 볼을 타고 흘러내리고 있을 눈물은 잘 보이지 않았다. 달빛이라도 한 줌 비춰주면 좋으련만.

아니, 어쩌면 차라리 이게 더 나은가. 어두운 장막에 가려져 있음으로써 우리는 더 진실해질 수 있을까.

한동안 두 사람 사이에는 침묵이 흘렀고, 곧 루시오의 충격적인 고백이 시작되었다.

"나는 살인마다."

첫 문장부터, 심상치 않았다.

솔직히 말해, 자신은 지금 미치지 않은 것이 신기한 사람이었다. 아마 일반적인 사람이었다면 진즉 미쳐버렸을 것이다. 그러니까, 자신은 참 독하디독한 놈이었다. 그런 죽음을 겪고 나서도 태연히 황위에 올라 온 제국을 통치하고 있는 꼴이라니.

자신은 틀림없는 선황의 장자였다. 하지만 '적'장자는 아니었다. 자신의 모친은 선황의 정후가 아니었다.

제 모친은 선황의 정부였던 자네트라는 여인이었다. 한미한 가문의 여식이었던 그녀는 어느 날 순행을 떠났던 선황의 눈에 들어 운 좋게 황제의 정부가 되었는데, 이후 황손을 생산해냈음에도 이상하게 작위만은 받지 못했다.

황제가 황후의 친정 가문이었던, 지금은 모습을 드러내지 않은 채 지내고 있는 오스윈 공작가의 눈치를 보았기 때문이었는데, 당시 오스윈 공작가는 제국 내에서 어마어마한 영향력을 행사할 수 있는 거의 유일한 가문이었다. 지금은 오스윈 공작에 해당하는 그의 법적 외삼촌이 영지의 성에서 칩거하며 지내고 있기 때문에 그 영향력이 겉으로 드러나지 않았지만, 마음만 먹는다면 언제든 제국을 뒤흔들 수 있는 힘을 지닌 가문이었다.

그의 법률상 모친이었던 알리사 황후는 선한 여인이었다. 물론 그의 기억 속에서 그녀는 악마, 그 이상도 그 이하도 아니었으나 그녀는 분명 초기에는 착하디착한 여인이라고 들었던 것 같다.

그는 성선설을 믿지 않았다. 성악설도 믿지 않았다. 그가 믿는 것은 성무선악설이었다. 인간의 본성에 있어 선과 악은 불분명하다. 선과 악은 충분히 공존 가능하다.

알리사는 모두의 말대로 처음에는 선한 여인이었을 것이다. 하지만 사랑하는 남편이 정부를 들이고, 그 정부에게서 아이를 낳으면서 알리사는 점점 비뚤어져갔다. 이렇듯 상황이 나빠지자 그녀를 지배하던 선의 감정은 자취를 감추고, 드러날 일 없었던 악의 감정이 고개를 쳐들었을 것이다.

악이 한번 발현하면 거기에 잡아먹히는 건 그야말로 시간문제다. 본인이 그걸 제어할 의지가 없다면 더더욱.

만약 그녀에게 감정을 추스르게 할 수 있는 아이라도 있었다면 상황은 더 나아졌을까. 하지만 알리사는 유감스럽게도 아이를 낳을 수 없는 몸, 즉 불임이었고, 그 사실을 알게 되었을 때 그는 거의 반쯤 미쳐버렸다. 사랑하는 사람의 아이를, 다른 누구도 아닌 정실 황후가 낳을 수 없다는 것은 거의 사형 선고나 마찬가지였다.

아이를 낳을 수 없는 황후는 존재 가치가 사라져버린다. 아무리 오스윈 공작가의 여식이라도 그 사실은 바꿀 수 없는 법이다. 알리사는 그녀가 사랑하는 남편의 곁에서 죽을 때까지 살고 싶었다.

결국 그녀는 고육책으로 정부의 아들을 입양했다. 당연히 자네트는 거부했으나 한낱 정부의 이야기를 들어줄 사람은 그 어디에도 없었다. 명령을 내리는 상대가 제국 제1의 명문가의 여식이자, 이 나라의 지고한 황후라면 더더욱.

결국 그녀는 아무 저항도 하지 못하고 어린 아들을 품에서 빼앗겨야 했다.

차라리, 거기까지는 괜찮았다는 것을 그때는 아무도 알지 못했다.

제 자식도 아닌 데다, 사랑하는 남편이 미천한 정부에게서 낳아 온 아들을 사랑한다는 건 솔직히 말해 어려운 일이다. 유감스럽게도 알리사는 그런 선행을 베풀 정도로 성녀는 아니었다.

그녀는 지극히 평범한 일반 사람이었고, 다만 유복한 환경에서 자라 다른 이들보다 조금 더 여유롭고, 낙천적이며, 다정한 성품일 뿐이었다. 그러니 어쩌면 다른 이들보다 그녀 자신에게 닥친 불행을 더 비극적으로 받아들인 것일 수도 있었다.

부황이었던 친부는 알리사가 자신을 키우는 것을 미덥지 못한 시선으로 보았지만, 알리사는 선황에게 잘 키우겠다고 자신 있게 말했다. 하지만 알리사는 자신을 결코 '잘' 키우지 않았다. 그걸 '잘' 키웠다고 말하기에는 분명 어폐가 있었다.

그녀는 자신을 학대했다. 학대의 장소는 다양했으나 주로 알리사 황후가 머물던 황후궁 내에서 이루어졌다. 황후궁은 자신에게 있어 학대의 경험을 되살려주는 고통스러운 곳이 되어버렸다. 그녀의 학대는 정신적 학대와 신체적 학대를 넘나들었는데, 인신공격은 물론이고, 잔인하고 외설적인 말도 서슴지 않았다. 어린 자신이 그 말을 듣고 온전히 자랄 수 있다는 게 신기할 정도로.

구타는 일상에 가까웠다. 그녀는 부황의 의심을 피하기 위해 보이지 않는 곳에만 상처를 남겼는데, 그 결과 부황이 자신을 온전히 벗기지 않는 이상은 결코 모를 곳에 크고 작은 상처가 가득했다.

어렸을 때의 자신은 너무 어릴 적부터 그녀의 손에서 자랐기 때문에, 자네트의 존재에 대해서는 거의 모르고 지냈으며, 그저 친모-알리사-가 어째서 자신을 그렇게 미워하는지에 대해서도 도통 알지 못했다. 으레 어린아이들이 흔히 그러하듯 그는 자신에게 문제가 있다고 생각, 어미의 환심을 사기 위해 갖은 노력을 다했지만 그때마다 돌아오는 것은 여전한 폭력이었다.

모친은 늘 자신을 '더러운 아이'라고 불렀고, 그 말뜻을 온전히 이해하지 못했던 어린 자신은 그것이 위생적인 문제인 줄만 알고 하루에 두어 번씩 목욕을 하는 낭비까지 저질렀지만, 그마저도 소용없다는 것을 한참 후에 깨닫고서는 겨우 그만두었다.

모친이 무슨 짓을 해도 자신을 절대 사랑하지 않을 것이라는 사실을 정확히 열세 살의 나이에 깨달았다. 물론 깨달음의 결과는 이미 피폐해질 대로 피폐해진 정신과 상처만 남은 육신뿐이었지만.

본래 활기차고 밝은 성격이었지만, 13년 간 그런 일을 겪고 나니 입가의 미소는 사라진 지 오래였다. 애당초 친모로 알고 자란 여자에게서 그런 학대를 받는다면 정상적인 밝은 아이로 자랄 확률은 극악에 가깝다. 그러나 당시의 자신은 그 변화마저도 알아채지 못할 정도로 피폐해진 정신을 가지고 있었다.

거의 죽기 직전으로 황폐한 삶이었지만, 그럼에도 불구하고 아직까지는 살만 했던 삶이었다. '그 일'이 일어나기 전까지는.

선황은 정벌을 자주 나서는 사람이었다. 지금의 마비너스 제국의 영토는 선황이었던 자신의 부친 대에 기존의 10퍼센트를 확장해낸 결과였는데, 이를 위해서는 정복 전쟁이 필수였다. 선황은 전쟁을 위해 황궁을 자주 비웠고, 자연스럽게 그가 자리를 비운 동안 황궁의 총책임자는 황후가 되었다.

선황이 자리를 비울 때면 알리사의 폭력은 더욱 거세졌는데, 그건 자신이 나이를 먹었든, 먹지 않았든 변하지 않는 결과였다. 이미 자신은 그녀의 폭력을 거부하기엔 지나치게 심신이 병들었으며, 그녀의 학대에 익숙해질 대로 익숙해진 상태였다. 마치 다 자란 코끼리가 어렸을 때는 끊어내려 발버둥 쳤던 족쇄를 자신의 몸의 일부로 받아들이는 것처럼. 루시오 자신에게 있어 알리사 황후는 코끼리 발의 족쇄와도 같은 존재였던 것이다.

자신이 15번째 생일을 맞았을 때도 선황은 어김없이 정복 전쟁을 떠나 궁을 비웠는데, 그 일은 결국 돌이킬 수 없는 비극을 낳고 말았다.

10년 전.

당시 황자였던 루시오는 자신의 15번째 생일을 맞아 조금 들떠 있는 상태였다. 심신이 약해질 대로 약해진 어린 소년이었으나 그럼에도 불구하고 그날은 생일이었다. 그는 평소보다 이른 시각에 기상해 제 생일을 자축했다.

생일이라고 해서 특별히 다른 점은 없었다. 부황이 황궁에 계셨다면 또 모를까, 그는 지금 정복 전쟁을 위해 국외로 나가 있는 중이었다. 모친은 제 생일 파티 따위를 열어줄 리 만무했으니 오늘도 그저 그런 날들 중 하나가 될 가능성이 매우 높았다. 그는 그저 제 생일이라는 이름이 가지는 상징성만으로도 행복해하자고 마음먹을 뿐이었다.

"황자 전하, 황후 폐하께서 찾으십니다."

알리사가 루시오를 부른 것은 조금씩 비가 내리기 시작했던 정오의 시간이었다. 그는 조금씩 내리고 있는 빗줄기가 거세지기 전 서둘러 가야겠다고 생각하며 황후궁으로 이동했다. 그의 마음속에는 일말의 희망이 아직 남아 있는 상태였다. 그래도 오늘은…… 오늘만큼은 구타 대신 선물을 주실지도 모른다는.

아아, 소년은 아직 어렸고, 제가 처한 현실을 완벽히 자각하지 못하고 있었다.

일말의 기대감은 황후궁에 당도하자 더욱 증폭되었는데, 그 이유는 평소와는 달리 웃는 낯으로 자신을 맞아주는 알리사 황후 덕분이었다. 늘 저만 보면 폭언을 일삼는 모친이었다. 그런데 오늘만큼은 미소로 자신을 환대해주었다. 그의 마음속에서 희망이 싹트고 있었다.

"모후 폐하."

"어서 오세요, 황자. 날씨가 좋군요."

그 말에 그가 조금 이상하다는 생각을 했다. 지금 날씨는 빈말로라도 좋다고 하기는 어려웠지만, 그의 모친은 날씨가 좋다고 말했다.

하지만 루시오는 곧 생각을 그만두었다. 그의 어미가 좋은 날씨라면 좋은 날씨인 것이다. 아마 모친은 비가 온 덕분에 공기가 맑아져 그리 말한 것일 수도 있었다. 그는 제멋대로 알리사 황후의 말을 해석해버린 뒤 대답했다.

"네, 폐하. 날씨가 좋습니다."

"오늘 황자의 탄일이지요?"

그 말에 어린 루시오의 가슴이 두근두근 뛰었다. 아, 어머니가 내 생일을 기억하고 계신다! 혹시 선물이라도 주시려는 걸까? 그가 설레는 마음으로 얼른 고개를 끄덕였다.

"네, 모후 폐하."

"그래서 이 어미가 선물을 준비했답니다."

그녀가 답지 않은 미소를 지어 보이며 자리에서 일어섰다. 따라오라는 뉘앙스가 다분한 몸짓에 눈치 빠른 루시오가 그녀의 뒤를 따랐다. 비가 거세게 내리고 있었음에도 그녀는 망설이지 않고 황후궁 밖으로 나갔다. 시녀들이 그녀에게 우산을 씌워주웠고, 뒤따라 황후궁 밖으로 나간 루시오 역시 그의 시녀 하나가 우산을 씌워주웠다.

황후궁에 당도하기 전까지만 해도 미약했던 빗줄기는 점차 거세지고 있었다. 루시오는 알리사 황후가 대체 무슨 선물을 준비한 것인지 궁금해 못 견딜 지경이었지만, 그런 기색을 보였다 혹 모후가 선물을 철회하기라도 할까 봐 마음을 졸이며 가만히 따라가기만 했다.

곧 알리사의 걸음이 멈추고 그들이 도착한 곳은 황궁의 외딴 전각 하나였다. 발을 멈춘 루시오는 어리둥절한 표정이었다. 설마 이 전각을 선물로 주시겠다는 걸까? 어린애다운 순진한 생각이었다.

"뭐가 보이니, 루시오?"

늘 '더러운 아이'라고 부르던 모후가 처음으로 자신의 이름을 불러주었다. 그는 가슴이 두근거려오는 것을 느끼며 모후의 대답에 충실히 답했다.

"사람 같은데요, 폐하. 맞나요?"

"그래, 사람이지."

사람이었다. 흰 천으로 둘러싸여 그 형체를 확신할 수 없으나 사람 같았다. 어림짐작한 답이 맞자 루시오가 기쁜 표정을 지었다. 하지만 그의 표정은 곧 이어지는 알리사의 한마디에 무너져 내릴 수밖에 없었다.

"네가 죽일 사람이야."

"……네?"

루시오가 믿을 수 없다는 표정으로 모후를 쳐다보았다. 그러나 알리사는 어린아이에게 그런 말을 한 사람 답지 않게 우아한 미소를 지어 보이며 다시 한번 그녀의 양자에게 못을 박았다.

"네가 오늘 죽일 사람이란다, 루시오."

"폐하……."

"네가 저 사람을 죽여준다면, 나는 몹시 기쁠 것 같아, 루시오. 이 어미를 위해 기꺼이 그래주겠니?"

모후께서 기뻐하는 일이라면 그에게도 기쁜 일이었다. 하지만 이건 아니다. 살인이라니.

그는 저도 모르게 고개를 저었고, 그러자 아까까지만 해도 웃고 있던 알리사의 얼굴이 빠르게 굳어 내렸다. 그 모습을 고스란히 지켜보던 루시오의 표정도 굳어졌다.

아, 황후 폐하의 표정이 또 다시 안 좋아졌다. 그는 직감적으로 학대를 예상했다. 그건 파블로프의 개처럼 반복적인 학대가 불러 일으킨 예상이었다.

"루시오."

하지만 그녀는 당장 그를 구타하지 않았다. 대신 아까와 같은 목소리로 그의 이름을 불러줄 뿐이었다. 예상이 달라지자 루시오는 당황했다. 그는 살짝 겁에 질린 목소리로 그녀의 부름에 응했다.

"네, 모후 폐하……."

"지금 내 말을 거역하기라도 하려는 거니?"

"모후 폐하, 그게 아니라……."

"변명은 필요 없다. 너는 정말 나쁜 아이로구나."

나쁜 아이. 그 말에 어린 루시오는 움츠러들었다. 구타를 당하며 수도 없이 들었던 말이었다. 나쁜 아이, 더러운 아이, 천박한 아이.
그녀의 폭행은 결코 신체적인 부분에서 그치지 않았다. 알리사는
이미 경험을 통해 알고 있었던 것이다. 사람을 진정으로 병들게 하
는 것은 몸의 상처가 아닌 마음의 상처라는 것을.

그리고 알리사는 그 누구보다도 루시오에게 많은 상처를 남기
기를 염원하고 있는 여인이었다. 자신이 가지지 못했던 것을 모조
리 가진 자네트에 대한 열등감과 질투심, 그리고 그 모든 것을 고스
란히 물려받아, 결국은 황위에까지 오르게 될 루시오에 대한 혐오.
사실 그것들 중 그 어느 것도 그들 모자 본연의 잘못은 아니었으나
어쩔 수 없었다. 알리사는 자신의 부정적인 감정에 책임을 져줄 사
람이 필요했고, 그건 힘 있는 황제 폐하는 절대 될 수 없는 것이었
다. 그러니 힘이 없는 약한 자네트와 루시오 모자가 돼야 할 터였
다. 감히 한 제국의 황제에게 그럴 수는 없지 않겠는가?

"이 어미가 원하는 걸 해주지도 못하고, 불효자야."

"……죄송합니다, 모후 폐하. 하지만…… 사람을 죽이는 건…….."

"변명은 필요 없다."

싸늘한 알리사의 목소리가 어린 루시오를 때렸다. 루시오는 입
술을 깨물며 가만히 아래만 쳐다보았다. 그도 웬만해서는 알리사
가 시키는 일을 전부 해내는 편이었다. 그렇지 않으면 곧바로 폭행
이 시작되었으니까.

하지만 이건 정말로 아니었다. 사람을 죽이라니! 그것만큼은 절

대로 있을 수 없는 일이었다.

그러나 알리사의 사전에 있어 '절대로 있을 수 없는 일' 따위는 존재하지 않았다. 그녀는 한 제국의 황후였고, 황제가 없는 지금, 제국의 섭정이었다. 그녀는 자신의 뜻대로 되지 않는 것은 오직 황제 하나뿐이어야 한다고 믿었다. 그렇지 않으면 자신이 너무 비참해질 테니까. 총애도, 권력도 얻지 못하는 황후는 너무나도 보잘 것 없지 않은가.

"얘야, 내가 마지막으로 회초리를 든 게 언제지?"

'회초리를 든다'는 문자 그대로의 의미가 아닌, 루시오에 대한 무차별적인 폭행을 의미하는 은어였다. 회초리를 찾는 알리사의 말에 루시오는 하마터면 오줌을 지릴 뻔했다.

아아, 결국 생일날에도…… 어머니는 나를 때리시려는 걸까? 왜? 저 사람을 죽이지 않아서? 어린아이의 사고는 빠르게 이어졌고, 결국 결론은 이것이었다.

어머니는 내가 저 사람을 죽이지 않아 나를 때리려 한다.

하지만 그렇다고 해서 사람을 죽일 수는 없는 노릇이었다. 그는 잔뜩 겁에 질린 얼굴로 어머니를 보았고, 그것은 곧 자비를 구하는 어린아이의 처절한 몸부림이었다. 그 어린 소년이 그토록 애절한 얼굴로 부탁하면 조금의 자비를 보일 법도 한데, 알리사에게는 그런 것이 없었다. 그녀가 그에 대해 각인시켜버린 것은 오직 이것 하나였다.

저 아이는 네가 배 아파 낳은 아들이 아니야.

"악!"

구타는 시작되었다. 그녀의 폭행 모토는 언제나 '머리부터 발끝까지'였다. 시작은 머리에서, 끝은 발가락 하나하나까지. 단순한 구타뿐 아니라 성적인 조롱까지. 그 만행은 감히 입에 담기에도 어려울 정도로 추악하고 더러운 것이었다. 감히 어미가 자식에게 행하리라고는 생각도 하지 못할.

"흑, 아흑!"

루시오가 고통에 찬 신음을 흘리며 가녀린 손을 감싼 채 자신을 보호했다. 어미의 구타는 단순한 신체적인 아픔만을 주지 않는다. 어미라고 알고 있는 자가 자신을 때린다는 것은 '모든 어미는 자식을 사랑한다'는 어린아이의 뿌리 깊게 박힌 가치관을 송두리째 흔드는 것이다. 그리하여 어째서 자신은 다른 자녀들과는 달리 모친에게 학대받아야 하는지를 끊임없이 고민하고 생각한다.

그리고 결과는 늘 부정적이다. 왜냐하면 아이들은 너무나도 착하기 때문에, 이 끔찍한 학대의 원인을 가해자가 아닌 피해자인 자신에게서 찾는 것이기 때문이다. 그렇게 되면 신체적 학대는 단순히 겉가죽의 상처에서 그치지 않고 내면의 깊은 자괴감과 그 밖의 다른 온갖 부정적인 감정까지 불러일으키고 만다.

이 모든 일련의 과정들은 일반 성인들도 견뎌내기 어려운 것인데, 아직 성인도 되지 않은 어린아이가 온전히 견뎌낼 수 있을 리

만무하다. 그리하여 루시오는, 점점 죽어가고 있는 중이었다.

"폐하, 폐하…… 살려주세요……."

생존을 원하는 몸부림을 치는 와중에도 그는 모친으로 알고 있는 알리사를 감히 '어머니'라 부르지도 못했다. 자신이 그녀를 모친이라 부르는 것을 알리사가 끔찍하게 싫어한다는 사실을 이미 알고 있기 때문이리라. 그리하여 그는 최대한 그녀에게 잘 보이기 위해, 적어도 그녀의 자비를 사기 위해 끊임없이 노력하고, 또 애절한 몸부림을 치고 있는 중이었다.

알리사는 그러나 자비 없는 여인이었다. 그는 제 자식도 아닌 어린 소년의 고통에 조금도 관심이 없었다. 무엇이 그녀를 그토록 잔인하고 서슬 퍼런 악녀로 만들었을까. 정말로 황제의 무관심이 그녀를 그렇게 만든 것일까? 아니면 남편의 정부와 혼외자가?

어쩌면 그녀는 이미 이 반복된 체벌에 익숙해져 버린 것일지도 모르겠다. 루시오가 어미의 체벌에 익숙해져 버린 것처럼, 그녀 역시도, 결국 명분 없는 체벌에 길들여져 버린 것이다. 그것이 자신을 악마로 만들어가고 있다는 사실을 전혀 깨닫지 못한 채. 어쩌면 설령 악마가 된다 할지라도 상관없다는 마음으로.

"이 빌어먹을 놈! 누가 널 죽이기라도 한다더냐? 누굴 닮아 이렇게 천박하고 멍청해?!"

아직 채 아물지도 않은, 얼마 전에 생긴 상처가 또다시 벌어졌다. 그 아픔에 입술을 꾹 깨물며 그는 작게 신음을 흘렸다. 그러면서도 그는 이제는 거의 희미해져 버린 정신으로 겨우 생각했다.

제 어미는 늘 자신을 때리며 '누굴 닮아 이렇게 천박하고 멍청하느냐'와 같은 말을 자주 하곤 했다. 하지만 어린 루시오는 도무지 어미의 말이 이해되지 않았다. 자신은 분명 부황과 모후 폐하의 자식이다. 그런 그가 두 사람이 아니면 도대체 누구를 닮았단 말인가? 출생의 비밀을 모르는 그로서는 도무지 이해할 수 없는 질문이었다.

하지만 그 희미한 사고조차도 구타가 지속되자 점차 유지하기 힘들어졌다. 마침내 그는 머릿속이 희미해지는 것을 느꼈다. 반복되는 고통에 익숙해졌다고 해서 그 고통이 고통스럽지 않은 것은 결코 아니었다. 칼에 계속 맞는다고 해서 그 고통이 무뎌지지는 않는 것처럼.

그저 견디는 것뿐이다. 적어도 지난 폭행 때 죽지 않았으니, 이번에도 죽지는 않겠거니, 하는 것이다. 그렇게 불쌍할 정도로 긍정적인 생각을 함으로써 자신을 보호하는 것이다. 어쨌든 아직 어린 루시오는 살고 싶었기 때문에.

그러나 이번에는 조금 도가 지나쳤다. 여전한 알리사의 폭행을 견뎌내던 루시오는 순간적으로 이런 생각이 들었다.

'저 사람을 죽이면 어머니는 나를 그만 때리지 않을까.'

잔인한 생각이었으나 충분히 할 수 있는 생각이었다. 비단 그뿐만 아니라, 그의 상황에 있는 어떤 사람이라도 그렇게 생각할 수 있을 터였다. 강도 높은 폭행은 사람의 도덕성을 흐려놓는다. 어떤 것이 도덕적이고 부도덕적인 것인지에 대한 기준을 스스로 허물어버린다. 자신이 구타의 상황에 있을 때 그러한 기준은 결코 도움이 되지 않는다는 사실을 몸이 알아버리는 것이다.

당시의 루시오에게 있어 그러한 생각은 일종의 방어기제였다. 그는 살고 싶었고, 살아야만 했다. 하지만 이대로 좀 더 있었다간 정말 죽을지도 모른다는 생각이 들었다. 그는 입으로는 끊임없이 고통에 몸부림치는 소리를 내면서, 마지막으로 알리사에게 죽을 듯 부탁했다.

"폐, 폐하…… 살려주세요, 살려주세요."

"……."

그 말에 순간적으로 구타가 멈추었다. 물론 그렇다고 해서 아프지 않은 것은 아니었다. 고통은 원래 늘 뒤늦게 찾아오는 법이었으므로. 핏물이 배어 나오는 상처를 가만히 바라보던 알리사가 곧 히죽 웃으며 물었다.

"그만할까?"

"살려주세요, 폐하…… 제발 살려주세요……."

"내가 널 죽이기라도 한다니?"

그렇게 말한 알리사는 곧 그의 손에 긴 장검을 쥐어주었다. 그는 거의 쓰러질 듯한 표정이었으나, 그녀가 건네주는 것을 놓쳤다간 또 어떤 보복성 구타가 돌아올지 몰랐기에 안간힘을 쓰고 칼을 쥔 손에 힘을 주었다. 그녀가 곧 달콤한 목소리로 속살거렸다.

"왜, 그만 맞고 싶니?"

"흑…… 네, 폐하. 제발……."

그가 애타게 애원했지만, 알리사는 들은 척도 안 하고 제 말만 해
버렸다.

"그럼 죽여."

"……."

"1분의 시간을 줄게. 그 시간 동안 저 여자의 숨통을 끊어놓아."

"아……."

그는 절망적인 표정으로 어미를 쳐다보았으나 어미의 표정은 자
식에게 살인을 명하는 얼굴 같지 않았다. 루시오는 참담한 표정으
로 제 미래를 예측했다. 자신이 저 사람을 죽이지 않으면 분명 구
타는 다시 시작될 것이고, 그러면 그는 정말로 죽을지도 몰랐다. 아
니, 다른 건 몰라도 더는 그 끔찍한 고통을 겪고 싶지 않았다. 그런
일은 이제 정말로 싫었다…….

"으흐흐흑."

그는 사람도 짐승도 아닌 것의 소리를 내며 천천히 칼을 바닥에
박고 일어섰다. 구타로 인해 뼈가 부러지기라도 했는지 다리가 엄
청난 고통과 함께 후들거렸다. 그는 핏자국과 눈물 자국으로 인해
범벅이 된 얼굴로 한 걸음씩 의자에 앉은 채 묶여 있는 사람에게로
다가갔다. 흰 천으로 덮어놓아 그 모습은 잘 보이지 않았으나, 그녀

역시 자신에게 곧 닥쳐올 죽음의 공포를 예감했는지 울고 있는 듯
했다. 눈가 부분의 젖은 천을 쳐다보며, 루시오는 공허한 표정을 지
었다.

"미안합니다."

하지만 살고 싶습니다. 나는, 살고 싶습니다. 미안합니다. 미안합
니다. 나는 살고 싶다 외치면서 정작 당신을 죽이는 나를 용서하지
마세요. 절대로……

-푸욱

나를 용서하지 마세요.

-푸욱

-푸욱

-푸욱

-푸욱

……

그렇게 몇 번을 찔렀나. 흰 천이 뜨뜻한 핏물로 잔뜩 적셔질 때
즈음에야 그는 난도질을 그만두었다. 그는 아무것도 남지 않은 표
정으로 칼을 떨어뜨렸다.

챙그랑, 칼이 떨어지며 피를 튀겼다. 얼굴과 몸에 묻은 핏자국에
이어, 다리에도 피가 묻었다. 그는 얼빠진 사람처럼 고개를 돌려 알
리사를 쳐다보았다.

알리사는 웃고 있었다.

루시오는 제정신이 아닌 것 같다는 생각이 들었다. 그뿐만 아니라 그녀 역시도.

사람이 죽었다. 정확히는 자신은 사람을 죽였고, 그녀는 사람을 죽이라고 지시했다. 자신은 울지도 웃지도 않았지만 그녀는 웃고 있었다. 그녀는 사람이 죽는 것을 기쁘게 여기는 것일까? 루시오가 잔뜩 갈라진 목소리로 알리사에게 말했다.

"이제……."

"……."

"살려주세요……."

"루시오."

그의 말에 알리사가 빙긋 웃으며 그에게로 다가왔다. 루시오는 더 이상 아무런 힘이 없었다. 이제는 그녀가 자신을 더 때린다면 정말로 그냥 죽어버릴 것 같았다. 아니, 어쩌면 그냥 죽어버리고 싶었는지도 모르겠다. 루시오가 텅 빈 표정으로 제게 다가오는 알리사를 쳐다보았다. 알리사의 웃음은 무섭게도 아름다웠다.

"축하해. 너도 드디어 사람을 죽였구나."

"……."

어미가 결코 자식에게 축하해서는 안 될 일을 그녀가 하고 있었다. 루시오는 그 말에 울기 시작했다. 아이처럼 엉엉 울기 시작하자 알리사는 그게 성가신 듯 인상을 찌푸렸다. 하지만 참을성 있게 기다려주다가, 그의 울음소리가 잦아들 때 즈음에야 다시 입을 열었다.

"루시오."

"······."

"저 사람을 덮은 천을 걷어볼래?"

"······."

"어서."

그것만은 차마 못 할 일이었다. 하지만 루시오는 이미 사람까지 죽인 마당에 더 망가질 것도 없다고 생각했다. 그는 덜덜 떨리는 손가락을 들어 고인을 덮은 천을 들어 올렸다. 여자는 눈물이 덕지덕지 붙은 얼굴로 죽어 있었다. 죽기 전 잔뜩 운 듯했다. 곁에 있던 이들은 그 모습을 보고 고개를 돌리거나 구역질을 했지만, 정작 살해의 당사자인 루시오는 아무런 감정이 들지 않았다. 아, 이미 그런 감정을 갖기에 그의 정신 상태는 너무나도 피폐했다.

"죽었어요."

"그래, 죽었지."

그녀가 빙긋 웃으며 그의 말에 동조했다. 그러더니 다정한 목소리로 루시오를 불렀다.

"루시오."

"······."

"루시오."

"······네."

"너 이 사람이 누군지 아니?"

그 질문에 루시오는 처음으로 죽은 사람을 쳐다보았다. 여자였고, 나이는 알리사 정도 되어 보였다. 아름다운 미색을 갖추고 있었고, 시녀였는지 옷은 평범했다. 루시오는 곧 텅 비어버린 목소리로 대답했다.

"······시녀인가요."

"비슷해. 누굴까?"

"······."

그는 솔직히 말해 전혀 궁금하지 않았고, 그저 빨리 씻고 잠들어 버리고 싶은 마음뿐이었다. 아니, 어쩌면 죽어버리고 싶었는지도 모른다. 그저 이 상황에서 제발, 한시라도 빨리 도피하고 싶었다.

그때 갑자기 비가 거세지기 시작하더니, 곧 천둥과 번개까지 치기 시작했다. 모든 시녀가 발을 동동 구르며 이만 돌아가고 싶다는 표정을 지었지만 그 표정이 지금 상황에 영향을 줄 수 있을 리 없었다. 세차게 내리는 비를 맞으며 멍한 표정으로 서 있는 루시오의 귓가에 대고, 알리사가 해맑게 웃으며 그에게 속살거렸다.

"오늘 생일인데, 재미있는 이야기해줄까?"

"······."

"난 사실 너를 낳지 않았단다, 아가."

아가. 그런 달콤한 호칭은 그녀와 자신 사이에 어울리지 않는다

50

는 걸 루시오는 그때 처음 깨달았다. 루시오는 자신의 친모가 알리사가 아니라는 사실을 알고는 그저 웃어버렸다.

그래, 이게 맞는 거다. 만약 제 친모가 정말로 알리사였다면 그것이야말로 충격적인 일일 테니까. 하지만 그나마 감정이 보였던 루시오의 표정은, 이어지는 그다음 말에 완전히 굳어버릴 수밖에 없었다.

"네 친모는 살아 있어."

"……."

"아니, 살아 있었지."

과거형이다.

루시오는 순간 치밀어 오르는 구역질 나는 상상에 저도 모르게 몸을 떨었다.

아니, 설마. 그럴 리가. 말도 안 돼. 에이, 정말로…….

"근데 네가 죽여버렸네?"

정말로…….

"잘했어."

"……."

루시오는 그 순간, 자신이 태어나서 단 한 번도 지어보지 않았던 표정을 지었다. 아마 그런 표정은 이 세상 사람들이 살아가면서 한 번 짓기조차 어려운 표정일 터였다. 그의 표정을 한마디로 표현한다면…….

"……아!"

아수라(阿修羅).

"아아아아아아아아아아악!"

그는 절규했다. 경악한 표정으로 무릎을 꿇은 채 주저앉으며 주먹 쥔 여린 손으로 돌바닥을 쳤다. 손에서는 피가 배어 나왔고 그의 눈에서는 피눈물이 흘렀다. 그의 뒤로 끊임없이 천둥소리가 들리고 번개가 쳤다. 그리고 그 모든 모습들을 알리사는 흐뭇한 표정으로 지켜보고 있었다.

"아아…… 아아아악!"

그는 피눈물이 흘러내리는 자신의 얼굴 따위에는 관심도 없다는 듯 거북이처럼 기어 죽은 자네트에게 다가갔다. 난도질의 흔적이 그대로 남아 있었다. 그는 죽은 어미를 발견하고선 더욱 기괴한 소리로 울었다.

"우으…… 으어어억."

아직 온기가 남아 있는 자네트의 몸은 차가운 빗물로 인해 점차 식어가고 있었고, 루시오는 빗물에 섞이기 시작한 핏물에 눈물을 떨구며 오열했다. 인간이 느낄 수 있는 부정적인 감정 전부가 그에게로 쏟아져 들어왔다.

엄청난 충격은 그를 미치게 했다. 그 또한 일종의 방어기제이리라. 사람을 죽였고, 그 사람이 친모라는 패륜적 진실 앞에서, 미치지 않을 사람이 도대체 어디에 있을까.

"윽…… 으하아악!"

그는 이미 죽어버린 자네트를 잡고 하염없이 울었고, 통곡했고, 오열했다. 그 모습은 마치 광기에 찌든 악귀를 보는 듯했다. 그는 차라리 미쳐버리면 좋겠다는 심정으로 떠나가도록 악을 질렀다. 주인이 없는 황궁에는 오랫동안 잔인한 울음소리가 울려 퍼졌다.

마침내 그가 엄청난 충격과 오랜 오열로 탈진해 쓰러졌을 때, 그 모든 과정을 고스란히 지켜본 알리사는 기괴한 표정으로 웃음소리를 냈다.

"아, 아하. 아하하하하하!"

그렇게 웃던 알리사는 한참 후에는 또 울었다. 그리고 또 잠시 후에는 울음과 웃음이 교차하는 괴상망측한 표정으로 소리를 내기 시작했다. 그녀는 설명할 수 없는 표정으로 그렇게 한참 동안 쓰러진 두 모자를 바라보며 웃고 울었다.

비는 쉬지 않고 내리고, 천둥 번개는 계속해서 치고 있었다.

"선황께서는……."

루시오가 떨리는 목소리로 말을 이었다.

"승전 후 황궁으로 복귀하셨지."

"……."

"그리고 모든 사태를 알게 되셨어. 황후는 당연히 폐위되었다."

그렇게 말하는 그의 목소리는 더 이상 떨리지 않았다. 차갑디차가운 얼음 같은 목소리였다.

"그날의 일이 계속해서 생각나. 내 어미를, 이 간악한 손으로 죽였던 그날의 일이 자꾸 생각나. 악몽을 꿔. 나는 또다시 내 어미를 죽이는 거다. 그럼 내 어미는 웃고 있어. 그 옆에서 폐후도 웃고 있지. 그럼 난 미쳐버리는 거야."

그가 공허한 표정으로 말을 이었다.

"며칠 후가 내 친모의 기일이다. 내가 죽인…… 내 친모의……."

루시오는 모든 것이 무너진 듯한 사람의 얼굴을 했다. 그가 이야기를 꺼내고 처음으로 페트리지아를 돌아보았다. 그는 무서웠다. 혹시라도 그녀가 자신을 비난할까 봐. 자신에게 쏟아지는 비난이 마땅하고, 또한 정당한 것임에도 불구하고, 그는 비난받는 것이 두려웠다. 그러면서 그는 또다시 자신을 책망하고, 자책했다.

넌 여전히 이기적이고 더러운 아이구나.

"이런 날……그대는 이해할 수 없겠지."

루시오가 씁쓸하게 웃었다. 그리고 처음으로 페트리지아의 눈과 마주했다. 페트리지아는…….

"아……."

멍한 표정이었다. 엄청난 충격을 받은 사람처럼. 그 반응에 루시오가 중얼거렸다.

"그대도 날…… 비난하겠지."

"……아."

"그게 당연해. 난 사람이 아니니까. 난……."

그가 목이 멘 듯 마른침을 삼켰다.

"괴물이야."

페트리지아는 아무 말도 하지 않았다. 그녀는 대신…….

"황후?"

"……."

"그대…… 왜……."

울었다.

눈물을 흘렸다. 문자 그대로, 눈에서 물을 주룩주룩 흘려보냈다.

"아……."

그제야 자신이 울고 있다는 것을 자각한 페트리지아가 얼른 눈물을 닦아냈다. 그럼에도 불구하고 눈물은 계속해서 쏟아져 내렸다. 그녀가 여전히 눈물을 흘리며 더듬거렸다.

"죄, 죄송해요, 폐하."

"……."

"하지만 전…… 도저히 이런 일이 믿기지가 않아서."

텅 빈 목소리로 페트리지아가 중얼거렸다.

"어떻게…… 어떻게 그런 끔찍한 일을 겪으셨는데……."

"……."

"이렇게…… 아무렇지도 않게 말씀하실 수 있어요?"

페트리지아는 마지막에 거의 울부짖다시피 물었다. 있을 수 없는 일이다. 그는 사람이 결코 겪어선 안 되는 일을 겪었다. 그런 일을 그는 너무나도, 지나치리만치 담담하게 말했다.

당신은 왜? 당신은 왜 이렇게 아무렇지 않아? 나만 마음이 아픈 거야? 나만 충격을 받은 거야? 나만 이렇게…… 슬퍼?

"흑…… 아……."

페트리지아는 이제 소리 내서 울기 시작했다. 페트리지아는 도무지 이런 이야기를 듣고 나서도 가만히 있을 자신이 없었다. 페트리지아는 정상적이고 일반적인 사람이었다. 이런 이야기를 듣고 오열하는 것은 당연했다. 비단 그녀가 아니라 다른 누구라도 그런 반응을 보였을 것이다.

"그대…… 왜……."

왜 우는 거야?

루시오는 이해하지 못했다. 일반 사람이라면 누구나 보일 자연스러운 반응이었음에도 그는 그것이 자연스럽다는 것을 전혀 인식하지 못했다.

아무도 그를 위해 울어주지 않았으니까. 아무도 그의 불행을 이렇게 비참하게 여기지 않았으니까. 사람으로서 겪어서는 안 되는 일을 겪은 그에게 돌아온 것은 누군가의 위로나 따스한 격려가 아니라, 황궁 안의 가십거리로서 자신이 겪은 일을 가지고 떠드는 사람들의 잔인한 목소리였다.

그래서 그는 전혀 알지 못했다. 이렇게 자신이 겪은 일에 대해 슬퍼하고, 분노하고, 울어주는 것이……

"왜…… 우는 거지?"

당연한 일이라는 걸. 누구나 해야 하는 일이라는 걸. 참사에는, 잔혹한 일에는 분노하고 슬퍼하고 오열해야 한다는 걸. 아무도 그에게 가르쳐주지 않았다.

"저는 너무…… 슬퍼요."

여전히 울음을 그치지 않으며 페트리지아가 말했다.

"그 어린 나이에…… 성인도 감당하기 어려운 일을 겪으셨는데, 이렇게 아무렇지 않게 그날의 기억을 되살려 내신다는 게 저는 너무 슬퍼요."

당신은 그날의 기억을 담담하게 말하기까지 얼마나 많은 눈물을 흘렸을까. 당신은 얼마나 자주 떨어야 했을까. 당신을 얼마나 많이 자책하고 자해했을까. 당신은 얼마나…….

"왜…… 왜 그렇게 아무렇지도 않은 표정을 지어요……"

슬펐을까. 아아, 불쌍한 사람. 페트리지아가 마침내 오열했다.

"그렇게 아무렇지 않은 사람처럼 굴지 말란 말이에요…….

당신이 울면서 말했더라도 나는 슬퍼했을 거야. 그런데 당신은 왜 울지 않아? 당신을 슬프지 않아? 억울하지 않아? 그 여자를 죽이고 싶지 않아?

나는 그런데. 당신을 좋아하지도 않고 사랑하지도 않는 나지만, 나는 당신의 불행이 너무나도 가슴 아프고, 당신에게 그런 상처를 안겨다 준 그 폐후가 사람 같지 않고, 당신이 너무나도 불쌍한데.

그런데 당신은 왜…… 당신을 위해 울지 않아? 왜 당신을 위해 분노하지 않아? 당신은 너무 익숙해져 버린 거야? 그 아픔과 분노와 슬픔이 이미 익숙해져 버린 거야?

그렇다면 당신은 얼마나 많이 혼자 아파해야 했니.

"우세요, 폐하."

"……."

"울어야 할 일이에요……."

"……."

"그렇게 아무렇지 않은 표정으로 말씀하실 이야기, 아니라고요……."

페트리지아는 마침내 그의 앞에 무릎을 꿇고 울었다. 루시오가 자신의 앞에 무릎을 꿇고 오열하는 그녀를 빤히 쳐다보았다.

루시오는 그런 페트리지아가 이해되지 않았다. 어째서 그녀는 자신을 위해 이렇게까지 슬퍼해줄까? 그녀는 분명 자신을 사랑하지 않는다고 말했는데. 그녀는 분명 로즈몬드 때문에라도 자신을 원망하고 있을 텐데.

"그대는……."

그가 목이 멘 목소리로 물었다.

"그대는 왜…… 나를 위해 이렇게까지 하지?"

"……그게 무슨 소리예요?"

"그대는 나를 좋아하지 않잖아."

그가 덤덤하게 말했다.

"그대는 나를 싫어하잖아."

"폐하를 좋아하지 않아요."

여전히 우는 목소리로 페트리지아가 고백했다.

"폐하를 싫어해요."

"……그런데 왜."

"그래도 폐하가 불쌍해요."

페트리지아가 눈물이 자욱한 눈을 들어 루시오를 쳐다보았다. 여전히 그의 얼굴에는 감정 한 자락조차 피어오르지 않고 있었다. 페트리지아는 그 모습을 보고 더 마음이 아파왔다.

"그럼에도 불구하고, 당신이 겪은 일이 내가 가진 증오보다 더 참담하니까."

"……."

"내가 당신을 싫어하는 것과 비교할 수 없을 정도로, 당신의 불행이 불행하니까."

"……."

"그래서 나는 우는 거예요. 나는 폐하가 불쌍해요."

그녀가 눈물을 훔치며 말했다.

"이 상황에서 눈물 한 방울조차 흘리지 못하는 당신이 불쌍해."

"아……."

페트리지아의 말에 루시오의 얼굴에 균열이 일기 시작했다. 페트리지아는 그 균열마저 안타까운 눈으로 보았다. 아, 정말로 불쌍한 사람이구나, 당신은. 불쌍한 사람이야.

"윽……."

루시오가 얼굴을 양손으로 감쌌다. 아무도 자신을 위해 울어주지 않았다. 아무도 자신에게 울라 허락하지 않았다. 심지어 로즈몬드마저 그렇게는 하지 않았다.

자신을 사랑하지 말라 못을 박고 상처를 주었던 나의 황후만이, 그렇게 하고 있었다.

그는 울었다. 우는 것 같았다. 페트리지아는 눈물을 거두고 그를 슬픈 눈으로 쳐다보았다. 그는 처음에는 소리 죽여 울다가, 마침내는 소리 내 울었다.

"아…… 으흑."

"……."

페트리지아는 울음을 삼키며 그에게로 천천히 다가갔다. 그녀가 입술을 깨물며 그를 안아주었다. 그가 흐느끼는 소리와 그가 흘리는 뜨거운 눈물이 차가운 공기를 타고 그녀에게까지 전해졌다. 그녀도 다시금 소리 죽여 울기 시작했다.

후원은 한참 동안 슬픔에 질식해 죽어버렸다.

2

Scar

"도착했습니다, 레이디 로즈몬드."

마부의 말에 로즈몬드는 차가운 시선으로 마차에서 내렸다. 꼴도 보기 싫은 두 사람이 있을 초라한 성 하나가 눈에 들어왔다. 로즈몬드가 냉소를 지으며 하이힐을 신은 발을 놀렸다.

"……."

성까지 가는 동안 로즈몬드는 단 한 마디도 꺼내지 않았다. 옆에서 그런 그녀의 모습을 보며 글라라는 불안해했다. 제 주인이 이렇게까지 말이 없던 적이 없었다. 그녀는 심지어 지난번 옥에 갇혔을 때조차 여유로운 모습으로 차를 마시며 말을 했다.

그런데 이번에는 친부를 보러간다면서 단 한 마디도 하지 않고 굳은 표정으로 발만 움직이고 있는 것이었다. 글라라는 영 이상하다는 느낌을 지워버릴 수가 없었다.

"레이디 로즈몬드 오셨습니까."

성안으로 들어서자마자 마중 나온 집사가 로즈몬드에게 나긋한 목소리로 물었지만 로즈몬드는 들은 체도 않고 대로우 남작 내외를 찾았다. 그들을 찾는 것은 어렵지 않았다. 집사의 말이 들리기가 무섭게 그들 또한 집사가 되어 그녀를 마중 나왔기 때문이었다.

"우리 로즈 왔구나. 오랜만에 본다."

"그러게요, 여보. 이게 몇 년 만이지? 어쨌든 먼 길 오느라 고생 많았다."

로즈몬드는 이 따뜻한 대사들에도 아무런 표정을 짓지 않았다. 이제 그들에게 남은 건 오직 증오였기 때문에 그들이 자신에게 막말을 하든 칭찬을 하든 아무런 상관이 없었다. 게다가 이제 자신은 곧 공녀가 될 것이므로. 로즈몬드는 무표정한 얼굴로 품 안에서 무언가를 꺼내 대로우 남작에게 내밀었다.

"사인하세요."

"이게 뭐니, 딸?"

딸이라니. 역겨웠다. 저 남자가 언제 한 번이라도 자신을 딸로서 대한 적이 있었던가.

"세상에, 친권 포기 각서?"

충격받은 듯한 표정 짓지 마, 대로우 남작부인. 당신은 늘 원했잖아. 내가 없어져버렸으면 좋겠다고. 내가 그냥 이 세상에서 사라져버렸으면 좋겠다고. 그래서 내가 그런 일을 당했는데도 당신은 그

62

냥 가만히 있었던 것 아니었어? 아니, 심지어는 묵인도 아니고 은 근히 부추겼지. 그 일을 말이야.

"누구 마음대로!"

"넌 내 딸이다."

로즈몬드는 격렬한 반대에 피곤한 표정을 보였다. 그녀는 가급 적 이 작자들과 말을 섞고 싶지 않았다. 그녀의 완벽한 계획은 이곳 에 오고 정확히 30분이 되어 이 성을 뜨는 것이었다. 지금쯤 10분 정도가 흘렀을 것이었다. 그렇다면 남은 시간은 20분. 그녀가 일을 빨리 마무리하기 위해 입을 열었다.

"서명하는 게 신상에 이로울 겁니다."

로즈몬드가 서늘한 목소리로 말했다.

"이미 폐하께서 윤허하신 일이에요. 나는 이제 더 이상 대로우 남 작가의 영애 따위가 아니라 에프레니 공작가의 공녀가 되는 겁니 다. 당신들이 정말로 나를 조금이라도 위한다면 그냥 입 닥치고 사 인해요. 난 하루빨리 여길 뜨고 싶으니까."

모든 것이 진실이었다. 슬프게도 그랬다. 그녀는 하루빨리 자신 의 뒤에 붙은 이 더러운 대로우의 성을 떼어내 버리고 싶었다. 그것 은 분명 로즈몬드에게 있어 태초의 정체성이었지만, 이제는 그저 없애버리고 싶은 치부에 불과했다.

"아가, 어떻게 그런 말을……."

남작부인이 상처받은 듯한 표정을 지었다. 같잖고 같잖아 로즈몬드는 웃음도 나오지 않았다. 그런 인간적인 반응을 보이기에 그녀는 너무나도 이 집구석을 혐오했다.

"이제 와서 가면은 집어치워요, 남작부인. 역겨우니까."

"너……."

"여보, 그만해. 로즈, 그만하렴."

보다 못했는지 대로우 남작이 나섰으나 로즈몬드는 그마저도 역겹게 느껴졌다. 어디서 아버지인 척 굴어.

"당신이나 그만해. 당신이 내 이름을 부를 자격이나 있어?"

"로즈……."

"부르지 말라고."

흉흉한 눈으로 로즈몬드가 경고했다. 아까부터 계속 구역질이 올라왔다. 로즈몬드가 치밀어 오르는 토기를 무시하며 서늘하게 말했다.

"뭔가 착각하고 있는 것 같은데, 이건 당신들에게 선택지가 있는 게 아냐. 그냥 당신들은 받아들이기만 하면 되는 거야."

과거의 내가 그랬던 것처럼, 당신들도 그렇게 해. 그렇다고 해도 당신들은 손해 볼 거 없잖아?

"그러니 입 닥치고 사인이나 해. 나는 하루라도 빨리 이 지긋지긋한 성을 벗어나고 싶으니까."

"……."

대로우 남작 내외의 표정이 굳어졌다. 남작부인은 심지어 얼굴에 짜증이 묻어나는 것도 같았다. 남작은 가만히 무언가를 생각하는 듯하다가 곧 입을 열었다.

"아가."

둘은 한참 동안 울었고, 어느 순간부터 울지 않았다. 너무 울어 부어버린 얼굴을 전혀 의식하지 않으며, 페트리지아는 루시오의 옆에 나란히 앉았다. 두 사람 모두 너무 수분을 뺀 탓에 탈진한 듯 보였다. 한참 동안 아무 말 없이 서로의 곁만 지키고 있던 두 사람 중, 먼저 입을 연 사람은 페트리지아였다.

"폐하."

"……그래."

"궁금한 게 있는데요."

"물어봐."

페트리지아가 루시오를 쳐다보며 물었다.

"로즈몬드를 사랑했던 것도, 그렇게 특별하게 여겼던 것도."

"……."

"말씀하신 일과…… 관련이 있어요?"

"……그래."

역시나. 페트리지아는 자신의 예상이 옳았음을 확인하고선 가만히 눈을 감았다.

처음부터 이상하다 싶었다. 단순한 애정이나 총애가 아니어서,

그녀는 늘 이상하다 생각했었다. 마치 그녀가 자신의 분신과도 같은 존재라고 여기는 그의 태도가 늘 부자연스러워서 도대체 이유가 뭘까…… 궁금해했었는데. 이런 이유라면 납득이 갔다. 루시오가 말했다.

"그녀도 나만큼이나 사연이 많은 여자지."

"……."

그 말을 듣고 나자 페트리지아는 속으로 실소를 지을 수밖에 없었다. 이야기의 주인공은 셋인데, 그 셋이 전부 다 사연이 출중하다. 한 사람은 일가가 참수당하고 회귀. 한 사람은 미친 계모의 계략으로 친모를 제 손으로 죽였고, 또 나머지 한 사람은 뭘까. 페트리지아는 괜스레 기분이 안 좋아졌다.

"내가 그녀를 버릴 수 없는 이유도…… 그 때문이고."

"……그녀도 폐하와 비슷한가요?"

"글쎄."

그가 두루뭉술한 답을 내놓았다.

"고통의 크기란 원래 주관적인 것 아닌가."

동의하는 일이었다. 그럼에도 불구하고 루시오의 사례처럼 객관적으로 보이는 고통도 분명 존재하는 법이었다. 페트리지아가 가만히 마른침을 삼켰다.

"그녀의 고통은 객관적이었어."

마치 나처럼.

다른 이야기가 시작되었다.

～⌒୨

"아가."

대로우 남작의 호칭에 로즈몬드는 소름이 돋았다. 아가? 하, 아
가라니. 저 역겨운 자식…… 신이 있다면 묻고 싶었다. 저 남자를
만들 때 넣을 양심을 도대체 어디다 빠뜨린 거냐고. 더불어 염치도
함께. 경멸조의 표정으로 로즈몬드가 대로우 남작을 노려보았다.

"미쳤어, 남작?"

"미치지 않았단다, 내 딸아."

남작 내외는 그녀의 신경을 있는 대로 긁기 위해 태어난 사람들
처럼, 로즈몬드의 심기를 자꾸만 어지럽혔다. 그녀는 마음 같아서
는 모든 사람을 다 죽이고, 그냥 유유히 이 자리를 빠져나오고 싶었
으나, 그랬다간 뒷일이 감당되지 않는다는 게 단점이었다. 이걸 눈
치챘는지 대로우 남작이 웃으며 말했다.

"아가, 넌 분명 내 소중한 딸이란다."

"……."

"어떻게 천륜을 끊을 생각을 하니. 그런 천벌을……."

"천벌!"

로즈몬드가 분노 어린 음성을 터뜨렸다.

"말 잘했어. 천벌, 천벌이라!"

그렇게 소리친 로즈몬드가 곧 싸늘한 눈으로 중얼거렸다.

"그러고 보니 브루첸카 그 자식은 어떻게 지내, 요즘?"

"……."

남작 내외 사이에서 난 유일한 적장자인 브루첸카는 자작가에 데릴사위로 들어갔다. 로즈몬드가 비웃으며 말했다.

"마누라는 알아? 그 자식이 제 이복 여동생을 강간한 거 말이야."

"로즈몬드!"

"내 이름 부르지 말라고!"

로즈몬드가 격노하며 소리쳤다. 그 반응에 남작 내외 모두 움찔하며 뒤로 물러났다. 마침내 자신의 터부까지 입에 담은 로즈몬드가 악에 받친 목소리로 중얼거렸다.

"마음 같아선 당신들 모두 다 갈가리 찢어 죽이고 싶어. 지금 내가 입에 차마 담지 못하는 방법들로 당신들의 최후를 정해주고 싶다고."

"……."

"그걸 못 하는 게 아냐. 안 하는 거야. 난 당신들하고 더 이상 엮이고 싶지 않아. 그러니 그냥 좋은 말로 할 때, 친권 포기 각서 사인해."

"……."

"그렇게 안 하면 나도 당신들한테 무슨 짓을 저지를지 모르니까."

"……."

"어서!"

로즈몬드가 소리 지르자 대로우 남작이 침착하게 그녀의 말을 받았다.

"알았다, 알았어."

그는 어쩐지 못마땅해 보이는 표정이었다. 당연했다. 어쨌든 친딸이니 그 애가 황제의 총희라는 사실이 그의 어깨를 얼마나 펴게 만들어주었겠는가. 로즈몬드는 그 사실만 생각하면 당장에라도 황제의 미움을 받고 죽어버리고 싶었다.

"하지만 오늘 하루는 자고 가거라."

다정한 목소리로 대로우 남작은 요구했지만 로즈몬드에게는 씨알도 먹히지 않는 이야기일 뿐이었다.

"내가 왜요?"

강제적으로 범해진 이 더럽고 추악한 집구석에 있고픈 마음은 조금도 없었다. 차라리 길바닥에서 잤으면 잤지. 대로우 남작이 그런 그녀의 생각을 읽기라도 한 건지 얼른 덧붙였다.

"어차피 지금은 밤이 늦어 움직이지도 못해. 말 생각도 해야지."

"……."

"하루만 머물다 가거라. 어쨌든…… 부녀간에 마지막 밤이 될 게 아니냐."

"하."

부녀간이라. 당신이 한 번이라도 날 딸로서 생각한 적이 있었나.
로즈몬드는 경멸조로 대로우 남작 내외를 노려본 다음 발소리를
크게 하며 위층으로 올라갔다. 이 집을 떠날 때 다시는 발 들이지
않겠다 다짐했던, 자신의 공간.

크게 문을 닫은 로즈몬드가 초라한 자신의 방에 주저앉았다. 그
일을 당한 직후 그녀는 바로 이곳에서 소리 죽여 울었다. 슬프고 무
서워서.

이제 그 어리고 약했던 소녀는 더 이상 없다. 남은 것은 야망이
전부인 악녀뿐. 로즈몬드가 여전히 싸늘한 눈으로 방 안을 응시했
다. 분명 자신의 유년 시절이 담겨 있는 곳일진대 구역질이 나왔다.

"……."

그녀는 자신이 참으로 불행한 유년 시절을 보냈다고 자신했다.
대로우 남작은 분명 그녀의 생물학적 아비였으나, 대로우 남작부
인은 그녀의 친모가 아니었다. 그녀의 친모는 창녀였는데, 그녀는
친모와 대로우 남작 사이의 하룻밤 장난을 통해 처음 생명을 가
졌다.

'차라리 지워버렸으면 좋았을 것을.'

로즈몬드가 쓴웃음을 지웠다. 이제는 원망조차 할 수 없는 제 어
미는, 이후 질투에 눈이 먼 대로우 남작부인에 의해 살해당했고, 그
배후에는 친부인 대로우 남작의 방관이 있었다. 그때 그녀의 나이

열 살이었고, 그녀는 그 직후 대로우 남작가에 입성했다. 첩이라고 불리기도 민망한 창녀의 딸로서.

'그때 차라리 죽어버렸어야 했는데.'

그때 죽었더라면 지금의 분노는 없었을까. 지금의 모든 응어리진 악과 설움은 생기지 않았을까. 분명한 건 이제 그것은 후회에 지나지 않았고, 시간을 돌릴 수 있는 방법은 그 어디에도 없다는 사실이었다.

"어느 순간부터 로즈몬드의 오라비가 그녀를 여자로 보기 시작했다지."

루시오가 덤덤하게 말을 이어나갔다.

"결국 일은 일어났어. 오라비가 이복 여동생을 억지로 범했지. 대로우 남작부인은 그 사실을 알고서도 묵인했어. 치부라고 생각했겠지."

그가 쓰디쓴 목소리로 말했고, 페트리지아는 순간 말을 잃었다. 세상에 자신처럼 불행한 사람이 있을까 했는데 루시오가 그랬고, 루시오같이 불행한 사람이 또 있을까 했는데 로즈몬드가 그랬다. 페트리지아는 순간 가슴이 무거워지는 것을 느꼈다. 그녀가 미웠고, 그녀를 증오했지만, 동시에 그녀를 연민했다.

"그때 죽고 싶었다고 하더군."

그랬겠지.

페트리지아는 생각만 해도 끔찍하다는 듯 참담한 표정으로 눈을 감았다. 한참 후에 그녀가 물었다.

"……둘이 어떻게 만났어요?"

"우연이었어."

그래, 우연이었다. 지금 생각해보면 그마저도 조작이 아닐까 싶었지만, 어쨌든 그가 생각했을 때 그건 분명 우연이었다. 그 길고 긴 순행에서 우연히 마주친 아름다운 분홍 머리카락의 여인, 알게 된 사정, 비참하고 끔찍했던 유년 시절과 상처에 대한 동질감.

로즈몬드는 영민했고, 자신의 인생을 바꾸기 위해 도박을 감행했다. 그녀는 자신의 상처를 포장해 루시오에게 팔았고, 그 대가로 황제의 연민과 동질감을 얻었다.

거기에서 그치지 않고 그녀는 루시오의 상처를 교묘하게 파고든 후 그를 위로하는 척하며 그가 자신에게 의존하게끔 만들었다. 마치 그의 은밀하고 충격적인 상처를 자신밖에는 이해해줄 사람이 없는 것처럼. 그를 이해할 수 있고 받아들여줄 수 있는 사람은 오직 자신뿐인 것처럼.

그의 트라우마는 그를 가장 취약하게 만들 수 있는 아킬레스건이었다. 로즈몬드의 계책은 성공했다. 루시오는 그녀에게 빠져들 수밖에 없었다. 그의 앞에서 벗는 여자도, 유혹하는 여자도 많았지만 로즈몬드 같은 여자는 없었다.

거기에 자신과 비슷하게, 큰 상처를 가지고 있다는 사실 또한 루시오가 로즈몬드를 절대 버릴 수 없도록 하는 안전장치로 작용했다. 로즈몬드는 루시오가 절대 상처 많은 자신을 버릴 수 없다고 확신한 것이다. 그리고 로즈몬드의 생각은 대체로 맞았다.

루시오의 이야기를 다 들은 페트리지아는 충격으로 인해 머리가 멍해지는 기분이었다. 설명할 수 없는 유대감의 정체는 이것이었나. 자신과 같은 고귀한 영애는 감히 가질 수조차 없는 참담하고 충격적인 유년 시절의 상처. 그는 정상적으로 자라난 사람이라면 절대 자신을 이해할 수 없을 것이라고 생각한 것이다.

사실 그의 말이 완전히 틀린 것은 아니었다. 그녀는 그를 완전히 이해할 수 없다. 그녀는 그런 상황을 겪어본 적이 단 한 번도 없었으니까.

하지만 그건 로즈몬드도 마찬가지 아닌가. 사람은 그 누구도 그 사람과 같은 경험을 하지 않았다면 그 사람을 온전히 이해할 수 없는데.

다만 로즈몬드는 조금 영특했을 뿐이다. 마치 그녀는 다른 것처럼. 그녀만은 그를 온전히 이해할 수 있는 것처럼.

그렇다고 거기에 걸려든 루시오가 나쁘다는 건 아니다. 그는 필요했을 것이다. 그를 완전히 이해해줄 수 있는 사람이. 그의 잘못이 아니라고 말해줄 수 있는 사람이. 그리하여 마음의 짐을 조금이라도 덜게끔 도와줄 수 있는 사람이.

"그녀가 가여웠지. 그녀가 나를 가엽게 여겼던 것과 마찬가지로."

"……"

"그래서 그녀를 나와 동일시했어. 그게 내가 그녀를 버릴 수 없는 이유였지."

"……"

이해는 갔다. 짜증 나고, 솔직히 말해 이해하고 싶지도 않았지만, 어느 정도 이해가 가는 것까지는 막을 수 없었다. 만약 그녀가 로즈몬드나 루시오 둘 중 한 사람이었을 때, 그녀는 그러지 않았을 것인가. 그 또한 자신할 수 없었기 때문에.

"그녀를…… 사랑해요?"

"……"

옛날 같았으면 당연히 '그래'라고 대답했을 질문이었다. 하지만 이상하게 그는 쉽사리 입을 뗄 수가 없었다. 사랑했다. 분명 사랑했었다. 하지만 지금은? 지금도 그녀를 사랑하나?

페트리지아와 결혼하기 전에도 이따금씩 의심은 품었다. 그녀는 정말로 나를 사랑하나. 나는 정말로 그녀를 사랑하나. 우리 두 사람 사이에 있는 것은 단순한 연민인가, 아니면 사랑인가. 연민이라면 그것은 사랑으로 볼 수 있는가.

그는 한때 연민 또한 사랑이라고 확신했지만, 그녀의 이면을 접하면서 그의 신념에는 금이 가기 시작했다. 그리고 지금에 와서, 루시오는 '잘 모르겠다'고 생각했다. 그가 그녀를 가엽게 여긴다는 것에는 이견이 없다. 그녀를 지금도 연민한다.

하지만 그는 정말로 그녀를 사랑하는가? 그녀는 또한 그를 진실로 사랑하는가? 두 사람 사이에 남아 있는 감정은 과연 진실한가?

"그러게."

그래서 그는 두루뭉술하게 대답해버렸다.

"나도 잘 모르겠군."

"……."

연민으로 시작한 사랑이다.

동정심이나 동질감은 오래 지속되지 못한다. 즉, 한시적이다. 그가 혼란스러워하는 것 또한 정상이고, 더더군다나 로즈몬드가 진짜로 그를 사랑했을 가능성 또한 적다. 적어도 페트리지아가 생각하기엔 그랬다.

그러니 얘야, 너 또한 조심하거라. 연민으로 시작된 사랑은 결코 길게 갈 수 없어. 연민과 사랑을 구분하지 못한다면 너 또한 불행해질 거야.

다음 날 로즈몬드는 불편한 상태로 눈을 떴다. 그녀는 눈을 뜨자마자 언짢은 표정으로 주변부터 살폈다. 아, 구역질 나는 방 안이었다. 그녀는 한시라도 빨리 이곳을 떠야겠다고 생각하며 자리에서 일어났다.

"일어나셨어요, 로즈몬드 님?"

"그래."

이제 글라라도 자신의 치부를 알게 되었지만, 그녀는 어쩐 일인지 그 일에 대해 아무런 언급도 하지 않았다. 로즈몬드는 다행이라고 생각하면서도 기분이 나빠졌다. 물론 전혀 내색하지 않은 채 글라라에게 말했다.

"대로우 남작 부부에게 친권 포기 각서만 받아 오면 곧바로 이곳을 뜰 거야. 준비해라."

"하지만 로즈몬드 님, 목욕은 안 하시구요?"

"다른 곳에서 해. 돈이 궁한 것도 아닌데 굳이 이곳에 더 있어야 할 이유는 없잖아?"

그렇게 말하는 로즈몬드의 목소리에 짜증이 잔뜩 묻어 있어서 글라라는 아무 말도 하지 않았다. 그녀는 조용히 알았다고만 대답한 다음 방을 나섰고, 로즈몬드도 곧 문을 나선 뒤 남작 부부를 찾았다. 그들은 어제와 똑같은 표정으로 그녀와 마주했다.

"잘 잤니, 우리 딸?"

구역질이 났다. 도대체 언제까지 저 헛소리를 들어야 하는 건지. 언짢은 기색을 마음껏 드러내며 로즈몬드가 물었다.

"친권 포기 각서, 사인했나요?"

"이런, 아가. 너무 서두르는구나."

대로우 남작부인이 빙긋 웃으며 말했다.

"어제 네 아버지와 밤새 이야기를 나누어보았단다. 어떻게 해야 네 장래에 도움이 될지……."

"마음에도 없는 소리는 집어치우시고."

로즈몬드가 서늘하게 웃으며 말을 끊었다.

"친권 포기 각서, 내놓으라고."

"아, 급하기도 하지."

대로우 남작부인이 약간의 언짢음을 드러내며 로즈몬드에게 말했다.

"좋아, 네가 그렇게 원한다면야. 써주마."

"지금 당장……."

"단, 조건이 있단다."

대로우 남작이 미소 지으며 두 사람 사이의 대화에 끼어들었다. 로즈몬드가 뭐냐는 표정으로 대로우 남작을 쳐다보았고, 대로우 남작은 비굴한 표정을 지으며 로즈몬드에게 말했다.

"널 지금까지 키워준 비용은 지급해야 하지 않겠니?"

"……허."

키워준 비용이라. 로즈몬드는 가만히 생각해보았다. 열 살 때부터 하녀처럼 부려먹고, 누더기만 입히고, 이복 오라비가 강간하게 놔두었던 사람이 누구였더라? 그런 자가 감히, 그간 들어간 돈을 입에 담아? 로즈몬드는 그 뻔뻔함에 기가 찼다. 하지만 곧 특유의 미소를 지어 보이며 글라라에게 무언가를 소곤거렸다.

"좋아. 그걸 원한다 이거지."

로즈몬드가 입꼬리를 길게 끌어 올려 웃었다.

"진작 그렇게 말했어야지. 그럼 어제 떠날 수도 있었을 텐데."

안타까워. 로즈몬드가 유감이라는 목소리로 덧붙였다.

"좋아, 돈. 좋지."

아아, 내 유년기의 불행을 잊어버릴 수 있는 조건이 고작 그 돈 몇 푼이었어? 진작 말하지. 질식해 죽을 정도로 많은 돈을 네놈들의 목구멍에 쑤셔 넣어줄 수 있었을 텐데.

로즈몬드는 대로우 남작부인의 손에서 친권 포기 각서를 잡아챘다. 그녀는 서늘하게 미소 지으며 글라라에게서 받아 든 금화가 잔뜩 들어 있는 주머니를 남작부부에게 뿌렸다. 열려 있던 주머니에서 싯누런 금화들이 우르르 쏟아지며 남작 부부의 몸에 튀겼다. 로즈몬드가 분노 섞인 목소리로 그들에게 마지막 인사를 했다.

"부디 오래 사세요. 남작, 그리고 남작부인."

내가 황후가 되어 당신들을 완전히 멸해버릴 그날까지, 부디 오래오래 살아주세요.

페트리지아는 그날 아침, 자신이 지난 밤 루시오로부터 과거의 이야기를 들은 것에 대해 엄청난 후회를 했다. 그녀가 난감한 표정으로 고개를 숙였다.

"아…… 이제 그 사람 얼굴을 어떻게 보지."

비밀을 안다는 것은 곧 그 사람의 약점을 안다는 것. 페트리지아는 루시오의 약점을 알아버렸다. 문제는 그 '약점'이라는 게, 그녀에게도 통용되는 말이라는 점이었다. 예전 같았으면 매몰차게 대했을 이건만, 그 끔찍한 이야기를 듣고 나니 더 이상은 그를 냉정하게 대할 수가 없을 것만 같았다. 차라리 듣지 말걸. 페트리지아는 후회했다.

"폐하, 왜 그러세요?"

영문을 알 리 없는 미르야가 물었고, 페트리지아는 입을 다물었다. 황실과 관련된 이야기다. 설령 미르야라 할지라도 입 밖으로 내는 것은 매우 조심스러운 일이었기에, 페트리지아는 그저 가만히 고개를 저으며 '그냥 오늘 몸이 좀 안 좋네요' 하고 둘러댈 뿐이었다. 그 말을 들은 미르야는 호들갑을 떨며 스프를 끓여 오겠다고 말했다. 그녀가 주방으로 사라진 사이, 페트리지아는 다른 시녀들의 도움을 받아 드레스를 입고 머리를 우아하게 올렸다.

"엘라, 로즈몬드가 돌아오려면 얼마 정도가 더 남았지?"

급작스러운 말에 곁에서 페트리지아가 단장하는 것을 지켜보고 있던 라파엘라가 잠깐 고민하는 표정을 짓다가 말했다.

"글쎄다. 지금쯤이면 아마 영지에서 출발하지 않았을까? 대로우 남작령이 황성에서 좀 멀긴 하지. 아마 일주일 조금 안 걸리지 싶어."

멀긴 머네, 하고 페트리지아가 중얼거리는 사이, 미르야가 호박 스프를 가지고 등장했다. 어쨌든 몸이 안 좋다는 건 거짓말이었으므로 페트리지아는 양심이 살짝 찔려오는 것을 느꼈다. 하지만 전혀 그런 내색을 하지 않은 채 페트리지아는 작게 웃으며 '고마워' 하고 말했다.

"미르야, 베인궁의 예산을 다시 책정해야 할 것 같아."

호박 스프를 한 입 떠먹은 페트리지아가 아무렇지 않게 이야기를 꺼냈다. 미르야는 당연하다는 목소리로 반응했다.

"이제는 남작도 아닌 그냥 일개 영애일 뿐이니까요. 응당 그리하셔야 한다고 생각했습니다."

"그래. 너무 늦었지. 원래 책정되었던 예산에서 사치품을 소비할 수 있도록 만들어진 예산과 그 밖의 쓸모없는 지출을 줄여서 원래 예산의 절반 정도로 감액하도록 해. 어차피 베인궁의 시녀들도 이제는 얼마 없으니 상관없겠지."

"예, 폐하. 최대한 빨리 그렇게 하도록 하겠습니다."

페트리지아가 빙긋 미소 지으며 고개를 끄덕였다. 이제야 주변이 조금 정리되는 느낌이다. 하지만 여전히 안심할 수는 없었다. 로즈몬드는 보통 내기가 아니었으니까. 지금 느낄 수 있는 이 일말의 편안함은 그저 그녀가 당장 눈앞에 없기에 발생하는 착각과도 같은 것.

페트리지아는 그녀가 또 무슨 일을 꾸미기 전에, 이번에는 자신이 먼저 일을 꾸미는 것도 나쁘지는 않겠다고 생각했다. 치사해도 어쩔 수 없다. 도덕관념을 무시한 이에게 굳이 품위 있게 상대해줄 필요는 없지 않은가.

"건국제 준비는 어떻게 됐지?"

"거의 다 끝났습니다, 폐하. 이제 자질구레한 것들만 남았어요."

그렇게 말한 미르야가 빙긋 미소 지으며 말했다.

"축하드려요. 오늘부터는 조금 쉬실 수 있으시겠네요. 요즈음 너무 무리하셔서 전 혹여 어디 아프기라도 하실까 봐 많이 걱정했답니다."

"다행히 체력 하나는 타고난 편이라."

그렇게 말한 페트리지아가 씩 웃었다. 독을 빨고도 무사했던 자신이니 체력 하나만큼은 인정해주어야 했다. 스프 그릇을 깨끗하게 비운 페트리지아가 조용히 말했다.

"그럼 오늘은 도서관에나 좀 가보는 게 좋겠네."

로즈몬드가 출몰한 이후로는 도서관도 기분 더러워서 가지 않은 지 오래였다. 어차피 지금은 로즈몬드도 없으니. 페트리지아가 만족스러운 미소를 지으며 천천히 걸음을 옮겼다.

햇살은 생각했던 것만큼 뜨겁지 않았기에 페트리지아는 오래간만에 느끼는 상쾌함을 즐겼다.

도서관 안으로 들어가자 거의 몇 개월 만에 보는 것 같은 사서가 그녀를 향해 예를 차려 인사했다. 페트리지아는 예전부터 읽으려

다가 미루어두었던 도서를 찾기 위해 과학 분야의 책들이 꽂혀 있는 책장으로 발을 옮겼다.

여유로움에 그녀의 얼굴은 그 어느 때보다도 편안했다. 마침내 그녀가 원하던 책장을 찾았을 때, 그녀는 반가움에 중얼거렸다.

"아, 찾았…… 아."

그러나 그 반가움은 그리 오래가지 못했다. 페트리지아는 그 넓은 도서관의 많고 많은 책장에서, 루시오와 마주치고는 당황스러움에 눈을 깜빡거렸다.

이 사람이 지금 이 시간에 여길 왜……? 페트리지아는 너무 놀라 그에게 예를 차려야 한다는 생각조차 하지 못한 채 어벙한 표정으로 서 있었다. 루시오가 먼저 아는 체를 했다.

"황후."

"아…….."

"어지간히 놀랐나 보군."

그렇게 말한 그가 피식 웃었다. 페트리지아는 그제야 정신을 차리고 그에게 인사했다.

"주군이자 태양이신 폐하를 뵙습니다. 앞길에 광명만이 가득하시길."

"여전하군."

완벽한 예법을 구사하는 그녀를 보며 그가 쓸쓸한 표정으로 중얼거렸다. 그 표정이 어쩐지 마음에 들지 않아 페트리지아는 조용히 입술을 깨물었다. 루시오가 물었다.

"여기까진 무슨 일인가."

"책을 좀 읽으러요."

'간만에 로즈몬드가 없어서요'라는 말은 생략했다. 그도 껄끄러운데 로즈몬드는 더 껄끄러웠으니까. 그러나 루시오는 그것마저 눈치챈 듯 그녀에게 말했다.

"그녀는 이제 도서관에 출입하지 않아. 이곳에 오는 일에 대해 불편함을 느끼지 않아도 될 거야."

"참으로 상세히도 아시는군요."

하기사. 페트리지아가 비꼬았고, 루시오는 머쓱한 표정을 지었다. 어쨌든 그녀와의 관계를 정리하지 않는 이상 이럴 수밖에 없는 관계다.

페트리지아가 한숨을 쉬었다. 로즈몬드야 일관된 증오와 경멸로 대응하면 그만이나, 이 남자와의 문제는 그런 단순한 논리로는 해결될 수 없다. 이 남자는 그녀에게 있어 참으로 복합적인 존재이기 때문에.

어쨌든 남편이었고, 그것도 정부를 둔 파렴치한이었지만, 사실 엄밀히 말하자면 황제가 정부를 두는 것은 그리 흠이 될 만한 일은 아니었다. 거기까지만이라면 그나마 치졸함을 핑계 삼아 그를 마음껏 원망할 수 있었지만 로즈몬드와 그 사이의 관계를 알아버린 이상 그러기에도 힘들다.

하여튼, 어려운 일이었다. 차라리 자신이 그녀보다 먼저 그를 만났으면 어땠을까. 페트리지아는 참으로 부질없게도 그런 생각을 했다.

"불편하면 내가 나가지."

"그러실 필요 없어요."

자신이 그를 신경 쓰고 있다는 사실을 들키고 싶지 않아서, 페트리지아는 괜히 퉁명스럽게 대답하고선 책을 찾았다. 그냥 할 일을 빨리 마치고 황후궁으로 복귀하는 게 최선의 정답이다. 페트리지아는 책을 찾느라 너무 열중해 있었기 때문에, 루시오가 그녀를 빤히 바라보고 있다는 사실조차 눈치채지 못했다.

루시오는 자신이 이런 생각을 품는 것조차 그녀에게는 미안한 일이었지만, 페트리지아가 고마웠다. 으레 그런 이야기를 듣고 나면 사람들은 이야기의 주인공을 특별하게 대하기 마련이다.

여기서 '특별하다'는 건 대우에 있어 그 질이 향상됨을 말하는 것이 아니라, 그 사람을 대하는 데 있어서의 조심성을 의미했다. 그런 이야기를 듣고 나면 대부분의 사람들은 그 사람을 조심스럽게 대했다. 마치 조금만 세게 만져도 쉽게 깨져버릴 유리병처럼.

페트리지아는 그렇게 하지 않았고, 그래서 루시오는 그것을 오히려 특별하다고 느꼈다. 어쨌거나 고마운 일임에는 틀림없었고, 그 고마움의 크기만큼 그는 그녀에게 미안해했다.

"왜 그렇게 보세요?"

그제야 눈치챈 페트리지아가 물었다. 의아한 표정이 티끌 하나 없이 맑았다. 그가 엷게 웃으며 대답했다.

"기분 나빴다면 미안해."

"아니, 뭐……."

이런 대답을 기대한 건 아니었는데 말이야. 페트리지아는 도리어 자신이 무언가 잘못한 것 같은 느낌에 기분이 묘해졌다. 그녀가 헛기침을 하며 다시금 책을 찾는 데 열중했다. 그때 그녀의 눈이 반짝였다.

"아, 찾았다."

저도 모르게 중얼거린 페트리지아가 높은 선반에 꽂혀 있는 책을 뽑기 위해 발뒤꿈치를 들었다. 하지만 너무 높은 곳에 있었던 탓에 책은 닿을락 말락 했다. 그때 그녀의 손이 책 한 권을 낚아채듯 잡았지만, 하필 다른 책들까지 건드리는 바람에 대여섯 권의 책들이 우수수 책장 밑으로 떨어지기 시작했다.

페트리지아가 저도 모르게 눈을 질끈 감았다. 왜 책을 저렇게 높은 곳에 꽂아두는 거야. 키 작은 사람들은 어떻게 보라고!

"윽……."

그러나 뜻밖에도 들려오는 것은 다른 사람의 신음이었다. 페트리지아가 감았던 눈을 슬며시 떴다.

그리고 보이는 광경에, 페트리지아가 믿을 수 없다는 눈으로 루시오를 쳐다보았다.

"폐하……?"

"윽…… 조심해야지."

그녀에게로 쏟아지는 책들을 전부 한 팔로 막아낸 루시오가 떨어진 책들을 한 권 한 권 들어 원래 있던 자리로 꽂아 넣었다. 그 많은 책을 전부 맞았다고는 할 수 없을 정도로 멀쩡한 모습이었지만, 페트리지아는 자연스럽게 걱정 어린 목소리를 냈다.

"폐, 폐하. 괜찮으세요?"

"괜찮아."

솔직히 말하자면 매우 고통스러웠지만 그는 괜히 이렇게 말했다. 이 착한 여인은 분명 자신이 아프다고 말하면 그 작은 얼굴을 찡그리며 아닌 척하면서도 저를 걱정할 사람이었다. 그렇게 자신을 미워해놓고서도 결국은 자신을 걱정하는, 슬프도록 선한 여자.

"황후는 괜찮은가?"

"……전 아무것도 맞지 않았는데요. 정말 괜찮으신 겁니까?"

"괜찮다는데도. 걱정할 것 없어."

그녀가 원래 찾으려 했던 책이 그녀 앞에 떨어져 있자, 그것까지 주워 든 루시오가 페트리지아에게 책을 건네주었다. 페트리지아가 얼떨결에 그것을 받아 들었고, 감사 인사를 하기도 전에 그는 이미 입구 쪽으로 걸어가고 있었다. 황후궁 시녀들의 인사를 무심하게 받는 루시오를 보며, 페트리지아가 중얼거렸다.

"……사람 신경 쓰이게 하는 데는 도가 튼 사람이야."

"폐하, 아까 큰 소리가 나던데요. 괜찮으십니까?"

황후궁으로 복귀한 후 미르야가 걱정스럽게 묻자 페트리지아는 조용한 목소리로 대답했다.

"난 괜찮다. 다친 건 내가 아니라 폐하시지."

"폐하께서요?"

"그래. 날 대신해서 책을 대신 맞으셨네."

신경 쓰이게 말이야. 페트리지아가 영 마뜩잖은 표정을 지었다. 미르야는 그녀의 내면 변화와 심리를 가장 먼저 눈치채고선, 조심스럽게 페트리지아에게 물었다.

"폐하, 하오시면 궁의는 부르셨는지요."

"아마 안 부르셨겠지."

자기 몸에 별로 애착이 없는 사람이니까. 거기에 얽힌 배경 탓에 약간 우울해진 페트리지아가 잠시 무언가를 생각하는 표정을 짓다 곧 미르야에게 말했다.

"미르야."

"네, 폐하."

"아무래도 궁의를 불러야겠어. 몇 권 안 되긴 했지만 그 두께가 무시 못 할 정도였으니, 혹시 모를 일 아닌가."

"네, 폐하. 중앙궁으로 보내겠습니다."

페트리지아의 말뜻을 잡아낸 미르야가 빙긋 웃으며 밖으로 나갔고, 혼자 남은 페트리지아는 그제야 마음의 짐을 던 사람처럼 편안한 표정을 지었다. 물론 본인은 눈치채지 못한 변화긴 했지만.

∽⧙∽

페트리지아는 그날 밤 꿈을 꾸었다. 회귀하기 전의 순간이 온전히 꿈으로 나타난 것이었다. 마침내 단두대가 페트로닐라의 목을 잘랐을 때, 페트리지아는 울부짖으며 깨어났다.

"아아아악!"

"폐하!"

놀란 미르야가 서둘러 그녀에게로 달려왔고, 그건 라파엘라도 마찬가지였다. 그녀는 자객이라도 들은 줄 알았는지 양손에 쌍검을 든 채로 방 안으로 들어왔다가, 그건 아니라는 사실을 알아채고선 안도의 한숨을 쉬며 물었다.

"리지, 폐하. 도대체 무슨 일이야?"

"하아⋯⋯."

페트리지아는 여전히 진정하지 못한 채로 미르야에게 물을 부탁했고, 미르야가 물을 가지러 나간 사이 라파엘라는 걱정스러운 표정으로 페트리지아에게 물었다.

"자, 폐하. 진정해. 여긴 나밖에 없어. 폐하는 안전하고."

"하아, 라파엘라⋯⋯."

꿈속에서는 그녀가 죽는 모습까지도 생생히 재현되었다. 만일 꿈의 신이란 게 존재한다면 죽여버리고 싶을 정도로 그녀는 심신이 피폐해지는 것을 느꼈다. 회귀 전의 불행이란 불행을 모조리 다시 겪은 그녀였으므로 당연한 일이었다. 페트리지아가 여전히 창백한 얼굴을 다스리는 사이, 미르야가 온수를 가지고 들어왔다.

"일단 마시세요, 폐하. 진정하시고요."

"하아……."

여전히 놀란 숨을 토해내며 페트리지아는 어린아이처럼 물을 마셨다. 그 모습을 미르야와 라파엘라가 걱정스러운 눈으로 바라보고 있었다. 페트리지아는 평소처럼 아무렇지 않은 표정으로 그네들에게 '괜찮아. 이만 물러들 가도 좋아'라고 말하고 싶었지만, 그게 뜻처럼 되지 않았다. 걱정이 담뿍 담긴 목소리로 미르야가 물었다.

"악몽이라도 꾸신 것입니까."

"……그런 것 같아."

"다른 먹을 걸 가져올까요? 단거라던가……."

"아니, 괜찮아."

물을 마신 후 어느 정도 진정한 페트리지아가 미르야에게 말했다.

"혼자 산책을 좀 하고 싶어. 도무지 이 상태로는 다시 잠에 들 수 있을 것 같지가 않네."

"혼자서요? 하지만⋯⋯."

"지금은 로즈몬드도 없으니 별일은 없겠지. 난 괜찮아."

페트리지아는 그렇게 말한 후 비틀거리며 침대 위에서 일어났다. 충격이 컸던 탓에 몸을 제대로 가누기조차 어려웠다.

라파엘라가 얼른 그녀를 부축했고, 미르야는 두꺼운 모피로 만든 숄을 가져다주었다. 그것을 걸친 페트리지아가 곧 느린 발걸음으로 황후궁 밖을 나갔다.

"⋯⋯."

페트리지아는 그 후원으로 갔다. 자신의 모든 감정을 담아두는 그곳으로. 페트리지아는 아무에게도 위로받고 싶지 않았다. 지금 이 감정을 아는 이는 이곳에서 오로지 자신뿐이리라. 페트리지아는 꽃들 사이에 둘러싸여 홀로 감정을 정리하다 보면 지금의 이 비참한 심정조차 다스릴 수 있을 것이라고 믿었다.

"⋯⋯."

후원까지 걷는데 이상하게 눈물이 흘렀다. 닐라가 너무나도 보고 싶었으나, 지금 시각이 새벽이었다. 말도 자고 마부도 잘 시간이었고, 자신의 유난한 마음으로 그들을 깨울 수는 없는 노릇이었다. 그렇다고 후작저까지 걸어가 우는 모습으로 닐라를 깨워 가족들을 걱정시키고 싶지 않았다. 혼자만 참으면 된다. 어차피, 그녀가 겪었던 일들조차 지금은 모두 지나간 일이었으니까.

눈물을 훔칠 생각도 하지 못한 채 후원까지 걸어가고 있는데, 멀리서 누군가의 모습이 보였다. 달빛이 옅어 잘 보이지 않았으나 페트리지아는 적어도 그가 자객이 아님을 눈치챘다. 자객은 저렇게 생기지 않았으니까. 페트리지아가 조용히 그 누군가에게로 다가갔다. 루시오였다.

"……황후?"

루시오의 목소리가 고요한 후원 안을 맴돌았다. 페트리지아는 아무리 힘들어도 그에게는 안기지 않겠노라 다짐하면서, 천천히 그가 있는 쪽으로 걸어갔다. 달빛이 너무 옅어 목소리만 잘 가다듬으면 그녀가 울었다는 사실은 오로지 꽃들만이 알 수 있을 터였다.

"폐하를 뵙습니다."

"……울었나?"

실패다, 젠장. 페트리지아가 대답했다.

"네. 그런 것 같습니다."

"울면 운 거지, 그런 것 같다는 건 또 뭔가."

"그러게요."

페트리지아가 공허한 목소리로 대꾸했고, 그 목소리에 루시오의 표정이 안 좋아졌다. 그가 물었다.

"무슨 일이라도 있었나?"

"……너무 오래된 일이라 기억조차 나지 않을 줄 알았는데."

기억이 나버렸다. 잔인하게도.

"나네요, 기억이."

"시간이 모든 것을 잠재워준다는 말은 새빨간 거짓말이지."

내가 그랬으니까. 그렇게 말하며 루시오가 페트리지아에게 흰 손수건을 건넸다. 지난날에도 그녀에게 건넨 적이 있던 손수건이었다. 페트리지아가 그것으로 조심스럽게 눈물을 닦았고, 그것을 지켜보던 루시오가 부드럽게 그녀에게서 손수건을 낚아채 자신이 직접 그녀의 손이 닿지 않은 곳까지 얼굴을 닦아주었다. 페트리지아는 그의 손길에서 벗어나고 싶었지만 현재로서는 그럴 기운조차 없는 상태였고, 솔직히 말하자면 그 정신에 이곳까지 걸어온 것만 해도 장한 일이었다.

"그때도 이렇게까지 울지는 않았던 것 같은데."

"……."

"그때보다 더 안 좋은 기억이었나 보군."

"비견할 바 없이 그렇습니다."

한낱 로즈몬드 따위와 닐라를 비교할 수는 없는 노릇이다. 페트리지아는 여전히 아무것도 담기지 않은 목소리로 루시오에게 물었다.

"폐하는…… 여기 어쩐 일이신데요?"

그렇게 말하면서도 페트리지아는 두려웠다. 혹여라도 그가 또 발작한 것인지 궁금하면서도, 그가 대답하지 않기를 바랐다. 다행히 루시오는 빙긋 웃으며 그나마 나은 대답을 해주었다.

"그냥, 안 좋은 기억이 나서."

"……그때 그…….."

"아니, 그것보다는 좀 덜한 기억."

그래봤자 학대의 기억이다. 고통에는 강도가 없다. 아프면 아픈 거지, 덜 아프고 더 아프고가 무슨 의미가 있단 말인가. 페트리지아가 조용히 말했다.

"힘드시겠네요, 지금."

"그래, 힘들어."

루시오는 그렇게 말하면서도 빙긋 웃었다.

"하지만 익숙해졌지. 그래서 나는 더 이상 눈물을 흘리지 않는 거다."

"고통에 익숙해진다는 건 어떤 의미인가요?"

"그 고통을 나의 일부로 받아들인다는 것이지. 정확히는……."

잠깐 고민하던 루시오가 씁쓸한 표정으로 말을 맺었다.

"그 고통에 잠식당하는 거야. 먹혀버리는 거지."

"별로 좋은 건 아닌 것 같은데요."

"고통이 할퀴어 신음하는 것보다야, 훨씬 나은 선택지지."

그런가. 페트리지아는 그것만큼은 이해하지 못하겠다고 생각하며 루시오에게 물었다.

"괜찮으세요?"

"황후는 괜찮은가?"

"전 안 괜찮아요."

페트리지아가 솔직하게 말했고, 루시오는 미소 지었다.

"그래. 솔직한 게 훨씬 낫군."

"아마 영원히 괜찮아지지 않을지도 모르겠어요."

"괜찮아. 상처와 고통이란 원래 그런 것이거든. 결코 잊힐 수도, 지워지지도 않는 기억이지."

"마치 그 부분에 대해 다 통달한 사람처럼 말씀하시네요."

"일종의 방어기제지."

"……."

페트리지아는 더 이상 깊은 주제로 발전하면 안 되겠다고 생각했는지, 슬그머니 화제를 돌렸다.

"폐하는 괜찮으세요?"

"말했잖아. 익숙하다고."

"폐하를 좋아하진 않지만 폐하 개인의 불행에 대해서는 유감이에요."

이게 유감이라고 표현할 수 있을 정도로 정상적인 아픔인지는 모르겠지만. 페트리지아가 말했다.

"그래. 그 부분에 대해서는 황후에게 고마워하고 있어."

"……네?"

영문을 모르겠다는 표정으로 페트리지아가 묻자, 루시오가 엷게 웃으며 대답했다.

"보통 이런 이야기를 들으면 말이지, 황후. 그 사람을 예전처럼 대하기가 어려운 법이야. 선을 그으려 하지. 그 사람의 상처를 최대한 건드리지 않으려고. 물론 그건 그 사람의 선의에서 비롯된 일이지만, 때로는 그게 당사자에게 더 큰 상처를 주기도 해."

"……."

"날 아무렇지도 않게 계속 미워해줘서 고마워."

"……."

그런 말을 왜 웃으면서 하는 건데. 페트리지아가 저도 모르게 입술을 깨물었다. 그것까지는 보지 못했는지 아니면 보고도 모른 척하는 건지. 그는 굳이 지적하지 않은 채 물었다.

"그래서 지금은 좀 괜찮은가?"

"그런 것 같기도 합니다."

페트리지아가 대충 대답하고서는 지금 눈앞에 있는 남자를 쳐다보았다.

자신이 지금 겪고 있는 고통의 전부는 이 남자로부터 기인한 것이다. 닐라를 단두대로 보낸 것도 이 남자요, 그녀의 가문을 멸문시킨 이도 이 남자.

그러나 이는 엄연히 회귀 전의 일인 데다, 이 남자는 현재로서 그 일에 대해 일말의 책임도 가지고 있지 않다. 어쨌든 지금 상태에서 이 남자는 그녀의 가문을 멸문시키라 명하지도, 닐라를 단두대에 보내지도 않았기 때문에.

하지만 그렇다고 해도 분명 그녀에게 상처를 준 이는 눈앞의 이 남자였다. 끝나지 않는 모순의 덫에 빠져, 페트리지아는 혼란한 표정을 지었다.

만약 그렇다면, 나는 지금 내 고통의 근원인 남자에게서 고통을 치유받으려 하고 있는 것인가? 이것처럼 아이러니한 상황도 없을 것이다.

"그대는 이 후원을 좋아하나 보군. 늘 이곳에만 오는 것 같아."

"……아."

그제야 상념을 그만둔 페트리지아가 대답했다.

"특별한 곳이거든요, 나름."

"내게도 특별한 곳이지, 이곳은. 신기하군."

"……."

"모후께 매를 맞고 나면 늘 이곳으로 와서 울었어. 그날, 그 일이 있고서도 나는 이곳에서 자해를 했지."

내용은 잔혹한데 그것을 담고 있는 목소리는 지나치리만치 아무것도 없었다. 이 남자는 도대체 이런 말을 어떻게 이렇게 아무렇지 않게 할 수 있는 걸까. 페트리지아는 그런 그가 안쓰러운 한편, 슬퍼졌다. 아마 이 후원의 꽃들은 못해도 그의 눈물 한 방울씩은 마시고 자랐을 것이다.

"너무 재미없는 이야기만 했나. 이만 돌아가는 게 좋겠군. 밤이 깊었어."

"……예."

페트리지아는 그렇게 말한 다음 그에게 인사하고 후원을 떴다. 그런데 뒤에서 자꾸만 누군가가 따라오는 소리가 들렸다. 뒤를 돌아보니 루시오였다. 페트리지아가 물었다.

"왜 따라오십니까?"

"황후궁까지 바래다주는 게 나을 것 같아서."

"혼자 갈 수 있습니다만."

"위험하니 그렇지. 왜 기사도 대동하지 않고 혼자 나온 거지?"

"혼자 있고 싶어서요."

페트리지아가 정중히 거절했다.

"그러니 혼자 걷겠습니다. 이만 중앙궁으로 돌아가세요."

"……."

그 말만 남기고 페트리지아는 아까보다 좀 더 빠르게 걸었다. 한 열 걸음 정도 걸었을 때, 페트리지아는 그럼에도 불구하고 루시오가 자신을 조심히 뒤따라오고 있다는 사실을 눈치챘지만, 그것까지도 면박을 주기에는 뭣해서 그냥 그대로 두기로 했다.

결국 루시오는 페트리지아가 황후궁에 도착해 라파엘라의 걱정 어린 잔소리까지 듣는 것을 보고 나서야 중앙궁으로 돌아갔다.

3

Breakdown

로즈몬드는 생각보다 빨리 황성에 도착했다. 그녀의 재촉에 마부가 최대한으로 속력을 냈던 탓이다. 원래 약속했던 돈보다 훨씬 더 높은 금액의 상여금을 준 로즈몬드는 남작령에서와는 비교할 수 없는 자신감 넘치는 모습으로 황궁에 입성했다.

그녀는 가장 먼저 자신의 베인궁으로 갔다. 몇 안 되는 시녀들이 그녀를 맞아주었다.

"레이디 로즈몬드, 오셨습니까."

"그래, 별일 없었지?"

당연히 '별일 없었습니다'라는 대답이 들려올 줄 알았건만, 돌아오는 반응은 뜻밖이었다. 로즈몬드는 시녀들이 어쩔 줄 몰라 하는 표정으로 머뭇거리고 있자, 직감적으로 무엇인가가 잘못되었다는 사실을 눈치챘다. 그녀가 험악해진 표정으로 그녀들을 추궁했다.

"뭐야. 무슨 일이지?"

"저…… 그것이……."

"어서 말해봐."

서슬 퍼런 로즈몬드의 추궁에 결국 시녀들이 성토했다. 황후궁에서 베인궁에 책정된 예산을 절반으로 삭감했다는 것과, 사치품은 아예 살 수 없도록 규제해놓았다는 사실에 로즈몬드는 화가 머리끝까지 치솟았다.

그녀는 장거리 이동으로 쌓인 피로와, 남작령에서 받은 스트레스로 인해 안 그래도 기분이 상당히 저조한 상태였다. 결국 로즈몬드는 드레스를 갈아입을 생각도 하지 못한 채 페트리지아가 있는 황후궁으로 발걸음을 옮겼다.

"폐하, 레이디 로즈몬드 오셨습니다."

미르야의 퉁명스러운 목소리에 페트리지아는 그녀가 직감적으로 무엇 때문에 왔는지를 알아차렸다. 페트리지아가 그녀를 들이라고 말하자 곧 전보다 상한 피부를 가진 로즈몬드가 위풍당당한 발걸음으로 그녀가 있는 곳까지 들어왔다. 그 오만방자함에 질린 페트리지아가 그녀의 태도를 지적했다.

"황후궁 안에서 그리 예의 없는 행실을 보이는 이는 아마 그대가 유일할 걸세."

"제가 뭐 어쨌다고 그러십니까, 폐하."

"예의를 갖추란 소리야. 그대는 예절 교육이 참으로 시급해 보이는군."

페트리지아의 말에 로즈몬드는 참지 못하고 소리쳤다.

"예절 교육이 필요하신 분은 제가 아니라 황후 폐하십니다."

"내가?"

"예, 폐하."

그녀가 서늘한 표정으로 페트리지아에게 물었다.

"어째서 베인궁의 예산을 삭감하셨는지요."

"아."

페트리지아는 예상은 하고 있었지만 막상 이렇게 상황을 접하고 나니 생각보다 기분이 더 묘해짐을 느꼈다. 그녀가 목소리를 가다듬은 뒤 대답했다.

"무슨 문제라도 있나?"

"갑자기 이렇게 예산을 삭감하시는 법이 어디에 있습니까? 제가 남작위를 반납하긴 했으나 여전히 폐하의 정부입니다."

"그래. 폐하의 '비공식적' 정부이지. 제국법에 정부를 위한 예산을 책정하라는 조항은 그 어디에도 없다네. 그저 관례대로 그렇게 하는 것뿐이지."

"그렇다면 왜 갑자기 관례를 무시하시고 이런 독단적인 일 처리를 하시는 건지, 저는 심히 궁금합니다만."

"당연하지, 레이디 로즈몬드. 베인궁의 시녀가 준 데다가, 영애 말처럼 영애는 더 이상 남작이 아니야. 그러니 쓸데없는 예산을 줄

이는 것이 내궁의 주인으로서 합리적이라고 판단했을 뿐이네."

그렇게 말한 페트리지아가 언짢은 표정으로 다른 말을 꺼냈다.

"거기다 일개 남작 영애가 이리 원하는 시간에 격식 없이 나를 만나는 건 유례가 없는 일이야, 레이디 로즈몬드. 나는 그것만으로도 그대에게 충분히 폐하의 정부로서 대우를 해주고 있다고 생각하는데."

"일개 남작 영애라 하셨습니까, 지금."

로즈몬드가 빙긋 웃으며 페트리지아의 말을 바로잡았다.

"하나 폐하, 유감스럽게도 저는 이제 대로우 남작 영애가 아니랍니다. 그 성은 이제 제게 어떠한 의미도 가지고 있지 않습니다."

그 말에 페트리지아가 한쪽 눈썹을 치켜떠 올리며 물었다.

"그게 무슨 뜻이지?"

"제 친부가 친권 포기 각서를 썼습니다. 저는 곧 에프레니 공작가의 양녀로 입적될 것입니다. 그러니 이제 저는 '일개 남작 영애'가 아니라, 제국의 3대 공작가의 영애가 되는 것이지요."

"그래서?"

페트리지아가 감흥 없는 얼굴로 물었고, 로즈몬드의 얼굴이 구겨졌다.

"저를 이리 모욕하시는 처사는 그만두어달라는 말씀입니다."

"내가 언제 모욕을 했다고 그러는지 모르겠군, 레이디 로즈몬드. 그대가 남작의 여식이든 공작의 양녀이든 내게는 하등 상관없는 일이다. 그대가 무엇이든, 나는 이 제국 안에서 가장 고귀한 여인이고, 나를 뛰어넘을 수 있는 여인은 감히 존재하지 않으니까. 그런데 내가, 그대의 말 한마디에 연연해야 하나?"

"……."

유감스럽게도 페트리지아의 말은 로즈몬드에게 있어 전부 사실이었다. 페트리지아가 말했다.

"더더욱 잘된 일이군. 일단 축하하네, 레이디 로즈몬드. 미리 축하 인사를 건네지. 내가 알기로 에프레니 공작가의 자금이 적지 않은 것으로 들었네. 그렇다면 더더욱 베인궁의 예산을 증액할 필요가 없겠어. 아니, 오히려 감액해야겠군."

"폐하!"

"소리치지 말게, 레이디 로즈몬드. 곧 공녀가 될 몸이면 그에 걸맞은 예의와 품위를 지켜. 그대는 공작가에 입적되기 전에 귀족들의 예절부터 다시 배워야겠군. 그 말을 공작에게 직접 하는 것이 부끄럽다면 내 친히 공작에게 말해두는 자비를 베풀 생각도 있네만."

"아뇨, 그럴 필요는 없습니다, 폐하."

로즈몬드가 부들거리며 대꾸했다.

"이미 제 아버님께서 교사를 붙여주신다 약조하셨거든요. 하니 폐하의 자비는 필요 없습니다."

"그거 잘되었군. 황후가 그런 자질구레한 일들을 신경 쓸 만큼 한가한 직책은 아닌지라."

"……."

"그럼 이제 끝났나? 어서 가보게. 내가 지금 매우 바빠서 말이야."

페트리지아는 그렇게 말한 다음 시녀들을 방 안으로 불러들였다. 무슨 일로 부르셨는지를 묻는 시녀들에게, 페트리지아가 세상 다정한 표정을 지으며 그녀들에게 명령했다.

"레이디 로즈몬드가 베인궁으로 돌아간다 하니, 너희들이 잘 모셔다 주려무나."

"네, 폐하."

완곡한 축객령에 로즈몬드의 얼굴이 굳어졌다. 하지만 페트리지아는 일말의 관심도 보이지 않은 채 다시 책상에 앉아 잔뜩 밀린 서류를 검토하고 있을 뿐이었다. 그 모습에 로즈몬드가 보기 드문 시린 미소를 짓더니 곧 제 곁에서 함께 걷는 황후궁의 시녀들에게 날카로운 목소리로 말했다.

"이만 가봐도 좋아. 내가 발이 고장 난 것은 아니니까."

그렇게 말한 로즈몬드가 세상 거만한 표정을 지으며 홀로 고고하게 걸어갔다. 뒤에서 황후궁 시녀들이 수군대는 것이 느껴졌지만, 로즈몬드는 전혀 신경 쓰지 않는다는 표정으로 계속해서 품위 넘치는 걸음을 유지했다. 페트리지아 그년 때문에 기분을 잡쳤으니 중앙궁으로 가서 마음을 정화해볼 예정이었다.

"타박상이 심하십니다, 폐하. 지난번 일로 몸이 아직 온전히 회복

되지 못한 상태이오니, 부디 안전에 만전을 기하십시오."

"알았네, 경. 내 실책이었으니 그만하지."

"예, 폐하. 약은 꼭 드셔야 합니다."

루시오가 알았다는 듯 고개를 끄덕였고, 그제야 황궁의는 안심한 표정을 지으며 중앙궁에서 물러났다. 방 안으로 들어오던 로즈몬드가 궁의와 마주하고 의아한 표정을 지었다.

"폐하?"

"아, 로즈. 왔나."

"네. 그런데 갑자기 궁의는 왜……."

로즈몬드가 걱정이 담뿍 담긴 목소리로 물었다.

"설마 어디 아프신 거예요, 폐하?"

"아냐, 로즈. 괜찮아."

그가 얼른 화제를 전환했다.

"괜찮긴요. 궁의까지 부르신 걸 보면 심각한 상태 같은데……."

"정말 괜찮아. 남작령까지는 잘 다녀왔나?"

"……네."

쏩쓸한 표정으로 웃은 로즈몬드가 그에게 결과를 말해주었다.

"남작은 친권 포기 각서에 동의했어요. 이게 그 증거고요."

그렇게 말한 로즈몬드가 친권 포기 각서를 그에게 내밀었다. 그것을 받은 루시오가 고개를 끄덕였다.

"아마 에프레니 공작이 곧 저를 양녀로 입적하겠다고 공식 발표

할 거예요. 그럼 전 더 이상 일개 남작 영애가 아니라 고귀한 공녀가 되는 거지요."

"……그대는 지위에 많이 집착하는 것 같아."

"당연한 일 아니에요, 루시오? 그래야만 당신을 제약 없이 마음껏 사랑할 수 있잖아요."

그렇게 말한 로즈몬드가 루시오의 이마에 작은 키스를 남겼다. 그것을 받아들이는 루시오의 표정은 예전처럼 다정하지 않았으나, 로즈몬드가 눈을 감고 키스를 한 탓에 그것까지 눈치챌 수는 없었다.

"공녀가 되면 황후궁으로 입성하기가 좀 더 수월할 거예요."

"……."

루시오는 아무 말도 하지 않았으나 로즈몬드는 그것을 긍정의 침묵으로 받아들였다. 그녀는 곧 언제 진지한 이야기를 했냐는 듯, 어린아이처럼 징징대기 시작했다.

"참, 그런데요, 폐하."

"그래, 로즈."

"황후께선 정말 너무하세요."

아기처럼 볼을 부풀리며 불만을 표하자, 루시오가 그제야 관심을 보이며 물었다.

"무슨 일이지?"

"글쎄, 베인궁의 예산을 깎으셨지 뭐예요."

그것도 절반으로요. 정말 너무하신 것 아니에요? 로즈몬드의 말에 루시오는 무언가를 잠깐 골똘히 생각하더니 곧 아무렇지 않은 목소리로 말했다.

"그간 베인궁에 책정된 예산이 많긴 했어. 무리한 삭감은 아니지 않나? 반으로 줄여도 그대와 시녀들이 쓰기에는 모자람이 없을 텐데."

"……네?"

로즈몬드는 그제야 이상한 점을 감지했다.

지금 처음으로 자신의 앞에서 루시오가 페트리지아를 옹호했다. 자신이 아니라! 로즈몬드가 충격에 빠진 얼굴로 그에게 물었다.

"루시오…… 진심이에요?"

"검소한 것까지는 바라지 않지만, 사치는 좋지 않아. 더군다나 요즘 재정이……."

"폐하!"

로즈몬드가 황당한 표정으로 소리쳤다. 그녀 앞에서 재정을 논하다니. 단 한 번도 그런 적 없던 황제다. 로즈몬드가 떨리는 목소리로 물었다.

"갑자기…… 갑자기 왜 그러세요, 폐하?"

"갑자기라니, 로즈. 예전부터 지출이 지나치긴 했잖아."

그가 진지한 어조로 말했다.

"다만 공식적으로 지적하지 않은 것뿐이야. 어쨌든 정부는 황제와 관련된 비공식적 직위이고, 때문에 지나친 사치는 좋지 않아. 더구나 지금은 그대의 신분이 남작도 아니니까."

"……."

로즈몬드가 원망스러운 표정으로 루시오를 쳐다보았고, 곧 아무 말 없이 중앙궁을 나갔다. 누가 봐도 화난 사람처럼 그녀는 발을 크게 굴리며 그가 있던 곳에서 사라졌고, 결국 다시 혼자 남게 되었을 때, 루시오는 길게 한숨을 쉬며 중얼거렸다.

"그럼에도 불구하고, 이게 맞는 일이겠지."

"어떻게 나한테 그럴 수가 있어!"

베인궁으로 돌아온 로즈몬드는 분노를 주체하지 못하고 소리를 질렀다. 이건 정말 말도 안 되는 일이다. 어떻게 루시오가 자신을 이런 식으로 배신할 수 있단 말인가.

로즈몬드가 씩씩거리며 테이블 위에 있던 물건들을 엎었다. 쨍그랑 소리와 함께 유리 조각들이 사방으로 튀었다. 옆에서 그 모습을 보고 있던 글라라가 눈을 질끈 감았다.

"영애, 고정하세요."

"고정? 지금 내가 고정하게 생겼어? 폐하의 총애가 예전 같지 않은 게 누가 봐도 확실한데!"

로즈몬드는 그 외침을 끝으로 다시 한번 유리를 던졌다. 유리병은 아슬아슬하게 글라라를 빗겨 나갔다. 그녀가 숨을 토해내며 가슴에 손을 얹었다. 아마 로즈몬드의 시녀처럼 극한 직업은 없으리라 생각하면서.

"폐하께서 내가 없는 사이 그년과 붙어먹은 게 분명해!"

속어를 쓰면서까지 분노를 표출해낸 로즈몬드가 곧 싸늘한 표정으로 변모했다. 너무나도 갑작스러운 표정 변화에 글라라는 도대체 어디에 장단을 맞춰야 할지 헷갈릴 지경이었다. 로즈몬드가 날카로운 목소리로 말했다.

"글라라, 당장 에프레니 공작에게 연통을 넣어."

"무슨 이유로…….'"

"이유야 하나지! 입양 절차를 최대한 빨리 마무리 지으라고 해. 어서!"

"네, 네. 영애, 그렇게 하겠으니 좀 진정하세요."

글라라가 차분한 목소리로 그녀를 달랬으나 로즈몬드는 여전히 화가 난 듯 보였다. 글라라가 더 이상의 불똥을 막기 위해 서둘러 베인궁을 벗어났다.

한편 페트로닐라는 오랜만에 에프레니 공작저를 찾았다. 공작저의 집사가 그녀를 호출했던 탓이다. 페트로닐라는 허리 부분에 리본 하나만이 달린 수수한 연노란색 드레스를 입고 공작저에 들어섰다. 집사가 그녀를 예의 바르게 맞아주었다.

"오셨습니까, 레이디 페트로닐라. 이쪽으로."

"안녕하세요, 집사님."

똑같이 예의 있는 인사로 응수한 페트로닐라가 우아하게 공작저 안으로 들어갔다. 가장 마지막에 방문했을 때와 크게 달라진 모습이 없어 보였다.

집사가 그녀를 응접실까지 안내했다. 자리에 앉아 시녀 중 한 사람이 가져온 페퍼민트 티를 한 모금 마신 그녀가 물었다.

"무슨 일이 있나요?"

"큰 문제는 아닙니다만, 제 독단으로 처리할 수 있는 문제도 아니라 이렇게 모셨습니다. 번거롭게 해드려 죄송합니다."

"아니에요, 집사님. 원래 제가 맡아달라는 공작부인의 부탁을 받았는걸요. 부인의 말씀도 있었으니 응당 이렇게 하는 게 맞는 것이지요. 무슨 일이세요?"

"마담 재뉴어리의 사치품 지출 때문입니다, 영애."

집사가 헛기침을 하며 목소리를 가다듬었다가 곧 말끔한 목소리로 사정을 설명하기 시작했다.

"상반기 예산안에 대해 그 지출액이 지나치게 커서, 제 권한으로는 재가를 내리기가 어렵습니다."

이런. 페트로닐라가 작게 탄성을 흘렸다. 복잡한 문제다.

"전하께서는 어떤 입장이신지 듣고 싶은데요."

"전하께서는…… 늘 그러시지만 그 부분에 있어서만큼은 관대하십니다."

"아."

괜한 걸 물었구나. 페트로닐라는 그런 표정으로 고개를 끄덕였다. 당연한 일이었다. 원래 귀족이란 작자들은 제 정부를 위해 본처에게 못 할 짓도 스스럼없이 하는 인간들 아닌가. 지금의 황제가 그러하듯. 페트로닐라는 경멸 어린 표정을 겨우 감추며 집사에게 물었다.

"그럼 제가 어떻게 하기를 바라시⋯⋯."

"어머, 레이디 페트로닐라."

그때 높다란 목소리가 두 사람 사이를 가로막았고, 페트로닐라는 고작 한번 들었던 목소리였지만 귀신처럼 그 목소리의 주인이 누구인지 알아냈다. 그녀가 억지 미소를 지으며 재뉴어리를 맞았다.

"안녕하세요, 마담. 오랜만입니다."

"그러게요, 영양. 정말 오랜만이에요."

재뉴어리가 약간 미소 띤 얼굴을 기울이며 물었다.

"한데 여기까진 무슨 일로⋯⋯?"

"제가 불렀습니다."

집사의 말에 재뉴어리의 표정이 약간 서늘해졌다. 그럼에도 불구하고 미소는 그대로였다.

"아, 그랬군요. 무엇 때문에⋯⋯?"

"그것까지는 제가 설명드릴 이유가 없지요. 안 그렇습니까,

마담?"

"……."

그녀는 기분이 상한 듯 보였지만 집사는 그런 태도에 전혀 굴하지 않은 채 꼿꼿한 모습을 보였다. 집사도 참 대단한 사람이라고 생각하며 페트로닐라가 얼른 둘러댔다.

"별거 아니에요. 사소한 일이랍니다."

"……아, 그랬군요."

몰랐네요. 미안해요. 엷은 미소를 띠며 대꾸한 재뉴어리는 곧 '그럼 편안히 있다 가시길'이라는 말과 함께 다시 사라졌다. 그녀가 사라진 이후 집사는 대놓고 한숨을 쉬었다. 아마 페트로닐라를 자기쪽 사람이라고 확정 지은 듯했다. 페트로닐라가 말했다.

"가장 중요한 것은 역시나 공작부인의 입장이지요."

"……."

"자, 집사. 말씀해보세요. 부인께서는 이 사안에 대해 어떤 입장을 취하고 계신가요."

"다 알고 계시면서 물으시는군요, 영양."

집사의 말에 페트로닐라가 빙긋 웃었다.

"글쎄요. 제가 어째서 그걸 알고 있다고 판단하고 계시는지 모르겠는데요."

"상식적인 이야기 아닙니까."

"때로는 상식적인 이야기가 통하지 않는 집도 있어서요. 그렇다면 부인께서는, 제 생각이 맞다면 원치 않아 하실 거예요. 맞나요?"

"정확합니다, 영애. 부인께서는 끊임없이 마담 재뉴어리를 견제하고 계세요. 그녀가 많은 지출을 하는 것을 누구보다도 싫어하시죠."

"그렇다면 결론은 난 문제 아닌가요?"

"그게 그렇게 간단하지만은 않습니다. 이 문제로 전하와 부인께서 많이 싸우시거든요."

아아, 그럴 수 있다. 페트로닐라가 고개를 끄덕였다.

"그럴 가능성은 다분하지요."

"예. 절충안을 찾아야 하는데 그게 쉽지 않습니다. 어려운 일이에요."

"그렇군요."

고개를 끄덕인 페트로닐라가 곧 물었다.

"집사님, 혹시 이 사안에 지금 당장 대답을 드려야 하나요?"

"그건 아닙니다. 다만 빨리 주셨으면 좋겠어요."

마담 재뉴어리의 재촉이 심해서요. 집사의 말에 페트로닐라가 이해한다는 듯 고개를 끄덕였다.

"염려 마세요. 사흘 내로 답을 드릴 수 있을 겁니다."

그렇게 말한 페트로닐라가 천천히 자리에서 일어섰다.

"사흘 안으로 다시 찾아뵙겠습니다. 그때 모두가 그럭저럭 만족스러워할 만한 답을 들고 오지요."

"정말 감사드립니다, 영양."

"천만에요."

엷게 웃어 보인 페트로닐라가 응접실을 나섰다.

"……그래서 네 도움이 필요해, 리지."

페트로닐라의 설명을 들은 페트리지아가 고개를 끄덕였다. 확실히 그건 분란의 소지가 많은 문제다. 페트리지아가 생각했다.

'어떻게 해야 우리 쪽에 이익일까.'

"어쨌든 두 사람 중 한 사람을 선택해야 해."

페트로닐라의 말에 페트리지아가 응수했다.

"그래. 정부와 본처는 결코 가까워질 수 없는 관계지. 남은 한 사람과 적대적인 관계를 취할 필요는 없지만 적어도 무난하게 지낼 필요는 있겠지."

"나도 그렇게 생각해."

어쨌든 에프레니 공작가는 현재 페트리지아와 척을 지고 있는 상태였다. 게다가 그녀에게는 이미 위더포드 공작가가 있었다.

그렇다고 해도 선택이 어려운 건, 결국 정부나 본처나 공작의 부인이라는 사실이었다. 하지만 그럼에도 불구하고 본처를 선택하는 것이, 누구나 생각해낼 수 있는 가장 좋은 선택지였다.

"출신 성분도 정확하지 않은 여자고, 우린 그 정부에 대해 아무것도 아는 게 없어. 조심해서 나쁠 건 없지."

"맞아. 어찌 되었든 분란 없는 방향으로 일을 마무리 지어야지."

"일단 그녀에게 앞으로 지출할 품목들을 상세히 작성한 기획안을 제출하라고 해. 그걸 검토해서 필요 없는 부분은 버리고, 필요한 부분만 수용해. 지금으로선 그게 최선이야."

"내 생각도 그런 쪽이야. 가급적이면 에프레니 공작부인에게 이로운 방향을 택하는 것이 훗날을 위해서라도 좋겠지."

어차피 에프레니 공작부인의 청을 받아들인 이상 재뉴어리 역시 자신을 그녀의 사람으로 여기고 있을 테니까. 페트로닐라가 슬며시 화제를 돌렸다.

"이제 이런 이야기는 그만하고…… 리지, 여긴 뭐 재미있는 거 없어? 요즘 황궁 출입이 뜸해서 그런가 통 뉴스를 모르겠네."

"뉴스라고 부를 만한 건 딱히…… 아, 하나 있네. 아니, 둘인가?"

"뭔데?"

"로즈몬드가 생각보다 일찍 황궁으로 복귀했어. 그리고 머지않아 에프레니 공녀가 된다네."

"……뭐?"

이건 또 무슨 상황이란 말인가. 황당으로 굳어진 페트로닐라의 얼굴이 볼만했다. 정작 페트리지아는 아무렇지 않은 얼굴로 대꾸했다.

"뭐, 어느 정도는 예상했던 일이야. 남작령으로 간다는 것부터……"

"오, 리지. 그런데 넌 왜 이렇게 태평한 거야?"

"사실 태평하다곤 못 하겠는데, 이미 일은 일어났으니까. 아마 더 높아진 신분을 무기로 날 공격할 생각이겠지."

안 그래도 아침에 와서 한번 난리 치고 갔어. 페트리지아의 말에 페트로닐라가 골 아프다는 표정으로 머리를 짚었다. 돌아온 지 얼마나 됐다고 벌써부터 궁 안을 시끄럽게 만드는지.

"이 일을 확실하게 매듭지어야 해. 언제고 반드시."

"알아. 하지만 아직은 너무 일러. 때가 무르익길 기다려야지."

그때까지 나는 내가 할 일을 충실히 하면서 시기를 엿보면 돼. 페트리지아의 말에 페트로닐라가 고개를 끄덕였다. 역시 너무나도 어른스러운 쌍둥이 동생이다. 페트로닐라가 물었다.

"건국제가 다음 주인데, 준비는 다 끝났고?"

"거의 다 끝났어. 정말 별거 없는 것들만 남았지. 이제 신경 쓰지 않아도 될 일들."

"다행이네."

페트로닐라가 엷게 미소 지으며 페트리지아에게 물었다.

"그날 언니와 데이트라도 한번?"

"음…… 아니. 미안하지만 내년에 해."

"왜?"

"그날 매우 피곤할 것 같아. 귀족들과 하루 종일 부닥쳐야 하잖아."

"그것도 그래."

페트로닐라가 이해한다는 듯 고개를 끄덕였다. 그때 옆에 있던 페트리지아가 물었다.

"언니는 결혼 안 해?"

"······뭐?"

정말 갑작스러운 주제였는지 페트로닐라가 황당한 얼굴로 페트리지아에게 물었고, 페트리지아는 아무렇지 않게 다시 말했다.

"음······ 아니, 나도 했는데 언니도 이제 슬슬 해도 되지 않을까 해서."

"세상에. 리지, 넌 언니가 그렇게 빨리 가버렸으면 좋겠니?"

결혼하면 이제 시녀로 있지도 못하는데? 서운함이 담뿍 담긴 목소리에 페트리지아가 웃으며 해명했다.

"아냐, 닐라. 그런 뜻은 당연히 아니었어."

"그럼?"

"음······ 언니가 빨리 좋은 사람 만나서 행복해졌음 하니까 그렇지."

"쓸데없는 소리."

페트로닐라가 짐짓 엄한 목소리로 가능성을 일축했다.

"난 지금도 행복한걸."

"그래?"

"네가 옆에 있고, 부모님이 곁에 계시고. 이게 행복한 거지. 내 인생에 남자 하나가 더 끼어든다고 해서 결정 날 행복이 아니야."

"오, 널 방금 멋졌어."

"알아."

씩 웃은 페트로닐라가 동생에게 말했다.

"난 무엇보다 너랑 이렇게 있는 시간이 좋아. 아직은 좀 더 자유를 누리고 싶어."

"영원히 결혼하지 않을 건 아니지?"

"좋은 사람 나타나면 5분 후에라도 할 수 있어."

5분은 좀 심했다. 페트리지아가 깔깔거리며 웃었다.

"나 얼른 조카가 보고 싶어."

"나도 얼른 조카가 보고 싶어."

그렇게 말한 페트로닐라가 놀리듯 페트리지아에게 물었다.

"동생아, 나보다는 네가 좀 더 현실성 있지 않을까?"

"왜?"

"난 미혼이고 넌 기혼이잖아."

가장 민감한 주제에 두 자매의 대화를 듣고 있던 미르야는 뜨악한 표정을 지었지만, 페트리지아는 너무나도 아무렇지 않게 차분히 대꾸했다.

"닐라, 내 남편하고 내가 애를 만들 일은 적어도 5년 안에는 없어. 난 내가 임신할 수 있을 때까지 버티다가 그때 아들을 낳을 거야."

"누가 너한테 아들 준대? 꿈도 야무져."

"뭐…… 낳을 때까지 노력해야지."

그렇게 대충 화제를 끝마무리 지은 페트리지아가 다른 이야기를 했다.

"어쨌든 이번 건국제 때 한번 멋진 신랑감을 찾아봐. 혹시 알아? 언니 운명의 상대가 나타날지."

"개뿔. 운명이라면 이제는 지긋지긋해."

"응?"

페트리지아가 의아한 표정으로 물었다.

"'이제는'이라니?"

"운명 따위 안 믿어. 아니, 믿는다고 해도 그건 내가 결정하는 게 아니잖아."

그건 그랬다. 페트리지아가 조용히 고개를 끄덕였다. 그때 페트로닐라가 '웃차' 소리를 내며 자리에서 몸을 일으켰고 그 모습을 본 페트리지아가 물었다.

"왜 그래?"

"식빵이 먹고 싶어서. 넌 생각 있어?"

"갓 구운 거라면 나도 좋아."

페트리지아의 말에 페트로닐라의 입가에 한 줄기 미소가 피어올랐다. 역시 귀여운 내 동생.

"좋아, 리지. 잠시만 기다려."

정확히 하루 뒤에, 페트로닐라는 다시 공작저를 찾았다. 늘 그렇듯 정중한 집사가 그녀를 맞아주었고, 페트로닐라는 집사가 미리 준비해둔 차를 마시며 이야기를 시작했다.

"마담 재뉴어리에게 그녀가 지출할 예상 금액과 그 품목을 적은 기획안을 가져오라고 하세요, 집사. 우리 두 사람이 그걸 살펴보고 결정하도록 하죠."

"예, 영양. 역시 현명하신 답변입니다."

"참, 그런데……."

페트로닐라가 조심스럽게 말을 꺼냈다.

"예, 말씀하십시오, 영양."

"마담 재뉴어리는 집에 안 계시나요?"

"외출하셨습니다."

"이런, 그랬군요."

페트로닐라가 안타깝다는 목소리로 중얼거렸다. 곧이어 그녀가 다시 집사에게 말했다.

"차를 너무 많이 마셨나 봐요."

"아, 화장실은 2층에 있습니다, 영양. 모셔다 드릴까요?"

"아닙니다, 집사. 말씀만으로도 감사해요."

페트로닐라는 그렇게 말한 다음 혼자 가겠노라며 2층으로 올라갔다. 페트로닐라는 집사가 말한 화장실로 가는 척하다가, 곧 방향을 틀어 지난번 확인해두었던 재뉴어리의 방으로 비밀스럽게 발걸음을 옮겼다. 그녀는 주인 없는 방에 몰래 들어간 후, 종종걸음으로 그녀의 방 안에 있는 함이란 함을 다 뒤지기 시작했다.

'찾아야 해······.'

찾기만 한다면 어떤 쓸모가 있을지 몰랐다. 거기다 그녀가 아는 것과는 또 다를 수 있다. 어쨌든 변수는 처음부터 적용되고 있었으니까.

페트로닐라가 손을 빠르게 움직이며 무언가를 찾기 시작했다. 마침내 5번째 다각형 함을 열었을 때, 페트로닐라는 무언가를 발견했다. 그녀가 저도 모르게 탄성을 지를 뻔하다가, 얼른 입을 다물고선 그것을 가슴 속에 집어넣었다.

-덜컥.

그때, 문이 열렸다.

페트로닐라의 심장이 쪼그라들었다.

"여기서 뭐 하세요?"

재뉴어리였다. 그녀는 평소답지 않은 서늘한 표정으로 페트로닐라를 노려보았고, 페트로닐라는 태연한 표정으로 말했다.

"아, 화장실에 가려다 길을 잃어서······ 시녀 아이에게 물어보려 아무 방이나 열어보았는데, 방이 너무 예뻐 구경하고 있었답니다. 설마 마담의 방인가요?"

"……예."

실수라고 말하니 그녀로서도 손님인 페트로닐라에게 어째서 주인 없는 방에 있었냐고 물어보기 곤란한 것이었다. 재뉴어리는 떨떠름한 표정을 굳이 숨기지 않았고, 페트로닐라는 부러 다정한 미소를 지어 보이며 내부 인테리어를 칭찬했다.

"장식을 정말 잘해놓으셨더군요. 감탄했어요. 제 방은 이렇게 예쁘지 않더군요."

"뭐…… 돈을 바르면 안 되는 일이 없거든요."

성의 없게 대답한 재뉴어리가 싸한 미소를 지으며 말했다.

"이만 나가주시겠어요, 영양? 누가 제 방에 있는 걸 제가 별로 안 좋아해서."

"어머, 죄송합니다, 마담. 제가 실례를 저질렀네요."

"아니에요. 괜찮습니다."

"그럼 전 이만."

페트로닐라는 그렇게 말하고는 얼른 방을 빠져나왔다. 재뉴어리가 끝까지 의심스러운 눈으로 그녀를 쳐다보고 있는 것이 느껴졌지만, 페트로닐라는 잘못한 게 아무것도 없다는 듯 태연하게 발걸음을 옮겼다. 초조함은 의심을 북돋운다.

페트리지아는 심호흡을 했다. 그녀 머리 위에 쓰인 티아라가 평소보다 무겁게만 느껴졌다. 그녀가 긴장한 것을 눈치챘는지 라파엘라가 옆으로 다가와 일부러 긴장을 풀어주려 노력했다.

"왜 그래, 폐하? 어디 안 좋아?"

"하…… 그건 아닌데 좀 긴장이 되네."

페트리지아가 힘없는 미소를 지으며 대답하자, 간만에 은사 드레스를 차려입은 라파엘라가 웃음을 터뜨렸다.

"폐하. 거울 제대로 안 봤지? 지금 리지 네가 얼마나 예쁜데."

"……."

그 말에 페트리지아의 얼굴이 붉어졌다. 하여튼, 말만 나쁜 여자지, 이럴 때 보면 순둥이도 이런 순둥이가 없다. 라파엘라가 엄마미소를 지으며 인정하듯 말했다.

"정말 예뻐, 리지. 하늘에서 내려온 천사 같아."

"그건 좀 과장이고."

"진짜라니까?"

두 사람이 서로 장난치며 까르르 웃는 사이, 어느새 페트로닐라가 모습을 드러냈다. 검은색과 초록색이 뒤섞인 벨벳 드레스가 타오를 듯한 붉은 머리카락과 어우러져 아름다웠다. 페트리지아가 미소 지으며 그녀를 반겼다.

"어서 와, 닐라. 오늘 너무 예쁘네."

"황후 폐하 역시 아름다우십니다."

평소답지 않게 격식체로 말하자, 페트리지아가 참지 못하고 웃음을 터뜨렸다. 어색하기 짝이 없는 일이다. 페트리지아가 물었다.

"어머니, 아버지는?"

"조금 늦으실 거야. 내가 먼저 왔거든."

"아."

페트리지아가 작게 미소 지었다.

"그나저나 내 쌍둥이 동생, 오늘 너무 아름다운데?"

"빈말은."

"아냐, 정말 예뻐."

그렇게 말한 페트로닐라가 그녀가 입은 금빛 드레스를 매만졌다.

"드레스도 예쁘고, 머리도 예쁘게 올렸고. 티아라는 빛이 나네."

"오늘따라 왜 이러신담."

"예쁘다, 내 동생. 언니 질투나려고 해."

장난스러운 표정으로 키득거린 페트로닐라가 아쉽다는 목소리로 말했다.

"미혼이었으면 영식들 여럿 울렸을 텐데."

"뭐……."

어색한 표정으로 말을 받은 페트리지아가 변명하듯 말했다.

"지금도 나쁘진 않아. 귀찮을 일이 없으니까."

"그래, 너 좋겠다. 황제 폐하는 어디에 계시고?"

"관심 없어."

무덤덤한 목소리로 말하자, 페트로닐라가 묘한 미소를 지어 보였다.

"그래, 뭐. 같이 있을 사람은 많잖아? 나도 있고, 엘라도 있고."

"언니는 신랑감 찾아야지. 부모님이 걱정하신다."

"안 그래도 어머니가 자꾸 독촉하셔. 이러다 나 팔려 가는 건 아닌가 모르겠다."

장난스럽게 웃어넘긴 페트로닐라가 곧 칵테일을 마시기 위해 푸드 테이블 쪽으로 이동했고, 페트리지아는 벌써부터 피곤한 듯 머리를 슬쩍 기울였다. 라파엘라가 말했다.

"아직 시작도 안 했는데, 폐하. 벌써부터 이렇게 축 처져 계시면 어떻게 해?"

"처음이라 그런가 떨리고…… 긴장되고 그래. 넌 안 돌아다녀도 돼?"

"기사의 가장 중요한 임무는 모시는 분의 호위지. 오늘 네 곁에 껌딱지처럼 붙어 있을 거야."

"사양할게. 설마 오늘 같은 날 무슨 일이 일어나겠어?"

"모를 일이지. 왜, 폐하와 데이트라도 할 생각이야?"

"퍽이나 그럴 일이 있겠다."

페트리지아가 어림도 없다는 목소리로 선을 그었다.

"그럴 일 없어. 그렇게 가까운 사이도 아니고."

"그래그래."

그때 저쪽에서 누군가가 라파엘라를 불렀다. 목소리를 들어보니 라파엘라의 친척인 듯싶었다. 라파엘라가 슬그머니 페트리지아의 눈치를 보자, 그녀가 아무렇지 않게 대답했다.

"얼른 다녀와."

"가도 돼, 폐하?"

"당연하지. 너도 오늘 이 건국제를 즐겨야 할 권리와 의무가 있어. 내가 얼마나 열심히 준비했는지 너도 잘 알잖아."

페트리지아의 말에 라파엘라가 살짝 입꼬리만 들어 올려 웃었다. 평소보다 진하게 한 화장이 잘 어울렸다. 그녀가 속삭이듯 페트리지아에게 말했다.

"고마워. 얼른 다녀올게."

라파엘라까지 곁에서 사라지자 페트리지아는 그제야 조금 고요해진 기분이었다. 약간의 외로움까지 느껴질 무렵, 페트리지아는 자신이 있는 쪽으로 뚜벅뚜벅 걸어오고 있는 루시오를 발견했다. 그를 발견한 페트리지아의 얼굴이 멍해졌다.

"왜 혼자 있지?"

왜 오늘 같은 날까지 시비야. 페트리지아의 미간이 좁혀졌다.

"혼자 있으면 안 되나요?"

"호위도 없고 시녀들도 없어서."

"시녀들은 칵테일을 가지러 갔고 라파엘라도 잠깐 브링스톤 후작가의 일로 자리를 비웠어요."

"위험하게."

"제가 설계한 파티예요. 적어도 이렇게 많은 사람이 모인 곳에서 엄한 일은 일어나지 않도록 했습니다. 걱정이 많으시군요."

"……그럴 수밖에."

"……."

페트리지아가 아무 말도 하지 않고 고개를 돌려버렸다. 노골적인 거부의 뜻에도 루시오는 물러가지 않았다. 결국 페트리지아가 다시 입을 열었다.

"공녀에게로 가시지 않고요."

로즈몬드는 며칠 전 드디어 대로우의 성을 버리고 에프레니의 성을 얻었다. 로즈몬드 메리 룬 에프레니, 이제 그것이 그녀의 이름이었다. 루시오가 묘한 음성으로 말했다.

"정부에게 가라고 말하는 본처는 그대뿐일 거야."

"설마요."

페트리지아가 싸늘하게 말했다.

"많을 겁니다. 남편에게 충분히 실망했다면, 그리고 더 이상 기대를 갖지 않는다면 충분히 가능한 일이지요."

"……그래."

꽤 격한 말을 했음에도 루시오는 덤덤했다. 자신이 한 짓이 있으니, 양심이 있다면 이것으로 그녀에게 뭐라 하지는 못할 것이다. 페트리지아가 말했다.

"그러는 폐하께서는 왜 혼자 계세요?"

"내가 물렀어."

"왜요?"

"주변이 너무 시끄러워서. 원래 시끄러운 걸 별로 좋아하지 않거든."

"……."

그 점만은, 비슷했다. 페트리지아는 그러나 곧 상관없다는 표정을 지었고, 잠시 후에 미르야가 순도 낮은 칵테일을 들고 돌아왔다. 미르야가 루시오를 발견하고선 예를 차렸다.

"위대한 제국의 태양, 황제 폐하를 뵙습니다. 마비너스에 영광을."

"그대를 닮아 시녀도 예의가 바르군."

"……."

대답해줄 가치를 느끼지 못한 말이라고 생각했는지 페트리지아는 무시했고, 칵테일 한 잔을 전부 비운 다음 그것을 미르야에게 내밀었다. 그리고 어디론가 가려는 움직임을 보이자, 루시오보다 미르야가 먼저 페트리지아에게 물었다.

"폐하? 어디 가시게요."

"사람이 너무 많아 답답해. 바깥바람이라도 쐬어야겠다."

페트리지아는 그렇게 말하고 한 세 발자국을 걸었다가, 곧 다시 뒤를 돌며 루시오에게 못을 박듯 말했다.

"혹시나 해서 말해두는 건데, 따라오지 않으셨으면 좋겠습니다."

명백한 거절에도 루시오는 무덤덤한 모습이었고, 덕분에 그 사이에서 민망함을 느끼는 건 다름 아닌 미르야였다. 그녀는 아무 상관없다는 표정으로 홀연히 테라스까지 걸었다.

한편 페트로닐라는 푸드 테이블에서 가져온 칵테일을 마시며 생각에 잠기고 있었다. 며칠 전 재뉴어리의 방에서 가져왔던 것 때문이었다. 그녀는 술의 힘을 빌려 자유로운 생각의 나래를 뻗쳐나가다가 곧 골치 아프다는 듯 고개를 사정없이 저었다. 너무나 복잡해서, 머리가 아팠다.

한 잔 더 마셔야겠어. 페트로닐라는 그렇게 생각하며 새빨간 칵테일 잔 하나를 더 집어 들었다.

"앗!"

그러나 얼마 가지 않아 나직한 비명과 함께 칵테일을 드레스에 쏟고 말았다. 누군가와 부딪힌 탓에 그 충격으로 바닥에 넘어진 페트로닐라가 인상을 찌푸리며 드레스 아랫부분에 떨어진 칵테일 잔을 주웠다. 그나마 깨지지 않아 다행이었다.

"으……."

"괜찮으십니까, 영애?"

그때 어디선가 한 번쯤은 들어봤던 목소리가 페트로닐라의 귓가에 꽂혔다. 페트로닐라가 멍한 표정으로 고개를 들어 올렸다.

갈색 머리에 고동색 눈을 가진 남자…… 저 남자 어디서 봤는데?

어디서 봤지?

남자도 같은 생각인지 그녀를 보고 반가운 표정을 지어 보였다.

"어!"

페트로닐라는 한참 후에야 기억났다는 목소리로 소리쳤다.

"그때 그 마차! 맞죠?"

에프레니 공작저로 가던 중 부딪혔던 마차 안에 타고 있던 그 영식이었다. 페트로닐라가 반가운 표정으로 그에게 인사하려는데, 그보다 먼저 그가 먼저 내민 손이 보였다. 남자가 다정한 목소리로 말했다.

"일단 잡고 일어나시지요, 영애."

"아…… 네."

페트로닐라가 뒤늦게 올라오는 부끄러움에 얼른 그의 말에 따랐다. 엎지른 칵테일 잔을 테이블 위에 올려놓은 페트로닐라가 남자를 쳐다보았다. 저보다 키는 한 뼘 정도 더 큰 것 같은 남자는, 척 보아도 높은 집안에서 교육을 잘 받고 자란 티가 나는 사람이었다. 물론 그건 상대쪽의 눈에 비친 페트로닐라도 마찬가지겠지만.

"죄송합니다, 영애. 제가 더 조심했어야 하는데 폐를 끼쳤군요."

"아닙니다, 영식. 저 또한 조심하지 못한 과실이 있는 것을요. 그럼 전 이만……."

페트로닐라는 순간 어떤 기억을 떠올리고선 몸을 사렸다. 그러나 남자는 의외로 집요했다.

"잠깐만요."

남자가 페트로닐라를 붙잡았다. 페트로닐라가 당황한 표정으로 남자를 올려다보았다. 남자가 부드럽게 미소 지으며 말했다.

"이것도 인연인데."

"⋯⋯."

"옷깃만 스쳐도 인연이라고 하질 않습니까."

'그런 걸 믿어?'

페트로닐라가 속으로 남자를 비웃었다. 저 남자가 아직 세상의 쓴맛을 보지 못한 게 틀림없다. 그 얼마나 엄청난 착각인지. 그런 그녀의 생각에도 남자는 꿋꿋이 자기소개를 했다.

"로스시 아일 리 브레딩턴입니다."

"⋯⋯."

아, 이번에 외국에서 귀국했다는 백작가의 장남이었다. 페트로닐라는 고작 두 번 부딪힌 것으로 통성명까지 해야 하는지에 대해 깊은 의문이 들었으나, 이미 남자가 먼저 이름을 말해버린 탓에 그냥 빠져나가기도 곤란한 상황이었다. 결국 그녀는 속으로 깊은 한숨을 쉬며 자신의 이름을 말했다.

"페트로닐라 라우라 레 그로체스터⋯⋯ 라고 합니다."

소심하게 자기소개를 한 페트로닐라가 이번에는 진짜로 가기 위해 '그럼 이만⋯⋯'하고 말했지만 유감스럽게도 로스시는 그녀의 바람을 가뿐히 무시해주었다.

"저기, 잠시만요."

"……."

왜 또…… 그냥 좀 가게 내버려 둬.

페트로닐라가 슬슬 짜증 난다는 표정으로 남자를 쳐다보았다. 그러나 3초 이상 그 표정을 유지할 수 없었던 게, 로스시의 표정이 지나치리만치 다정했던 탓이었다. 생전 남자의 그런 다정한 표정을 본 적이 없던 페트로닐라의 표정이 멍해졌다. 로스시가 미안함이 담뿍 담긴 목소리로 말했다.

"드레스가 젖으셔서……."

"……."

"제가 이대로 보내드리기엔 너무 미안합니다."

"아니, 괜찮은데요……."

"제가 안 괜찮습니다."

로스시는 막무가내였다. 페트로닐라는 당황스러움과 짜증이 반쯤 섞인 표정으로 남자를 쳐다보며 연신 '괜찮습니다'만 반복했다. 결국 로스시가 백기를 들었다.

"고집이 센 아가씨시군요."

"예, 그런 것 같습니다."

"저 이상한 사람 아닌데……."

"이상한 사람이라고 한 적은 없습니다, 영식."

"그럼 왜 자꾸 피하시는지…… 제가 정말 죄송해서 그럽니다,

영양."

"……."

페트로닐라는 피곤함에 눈을 감았다 떴다. 결국 그녀가 선택한 것은 이 오지랖 넓고 배려심 많은 남자의 요구를 한시라도 빨리 들어주는 것이었다. 그녀가 물었다.

"좋습니다, 영식. 도대체 제게 뭘 어떻게 해주고 싶으시단 것인지……."

저도 참 궁금하네요. 페트로닐라의 말에 로스시의 얼굴에 그제야 환한 미소가 떠올랐다. 아, 이 남자는 미소가 참 잘 어울리는 남자다. 페트로닐라는 그렇게 생각하며 그의 대답을 기다렸다.

"일단 오늘 입으셨던 드레스를 변상해드리겠습니다."

"짙은 색이라 괜찮……."

페트로닐라는 괜찮다고 말하려다가, 일이 빨리 끝나기를 바라는 마음에 그만두었다. 그냥 하고 싶은 대로 다 하라고 하자.

"네, 그럼 그로체스터 후작가 편으로 보내주시면……."

"한 가지 더 있습니다만."

"……뭐죠?"

페트로닐라의 질문에 로스시가 세상 다정한 미소를 지으며 페트로닐라의 앞에 한쪽 무릎을 꿇었다. 덕분에 내려간 눈높이에 페트로닐라가 당황해하고 있을 때, 로스시의 나긋한 음성이 그녀의 귓가에 맴돌았다.

"오늘 저와 함께 춤춰주실 수 있겠습니까, 영양?"

페트리지아는 싸늘한 바깥바람이 묘하게 마음에 들었다. 만약 미르야가 곁에 있었다면 감기에 걸릴지도 모르니 당장 옷을 챙겨 입으라고 잔소리를 했을지도 모를 일이다. 하지만 다행히 지금 옆에는 미르야가 없었다.

페트리지아는 입을 가리고 하품을 하며 테라스를 천천히 걸었다. 혹 자신처럼 조용히 쉬고 싶어 할지도 모를 귀족들을 위해 이런 공간을 만들어놓은 것은, 궁극적으로는 파티를 별로 즐기지 않는 자신을 위한 일이었다. 한참 동안 테라스를 서성이던 페트리지아는 슬슬 추워지는 것을 느끼며 이만 들어가야겠다고 생각했다.

"……어 갔다고?"

그때 들리는 익숙한 목소리에 페트리지아는 온몸이 굳어지는 것을 느꼈다. 로즈몬드의 목소리였다. 그녀는 한쪽 기둥에 몸을 밀착한 뒤 아무도 자신을 볼 수 없도록 몸을 숨겼다. 그런 다음 주변을 살펴 어디서 목소리가 들려오는 것인지 파악했다.

멀리 떨어지지 않은 곳에서 로즈몬드와 어떤 여자가 이야기를 나누고 있었는데, 로즈몬드는 뒷모습만 보였고, 앞모습이 보이는 여자는 화려한 적발에 적갈색 눈을 하고 있었다. 참 외양이 눈에 띄는 여자라고 생각하며 페트리지아가 이야기를 엿들었다.

"그래요. 그 여자가 무슨 짓을 한 것 같아요."

"제길, 왜 일 처리를 그 따위로 하는 거야?"

"그게 내 잘못이에요? 애당초 그 여자가 멋대로 들어간 거라고요."

"입 닥쳐. 지금 설마 말대답을 하는 거야?"

로즈몬드는 잔뜩 화가 난 목소리였다.

"그게 없어졌다니, 제정신이야? 그게 세상에 발각되면 어떤 일이 일어날지 몰라서 그래?"

"그래서 나도 방법을 강구하고 있잖아요! 당신만 죽는 것도 아니고, 나도 같이 죽어. 우린 어차피 공모자라고. 그러니까 입 다물고 당신도 어서 방법을 생각해내."

"……."

뒷모습밖에 보이지 않았지만 딱 봐도 서로가 노려보고 있는 게 느껴졌다. 공모자라니. 도대체 무얼 공모했다는 말인가. 설마 로즈몬드가 또 무슨 짓을……

"황후?"

그때 들리는 익숙한 목소리에 페트리지아가 놀란 눈으로 뒤를 돌았다. 아무것도 모르는 듯한 눈빛의 루시오가 거기 있었다.

"여기서 혼자 뭐 하는……"

"쉿!"

당황한 페트리지아가 얼른 루시오의 입을 틀어막은 채 그를 기둥 뒤로 숨겼다. 루시오 역시 덩달아 당황한 표정으로 그녀의 힘에 이끌려 같이 기둥에 숨었다. 그는 궁금한 게 많은 표정이었지만, 지금 페트리지아는 그런 그의 사정까지 생각해줄 겨를이 없었다.

"좀 조용히 하십시오."

"……"

그러는 사이 로즈몬드와 적발의 여인은 이야기를 다 마치고 서둘러 헤어졌다. 저렇게 눈치를 보는 것을 보니 아마 당당한 관계는 아닌 것 같았다.

페트리지아는 그제야 루시오의 입을 막았던 손을 뗐다. 영문을 모른 채 서 있는 루시오에게 페트리지아가 원망스러운 목소리로 따졌다.

"폐하 때문에 더 못 들었잖아요."

"……도대체 무슨 일인데 그러지?"

"중요한 일이었어요."

페트리지아가 한숨을 쉬며 말했고, 루시오는 여전히 궁금해하는 눈치였다. 그 반응에 페트리지아가 냉소를 지으며 말했다.

"그런 세세한 것까지 말씀드려야 할 만큼, 저희가 그리 친밀한 사이는 아니잖아요?"

"……"

정답이었다. 루시오는 아무 말도 하지 않았고, 페트리지아는 왠지 자신만 나쁜 사람이 된 것 같아 입술을 꾹 깨물었다. 분위기가 어색해지려 하자 그녀가 겨우 입술을 열어 물었다.

"······어쩐 일이세요."

"너무 늦게까지 있는 것 같아 혹시 무슨 일이 있나 해서 와봤다. 아무 일도 없는 것 같아 다행이군."

"······쓸데없는 걱정을 하셨습니다."

"글쎄. 쓸데없는지 있는지는 내가 판단할 일이야."

단호한 목소리에 페트리지아가 가만히 시선을 돌렸다. 어색했다. 그때 페트리지아의 몸을 무언가가 감쌌다. 페트리지아가 놀라 고개를 들었다. 그녀가 새된 목소리로 말했다.

"이게 뭐 하는······!"

"감기 걸리면 골치 아파지니 그냥 덮고 있지."

"······."

왜 자꾸······. 페트리지아가 루시오를 불렀다.

"폐하."

"왜 그러지."

"한 가지 짚고 넘어가야 할 것이 있어서요."

진지한 표정으로, 페트리지아가 물었다.

"저한테 왜 그러십니까."

"······."

"왜 갑자기 이러시는 건데요. 이런 일, 저희에게는 어색한 일 아닙니까."

페트리지아가 떨리는 목소리로 계속 말했다.

136

"에프레니 공녀에게나 해주셔야 할 일 아니었습니까. 저희 첫날 밤, 기억하시겠지만 저를 사랑하지 않겠다 포고하듯 말씀하신 분, 바로 폐하십니다."

"……."

구구절절 맞는 말이었다. 루시오는 입이 열 개라도 할 말이 없었다.

"그리하여 제게 상처를 주시고 한낱 정부 따위에게 모욕을 당하게 만들고……."

아, 이런. 말을 하다 보니 이상하게 서러워졌다. 페트리지아는 울지 않기 위해 입술을 최대한 세게 깨물었다.

"그런 폐하께서 돌연 이러시는 까닭, 미련한 제 머리로는 도무지 모르겠군요."

"……그래."

루시오가 조용히 대답했다.

"나 또한 미련하기 때문에, 대답하지 못하겠다."

"……뭐라고요?"

"나는 그저 내 아내에게 남편으로서의 의무를 다하는 것뿐이다."

"하, 남편으로서의 의무라."

페트리지아가 실소를 터뜨렸다. 남편으로서의 의무는 그런 게 아닙니다, 마비너스의 황제여.

"남편의 가장 큰 의무는……."

페트리지아가 손을 뻗어 기둥을 잡았다. 본의 아니게 벽치기를 당한 루시오가 페트리지아를 빤히 내려다보았다. 페트리지아가 서늘하게 웃으며 그에게 속삭였다.

"가정에 충실하고 부부 관계에 최선을 다하는 것이지요."

"……."

"폐하께서는 그 어느 것도 제게 해주지 못하십니다. 제 말이 틀렸습니까?"

"……황후."

"그러니 첫날 원하셨던 것처럼 그리 사는 것도 나쁘지는 않겠지요. 이제 와서 갑자기 좋은 남편인 척, 다정한 황제인 척 굴지 마시란 말입니다."

페트리지아가 억눌린 목소리로 그에게 말했다.

"……만약."

"……."

"만약 내가 그 둘 모두를 해줄 수 있다면, 그때는 어찌 되는 것이지?"

"아니요, 폐하."

페트리지아가 단호하게 선을 그었다.

"그 어느 것도 제게 해주실 수 없으십니다. 저희 두 사람의 신의는 이미 결혼 첫날밤에 전부 깨졌어요."

"……."

"폐하께서 애원하시고 원하신대도, 우리는 돌아갈 수가 없습니다. 또한, 제 쪽에서 사양입니다. 저는 분명 처음부터 기회를 드렸어요. 우리는…… 그냥 아무 일도 없었던 것처럼 살 수도 있었다는 말입니다."

"황후."

루시오가 안타까운 목소리로 페트리지아를 불렀지만, 그녀는 단호했다. 그녀는 한순간이라도 그에게 설레어했던 자신을 지금 이 순간에도 끊임없이 책망하면서, 그에게 끊임없이 선을 그었다. 그리고 이게 맞는 것이다. 페트리지아는 그렇게 생각했다.

"계약 내용을 이행해주세요, 폐하. 저는 단 한 명의 적통 황태자면 됩니다."

"……."

"……이만 가보겠습니다."

페트리지아는 뒤를 돌아 성큼성큼 연회장 쪽으로 걸음을 옮겼다. 그 전부터 하고 싶었던 말을 모조리 했고, 그 전부터 조금씩 흔들렸던 마음을 모조리 버렸다.

모두 그녀가 전부터 바라 마지않았던 일, 전부터 계속 해야겠다 다짐했던 일이었다. 그런데 왜 이렇게…….

'짜증 나.'

기분이 언짢은 건지.

"……네?"

페트로닐라가 황당한 표정으로 되물었지만, 로스시는 일말의 부끄러움도 없이 재차 말했다.

"저와 함께 춤춰주실 수 있냐고 여쭈었습니다, 영애."

"전……."

페트로닐라가 머뭇거리며 대답을 피했다. 로스시는 그런 그녀를 용케 인내심 있게 기다려주고 있었다.

"저는…… 생각이 없는데요."

우회적으로 거절했지만 로스시는 참으로 끈질겼다.

"제게 단 한 번만 기회를 주시면 안 되겠습니까?"

"아니, 저한테 도대체 왜 이러세요?"

"제가……."

로스시가 살짝 얼굴을 붉히며 말했다.

"반한 것 같습니다, 영애에게."

"……."

그 한마디에 페트로닐라의 얼굴이 굳어져 내렸다.

페트리지아의 수난은 유감스럽게도 거기에서 끝나지 않았다.

"어머, 황후 폐하 아니십니까."

그 특유의 높은 목소리에 저도 모르게 미간을 찡그린 페트리지아가 곧 아무렇지 않은 얼굴로 로즈몬드를 쳐다보았다.

"에프레니 공녀."

"제국의 달을 뵙습니다. 마비너스에 영광을."

"새 가족이 마음에 드나 보군. 얼굴이 그 전보다 피었어."

"……감사합니다."

로즈몬드가 억지 미소를 지으며 고개를 끄덕였고, 페트리지아는 피식 웃었다. 그녀가 공녀가 되었다고 해서 달라질 점은 하나도 없었다.

물론 로즈몬드의 위세가 남작가의 영애일 적보다 더 올라가긴 하겠지만, 그렇다고 하더라도 페트리지아는 마비너스의 하나 뿐인 지고한 황후였다. 로즈몬드가 공녀가 아니라 공작부인 그 이상이 된다고 하더라도 그것은 변하지 않는 진리였다.

"한데 말입니다, 폐하."

"말해보게."

"제가 지난번 외출을 했다가 해괴망측한 소리를 들었답니다."

이번에는 또 무슨 말로 자신의 심기를 어지럽히려는 것일까. 어디 들어나 보자, 하고 페트리지아가 고고하게 눈을 떴다.

"해괴망측한 소문이라니."

"글쎄, 양 폐하께서 아직 단 한 번도 합궁을 치르지 않았다면서요."

"……."

로즈몬드의 말에 페트리지아가 비틀린 미소를 지었다. 수가 그대로 드러났다. 어느 정도는 예상했던 일이었지만, 그녀는 부러 아무 행동도 하지 않았다. 이런 문제에 대해서, 자신이 할 수 있는 일이 없었기 때문이었다.

"자네 말이 맞아. 해괴망측한 소문이군."

페트리지아가 태연하게 거짓말을 했다.

"하지만 설령 아니라고 해도, 공녀가 그걸 알 턱이 없잖은가. 첫날밤, 신방에는 나와 폐하만 단둘이 있었다. 하니 그 진위를 그대가 감히 왈가왈부할 수 없다는 소리야."

"그렇다면 어찌해서 아직까지 아이 소식이 없는지 궁금하군요."

"공녀가 나보다 일 년이나 먼저 폐하를 모셨지. 그건 모두가 알고 있는 사실이야."

페트리지아가 비뚜름하게 웃으며 로즈몬드를 응시했다.

"그렇다고 해서, 지금 자네의 배 속에 태아가 있나? 폐하의 씨가 있느냔 말이다."

"……."

적어도 이 문제는 로즈몬드가 제기할 문제는 아니었다. 그러나 로즈몬드는 당당했다.

"가장 좋은 방법이 있질 않습니까, 황후 폐하."

"……."

"황후의 소임은 모름지기 적통 황자의 생산이지요. 저희 두 사람 모두 폐하를 모셨지만 아직까지 회임 소식이 없으니…… 불임 검사를 해보면 될 일이 아닙니까."

"좋아…… 하신다고요?"
"네."
"저를요?"
"네."
"왜요?"
페트로닐라가 황당한 목소리로 물었다.
"잊으신 것 같은데요, 영식. 저희 오늘로서 만난 횟수가 딱 두 번 되었습니다. 그것도 첫 번째 순간은 정말 찰나의 순간이었어요."
"사랑에 시간의 길이는 중요하지 않지요. 중요한 건 운명, 그리고 마음 아니겠습니까."
어지간히 운명을 좋아하는 남자였다. 페트로닐라가 속으로 콧방귀를 뀌며 말했다.
"유감입니다만 저는 그런 것을 잘 믿지 않아서……."
"첫눈에 반했습니다, 영양."
갑자기 로스시가 훅 치고 들어오자 페트로닐라는 아까보다 더 당황할 수밖에 없었다. 그녀가 영 미덥지 못한 눈으로 물었다.
"아니, 그러니까 도대체 어떻게……."

"영양께서는 첫눈에 반한다는 것을 믿지 못하시나보군요."

"그런 건 좀 터무니없는 일이라고 생각하는 편이라."

"제가 증인입니다. 제 부모님께서 그렇게 결혼하셨으니까요."

"……."

이 남자는 그렇다면 브레딩턴 백작을 닮은 것이 틀림없다. 그렇게 생각하며 페트로닐라가 말했다.

"전 죄송하지만 그런 걸 별로 좋아하지 않습니다. 긴 시간 동안 만나면서 서로에 대한 마음을 확인하는 것이……."

"아, 이런."

로스시가 당황한 얼굴로 중얼거렸다.

"미안합니다, 영애."

페트로닐라는 그제야 자신의 말이 먹힌 줄 알고 좋아했지만, 유감스럽게도 그건 아니었다.

"영애께서 그런 성향이실 줄은 생각도 못 한 제 불찰이군요. 사과드립니다."

"아뇨, 사과까지는 하실 필요 없는데……."

"그렇다면, 영애."

로스시가 달콤한 미소를 입에 건 뒤 페트로닐라를 올려다보았다.

"저와 '긴 시간 동안' 만나주실 수 있겠습니까."

"……."

……네? 뭐라고요?

"아니, 갑자기 이런……."

"영애와 정식으로 교제하고 싶습니다."

"……."

그러니까, 이 모든 것이 정확히 두 사람이 만난 지 한 시간도 되지 않아 모두 일어난 일이었다. 페트로닐라는 그 사실을 알아채고선 기함할 뻔했으나, 간신히 참은 다음 그에게 말했다.

"죄송해요, 영식. 저는 영식을 좋아하지 않습니다."

"영애께서 저를 알아가실 기회를 주셨으면 합니다."

"아니, 왜 자꾸 이렇게 귀찮게 구시는 건지 모르겠습니다만. 제가 분명 싫다고 말씀드렸잖아요."

조금 세게 말하자, 로스시가 멈칫했다. 그 반응에 페트로닐라가 움찔했지만, 그 뒤에 이어지는 말은 그녀가 예상했던 것과는 많이 달랐다.

"……사랑하니까요."

"예?"

"영애를 보고 첫눈에 반했습니다."

"……."

"그리고 저는 제가 마음에 담은 이에게 대충 노력하지 않지요."

로스시가 특유의 감미로운 미소를 지으며 페트리지아에게 청했다.

"그러니 영애, 부디……."

"……."

"저와 춤 한 곡만 춰주시겠습니까."

"……."

"부탁입니다, 영애."

"……하아."

페트로닐라는 결국, 수락할 수밖에 없었다.

로즈몬드의 충격적인 발언에 주변이 웅성거렸다. 이미 로즈몬드
와 페트리지아의 대화는 그 두 사람만의 것이 아니었다. 로즈몬드
는 아마 이렇게 주목받는 상황을 원했을 것이다. 얕은수가 우스웠
다. 페트리지아가 조용히 입을 열었다.

"에프레니 공녀."

"네, 황후 폐하?"

"지금 이것은 나와 황실에 대한 모독과도 다름없어. 한낱 공녀 따
위가 감히 황후의 불임 여부를 운운하는 것인가?"

페트리지아가 분노한 목소리로 소리쳤다.

"이는 황제 폐하와 내 사생활 문제고, 황실의 위엄과도 직결된 문
제야. 그런데 감히 폐하의 그 무엇도 아닌 공녀가, 내게 불임 검사
를 하라고 하는 건가? 황후의 소임을 운운하면서? 이게 도대체 무
슨 무례지? 에프레니 공작이 그리 가르쳤나? 이 나라의 달에게 무

례를 저지르라고?"

"오해가 있으시군요. 폐하께서 이리 예민하게 반응하시는 까닭을 저는 도무지 모르겠습니다만."

"공녀는 황후인 나의 위엄을 손상한 일을 별것 아닌 것으로 치부하고 있군. 지금 그게, 황실을 모독하는 일인 줄은 알고 있나?"

분위기가 심각해지자 자연 사람들의 시선이 페트리지아와 로즈몬드가 있는 쪽으로 실렸다. 일촉즉발의 상황에서, 로스시와 헤어진 뒤 파티장을 서성이고 있던 페트로닐라는 그제야 이 소란을 알아채고 그들이 있는 쪽으로 달려갔다. 그러고선 동생을 모욕하고 있는 로즈몬드의 모습을 발견했다.

"……."

페트로닐라가 분노한 표정으로 한마디를 하려고 했을 때, 누군가가 먼저 앞으로 나왔다. 의외의 인물에 모든 이가 깜짝 놀란 표정을 지었다.

"다들 그만하지."

이 모든 논란의 중심에 있는 자, 황제였다. 루시오가 낮은 목소리로 상황을 정돈했다. 페트리지아가 루시오를 쏘아보았고, 로즈몬드는 구세주라도 만난 사람처럼 기쁜 표정을 지었다. 그녀가 교태어린 목소리로 루시오에게 예를 갖추어 인사했다.

"황제 폐하를 뵙습니다."

"……제국의 태양을 뵙습니다."

페트리지아가 똥이라도 씹은 표정으로 겨우 인사하자, 루시오가 상황을 파악하기 위해 페트리지아에게 물었다.

"무슨 일이지, 황후? 신성한 건국제에서."

"송구합니다, 폐하. 에프레니 공녀가 감히 저와 황실을 모욕했습니다."

"에프레니 공녀, 황후의 말이 사실인가?"

로즈몬드는 처음 보는 루시오의 화난 모습에 움찔했으나, 곧 당당하게 맞받아쳤다.

"황후께서는 과장이 지나치시군요. 사실이 아닙니다."

상반된 주장에 루시오가 속으로 한숨을 쉬었다. 그가 물었다.

"페트리지아, 공녀가 무슨 말로 그대에게 모욕을 주었지?"

"……!"

로즈몬드는 충격을 받은 얼굴로 루시오를 쳐다보았다. 단 한 번도 그녀가 보는 앞에서, 그리고 그녀가 없을 때조차 페트리지아의 이름을 부르지 않던 그였다. 늘 페트리지아에 대한 그의 호칭은 '황후', 그 이상도 그 이하도 아니었는데! 로즈몬드가 분노한 눈동자로 루시오와 페트리지아, 두 사람을 쳐다보았다.

"저와 폐하께서 함께 밤을 보낸 적이 없다는 말을 하더군요. 그러면서 제가 아직까지 회임을 못 하는 것을 이유로 들며 불임 검사를 하자고 하였습니다."

"공녀, 이는 오해의 소지가 있는 발언이야. 지금 그대가 한 말의 의미를 모르지는 않겠지?"

"하나 폐하, 이는 중차대한 문제가 아닙니까."

이제는 완전히 얼굴이 싸하게 식은 로즈몬드가 날 선 목소리로 반격했다.

"폐하께서 젊은 나이도 아니고, 곧 서른이십니다. 다른 직계 황손이 없는 상황에서 후사 문제는 그 무엇보다도 중요하고, 꼭 그런 것이 아니더라도 황후의 소임은 적통 황자를 생산해내는 것 아닙니까. 저는 그저 황후께서 그것을 잊고 계신지 우려되는 마음에서 드린 간언인데, 이리 곡해하시다니 억울합니다. 제게 이리 대하셔도 되는 것입니까?"

마지막 말은 앞 문장과는 그리 어울리는 말은 아니었으나, 지금까지 했던 말들 중 로즈몬드가 루시오에게 진심으로 하고 싶은 말이었다.

당신이 어떻게 나한테 이래? 당신이 어떻게 감히 나한테!

"공녀의 진심이 그렇다고 하더라도 황후의 소임을 운운하는 것은 매우 건방진 일이다. 불임 검사 또한 마찬가지지. 충분히 모욕으로 받아들일 상황 아닌가."

"황후 폐하께서만 하시라는 것이 아닙니다. 저 또한 할 것입니다. 그런데도 이런 반응을 보이신다는 건……."

로즈몬드가 슬그머니 입꼬리를 끌어 올려 웃었다.

"무언가 켕기는 게 있다는 뜻 아니겠습니까?"

-짝

그 말과 동시에 로즈몬드의 고개가 돌아갔다. 페트리지아가 지금껏 볼 수 없었던 섬뜩한 표정으로 손을 다시 한번 치켜 올렸다.

-짝

"이게 뭐 하는 짓입니까!"

"나는 정당하지, 공녀. 황궁의 안주인으로서 기강을 바로 잡고 있을 뿐이다."

페트리지아가 비뚜름하게 입꼬리를 끌어 올리며 덧붙였다.

"물론 그 장소가 공녀에게 수치심을 줄 수 있는 곳이라는 점에 대해서는 나도 유감이다만, 어쩔 수 없는 일 아닌가."

페트리지아는 고개를 돌려 에프레니 공작을 찾았다. 그는 낯익은 여인과 함께 있었는데, 페트리지아는 그 여자가 아까 로즈몬드와 함께 있던 여자라는 사실을 깨닫고선 웃었다.

아, 역시. 그런 거였나. 페트리지아가 입을 열었다.

"에프레니 공작? 어디 있나."

"황후 폐하."

부름을 받은 에프레니 공작이 조용히 나타났다. 페트리지아가 빙긋 웃으며 말했다.

"아리따운 따님이 생긴 걸 축하하네, 공작."

"황공합니다, 폐하."

"한데 그런 딸을 얻게 되었으면, 교육을 잘 시켜야 할 것 아닌가."

페트리지아가 여전히 미소를 유지하며 말을 이었다.

"외면은 말끔한데 내면이 더러우면 언젠가는 파멸하는 법이지. 공작, 자네는 설마 자네의 하나뿐인 딸에게 그런 운명을 선물해주려는 것은 아니겠지?"

"그럴 일이 있겠습니까, 폐하."

에프레니 공작이 조용히 사과했다.

"소신의 불찰입니다, 폐하. 제 여식의 죄를 부디 너그러이 봐주십시오."

"……."

"하나, 폐하. 이와는 별개로 분명 생각해볼 문제 아닙니까."

"뭐?"

"후사가 급한 상황이니 이 부분에서만큼은 주의를……."

"에프레니 공."

페트리지아가 참지 못하고 그의 말을 끊었다.

"공은 내궁의 소속이 아니지. 때문에 나는 공에게 공녀와 같은 처벌은 함부로 내릴 수 없어."

"……."

"하지만 이게 황족모욕죄면 다르지 않나? 아직 내가 황후가 된 지 일 년도 채 되지 않았고, 내 나이 또한 많은 건 아니지. 공의 정부가 서자를 낳았던 나이보다도 한참 어려. 그런 내게 후사를 낳을 능력이 된다, 안 된다……."

페트리지아가 나긋한 목소리로 중얼거렸다.

"내가 지금 이 상황을 어떻게 해석해야 할까, 응? 한번 말해보지 그래?"

더 이상 말하면 가만두지 않겠다는 말을 완곡하게 표현한 페트리지아의 태도에 아무도 그 사안에 대해 입을 열 수 없었다. 조용히 지내던 황후가 이렇게까지 과민한 반응을 보인 것은 황후가 된 이래로 두 번째였다.

"도무지 불쾌해서 자리를 지키고 있기가 어렵군. 분위기를 망쳤다면 매우 유감이야. 다들 남은 시간은 즐겁게 보내도록."

페트리지아는 여기까지 말한 다음 곧바로 성큼성큼 걸어 파티장을 떴다. 뒤이어 미르야와 페트로닐라, 라파엘라도 그녀를 뒤쫓아 달려갔다.

파티장은 한동안 고요해졌다가, 얼마지 않아 다시 소란스러워졌다. 그럼에도 불구하고 여전히 고요함을 지키고 있는 이들이 있었다.

로즈몬드를 조용한 테라스로 끌고 온 루시오가 물었다.

"로즈, 왜 그렇게 무모한 짓을 한 거지?"

"아뇨, 폐하. 무모하지 않았습니다."

더 이상 연인은 서로를 향해 따뜻한 눈으로 바라보지 않았다. 로즈몬드가 싸늘한 목소리로 말했다.

"공녀로서, 양 폐하의 신하로서 응당 제기할 수 있는 의문이자 염려였습니다. 이를 황실에 대한 모독으로 오인하신 것은 다름 아닌 황후 폐하십니다."

로즈몬드가 억울하다는 목소리로 항변했다.

"이런데도 저를 탓하십니까? 제 부친을 탓하시는 것입니까?"

"황후의 말대로 아직 그녀는 어려. 또한 결혼한 지 일 년도 채 되지 않은 상황에서 후사 문제를 수면 위로 드러내는 것이 무모한 게 아니면 뭐지? 그대, 내가 알고 있던 사람이 맞나? 로즈몬드가 맞냐는 말이다."

"변한 건 제가 아니라 폐하시지요."

로즈몬드가 싸하게 내려앉은 눈으로 루시오를 응시했다. 그래, 그는 변했다. 인정하긴 싫지만 변해버렸어. 그가 지금 말하고 있는, 내가 변했다는 말은 거짓이다. 나는 원래부터 이랬거든. 원래부터 이런 사람이었어. 나에게 맞지도 않은 가면을 씌우고 원하는 것만 보았던 사람은 당신이지, 내가 아니야. 로즈몬드가 냉소를 지었다.

"이제 더는 저를 사랑하지 않으시는군요, 폐하. 그 눈빛만 봐도 알 수 있어요."

"……."

"예, 폐하. 이제 부정도 않으시네요."

로즈몬드가 허탈한 목소리로 중얼거렸다. 결국, 여기까지인가. 결국 다름이 없이…….

"황후가, 그 여자가 무슨 짓을 저질렀군요. 그렇지요, 폐하? 그녀가 어떻게 폐하를 유혹했나요? 폐하 앞에서 옷을 벗기라도 했나요? 아니면 잠자리에서 창녀처럼 굴었어요?"

"그만해, 공녀. 용인 가능한 발언의 수위를 넘고 있다."

"그도 아니면!"

로즈몬드가 악을 썼다. 그녀가 지금껏 지켜오려 했던 것이 전부 다 무너져 내리는 느낌이었다. 다시는 이런 일이 없게 하려고 그렇게 애를 썼건만. 그렇게도……!

"도대체 왜! 무슨 이유로!"

"……."

"폐하께서 이리 변하신 건데요. 왜요!"

"……그래. 우리 모두 변했을지도 모르지."

루시오가 슬픈 목소리로 중얼거렸다.

"그렇게 말하는 그대도 더는 나를 사랑하지 않나 보군. 아니, 나를 사랑하긴 했었나?"

"폐하, 그거 아세요?"

로즈몬드가 비웃음에 가까운 미소를 지었다.

"폐하 예전부터 그놈의 사랑 타령 하는 거, 진짜 지겨웠어요."

"……."

"어릴 때의 상처를 떨쳐내지 못하고 아직도 어린아이처럼……!"

"그만해."

"아뇨, 해야겠어요."

로즈몬드는 끝을 예감했다. 그녀가 마지막 발악이라도 하는 것처럼 소리쳤다.

"솔직하게 말하죠. 전 폐하를 사랑하지 않아요. 아니, 폐하의 지위와, 권력과, 재력을 사랑했어요."

"……."

"폐하를 사랑해줄 사람 따위 이 세상에 없어요. 꿈 깨세요, 폐하."

로즈몬드는 끝까지 잔인했다. 루시오에게, 그의 영혼에게.

"제 친어미를 죽인 살인마를, 감히 누가 사랑할 수 있겠어요?"

마침내 그의 모든 영혼을 나락 끝까지 추락시키며.

"그대가…… 어떻게 나한테 그런 말을……."

루시오가 충격으로 비틀거렸지만 로즈몬드는 눈 하나 깜짝하지 않고 말했다.

"이렇게 쉽게 흔들릴 수 있는 총애였다면, 지금까지 길게 끌고 오지도 않았을 텐데."

"……."

"네, 제가 어리석었네요."

어리석었어, 로즈몬드.

"제가 어리석었어요……."

너는 알고 있었잖아. 총애 따위는 중요하지 않다는 걸. 중요한 건 권력, 그 이상도 그 이하도 아니라는 걸 말이야.

그래서 다짐했잖아. 그 누구보다 높이 올라가기로. 그 누구도 닿을 수 없는 곳까지 올라가 아무도 나를 건드리지 못하게 만들어주겠다고.

"전 황후가 될 거예요, 폐하."

"……."

"폐하께서 제게 약속하셨던 황후의 자리, 제가 직접 찾으러 가겠습니다."

"로즈몬드."

안 돼, 로즈몬드. 그러지 마.

더 이상 망가지지 마. 추락하지 마.

부탁이야.

"그러지 마."

"아뇨, 폐하. 그렇게 할 거예요."

로즈몬드가 잔인하게 웃으며 말했다.

"그래서 폐하의 곁에 나란히 설 것이고, 폐하께서 돌아가시면 제가 바로 이 제국의 황태후가 되는 거예요."

만족스럽게 자신의 계획을 읊으며 로즈몬드가 미소 지었다.

"그 과정, 부디 지켜봐주세요, 폐하."

내가 어떻게 당신의 옆자리를 차지하는지, 어떻게 당신의 유일한 여자로 끝까지 남는지.

잘 봐. 똑똑히 봐. 하나도 빠뜨리지 말고.

"기대하셔도 좋습니다."

난 이제부터 시작이니까. 당신의 총애 따위를 믿고 설치는 게 아니라, 진정한 권력을 쥐고 황후의 자리를 쟁취해내는 것. 그 원대한 계획의 첫 걸음을, 당신에게 바칩니다.

한때나마 진심으로 사랑했던 당신이란 남자에게.

4
Infertility

　건국제는 결국 페트리지아와 로즈몬드 사이에서 일어난 언쟁으로 인해 흐지부지 마무리되었다. 페트리지아는 자신이 한 달 밤낮을 새워가며 준비했던 건국제가 이런 식으로 끝나버려 마음이 좋지 않았지만, 후회는 하지 않았다. 언제고 본때를 보여주어야겠다고는 생각하고 있었으니까.

　다음 날 아침, 페트리지아는 평소와 다름없는 말투와 행동을 보이며 아무렇지 않은 모습을 보였지만, 그 모습에 도리어 주변 사람들이 더 안절부절못했다. 페트리지아는 자신은 괜찮다며 그들을 안심시켰지만, 그럼에도 불구하고 시녀들을 비롯한 미르야와 라파엘라까지 자신의 눈치를 보자 페트리지아는 그냥 자포자기하기로 했다. 사실 그녀가 저들이었어도 자신의 눈치를 보았을 것 같았기 때문에.

"폐하, 그거 들으셨습니까."

그날 점심이 되기 한 시간 전에, 미르야가 아무렇지 않은 목소리로 페트리지아에게 이야기를 꺼냈다.

"저도 방금 들은 이야긴데, 어제 폐하께서 황후궁으로 가신 직후 테라스에서 황제 폐하와 에프레니 공녀가 언쟁하는 것을 본 이가 한둘이 아니라더군요."

"……."

"크게 싸웠다고 합니다."

"그게 나와 무슨 상관이야."

페트리지아가 씁쓸한 목소리로 중얼거렸다.

"애당초 그 둘의 관계와 나는 아무런 연관이 없어. 그대도 알잖아."

"……예, 폐하. 그렇긴 합니다만……."

"뭐, 우리 쪽에서는 좋은 일인가."

하지만 글쎄. 어차피 황제의 총애가 공녀에게서 멀어지고 있다는 사실은 누구보다도 페트리지아가 먼저 눈치채고 있던 사실이었다. 그러니 그녀로서는 새삼스럽기까지 한 소식이었지만, 분명 놀랍긴 했다. 페트리지아가 화제를 돌리기 위해 미르야에게 물었다.

"그나저나, 닐라는 오늘따라 왜 이렇게 늦지?"

페트로닐라는 어제부터 갑갑한 마음을 떨쳐버릴 수가 없었다.

페트리지아의 일도 물론 한몫했지만, 그보다는……

'어제 그 남자, 이름이 로스시라고 했지.'

로스시가 더 큰 이유였다. 그녀는 의식하지 못한 채로 방 안을 서성였다.

'설마 나를 찾지는 않았겠지?'

그녀가 손톱을 물어뜯으며 초조해했다. 무언가 불안할 때 그녀가 흔히 보이는 버릇이었다. 그러다가 페트로닐라는, 자신이 어째서 고작 두 번밖에 만나지 않은 남자를 이렇게 생각해야 하는지에 대해 의문을 품고 손톱을 물어뜯는 것을 그만두었다.

"추하게 뭐 하는 짓이야, 닐. 정신 차려."

그렇게 당해놓고도 아직도 운명이니, 뭐니. 페트로닐라가 '나도 참 구제불능이야' 하고 중얼거리며 고개를 저었다. 지금 중요한 건 그런 게 아니다.

'어쨌든 알아낸 건 리지에게 말하는 게 좋겠지.'

로즈몬드와 재뉴어리의 관계. 분명 이 두 사람은 아무 연관도 없어 보이지만, 사실은 밀접한 관련이 있을 것이다. 페트로닐라는 무언가를 곰곰이 생각하다가, 일단 페트리지아가 기다리고 있을 황궁으로 가는 게 좋겠다고 결론 내렸다. 다음 드레스를 코발트 블루색으로 갈아입은 그녀가 시녀의 도움을 받아 은빛 체인을 두른 사파이어 목걸이를 차고 있는데, 누군가가 방 안으로 들어왔다.

어머니 그로체스터 후작부인이었다. 페트로닐라가 물었다.

"어머니, 무슨 일이세요?"

"닐라, 누가 너를 찾아왔구나."

"누가요?"

페트로닐라가 의아한 표정으로 응접실까지 내려갔다. 그리고 발견한 손님의 모습에, 페트로닐라는 하마터면 놀라 뒤로 나자빠질 뻔했다. 그녀가 믿을 수 없다는 목소리로 손님의 이름을 입에 담았다.

"브…… 레딩턴 영식?"

"오랜만입니다, 영양."

아니, 오랜만은 아니었다. 우리는 어젯밤 분명히 보았으니까. 이게 어떻게 된 일이냐는 표정으로 그로체스터 후작부인을 바라보았지만, 후작부인은 그저 미소를 띤 채 이렇게만 말해줄 뿐이었다.

"영식이 어제 너와의 만남이 인상적이었다는구나. 그래서 다시 방문한 거란다."

"어머니, 하지만 전……."

"불편하시다면 가겠습니다, 영애."

로스시가 얼른 끼어들어 말했다. 그러는 사이 그로체스터 후작부인은 나가버렸고, 페트로닐라는 황망한 표정으로 로스시를 쳐다보았다. 페트로닐라가 물었다.

"저희 집은 어떻게……."

페트로닐라는 질문을 매듭짓지 못했다. 아, 당연한 일이다. 그로체스터 후작저의 위치는 무슨 제국 정보부의 1급 기밀이 아니다.

페트로닐라가 큼큼 목소리를 가다듬은 다음 물었다.

"여기까지는 무슨 일로……."

"아."

페트로닐라의 말에 로스시가 빙긋 웃었다. 미소 하나는 참 예쁜 남자라고 생각하며 페트로닐라가 말했다.

"제가 좀 바쁩니다. 용건만 간단히 하셨으면 좋겠네요."

"참, 황후궁의 상급시녀로 계시지요. 제가 깜빡했네요."

로스시가 굴하지 않고 웃으며 페트로닐라에게 무언가를 건넸다. 꽃다발이었다. 페트로닐라가 마른침을 꿀꺽 삼켰다.

"오늘 산책을 하다 영애를 닮은 꽃이 있길래……."

"……."

"하나 샀습니다."

"……아."

페트로닐라가 어색한 표정으로 고개를 끄덕였다. 남자에게 꽃다발 선물이라니. 아버지에게서조차 받아보지 못했던 호사다. 페트로닐라가 기어들어가는 목소리로 감사의 표시를 했다.

"감사합니다, 영식. 하지만 왜 제게 이런 걸……."

"말씀드렸잖습니까, 영애."

로스시가 아리따운 미소를 지으며 대답했다.

"사랑하는 사람에게 최선을 다한다고."

"……."

"저는 제 나름의 방식으로 최선을 다했는데, 모쪼록 영양의 마음에 들었으면 좋겠군요."

"……."

"마음에 안 드십니까?"

"그건 아닌데…… 감사합니다, 영식."

나름 긍정적인 대답에 로스시의 얼굴이 밝아졌다. 그 모습을 본 페트로닐라가 피식 웃음을 터뜨렸다.

"어제는 왜 먼저 가셨습니까?"

아, 어제. 페트로닐라가 솔직하게 말했다.

"어제 일어난 소요 때문에 정신이 없었습니다. 기다리게 만들었다면 정말 죄송합니다."

"아니에요, 이해합니다. 저 같아도 잊어버렸을 거예요. 잘하셨습니다."

"……."

"그럼 저 혹시……."

"말씀하세요."

수줍은 듯 말을 잇지 못하는 로스시를 페트로닐라가 독촉하자, 로스시가 기다렸다는 듯 말을 꺼냈다.

"어제 같이 춤을 추지 못 했으니……."

못 했으니……? 페트로닐라의 한쪽 눈썹이 올라갔다.

"괜찮으시다면 저와 데이트해주실 수 있으십니까."

"……."

페트로닐라는 이 남자의 요구가 어째 더 수위가 높아질 것만 같은 예감이 들었다. 페트로닐라의 표정을 본 로스시가 실망한 표정으로 '역시 안 되나…….' 하고 중얼거렸다. 그 모습이 마치 버려진 아기 고양이 같아서 페트로닐라는 마음이 불편해졌다. 결국 그녀가 한숨을 내쉬며 입을 열었다.

"좋아요."

그 한마디에 죽어 있던 표정이 갑자기 살아났다. 그가 물었다.

"정말입니까?"

"한 입으로 두말 안 해요."

페트로닐라가 조건을 달았다.

"대신 해 지기 전까지는 집에 보내주는 조건이에요."

"당연하죠, 영애. 전 그렇게 문란한 사람은 아닙니다."

그래 보여요, 하고 페트로닐라는 대꾸하려다 그만두었다. 페트로닐라의 허락이 떨어지자, 로스시가 신이 난 목소리로 그녀에게 물었다.

"시기는 언제가 괜찮으십니까, 영애. 영애만 괜찮으시다면 저는 지금 당장이라도……."

"아, 죄송하지만 지금 당장은 곤란하고요……."

페트로닐라가 살짝 인상을 찡그리며 말했다.

"제가 백작저로 사람을 보내겠습니다. 어떠세요?"

"좋습니다."

그가 아무 때나 상관없다는 듯 함박웃음을 지으며 대답했고, 페트로닐라는 그 모습을 보고 저도 모르게 웃음을 터뜨렸다. 그것을 본 로스시가 한쪽 입꼬리를 길게 끌어 올려 웃으며 물었다.

"어? 방금 웃으셨다."

"……"

"그렇죠?"

"……그게 중요한가요?"

"네, 중요합니다."

그가 듣기 좋은 중저음의 목소리로 이유를 설명했다.

"지금 처음으로 저 보고 웃으셨거든요."

"……"

처음은 아닌 것 같은데…… 긴가민가한 기억을 되짚는 사이, 로스시가 천천히 자리에서 일어섰다. 페트로닐라가 물었다.

"벌써 가시게요?"

"바쁘다고 하시지 않으셨습니까. 영애의 귀한 시간을 빼앗을 생각은 저 또한 없답니다."

"……"

"그럼, 오늘은 여기까지."

그렇게 말한 로스시가 한쪽 무릎을 꿇고 페트로닐라의 앞에 앉왔다. 페트로닐라가 그 모습을 멍한 표정으로 바라보는 사이, 그가 그녀의 오른쪽 손등에 키스했다. 기사도를 상징하는 키스에 페트로닐라의 얼굴이 당황으로 물들었다. 그런 반응을 전혀 상관하지 않은 채, 로스시가 빙긋 웃으며 달콤한 목소리로 말했다.

"그럼, 조만간 다시 뵙겠습니다, 영애."

"……"

끝까지 예의 발랐던 신사가 돌아가고, 페트로닐라는 한참 동안 그 자리에 앉아 있었다. 잠시 뒤에 정신을 차린 페트로닐라가 얼른 고개를 저으며 자리에서 일어섰다. 응접실에서 나온 딸에게 그로체스터 후작부인이 물었다.

"어땠니, 딸?"

"뭐, 뭘요?"

"백작 영식 말이다. 이 엄만 그 영식이 참 마음에 들더구나."

"쓰…… 쓸데없는 소리 하지 마세요, 어머니."

페트로닐라가 잔뜩 빨개진 얼굴로 소리친 다음 헐레벌떡 자신의 방으로 올라갔다. 엄만 왜 갑자기 그런 소릴 하셔서는! 페트로닐라는 한시바삐 황궁에나 가야겠다고 생각하며 마지막으로 입고 있던 드레스를 매만졌다.

결국 페트로닐라는 두 시가 되어서야 페트리지아가 있는 황후궁에 방문할 수 있었다. 페트리지아가 반갑게 그녀를 맞아주었다.

"오늘은 왜 이렇게 늦었어, 닐라?"

"아……."

페트리지아의 질문에 페트로닐라가 잠깐 당황했으나, 곧 아무렇지 않게 대답했다.

"그냥…… 늦잠을 잤거든."

"별일이네. 네가 늦잠을 다 자고."

페트리지아가 신기하다는 듯 중얼거렸다. 페트로닐라는 어색하게 웃으며 고개를 끄덕였다. 곧 미르야가 두 사람이 대화하며 먹을 간식들을 잔뜩 가져왔고, 페트리지아는 초콜릿 맛이 나는 다쿠아즈 하나를 입에 물며 이야기의 물꼬를 텄다.

"나 할 말이 있어."

"뭔데?"

"그…… 에프레니 공작의 정부 말이야."

"아."

페트로닐라는 그제야 그녀가 무슨 말을 하려는지 알아채고서는 그녀의 말을 가로챘다.

"그런 거라면 내가 먼저 말할게."

"응? 그게 무슨 뜻이야?"

"그 정부의 이름은 재뉴어리야."

페트로닐라가 곧 진지한 목소리로 결론을 말했다.

"그리고 마담 재뉴어리는 로즈몬드와 내통하고 있는 사이지."

"맙소사. 역시나!"

페트리지아가 제 예상이 맞아떨어졌는지 고개를 절레절레 저었다. 페트로닐라가 물었다.

"넌 어떻게 알았어?"

"어제 우연히. 테라스에서 두 사람이 이야기하는 걸 들었는데, 자세히는 못 들었어. 공모가 어쩌고…… 저쩌고. 그런 이야기를 하더라고."

"내가 보기엔 이 재뉴어리라는 여자가 생각보다 모든 일에 깊이 관여되어 있는 것 같아."

그렇게 말한 페트로닐라가 페트리지아에게 무언가를 내밀었다. 재뉴어리의 방에서 찾은 편지였다. 페트리지아가 물었다.

"이게 뭐야, 닐?"

"재뉴어리의 방에서 찾은 편지야. 발신인은, 한눈에 봐도 알겠지만 로즈몬드지."

페트리지아는 얼른 편지를 펼쳐 읽어보았다. 거기에는 그렇게 쓰여 있었다.

친애하는 재뉴어리, 로즈몬드야.

에프레니 공작부인이 곧 출국할 거란 소문은 나도 들었어. 거기에 페트로닐라가 집안 관리를 맡다니. 하, 참. 그 여자가 드디어 돈 게 분명해. 남편의 정적 가문 여자에게 집안을 맡기다니. 그게 얼마나 위험한 일인지 알기는 하는 건지.

여하튼 조심해줘, 잰. 페트로닐라는 황후의 쌍둥이 언니야. 거기다 아주 멍청한 여자도 아니지. 조금이라도 이상한 모습을 보였다가는 들통나는 건 한순간이라고.

잊지 마, 잰. 우린 공범이고, 같은 배를 탄 운명이야.

널 믿는다.

이 편지는 태워버려.

너의 로즈.

"공범……."

유달리 눈에 띄는 단어 하나를 읽으며 페트리지아가 인상을 찡그렸다. 설마 로즈몬드가 계획한 모든 악행에 이 여자가 조력을 했던 것일까. 페트리지아의 머릿속을 읽은 것처럼 페트로닐라가 말했다.

"가능성 있는 이야기지, 리지. 무슨 생각을 하고 있는지 알고 있어."

"……."

"공범이라고 해도 분명 서로를 온전히 믿지 못하고 있어."

"나도 그렇게 생각해."

분명 로즈몬드는 이 편지를 '태워버리라'고 했다. 그런데 재뉴어리는 이것을 태워버리지 않았다. 그러니까 이것은, 혹시라도 일이 틀어졌을 때를 대비한 재뉴어리만의 안전핀. 그것인가. 페트리지아가 웃었다. 하긴, 악당은 악당을 믿을 수 없지. 서로 뒤통수를 치는 것이 일상인 작자들이니까.

"일단은…… 조금 지켜보는 것도 나쁘지 않겠어. 그 집에는 언제까지 가는 거야, 닐?"

"안 그래도 엊그제 연통이 왔어. 에프레니 공작부인에게서."

그녀가 한숨을 쉬며 말을 이었다.

"공자의 병세가 상당히 위중한가 봐. 부인의 걱정이 많더라고."

"……."

페트리지아는 여기서 약간 아이러니를 느꼈다. 분명 그녀와 에프레니 공작가는 정적 관계임에 틀림없는데, 정작 쌍둥이 언니는 그 집의 관리를 돕고 있으니. 이 무슨 황당한 상황이란 말인가. 하지만 원래 세상일이란 그렇게 이분법적으로만 사고할 수는 없는 것이었다.

"상황 봐서 행동하는 것도 나쁘지 않지."

"나만 믿어, 리지."

"믿지, 그럼."

페트리지아가 설핏 웃은 다음 편지를 보석함 안에 잘 넣어두었다. 언젠가 요긴하게 쓰일 일이 있을 거란 판단에, 페트리지아는 미르아에게 보석함을 최대한 은밀한 곳에 두라고 지시한 다음에야 편안한 표정으로 페트로닐라와의 대화에 임했다.

"그래서 언니, 어제는 좀 인연을 찾았어?"

"⋯⋯."

페트리지아의 말에 페트로닐라의 얼굴이 삽시간에 붉어졌다. 그 반응에 페트리지아는 물론이고, 그 자리에 있던 모든 사람이 대답을 예측했다. 아, 뭔가 있었구나. 페트리지아가 웃으며 물었다.

"누구야?"

"아무도 없어."

"거짓말은."

페트리지아가 재미있다는 듯 쿡쿡 웃었고, 페트로닐라는 묵비권을 행사했다. 페트리지아는 페트로닐라를 더 놀리는 대신 낮게 웃음을 터뜨리며 화제를 돌렸다.

"알았어, 알았어. 하여튼 널 너무⋯⋯."

"폐하!"

그때 누군가가 다급하게 페트리지아가 있던 방 안으로 뛰어들어왔다. 갑작스러운 난동에 놀란 페트리지아가 눈을 크게 떴다. 미르야가 급하게 들어온 시녀에게 면박을 주었다.

"폐하와 영애께서 계신데 어찌 그리 경박해."

"괜찮아, 미르야."

미르야를 진정시킨 페트리지아가 살짝 미간을 좁히며 물었다.

"무슨 일이지?"

"그게…… 지금 국무회의에 에프레니 공녀가 등장했는데……."

로즈몬드가? 페트리지아의 인상이 다시금 찌푸려졌다. 그리고 이어지는 시녀의 말에 그녀의 얼굴은 완전히 구겨질 수밖에 없었다.

"에프레니 공녀가 폐하께서 불임이라고 주장하시며, 후궁을 들여야 한다고 말했습니다."

"……."

자연스럽게 그 자리에 있던 모든 사람의 표정이 굳어졌다. 한동안 정적이 흘렀고, 그 정적을 가장 먼저 깬 이는 페트리지아였다. 그녀가 침착하게 물었다.

"좀 더 자세히 말해보지."

"방금 말씀드린 그대로입니다, 폐하. 방금 국무회의에서 나온 내용입니다. 폐하가 불임이시니 후궁을 들여야 한다고…… 에프레니 공작가를 비롯한 다른 귀족들이 주장하고 있습니다."

"하."

페트리지아가 황당한 숨을 터뜨렸고, 페트로닐라는 심각한 표정이었다. 미르야와 라파엘라 역시 그리 밝은 표정은 아니었다. 페트리지아가 이내 진지하게 생각했다.

'저렇게까지 불임에 집착하는 이유가 뭘까.'

페트리지아가 고민했다. 로즈몬드는 이유 없는 일에 목숨을 걸 여자는 아니다. 그녀는 그렇게까지 멍청하지 않다. 그렇다면 설마……?

"내가……."

페트리지아가 중얼거렸다. 설마 내가 정말로…….

"불임이기라도 하다는 말인가……."

말도 안 돼. 이건…… 페트리지아가 믿을 수 없다는 듯 중얼거렸고, 그때 다른 누군가가 방 안으로 뛰어들어 왔다. 이번에는 또 무슨 일일까. 불길한 예감이 쉴 틈을 주지 않고 쏟아져 내려왔다.

"황후 폐하."

소식을 전하러 들어온 시녀 아이는 거의 울 듯한 표정이었다. 페트리지아가 마른침을 삼켰다.

"무슨 일이냐."

"폐하의 불임 여부를 검진하는 것으로 결론이 났습니다."

시녀가 떨리는 목소리로 남은 말을 전했다.

"폐하, 만일 정말로…… 정말로……!"

"그만해라."

페트리지아가 시녀의 말을 끊었다. 그녀는 심각한 표정을 짓다가 돌연 자리에서 일어섰다. 모두가 그녀를 바라보았고, 페트리지아는 싸늘한 표정으로 중얼거렸다.

"만일 정말로 그렇다면, 그때는 다른 대책을 강구해야겠지."

                 •

페트리지아는 가장 먼저 중앙궁을 찾았다. 루시오는 그녀가 방문한다는 소식에 대충 사정을 짐작하고서는 괴로운 표정을 지었다. 그녀의 귀에 들어가지 않았을 리가 없다. 황후가 귀머거리가 아닌 이상은. 아니, 설령 그녀가 귀머거리라 할지라도.

"황후 폐하께서 드십니다."

"……모시도록."

페트리지아는 조용히 그가 있는 방에까지 들어섰다. 그녀는 고요한 모습이었지만 루시오는 알고 있었다. 폭풍이 치기 전 바다가 얼마나 고요한지를.

그가 가만히 눈을 감았다가 떴다. 과거의 실수는 그의 발목을 이런 식으로 잡았다.

하지만 과연 실수였을까. 루시오가 생각했다. 아니, 이건 그냥 아둔했던 자신의 실책일 뿐이야. 실수라는 이름의 아명이 아니라.

"폐하."

"그래, 황후."

"정식으로 후궁을 들이라는 주장이 있었다지요. 그것도 에프레니 공작가로부터."

"그랬어."

"아니, 그보다."

페트리지아가 쓴웃음을 터뜨렸다.

"제가 불임이라고요."

"……검사를 해보자는 주장일 뿐이야, 황후."

"에프레니 공녀는 바보가 아닙니다."

마침내 성질이 난 페트리지아가 그에게로 다가갔다.

"말씀해주세요, 폐하. 제가 모르는 무언가가 있는 겁니다. 그렇지요? 그런 거지요?"

"……황후."

"제가 불임입니까?"

"……."

"어떻게…… 어떻게 알고!"

페트리지아가 떨리는 목소리로 물었다.

"어떻게 알아요. 난 그런 검사를 한 적이 없는…… 아!"

페트리지아는 순간적으로 그날의 검사가 떠올랐다. 황후 경선 세 번째의 과제였던…….

"건강검진."

페트리지아가 이제야 알았다는 듯, 허망한 표정으로 중얼거렸다. 루시오가 참담한 표정으로 눈을 감았다.

"하, 하하하!"

페트리지아가 미친 사람처럼 웃어젖혔다. 그래서, 그래서 당신들이 나를……!

"그래서, 그래서였습니까, 폐하. 그래서!"

페트리지아가 울음이 섞인 목소리로 소리쳤다.

"그래서 나를! 아이도 낳지 못하는 몸을 황후로 만드신 겁니까."

"……."

그는 아무 말도 할 수 없었다. 그녀의 말은 구구절절 사실이었다. 페트리지아는 루시오의 침묵을 긍정으로 받아들이고선 엄청난 충격을 받았다. 그녀가 저도 모르게 중얼거렸다.

"당신이……."

"……."

"당신이 어떻게 나한테 이래……."

진부한 대사였지만 지금 이 순간만큼 그것보다 잘 어울리는 대사가 없었다. 페트리지아가 울면서 울었다. 기괴한 표정으로.

"어떻게 나한테 이렇게 잔인할 수가 있어……."

한 사람의 인생을 망쳐놓고, 그 한 사람을 사랑했던 사람을 과거로 되돌려놓고선, 결국 한다는 짓이 반복된 고통과 불행……. 페트리지아는 도무지 이 남자를, 자신의 눈앞에 있는 이 남자를 용서할 수가 없었다. 그건 불가능한 일이라고 생각하며 페트리지아가 말했다.

"당신에게 일말의 연민을 품었던 나를 증오해."

"……황후."

"부르지 마."

페트리지아가 악에 받친 목소리로 읊조리듯 말했다.

"그 더러운 입에 나를 담지 마."

"……."

"당신을 증오하고, 나를 증오해. 로즈몬드 그 여자를 죽이고 싶어."

페트리지아는 처음으로 루시오 앞에서 모든 속마음을 온전히 내보였다. 그건 페트리지아가 받은 충격과 비례하는 양의 솔직함이었다. 페트리지아가 설움에 북받친 목소리로 말했다.

"당신이 알리사와 다른 게 뭐야?"

"……"

"내게는 당신이나 알리사나 다르지 않아. 내 인생을 나락으로 빠뜨려놓고, 왜……"

"……"

"왜 아무 말도 하지 않아? 할 말이 있으면 해봐. 미안하다고, 잘못했다고, 입이 있으면 말하라고!"

"……내가 그럴…… 자격이라는 게 있다고 보나."

"……알긴 아는구나."

페트리지아가 눈물을 흘리며 그에게 마지막 원망의 말을 뱉었다.

"당신 정말 최악이야."

"……"

"내게 준 고통의 크기만큼, 아니, 그 갑절로 당신이 받길 기도할게."

페트리지아는 그 말만 남기고선 뒤를 돌아 방을 나가버렸다. 쾅,

거세게 문이 닫히고 홀로 남은 루시오가 털썩, 바닥에 주저앉았다. 보이지 않는 여자를 향해 무릎을 꿇은 그가 조용히 오열했다.

"황후 폐하를 뵙습니다."

페트리지아가 로즈몬드를 다시 본 것은 공작가의 유일한 여식인 로즈몬드가 황제의 정식 후궁으로 인정받아 에틸레르 후작의 작위를 받은 지 일주일이 지난 후였다. 바시에 공녀는 퀴네즈 자리를 내려놓은 이후 곧바로 공국에 시집을 갔기 때문에 현재로서 남아 있는 유일한 공녀는 로즈몬드였다.

그러니까, 애당초 선택의 여지가 없었다. 페트리지아는 이제 아무래도 상관없다고 생각하며 자신에게 인사하는 에틸레르 후작부인 로즈몬드를 쳐다보았다.

"그래, 얼굴이 좋아 보이는군. 요즘 폐하께서 자주 찾으시나봐?"

"……."

그날의 언쟁 이후 루시오가 베인궁을 더 이상 찾지 않는다는 것은 거의 모두에게 알려진 사실이었다. 이 사실을 모를 리 없는 로즈몬드가 이를 바득 갈았지만, 곧 아무렇지 않게 대꾸했다.

"폐하께서도 요즘 얼굴이 좋아 보이십니다."

"내가 말인가."

"네, 폐하."

로즈몬드의 의미 없는 인사치레에 페트리지아가 싸늘한 미소로 응수했다. 페트리지아는 루시오와의 대면 이후 '나의 위엄을 깎아내리면서까지 후궁을 들이고 싶으면 뜻대로 하라'는 최후통첩을 날린 후 아무런 반응도 보이지 않았다. 그녀는 굳이 불임 검사를 하지 않았고, 경선 당시의 문제점에 대해서도 이의를 제기하지 않았다.

페트리지아는 마치 한동안 모든 삶의 의욕을 잃어버린 사람처럼 굴었다. 그녀는 분명 평소와 다름없이 내궁의 서류를 보고 책을 읽고 산책을 했지만, 그녀의 주변 사람들은 왠지 그녀가 그 전보다 공허해진 것 같다고 느꼈다. 이는 페트로닐라도 느끼고 있을 만큼 뚜렷한 변화였다.

"자네 덕분에 심적으로 아-주 편안한 나날을 보내고 있어."

페트리지아는 비꼼조로 말했지만 로즈몬드는 개의치 않고 대꾸했다.

"저 또한 폐하의 은혜를 입어 편안한 나날을 보내고 있답니다."

"그것참 다행이군."

빙긋 웃으며 대꾸한 페트리지아가 슬며시 다른 이야기를 꺼냈다.

"그런데 들리는 이야기로는 별로 그렇지가 않아 보이던데."

"네? 그게 무슨 말씀이신지……."

"자네의 친부모 이야기를 하는 거야."

페트리지아가 아무렇지 않게 화제를 돌렸다.

"내가 어제 조금 끔찍한 소식을 들었어. 글쎄, 대로우의 남작성이 대규모의 화재로 전부 불타 없어졌다고 하더군."

"……"

"물론 지금 자네의 부모는 에프레니 공작 내외지만…… 어쨌든 낳아주고 길러주신 친부모 아닌가. 그때의 난리로 자네의 친부모까지 몽땅 소사했다고 하더군."

"유감스럽게도, 그렇다고 하더군요."

"그래. 참으로 유감스러운 일이야. 거기다 자네 오라비가 장가를 간 페르 자작가는 이번에 파산을 했다지? 귀족의 긍지를 가진 이라면 견디기 어려운 치욕일 터……."

페트리지아는 그렇게 말하며 로즈몬드의 옆을 스쳐 지나갔다. 그녀를 완전히 지나치기 전, 페트리지아는 로즈몬드의 귓가에 대고 속삭였다.

"친족까지 살해하다니, 도대체 어디까지 나갈 셈이냐, 로즈몬드. 천벌이 두렵지도 않나 보군."

"무슨 말씀을 하시는지 모르겠네요, 황후 폐하."

로즈몬드는 페트리지아의 귓가에 대고 미소를 불어넣으며 속삭였다.

"제게 친족은 오로지 에프레니 공작 부부와 그 공자들뿐이랍니다."

"……그래. 그대의 뜻이 그렇다면야."

페트리지아는 그 말만 남기고 다시 걸음을 옮겼고, 뒤에서 로즈몬드가 자신을 쏘아보는 것을 느꼈다. 그녀는 피식 웃으며 묘한 말을 중얼거렸다.

"그렇다면 나는 감히 하늘이 되어보실까."

"오셨습니까, 황후 폐하."

페트리지아가 황후궁으로 들어서자마자 미르야가 정중히 인사했고, 페트리지아는 아무렇지 않게 미소 지은 다음 책상에 앉아 서류를 넘기기 시작했다. 그리고 얼마 지나지 않아 그녀가 미르야에게 물었다.

"페트로닐라가 늦네. 무슨 일이 있나?"

"영양께서 오늘 시장에 가실 일이 있다고 하시더군요. 아마 좀 늦을 것 같다고 말씀 전해달라 하셨습니다."

"이런. 내가 너무 보채는 것 같네."

미안하게. 후후 웃으며 중얼거리는 페트리지아가 미르야는 오늘따라 좀 섬뜩하게 느껴졌다. 단 한 번도 이런 느낌은 받은 적이 없었다. 심지어는 그녀가 사냥 대회 때 죽음의 문턱에서 살아 돌아왔을 때조차 이런 느낌은⋯⋯.

"미르야."

그때 페트리지아가 부르는 목소리에 미르야는 그제야 상념에서 벗어났다. 그녀가 얼른 대답했다.

"네, 황후 폐하."

"혹시 스테린이라고 아나?"

"스테린이요?"

페트리지아의 질문에 미르야가 고개를 저었다. 처음 들어보는 말이다. 그녀가 물었다.

"그게 무엇인지요."

"아주…… 냄새가 좋은 향이지. 동방의 어느 나라에서는 다른 이름으로도 불린다고 하던데……. 하여튼 그 향이 그렇게 향기로워 동양에서는 향로로 많이 피운다고 하더군."

"향로라니요?"

"향수와 비슷한 것이지. 향을 피우면 몸에 그 향이 배어 좋은 냄새가 난다고 하더군."

그렇게 말한 페트리지아가 매혹적으로 웃었다.

"내가 무심했어. 새롭게 공녀가 탄생한 것도 분명 축하해줄 일인데. 거기다 후작위까지 받았으니. 가만히 있는 건 도리가 아니지."

"네……?"

평소와는 다른 태도에 미르야가 의아해하는 것도 잠시, 페트리지아가 빙긋 웃으며 미르야에게 손짓했다. 미르야가 페트리지아에게로 가까이 다가갔고, 페트리지아는 선반에서 무언가를 꺼내 미르야에게 건네주었다. 작은 상자였다. 미르야가 의아한 표정으로 물었다.

"이게…… 무엇입니까, 폐하."

"서방에서는 향로라는 개념이 생소하고, 잘 쓰이는 것도 아니니까. 대신 향수로 만들어보았으니 이걸 베인궁에 가져다주게."

"알겠습니다, 폐하."

미르야가 단정한 모습으로 페트리지아에게서 상자를 받은 뒤 방을 나섰다. 그런 미르야의 뒷모습을 바라보고 있던 페트리지아의 입가에 희미한 미소가 피어오르다가, 곧 사라졌다. 잠시 후 그녀는 언제 그랬냐는 듯 아무렇지 않게 책상에 앉아 다시 정무를 보기 시작했다.

로즈몬드는 에틸레르 후작의 작위를 받았음에도 불구하고 여전히 베인궁에서 머물고 있었다. 로즈몬드가 더 큰 궁으로 옮기는 것을 원하지 않았기 때문이었다. 그녀는 공녀가 된 이후 후작 작위까지 받아 요즈음 더할 나위 없이 편안한 생활을 영위하고 있었다.

"후작부인, 황후궁에서 사람이 왔습니다."

하릴없이 책을 읽고 있던 로즈몬드는 그 소리에 살짝 미간을 찡그렸다. 그리 달갑지 않은 손님이었지만 그래도 황후궁에서 왔기 때문에, 무시할 수는 없는 노릇이었다.

로즈몬드가 퉁명스러운 목소리로 '들이거라' 하고 말했다. 곧 분홍색 리본이 묶인 상자를 든 미르야가 방 안으로 들어왔다. 로즈몬드가 거만하게 물었다.

"무슨 일이지? 황후께서 사람을 보내시는 일은 아주 드문데 말이야."

"부인께서 공녀가 되셨을 때 따로 축하해주시지 못한 것도 마음에 걸리셨는데, 이번에 후작의 작위까지 받으셨으니 더는 미루기 어렵다고 생각하셨는지 선물을 보내셨습니다."

"선물이라."

로즈몬드가 흥미로운 표정으로 고개를 까딱였다. 황후궁의 시녀장에게 보이기에는 아무리 후작부인이라고 해도 오만한 태도였으나 로즈몬드는 전혀 개의치 않은 채 페트리지아가 보낸 선물 상자를 열어보았다. 향수임을 확인한 로즈몬드가 시시하다는 듯 눈살을 구겼다.

"겨우…… 향수?"

"스테린이라는 약초로 만든 향수입니다. 동방에서만 재배되는 것인데 상당히 귀하다고 하더군요."

미르야는 로즈몬드의 반응에 심히 언짢아졌지만, 그 기색을 드러내지 않은 채 정중히 설명했다. 공기 중에 시험 삼아 향을 뿌린 로즈몬드가 곧 만족스러운 표정을 지었다.

"향이 아주 좋군. 폐하께서 안목이 있으셔."

"감사합니다, 후작부인."

미르야는 곧바로 베인궁에서 물러났고, 글라라는 영 탐탁지 않은 얼굴로 페트리지아가 보냈다는 선물을 쳐다보고 있었다. 로즈몬드는 페트리지아가 보낸 향수를 손목에 뿌리며 향기를 맡다가, 곧 글라라의 표정을 보고 의아한 얼굴로 물었다.

"왜 그렇게 표정이 별로지? 황후의 선물이 마음에 안 드는 거야?"

"그렇다기 보다는…… 갑자기 이러니 영 의심스럽지 않습니까."

"현명한 일이지."

로즈몬드가 미소 지으며 향수의 뚜껑을 닫았다.

"황후는 지금 불임이야. 황후위를 지키고 있는 것만 해도 기적적인 일이지. 지금으로서 황손을 생산할 수 있도록 인정받은 여자는 황궁에 나 하나뿐이니까. 만일 내가 그녀라고 해도 지금은 몸을 사리는 게 맞겠지."

"그런가요."

"그래. 이제 우리가 해야 할 일은 내가 황자를 낳고 그 황자가 황태자가 되는 걸 보는 것뿐이야. 폐하께서 돌아가실 즈음 황후만 독살하면 황태후의 자리는 자연스럽게 내 것이 되지 않겠어?"

"예, 부인. 부인의 생각이 맞습니다."

글라라가 입꼬리를 끌어 올려 웃었다. 다만 걸리는 점이 하나 있었다. 바로 로즈몬드와 루시오가 싸운 그날 이후, 루시오가 베인궁으로의 출입을 완전히 끊어버렸다는 사실이었다. 글라라가 한숨을 쉬었고, 로즈몬드가 물었다.

"갑자기 왜 또 한숨이야?"

"폐하께서…… 베인궁을 찾으신 지가 너무 오래되었어요."

"내 나이가 아직 스물일곱이야. 아이를 낳을 수 있는 시간은 아직 많이 남았다고."

그렇게 말한 로즈몬드가 스테린 향수를 꺼내 목 부근에 뿌렸다. 달콤하면서도 우아한 향이 났다.

"어차피 일이 이렇게 된 이상 정통성을 중시하는 폐하께서 후궁도 아닌 궁인의 몸에서 황자를 보실 리 없지. 설령 일이 그렇게 된다고 해도 그때 가서 손을 써 회임하면 그만이야."

"묘수가 있으시군요."

"춘약을 쓰든 최음제를 쓰든."

로즈몬드가 문제없다는 목소리로 말했다.

"어떤 짓이든 저지르기만 하면 그만이지."

한편 페트로닐라는 고민 끝에 자신이 직접 브레딩턴 백작가를 방문하기로 결심했다. 요즘 상황이 상황이었던 탓에 로스시와의 데이트는 이미 한참 뒤로 밀린 지 오래였기 때문이었다. 어쨌든 그녀가 먼저 연락을 준다고 말까지 했으니 그 약속은 지켜야 했다. 페트로닐라의 방문에 브레딩턴 백작가의 집사는 꽤나 놀란 반응을 보였다.

"이런, 레이디 페트로닐라. 정말로 오셨군요. 사실 연락을 받았을 때도 좀 놀라긴 했습니다만……."

"아…… 영식은 안에 있나요?"

"응접실에서 기다리고 계십니다. 들어오시지요."

페트로닐라는 처음 와보는 백작저에 어색해하면서도, 실례를 저지르지 않으며 단아한 모습으로 응접실까지 도착했다. 응접실의 문을 열자 단정한 차림의 로스시가 눈에 들어왔다. 페트로닐라가 저도 모르게 어색하게 웃었다.

"오랜만이네요, 영식."

"기다리느라 목이 빠지는 줄 알았습니다. 앉으세요."

로스시는 그렇게 말한 다음 자신이 직접 차를 내왔다. 페트로닐라가 차를 맛본 후 탄성을 터뜨렸다.

"백작가의 차 우리는 솜씨가 일품이네요. 이렇게 맛있는 차는 먹어보지 못했는데."

"칭찬 감사합니다, 레이디 페트로닐라. 찻물을 우려내는 건 꽤 오랜만의 일이라 걱정했는데 다행이군요."

"……네?"

당황한 페트로닐라가 말을 더듬었다. 잠깐, 그럼 지금 이 차를……. 페트로닐라가 말을 잇지 못하는 사이, 로스시가 대신 말을 받았다.

"제가 우린 차랍니다. 입에 맞으시는 것 같아 다행이네요."

그렇게 말한 로스시가 다정한 미소를 지어 보였다. 페트로닐라가 어벙한 얼굴로 중얼거렸다.

"아니, 저…… 영식께서 우리셨을 줄은 정말 생각도 못 한 일이어서 많이 당황스럽네요. 그러니까…… 전 주변에 차를 우릴 줄 아는 남자를 본 적이 없거든요."

"네. 사실 제가 꽤 희귀한 케이스긴 하죠."

본인도 인정한다는 듯 작게 웃은 로스시가 페트로닐라의 빈 찻잔에 찻물을 더 넣어주었다.

"영양께 칭찬을 들으니 다른 무엇보다 기분이 좋네요. 영광입니다."

"……."

아니 뭐, 영광일 것까지야. 지나친 미사여구에 페트로닐라의 얼굴에 어색한 미소가 돌았다. 차를 한 두어 모금 더 마시고 나서야 그녀는 자신이 그동안 연락할 수 없었던 이유를 밝힐 수 있었다.

"요즘 정신이, 정신이 아니었어요. 궁의 사정에 조금만 관심을 가지면 아시겠지만 최근에……."

"네, 알고 있습니다. 정치나 황실의 일에는 관심을 잘 안 가지려 노력하지만, 정식 후궁을 폐하께서 들이신 일은 어쨌든 꽤 큰일임에는 틀림없으니까요."

여기까지 말한 로스시가 약간 낮아진 목소리로 중얼거렸다.

"폐하가 걱정이군요."

"그 애는 아무렇지 않은 척하고 있지만, 분명 크게 상처를 받은 것 같아요."

그렇게 말한 페트로닐라가 우울한 표정으로 읊조렸다.

"차라리 내가 황후가 되었어야 했는데……."

"네?"

"아무것도 아니에요."

얼른 실수로 나온 말을 수습한 페트로닐라가 곧 평소의 안온한 미소를 지어 보였다. 그 미소에 로스시도 더는 묻지 않고 자연스럽게 대화를 이끌어나갔다.

"이해합니다. 어쨌든 사안이 사안이었으니 충분히 바쁘셨겠죠. 황후 폐하의 곁을 지키는 일만으로도요."

"이해해주셔서 정말 감사합니다, 공. 근래 심적으로도 그랬지만 체력적으로도 정말 힘들었거든요."

"이런, 그럼 데이트는 다음으로 미루어야겠군요."

"이미 미룰 대로 미루어서 더 이상 미룰 수가 없을 것 같아 찾아뵀습니다. 어쨌든 약속은 약속이니까……."

페트로닐라가 작게 목소리를 가다듬은 다음 보다 명확한 목소리로 말을 맺었다.

"꼭 지켜야 한다고 생각해서요. 영식께서 원하시는 시간으로 맞추겠습니다."

"그때도 말씀드렸지만, 저는 아무 시간대나 상관없고, 아무 시일에나 상관이 없습니다."

영양과 함께 시간을 보낼 수 있다면요.

남자의 달콤한 말에 저항력이 0에 가까웠던 페트로닐라는 결국 얼굴을 붉게 물들였지만, 그 또한 찰나의 순간에 가까웠다. 페트로닐라가 큼큼 헛기침을 했다. 왜 이렇게 갑자기 제 마음 속으로 침범해 들어오는 건지. 당황스럽기 그지없다.

"그럼…… 아, 언제가 좋으려나……."

"괜찮습니다, 닐라. 편한 대로 해요."

"네?"

페트로닐라가 깜짝 놀라 물었고, 로스시는 머쓱한 듯 미소를 지으며 변명했다.

"아…… 혹시 기분 나쁘시다면……."

"……."

"역시 아직까지 애칭은 좀…… 그렇죠?"

"어……."

페트로닐라가 고뇌했다. 뭔가 분위기상 이걸 가지고 탓하면 자신만 꽉 막힌 여자가 될 것 같았다. 페트로닐라가 잠시 생각하다가 곧 한숨을 내쉬며 말했다.

"아직은 좀 그렇고…… 나중에 불러주시겠어요, 영식?"

그러니까, 완벽한 거절은 아닌 셈이다. 로스시가 그녀의 제안을 기쁘게 받아들였다.

"영광이지요, 영양."

"뭘, 영광까지야……."

페트로닐라가 어색한 듯 시선을 다른 곳으로 돌렸고, 로스시는 그 모습을 보면서도 빙그레 웃었다. 거의 2분에 한 번꼴로 웃는 것 같은 남자를 보며, 페트로닐라도 하는 수 없이 웃어버렸다.

"내일…… 후작저로 와주세요."

그러면서도 페트로닐라는 끊임없이 생각했다. 닐라, 닐. 이번 단 한 번뿐이다. 마음을 주지 마. 네 심장을 열지 마. 경계하고 의심해. 조심하고 주의해.

"기다리고 있을게요."

그러면서도 페트로닐라는 또 이렇게 생각했다.

아, 오래간만에 심장이 두근거렸다고.

"……그래서 내일 못 온다고?"

페트로닐라의 이야기를 들은 페트리지아가 미소를 띠며 물었다. 페트로닐라가 조용히 고개를 끄덕였고, 페트리지아는 깔깔 웃음을 터뜨렸다.

"드디어 우리 닐라가 시집을 가는 건가. 하루 종일 안 들어와도 돼, 닐."

"놀리지 마."

얼굴이 잔뜩 빨개진 채로 '놀리지 마'라고 외치는 게 귀여워서, 페트리지아는 마침내 또 한번 웃고 말았다. 여유롭게 후원을 거닐며, 페트로닐라가 동생의 이름을 불렀다.

"페트리지아."

"왜, 페트로닐라."

"너 좀 달라진 것 같다."

그 말에 페트리지아의 걸음이 멈추었다. 덩달아 주변인들의 걸음 역시 멈추었다. 페트리지아가 아무렇지 않게 물었다.

"내가?"

"응."

"어떤 면에서? 한번 말해볼래?"

"뭔가 예전보다 여유로워 보여."

"여유."

페트리지아가 웃었다.

"맞아, 여유로워."

"왜?"

"그건 내가……."

잠시 동안 이유를 생각해내던 페트리지아가 곧 입꼬리를 끌어올려 웃었다.

"불임이기 때문에?"

"……."

미소와는 전혀 어울리지 않는 암울한 내용에 페트로닐라는 순간 흠칫했으나, 정작 그 말을 꺼낸 당사자는 아무렇지 않아 보였다. 페트리지아가 태연하게 말을 계속했다.

"욕심을 버리면 여유롭지."

"……."

"그리고 잃을 게 없는 사람도 여유로워."

페트리지아가 미소를 잃지 않으며 페트로닐라에게 말했다.

"언니, 난 지금 잃을 것도 없고, 욕심낼 것도 없어. 이 자리는 신이 날 저버리지 않는 한 영원히 내 것이고, 그렇게 되면 그로체스터 가문이 위해를 입을 일도 없겠지."

"……."

그래, 이 모습이 달라졌다고, 페트리지아. 넌 무언가…….

"그러니까 나는 지금 무엇이든 할 수 있는 위치인 거야."

달라졌어. 좀 더 은밀하게. 페트로닐라가 입속에서 중얼거렸다.

"지금의 상태는? 만족해?"

"그게 의미가 있니?"

페트리지아가 낮게 소리 내 웃었다.

"이곳에서 개인의 만족감처럼 무쓸모인 것은 없지. 굳이 이곳에서 만족감을 찾자면…… 널을 비롯한 나를 따르는 사람들…… 정도?"

"……그렇구나."

페트로닐라는 그렇게밖에 대꾸해주지 못했고, 산책은 계속되었다. 페트리지아가 익숙한, 아주 익숙한 후원에 다다랐을 때, 그녀는 또 다른 익숙한 누군가를 발견했다.

여태까지 페트리지아의 입가에 자리 잡고 있었던 미소가 순식간에 사라졌다. 그래서 페트로닐라는, 그게 누구인지 단박에 깨달았다.

"황제 폐하."

"인사할 필요 없어. 먼 거리니까."

페트리지아는 그렇게 말했지만 페트로닐라는 혹여 동생에게 해라도 갈까 싶어 고개만이라도 숙이는 것을 택했다. 페트리지아는 언니의 그 행동이 별로 마음에 들지 않았지만, 굳이 제재하지는 않았다. 대신 마뜩잖은 얼굴로 황제를 쳐다보고 있을 뿐이었다.

그 시선에 자연 마음이 아파지는 것은 페트로닐라였다. 그녀가 머뭇거리며 동생의 눈치를 보고 있는데, 페트리지아가 말없이 발을 출발시켰다. 페트로닐라는 황제가 자신의 여동생을 형용하기 어려운 눈으로 쳐다보고 있는 것을 보고는 마음이 심란해졌다.

"왜 저런 눈으로 본담."

"어?"

"황제 말이야."

페트로닐라가 마음에 들지 않는다는 목소리로 중얼거렸다.

"잘못은 자기가 해놓고선."

"……그러게 말이야. 뻔뻔하고 몰염치한 자지."

페트리지아는 굳이 부정하지 않으며 계속 걸음을 옮겼다. 그녀는 이제 루시오에게도 별다른 감정이 남아 있지 않았다. 오히려 처음 입궁했을 때보다 지금이 더 평온한 모습이었다.

그러니까, 이미 너무 많은 상처를 입어 더 이상 그쪽으로 감정을 쏟을 필요성을 느끼지 못하는 듯 보였다. 페트로닐라는 솔직히 말해 그 결과가 많이 안타까웠으나 이는 그녀가 감히 간섭할 부분은 아니었다. 페트로닐라는 말없이 동생의 뒤를 따라 걷기만 했다.

그러나 그녀의 여유는 오래가지 못했다. 황후의 자리란 늘 그렇듯, 일이 많다 못해 넘쳐흐르는 자리였으므로. 페트리지아가 오래간만에 순수하게 인상을 찌푸렸다.

"탄신 연회라니."

"……송구합니다."

"아니. 자네가 송구할 일은 아니지."

페트리지아가 한숨을 쉬었다. 곧 황제의 탄신일이다. 그러니까, 당연히 그의 탄신 연회는 정실 황후인 페트리지아가 준비해야 하는 것.

페트리지아는 그러나, 솔직히 말해 정말 하고 싶지 않았다. 마음 같아서는 로즈몬드에게 이 일을 일임하고 싶을 정도. 하지만 그것이야말로 말도 안 되는 일이었기에, 페트리지아는 결국 가만히 고개를 끄덕여야만 했다.

"이 일은 가급적 자네 선에서 처리하지. 난 결재만 할 테니 최종

안만 올려 보내라는 얘기야."

"하나 폐하, 이는 월권……."

"나도 좀 쉬어야지, 미르야. 거기다……."

페트리지아가 미소 지으며 말했다.

"내가 자네까지 믿지 못하면 이 넓디넓은 황궁 안에서 믿을 사람이 누가 있지?"

"……."

"페트리지아, 내가 있잖아."

눈치 없이 끼어든 라파엘라의 말에, 페트리지아가 마침내 웃음을 터뜨렸다.

"아하하, 그래, 맞아. 미안해, 엘라. 기분 상했어?"

"농담이지, 물론. 참, 그래도 네가 온전히 해야 할 일은 하나 있어."

"그게 뭔데?"

"별거 없어. 꽃이야."

"꽃이라니?"

"탄신화를 네가 골라야 해. 그건 상당히 의미 있는 일이니까, 아랫사람들에게 지시하기도 어려운 일이지."

"탄신화. 아, 그렇지."

페트리지아가 잊고 있었다는 듯 중얼거렸다. 마비너스 제국에서는 한 사람의 탄생일을 맞이하면 미혼의 경우 그 부모가, 기혼의 경우 그 배우자가 상대에게 꽃을 선물하는데, 이때 이 꽃은 그 사람의 마음을 대변한다고 알려져 있었다. 그래서 미혼의 경우 대부분 부모의 사랑과 관련된 꽃말을 지닌 꽃을, 기혼의 경우에는 영원한 사랑을 약속하는 꽃말을 가진 꽃을 선물 받는 일이 흔했다.

페트리지아는 마음 같아서는 저주의 꽃말이 담긴 꽃을 선물해주고 싶었지만, 유감스럽게도 자신과는 달리 꽃들은 너무나도 착하고 순수해서, 그런 악한 말들은 품으려 하지 않았다. 페트리지아가 고민했다.

"……션."

"응?"

"카네이션. 그것으로 하지."

"음, 의외네?"

"왜?"

"그건 보통 부모 자식 간에 많이들 선물하는 꽃 아닌가?"

"……맞아."

페트리지아는 잠깐 고민하다가 천천히 입을 열었다.

"빨간색, 분홍색, 보라색……."

카네이션의 꽃말을 전부 다 멋지고 아름다운 것들. 당신을 사랑합니다. 당신의 건강을 빌어요. 당신을 열렬히 사랑하고 있습니다.

하지만 루시오, 내 황제여. 내가 당신에게 선물하고픈 꽃은 가장 마지막 꽃이야.

"그리고 노란색을 섞어서 준비해줘."

당신을 경멸해.

내 가슴속에 남아 있던 일말의 희망과 연민조차 증오로 만든 당신을, 어떻게 경멸하지 않을 수 있겠어.

"그게 내 마음이야."

당신에게 나의 경멸을 담아, 노란 카네이션을 바칠게. 멍청한 사람이 아니니까 알 수 있겠지. 내가 당신을 어떻게 생각하고 있는지. 얼마나 당신을 경멸하고 있는지. 가장 축복받아야 할 당신의 탄신일에마저 저주를 퍼붓는 이 나쁜 여자를 원망하지 마, 루시오.

"폐하께서도 아시겠지."

나를 이렇게 만든 건, 온전히 당신이니까.

5

Hatred

"아이도 못 낳는 여자."

누군가가 페트리지아에게 손가락질을 했다.

"석녀 주제에 황후라니!"

"마비너스 제국의 적통이 끊어지겠군!"

"제국의 씨를 삼킬 여자야!"

검은 얼굴을 가진 누군가가 그녀를 끊임없이 조롱했다. 페트리지아는 그 사람들에게 둘러싸여 일그러진 표정으로 고개를 저었다.

"아니야…… 그건 내 잘못이 아니야……."

하지만 곧바로 반박이 돌아왔다.

"아니긴! 네가 아니라 네 언니가 황후만 되었어도 적통 후계는 끊어지지 않고 이어질 수 있었어!"

"적통의 대를 네 손으로 끊어버리다니, 제정신이냐?"

"아니야······ 아니야!"

"아무리 부정해도 소용없어. 발칙한 것, 감히 후궁의 몸에서 후계를 보려 하다니!"

어차피 지금의 황제가 적통 후계가 아니었기 때문에 이들의 주장은 터무니없는 것이었다. 만약 이들이 그 부분에 대해 탓을 하려면 이미 폐위당해 죽은 알리사 황후에게 해야 할 것이다. 그러나 유감스럽게도 지금의 페트리지아는 그것마저 생각할 만큼 평온한 정신 상태가 아니었다.

"아니라고!"

"폐하!"

그때 누군가가 그녀를 흔들어 깨웠다. 깊은 밤, 어둠에 가려진 미르야의 얼굴이 푸르스름하게 보였다. 페트리지아가 저도 모르게 눈물을 흘렸다.

"아흑······."

"폐하, 또 악몽을 꾸신 것입니까?"

"아니야, 아니야······."

페트리지아가 간신히 고개를 저었다. 그녀가 쏟아지는 눈물을 닦으며 자리에서 벌떡 일어섰다. 그러고는 갑자기 황후궁 밖으로 뛰쳐나가기 시작했다. 놀란 미르야가 페트리지아를 불러 세웠지만, 소용없었다. 그녀는 달리기 시작했다.

제기랄, 제기랄, 제기랄! 페트리지아는 끊임없이 중얼거리며 맨 발로 달리고, 또 달렸다. 기분이 엿 같았다.

엿 같아, 엿 같아, 엿 같다고! 애당초 적통 후계는 선대에서 끊어 졌잖아. 탓하려면 날 탓하지 말고 알리사 폐후를 탓하라고! 그녀도 석녀였단 말이야!

"악!"

그때 그녀가 외마디 비명을 지르며 쓰러졌다. 돌부리가 발에 채 여 넘어진 것이었다. 발쪽에서 뜨뜻한 감각이 느껴지며 알싸한 고 통이 하체를 관통했다. 그녀가 바닥에 손을 짚으며 흐느꼈다.

"아아……."

비참했다. 참담했다. 이렇게 비참할 수가 있을까. 페트리지아는 아까 멈추었던 눈물이 흐르는 것을 느꼈다. 그녀의 눈물이 볼을 적 시고 턱을 따라 흘러내렸다. 그녀는 다시 일어서야 한다는 생각도 하지 못한 채 계속 울기 시작했다.

"……페트리지아?"

그때 누군가가 그녀의 이름을 불렀다. 사랑스럽기 마지않은 자 신의 이름이었으나, 지금 이 순간 페트리지아는 그처럼 경멸스러 운 기분을 느낄 데가 없었다.

"괜찮아? 다친 것인가?"

루시오가 그녀의 곁에 무릎을 꿇고 앉아 페트리지아의 상태를 살폈다. 발에서 피가 흐르는 것이 척 보기에도 좋지 않았다. 그가 화난 목소리로 그녀를 혼냈다.

"이 밤중에 맨발로 이게 뭐 하는 짓이지?"

"내가……."

페트리지아는 대답 대신 다른 소리를 했다.

"당신을 얼마나 경멸하는지 알아?"

"……."

"난 당신을 증오해, 루시오. 내가 당신에게 가지고 있던 일말의 연민과 진심까지 기만한 당신을…… 용서할 수가 없어."

"……."

다시 돌아온 걸 후회해. 그냥 차라리, 거기서 끝을 낼걸. 당신과의 악연을 종결짓고, 그냥 죽어버릴걸. 페트리지아는 속으로 그렇게 중얼거리며 까무룩 정신을 잃었다.

루시오는 혼절한 그녀를 안고 당황한 목소리로 소리쳤다.

"황후? 황후!"

"……."

"제기랄."

이미 늦었다. 정신을 잃은 것 같았다. 그가 허공에 대고 누군가를 불렀다. 곧 은빛 철제 갑옷을 입은 기사 서너 명이 그의 앞에 나타났다. 그가 다급한 목소리로 말했다.

"궁의를 부르고 황후를 황후궁으로 모셔라."

하지만 루시오는 곧바로 명령을 바꾸었다.

"아니, 내가 직접 중앙궁으로 데려가겠다."

그러니까, 그녀는 단 한 번도 이 생에 대해 후회해본 적이 없었다. 이 생은 그녀에게 있어 선물과도 같았다. 다시 한번 주어진 삶과, 비극을 되돌릴 수 있는 기회. 이런 선물을 받는 기회는 흔치 않았다.

다시 주어진 삶에서 그녀는 다시 한번 사랑하는 가족과 함께였고, 언니는 더 이상 단두대에 목이 잘릴 일이 없었으며, 자신만 주의하면 가문은 오래토록 번성을 유지할 터였다. 비록 그녀 개인의 행복은 포기해야 했으나, 그녀는 이 정도면 꽤 나쁘지 않은 결과라고 보았다.

거기서 전생에는 형부였던 남자를, 현생에는 남편으로 조우했다. 그 남자의 트라우마를 알게 되었고, 언니를 죽이는 데 일조했던 그 남자의 정부가 어떻게 그 남자의 마음을 얻었는지 알게 되었다. 그 남자를 동정했고, 그 정부조차, 조금은 연민했다. 그게 참 바보같았다는 걸 당시의 그녀는 알지 못했다.

일말의 연민과 조금의 진심마저 산산이 부서진 것은, 애당초 그녀가 황후로 입궁하기 전부터 그 두 사람이 자신을 가지고 놀았다는 사실을 알게 된 이후였다. 그녀는 그 남자에게 진심을 보였지만, 돌아온 것은 그 진심에 대한 기만이요, 배신이었다. 그녀는 큰 상처를 받았다. 받지 않을 수 없었다. 조심스럽게 보였던 마음이 이런 식으로 깨져버린다면 충격받지 않을 이는 그 어디에도 없었다.

그러니까 그들은 애초에 자신을 가지고 논 것이었다. 만일 그들이 자신을 그런 식으로 기만하지 않았더라면 황후는 다른 여인이 되었을 것이다. 그렇다면 페트리지아 자신은, 다른 사내와 함께 행복을 도모할 수도 있었고, 혹 석녀라는 이유로 결혼하지 못한다 해도, 가족들과 함께 행복한 여생을 보낼 수 있을 터였다.

하지만 황후가 되어버리면서, 그녀에게 남은 것은 아무것도 없었다. 그녀는 평생 동안 아이를 낳지 못한다는 이유만으로 조롱을 받고 멸시를 받은 채 살아갈 것이다. 어쩌면 그 끔찍한 알리사 폐후의 전철을 그대로 밟아나갈지도 모른다.

그건 비약이 아니었다. 알리사 폐후도 처음에는 순진하고 선한 여인이었다지 않은가. 궁은 그런 사람의 선조차도 악으로 바꿔버리는 탁월한 능력이 있는 곳이었다. 그녀는 혹시라도 그런 일이 일어난다면 자신 스스로를 베어버리겠다고 다짐했다.

그리고 지금, 그녀의 마음속은 황폐해져 버렸다. 마치 언니의 죽음을 목도했을 때처럼. 죽기 직전의 그 마음처럼. 그러니까, 달라진 것은 결국 아무것도 없는 것이다. 반복된 고통과 재생되는 슬픔 속에서 오로지 신음하는 것뿐.

그러니 차라리 그냥 그때 모두 함께 죽어버렸어야 했다고. 그냥 다시 시작하지 말고 완전히 끝을 내야만 했다고. 나를 이렇게 되돌린 신을 원망한다고. 이것은 선물이 아닌 징벌이라고. 그녀는 슬프게 생각했다.

$$\sim\!\!\infty\!\!\circ$$

루시오는 참담한 표정으로 자신의 침대 위에 누워 있는 자신의 황후를 쳐다보았다. 그녀는 초췌한 모습으로 눈을 감은 채 잠을 자고 있었다. 발에는 상처를 감은 붕대가 감겨 있었다. 그가 절망적인 목소리로 그녀의 이름을 조심히 불렀다.

"페트리지아⋯⋯."

그녀가 만일 이 목소리를 듣는다면 다시 한번 화를 낼 것 같아서, 그조차도 작은 목소리일 수밖에 없었다. 그가 비참한 표정으로 눈을 감고 고개를 묻었다.

"내가⋯⋯ 당신에게⋯⋯."

무슨 짓을 한 걸까. 아무것도 모르는 여자를 데려다가 무슨 장난질을 친 것일까. 루시오는 통한의 눈물을 흘렸고, 속죄의 마음을 품었으나, 이미 모든 것은 늦은 뒤였다. 그녀는 자신을 경멸했고, 증오했으며, 또한 원망할 테니까. 그가 그녀의 옆에서 고통스러운 표정을 지으며 중얼거렸다.

"속죄할 수 있는 방법⋯⋯."

"⋯⋯."

"그런 게, 있을까."

의미가 있을까. 당신에게, 그리고 나에게. 너무나도 늦게 깨달아 버린 진심과 마음과 사랑에 대해, 내가 할 수 있는 게 있기는 할까. 루시오가 눈을 감은 채 조용히 입술을 깨물었다.

나로 인해 상처받아 버린 당신은, 나를 절대로 용서하지 않겠지.

"그래. 용서하지 마."

나를 증오해. 원망해도 좋아. 나를 죽이고 싶다면, 그렇게 해. 그로 인해 당신의 마음이 조금이나마 풀릴 수 있다면, 기꺼이 그렇게 해.

"그냥, 이렇게 내 곁에만 있어줘."

나에게 어떤 흉악한 감정을 품어도 좋아. 그 감정마저 나에게는 과분해. 그러니 그 감정을 품고…… 영원토록 내 곁에만 있어줘. 나를 떠나지 말아줘.

"이기적이라고 해도 좋아."

나는 원래 지독히도 형편없는 새끼니까. 그러니 당신이 이런 내게 어떤 악담을 해도 상관없어. 그저 황후의 이름으로, 내 곁에만 서줘. 마음이 나를 향해 있지 않아도 상관없으니, 몸만이라도 내 옆에 있어줘.

"그래, 그것이면 나는 족하지."

이 잔인한 놈에게는, 그마저도 사치일 테니까.

"……"

페트리지아가 맨 처음 눈을 떴을 때 보이는 것은 밝은 햇살이 비추고 있는 새하얀 천장. 그리고 그 사실을 알아챘을 때 경악했던 자신. 그녀가 인상을 찡그렸다.

"내가……."

그녀가 벌떡 몸을 일으켰다. 하지만 곧 발에 엄청난 통증을 느끼고선 미간을 좁혔다. 입에서 저절로 신음이 나왔다.

"으으……."

입술을 깨무니 신음이 안으로 쏙 들어갔다. 그녀가 여전히 인상을 찌푸리며 주변을 둘러보았다. 제기랄, 어디선가 많이 본 장소. 여기는…….

"일어났나?"

황제의 방이다. 페트리지아가 속으로 욕을 했다. 그러니까 지금, 경멸해 마지않는 남편의 방, 그것도 침대 위에서 잠이 든 것이다. 페트리지아는 혹시나 하는 마음에 자신의 몸을 위아래로 훑어보았다. 아, 다행히 아무 일도 없었다. 만약 그녀가 생각하는 가장 끔찍한 선택지까지 일이 벌어졌다면 그녀는 이 자리에서 혀를 깨물고 죽어 버리고 싶어졌을지도 모른다.

"……제가 왜 여기 있지요?"

"납치한 것은 아니니 안심해."

농담이라면 미안하지도 않지만 하나도 안 웃겼다. 페트리지아가 다시 물었다.

"제가 왜 여기에 있나요."

"야밤에 맨발로 질주한 건 내가 아니라 황후지. 그대 자신에게 물어보는 게 더 빠르겠군."

"그건 저도 기억합니다, 폐하. 질문의 요지를 제대로 파악하지 못하시고 계신 것 같은데."

페트리지아가 싸늘한 목소리로 물었다.

"제가 궁금한 건, 설령 그렇다고 해도 제가 왜 제 침대 위가 아니라 폐하의 침대 위에 있느냐는 것입니다."

"……"

"대답을 듣고 싶습니다."

"……짐이 옮겼으니 당연한 일이지."

"왜 옮기셨는데요?"

"그대가 다쳤으니까."

"아니, 자꾸 동문서답을 하시는데."

페트리지아가 웃지 않는 표정으로 재질문했다.

"폐하께서 이해력이 달리신다고는 생각하지 않으니까요. 다시 질문하겠습니다. 왜 이곳으로 옮기셨냐고요. 제 침대 위가 아닌 폐하의 침대 위로요."

"……그게 불쾌했다면 사과하지."

"네, 폐하. 불쾌했습니다. 눈을 떴을 때 차라리 자살하고 싶은 심정이었어요."

격한 말로 그에게 상처를 준 페트리지아가 처음으로 웃었다.

"왜 이곳으로 옮기셨나요."

"내 욕심 때문에."

"이기적이시네요. 눈을 떴을 때 불쾌해할 제 마음은 조금도 생각지 않으셨어요."

"……사과하지."

"되었습니다. 폐하께서 제게 사과하실 일은 그뿐만이 아니니까요."

이제 새삼스럽지도 않은지 페트리지아가 냉소를 지었다. 그 반응에 루시오의 얼굴이 숙연해졌다.

"윽!"

순간 페트리지아가 신음을 흘리며 비틀거렸다. 혼자서 일어서려다 고통이 전신을 강타했다.

제길, 고작 발 하나 다친 것 가지고 이렇게……. 페트리지아가 속으로 갖은 짜증을 냈다. 그때 누군가가 그녀를 부축했다.

"조심해."

그 남자였다. 페트리지아가 오기 있는 목소리로 고집을 부렸다.

"혼자 갈 수 있어요."

"말도 안 되는 소리 하지 마."

"적어도 폐하께 이런 취급을 받는 것보다야, 훨씬 나은 선택지 아니겠어요?"

페트리지아가 서글픈 목소리로 중얼거리며 웃었다.

"놓아주세요."

"싫어."

"폐하!"

페트리지아가 화를 냈다. 하지만 루시오는 요지부동이었다.

"무슨 말을 해도 좋고, 무슨 짓을 해도 좋아. 하지만 이 몸으로는 안 돼."

"제 몸이에요. 폐하께서 간섭하실 권리 없습니다."

"그대의 남편이야. 그 정도는 관여할 수 있는 것 아닌가?"

"하, 언제부터 절 그리 끔찍이 위하셨다고."

페트리지아가 냉소하며 말했다.

"에틸레르 후작부인과 사이가 틀어지셨다지요. 왜요, 이제 그녀는 질리셨습니까? 침대 위에 다른 여자가 필요하세요?"

"……그런 게 아니다."

"그런 게 아니면."

페트리지아가 억눌린 목소리로 물었다.

"도대체 왜 제게 이러시는 건데요. 제 마음을 짓밟고 제 자존심을 죽이신 것이 다름 아닌 폐하십니다. 갑자기 이러시는 까닭이 무엇인지 저는 정말로 알다가도 모르겠군요."

"……."

그는 대답하지 않았다. 하지만 페트리지아는 그 말줄임표 속에 숨겨진 답을 읽었다. 그녀가 조소했고, 속으로 중얼거렸다. 그래, 당신이 양심이 있다면 내게 감히 그 단어를 입에 담지는 못하겠지. 당신이 재활용도 못 할 쓰레기가 아니라면 말이야.

"놓아주세요."

"황후, 제발."

루시오가 애타는 목소리로 부탁했다.

"무얼 해도 좋아. 하지만 그 발로는 혼자 움직여선 안 돼."

"……훈계는 다른 곳에 가서나 하세요."

"황후궁의 시녀를 불러줄게. 혼자서는 못 가."

지긋지긋하다. 페트리지아는 이제 거의 체념한 표정으로 눈을 감으며 말했다.

"……뜻대로 하시든지요."

결국 페트리지아는 황후궁 시녀들의 도움을 받아 황후궁에 복귀했다. 황후궁으로 복귀한 페트리지아는 시녀들에게 책임을 묻지도 않았고, 꾸짖지도 않았다. 시녀들도 그녀에게 아무것도 묻지 않았다.

결국 간밤의 일은 그대로 묻혔다.

페트로닐라는 평소와는 달리 부산스럽게 옷장 앞에서 머뭇거렸다.

"이건 좀 너무 야한가?"

페트로닐라가 가슴이 약간 파인 흰색 드레스를 들고선 고민했다. 그러자 옆에 있던 시녀가 무슨 말도 안 되는 소리를 하냐는 듯 소리를 질렀다.

"안 돼요, 아가씨."

"이게?"

페트로닐라의 반응에 시녀는 속이 터질 지경이었다. 어디 다른 나라에서 오셨나!

"아가씨, 지금 거리에 나가보시면 그 드레스에 등까지 파인 게 천지인데요. 아가씨만 어디 다른 곳에서 오셨어요?"

"그……래?"

페트로닐라가 어색하게 물었고, 시녀가 고개를 연신 끄덕였다. 그녀가 한숨을 내쉬며 드레스를 방바닥에 떨어뜨렸다. 이게 뭐라고 이렇게 설레는 건지. 멍청하고 바보 같아. 페트로닐라가 곧 힘없는 목소리로 중얼거렸다.

"그냥 아무거나 골라줘."

"네? 하지만 데이트라고 하셨잖아요."

"그런 일에 반응하는 건 바보 같은 일이야."

그녀가 침울한 표정으로 말했다.

"더 이상 기대하고 싶지 않아."

그 말에 시녀가 황당하다는 듯한 반응을 보였다. 이 아가씨가 지금 뭐라는 거야.

"아가씨, 실연이라도 당하셨어요? 왜 그런 말씀이세요?"

무슨 이혼이라도 당한 사람처럼. 시녀가 중얼거렸고, 페트로닐라가 피식 웃었다. 참 평화로운 단어다. 이혼이란 건, 얼마나 온건한 말인가. 페트로닐라가 말했다.

"그냥 아-무거나 골라줘."

결국 페트로닐라가 입은 것은 침울한 회색 드레스였다. 시녀는 이런 걸 데이트 때 입는 사람이 어디에 있냐며 펄쩍 뛰었지만 페트로닐라는 군이 입은 것을 다시 갈아입을 생각이 없었다. 드레스 한 번 입고 벗는 게 얼마나 귀찮은데.

그때 아래층에서 문이 열리는 소리가 들렸다. 이 층 난간 위에 있던 페트로닐라의 시선이 자연스럽게 아래로 집중되었다. 집사가 문을 열어주었고, 잘 차려입은 로스시의 모습이 보였다.

수려한 그의 모습에 페트로닐라는 순간적으로 설레었다고 생각했다. 페트로닐라가 서두르지 않는 발걸음으로 아래층까지 내려갔다. 그녀를 발견한 로스시의 얼굴이 붉게 물들었다.

'예뻐.'

"영식?"

붉어진 그의 얼굴을 보고 페트로닐라가 의아한 목소리로 물었다.

"어디 아프신 건 아니죠?"

"안 아픕니다. 하나도요."

로스시가 다정하게 속삭이듯 말했다.

"오늘 너무 아름다우셔서, 새삼스럽게 한 번 더 반하였을 뿐이
에요."

"……."

콩깍지가 제대로 씌었군. 페트로닐라는 그렇게 생각했다.

"……부인, 오늘이 적기입니다."

황궁의의 말에 로즈몬드는 미소를 지었다. 오늘이 바로 임신이
가장 잘 되는, 몇 안 되는 날 중 하나였던 것이다. 그녀가 즐거운 표
정으로 황궁의에게 물었다.

"그래, 부탁했던 약은?"

"……준비해 왔습니다."

황궁의는 그렇게 말하며 로즈몬드에게 하얀 종이로 싸인 약 가
루를 내밀었다. 그것을 받아 든 로즈몬드가 만족스러운 미소로 약
을 응시하다가, 곧 싸늘한 목소리로 입단속을 시켰다.

"이 일은 절대 비밀에 부쳐져야 할 것이다. 만일 이 일이 새어 나
갔다간 나도 죽지만 너도 죽는 거야. 알고 있지?"

"……예, 후작부인."

"이만 나가봐."

황궁의가 나가자마자 로즈몬드는 또다시 미소를 지었다. 황궁의

를 협박해 구해 온 약은 다름 아닌 최음제였다. 로즈몬드가 사악한 목소리로 중얼거렸다.

"이걸 어떻게 폐하께 먹여야 가장 약효가 잘 들까, 응?"

"부인, 폐하께서 가장 좋아하시는 와인을 구해 왔습니다."

그때 글라라가 척 보아도 비싸 보이는 와인 한 병을 들고 방으로 들어왔고, 로즈몬드는 수고했다는 듯 고개를 한번 끄덕이며 지시했다.

"그래, 잘 보관해둬. 이따 유용하게 쓰일 거니까. 드레스는 준비했지?"

"여부가 있겠어요, 부인."

"좋아. 완벽하군."

오늘을 위해 특별히 사창가에서 주문한 드레스였다. 사내라면 누구나 저 드레스를 입은 모습을 보면 여자를 탐하려 달려든다지? 로즈몬드가 콧노래를 흥얼거리며 최음제를 글라라에게 건넸다. 잘 보관해두라는 말을 잊지 않은 채, 로즈몬드는 오늘 밤 어떻게 황제를 유혹할지 머릿속으로 계획을 짜기 시작했다.

페트로닐라는 이런 일이 처음이었기 때문에 지금 매우 어색한 상태였다. 그녀는 자신의 곁에서 아무 말 없이 미소만 지은 채로 걷고 있는 로스시를 슬쩍 올려다보았다. 적당한 햇살이 그의 얼굴을 비추어주고 있었는데, 페트로닐라는 마치 그것이 후광과 비슷하다고 느꼈다. 그때 로스시가 물어왔다.

"제 얼굴에 뭐라도 묻었나요, 영애?"

"아, 아뇨."

당황한 페트로닐라가 얼른 변명했다.

"오늘 입은 옷이 멋지셔서 구경했을 뿐이에요."

"마음에 드신다니 다행이네요, 영애."

그가 안도의 한숨을 내쉬며 말했다.

"많이 걱정했거든요. 혹시라도 저를 마음에 들어 하지 않으시면 어쩌나…… 하고."

"……그럼 영식의 제안을 받아들이지도 않았겠지요."

"감사합니다, 영애."

그렇게 말한 로스시가 그녀에게 다정히 물었다.

"혹 영애께서 하고 싶은 일이 있으신가요."

"하고 싶은 일이라뇨?"

"오늘 하루 종일 시간을 보낼 계획이니까요. 영애께서 하고 싶은 일은 뭐든 하고 싶습니다."

"어……."

이런 주도적인 데이트는 생각도 하지 못했던 페트로닐라로서는 로스시의 말이 무척 당황스럽게 느껴질 수밖에 없었다. 그녀가 난감한 표정으로 중얼거렸다.

"실은…… 생각해본 적이 없어서요."

"이런. 그러셨군요."

로스시가 안타깝다는 목소리로 말했다.

"그럼 이제부터 생각해보시면 되지요. 너무 염려 마세요."

"영식께서 하고 싶으신 건 없으신가요?"

"말씀드리지 않았나요?"

로스시가 매력적인 얼굴로 웃었다.

"전 영애와 함께하는 모든 것이 다 즐겁다고."

"……."

"영애의 곁에서 함께하는 일이라면 뭐든 상관없습니다."

"……네."

이 남자는 참 낯간지러운 말을 잘도 한다. 어디 교습이라도 받는 걸까. 페트로닐라가 시답잖은 생각을 하다가 곧 이렇게 중얼거렸다. 어떻게 해야 오늘의 이 만남을 마지막 만남으로 만들 수 있을까.

그건 간단하다. 이 남자가 자신에게 질리도록 만들면 된다. 그렇게 생각하자 페트로닐라의 표정이 밝아졌다. 그녀가 그를 불렀다.

"영식."

"네, 영애. 말씀하십시오."

"하고 싶은 일이 생겼어요."

"뭐든지요."

페트로닐라가 사악한 미소를 지으며 대답했다.

"검투장에 가고 싶어요."

"……검투장 말입니까?"

로스시는 누가 봐도 당황한 얼굴로 확인차 질문을 했고, 페트로닐라는 고개를 끄덕였다.

"네, 검투장이요."

"검투사들이 칼 들고 싸우는 그……."

"네, 그 검투장이요."

페트로닐라가 웃으며 말했다.

"누구 한 사람이 죽을 때까지 계속 경기하는 거요."

페트로닐라는 사실 검투장에 가본 적도 없었고, 그런 불필요한 살육을 유희라며 즐기는 귀족들도 이해하기 어려웠지만, 어쨌든 지금으로서는 이게 최선이었다. 세상에, 누가 이렇게 잔인한 여자에게 호감을 가질 수 있다는 말인가. 페트로닐라는 자신의 계획이 분명 성공하리라고 믿으며 회심의 미소를 지었다. 하지만 그녀가 한 가지 간과한 것이 있었다.

"……."

"영애, 괜찮으십니까?"

"으아, 어떡해……! 괜찮아요!"

바로 그녀가 검투 경기를 못 본다는 것.

페트로닐라는 경기 시작 10분 만에 넉 다운 되는 자신을 느끼고선 나가고 싶다고 간절하게 생각했다. 하지만 그렇다고 해서 그녀가 그런 말을 해버리면, 자신은 거짓말쟁이가 되어버리고 만다.

아, 잠시만. 이것도 괜찮은데?

……가 아니라 그렇게 되면 그다음부터 이 남자를 보기가 매우 껄끄러워져서 안 되겠다. 페트로닐라가 생각을 바꾸었다.

"괜찮으십니까, 영애? 정말로?"

하지만 로스시 이 남자는 그런 것 따위는 안중에도 없는 듯했다.

"괜찮지 않으시면 나가셔도 됩니다, 영애."

"하지만……."

페트로닐라가 두 번 거절하지 못하고 중얼거렸다.

"돈을 이미 냈잖아요."

돈 아까운데……. 페트로닐라가 어쩔 줄 모르는 표정으로 눈을 꼭 감으며 중얼거리자, 그 모습을 귀여워 미치겠다는 눈으로 바라보던 로스시가 상관없다는 듯 말했다.

"나갑시다, 영애."

"하지만, 돈이……."

"저 돈 많습니다. 괜찮아요."

그렇게 말한 로스시는 동의도 구하지 않고 그녀를 번쩍 들어 올렸다. 당연히 주변의 시선이 둘에게로 쏠렸다. 페트로닐라는 부끄러워 죽을 것 같은 표정으로 눈을 질끈 감으며 낮게 소리쳤다.

"뭐 하는 짓이에요. 공공장소에서!"

"우린 지금 데이트 중이니까 그래도 됩니다. 모두가 이해할 거예요."

……솔직히 말해 주변에 있던 남자들이 그 두 사람을 검투장 안으로 넣어버릴 듯한 시선으로 보고 있었지만, 그녀가 눈을 감고 있으니 상관없었다. 로스시는 그렇게 말하며 페트로닐라의 귓가에 대고 조용히 속삭였다.

"잠시만 기다려요. 금방 나가니까."

"……."

페트로닐라는 아무 말도 하지 않고 가만히 눈을 감았다. 그러는 사이 검투사 둘 중 한 명이 죽었는지 주변에서 고막이 찢길 듯한 환호성이 들렸다. 사람들은 저게 도대체 왜 재미있을까. 페트로닐라는 인상을 찡그리며 눈을 감았고, 곧이어 로스시의 목소리가 들렸다.

"여기가 파티장이라고 생각하세요."

"……."

"주변에는 온갖 달콤한 디저트가 가득하고요."

"……아."

그렇게 말하니 조금 진정이 되는 듯도 했다. 페트로닐라가 얼마 전 건국제에서 다 먹지 못한 브라우니를 떠올리고 있을 때, 마침내 하얀 햇살이 그녀를 맞아주었다. 그녀는 비로소 눈을 떴다가, 자신을 브라우니의 초콜릿보다도 달콤한 눈으로 바라보고 있는 로스시와 눈을 맞췄다. 페트로닐라가 저도 모르게 숨을 들이켰다.

"아……."

"괜찮습니다, 영애. 이제는."

"……감사해요."

페트로닐라가 그렇게 말한 다음 곧 눈치를 보며 요구했다.

"저…… 이제 내려주셔도 됩니다만."

"싫습니다."

그 말에 황당해진 페트로닐라가 물었다.

"왜요?"

"안 내려드릴 겁니다."

"저 지금 매우 부끄럽거든요."

길가의 모든 사람들이 자신과 그를 쳐다보고 있었다. 이런 관심 절대 사양이다. 그녀가 말했다.

"얼른 내려주세요."

"이름 한 번만 불러주세요."

그가 장난스럽게 웃으며 요구했다.

"딱 한 번만요."

"……."

치사하긴. 그녀가 속으로 한숨을 쉬며 이름 하나를 입에 담았다.

"……로스시."

"감사합니다, 페트로닐라."

은근슬쩍 그녀의 이름까지 입에 담은 로스시가 그제야 그녀를 땅에 내려주었다. 페트로닐라는 아까 그가 자신의 이름을 불렀다는 사실을 인지하지 못한 채 얼굴을 붉혔다. 왠지 아까의 일로 거짓말쟁이가 된 기분이다.

슬쩍 고개를 돌려 옆을 쳐다보니 로스시가 그녀를 아이 바라보는 듯한 눈으로 바라보고 있었다. 애정이 가득 담긴 눈길에 부담스러워진 페트로닐라가 물었다.

"왜…… 왜요?"

"영애의 얕은 속셈이 빤히 보여."

"……."

"너무나도 귀엽습니다."

"……그럴 만한 사안은 아니지 않나요."

"영애는 거짓말을 못 하니까요."

로스시가 다정하게 웃으며 그녀에게 말했다.

"걱정 마세요, 영애. 제가 영애에게 질린다거나, 실망한다거나 하는 일은 결단코 없을 겁니다. 브레딩턴 가문의 명예를 걸고 맹세할 수 있습니다."

"……."

"영애가 허락하실 때까지, 제 마음을 버리지도 않을 겁니다. 이 또한 맹세하지요."

"왜요?"

페트로닐라가 조금 서글픈 목소리로 물었다.

"왜 그렇게까지 하시는데요?"

"답은 간단하답니다, 레이디 페트로닐라."

로스시가 나긋한 미소를 보이며 그녀에게 고백했다.

"제가 영애를 사랑하고 있으니까요."

"미르야."

페트리지아가 조용히 미르야를 불렀다. 부름을 받은 미르야가 그녀에게 종종걸음으로 다가왔다.

"네, 폐하. 부르셨습니까?"

"그래. 해줄 일이 있어서."

페트리지아가 조용히 미소 지으며 그녀에게 부탁했다.

"베인궁에 장미 백 송이를 보내주겠나? 그 주인을 닮은 화려하고 아름다운 장미로. 예쁘게 포장까지 해서 말이야."

"네에? 폐하."

미르야가 두 눈이 휘둥그레져서는 소리쳤다.

"그게 무슨 말씀이세요. 혹시 어디 아프신 겁니까?"

"미안하지만 미르야, 난 건강하다네."

"아뇨, 폐하. 어디 편찮으신 게 틀림없습니다."

평소에 잘 흥분하지 않는 미르야조차 이번 일만큼은 흥분할 수밖에 없었다.

"장미라뇨. 그것도 백 송이씩이나? 제가 이런 반응을 보이는 게 이상한 겁니까?"

"아니, 정상적이지."

그렇게 말한 페트리지아가 입꼬리를 끌어 올려 씩 웃었다.

"지극히 정상적이야."

"……."

그렇다면 폐하께서는 비정상이시란 말씀인가요. 미르야가 속으로 중얼거렸고, 페트리지아는 마치 그녀의 마음속을 훔쳐보기라도 한 사람처럼 웃었다.

"맞아, 미르야. 나는 그런 반응을 원했어. 그대는 역시 내 충신이군."

"……네?"

"자, 어서 보내도록 해. 그래야 에틸레르 후작부인이 기뻐하실 게 아닌가."

"……."

정말로 폐하께서 어딘가 이상하신 게 틀림없다고 생각하며 미르야는 얼빠진 표정으로 페트리지아가 있던 방을 나갔다. 페트리지아는 미르야가 나간 후에도 아무렇지 않게 콧노래를 흥얼거리며 읽고 있던 책장을 넘겼다. 빌런이 히로인을 죽이는 내용의 비극이었다.

페트로닐라와 로스시는 결국 온건하고 평화롭게 시간을 보내기로 결심했다. 적어도 검투장은 가지 말자고 다짐하며, 두 사람이 간 곳은 시장이었다. 페트로닐라는 쇼핑을 매우 좋아했기 때문에 로스시가 정한 데이트 장소를 아주 마음에 들어 했지만, 내심 로스시가 이런 걸 좋아하지 않으면 어쩌나 하는 마음도 있었다. 페트로닐라가 로스시를 불렀다.

"영식."

"네, 영애. 말씀하십시오."

"이런 거 별로 안 좋아하지 않으세요?"

"이런 거라뇨?"

"쇼핑이나…… 시장 구경 같은 거요."

페트로닐라가 머뭇거리며 물었다.

"이런 건 보통 영식들이 좋아하지 않는다고 들어서……."

"보통의 영식들이 좋아하고 안 중요하고가 중요한 건 아니잖습니까."

그가 다정하게 눈웃음을 지으며 페트로닐라를 안심시켰다.

"중요한 건, 제가 영애와 함께하는 쇼핑을 좋아한다는 것이지요."

"……."

교습을 받는 게 분명하다. 그것도 엄청난 카사노바에게. 페트로닐라는 넘어가지 말자고 거듭 다짐하면서 말없이 앞으로 나갔다.

그런 그녀를 뒤에서 로스시가 흐뭇한 표정으로 바라보며 웃었다.

쇼핑의 주 품목은 당연히 페트로닐라에게 초점이 맞추어져, 여느 남자들이라면 관심 가지지도 않을 여성 전용의 장신구나 사치품이 되었으나, 페트로닐라가 봤을 때 로스시는 그것마저 즐거운 것 같았다. 그것이 정말로 자신과 함께하는 일이라 즐거워하는 것인지, 아니면 그저 자신의 마음을 얻기 위해 그런 척하는 것인지는 모르겠으나, 그런 '척'이라고 하기에는 로스시의 인내심이 상당히 강했다.

그녀는 부러 그를 떨어뜨리기 위해 세 시간 동안 쉬지 않고 시장을 거닐었기 때문이었다. 그럼에도 불구하고 로스시는 아무런 불평 없이 페트로닐라를 따라다니며, 심지어는 그녀가 고르는 물건들의 품평까지 해주었다. 이건 그녀에게 어울린다, 어울리지 않는다. 이건 그 색보다는 이 색이 더 영애에게 어울린다……. 마치 이런 일이 익숙한 사람처럼 말이다. 결국 페트로닐라가 그에게 의심하며 물었다.

"왜 이렇게 능숙하십니까?"

"뭐가요?"

"여자랑 쇼핑하는 거요."

"이런."

로스시가 잘못 짚었다는 듯 고개를 저으며 그녀의 말을 바로잡았다.

"영애의 말에는 심각한 오류가 있습니다."

"심각한 오류라뇨?"

"영애는 그냥 여자가 아니질 않습니까."

그가 진지하게 말했다.

"영애께서는, 제가 사랑하는 분이지요."

"……."

"그냥 여자가 아니라."

"……알았어요."

참 할 말 없게 만드는 남자라고 생각하며, 페트로닐라는 걷던 길을 계속 걸었다. 이제 슬슬 다리도 아파오고 할 일도 없으니 그만해야겠다고 생각하던 찰나, 페트로닐라의 눈에 무언가가 들어왔다.

"우와."

그녀가 저도 모르게 감탄사를 내뱉자, 자연히 로스시의 관심도 그쪽으로 옮겨졌다. 그가 의외라는 표정으로 페트로닐라에게 물었다.

"수정구네요?"

"그런가 봐요."

그녀가 호기심 어린 표정으로 노점까지 다가갔다. 자연히 로스시도 그 뒤를 따랐다. 페트로닐라가 신기한 표정으로 은하색으로 빛나는 수정구를 이리저리 살펴보자, 로스시는 그녀가 그것을 원하는 줄 알고 사주기 위해 입을 열려 했지만, 그보다는 노점상의 입이 더 빨랐다.

"아직 오지도 않은 미래를 두려워하는 아가씨구만."

"……"

노점상의 말에 페트로닐라가 흠칫했다. 그녀가 당황한 표정으로 검은 로브를 뒤집어쓴 노파를 쳐다보았다. 노파는 흰머리를 가슴께까지 오도록 기르고 있었는데, 검은 로브를 뒤집어쓰고 있어서인지 왠지 모르게 기괴한 느낌이 들었다. 페트로닐라가 더듬거리면 물었다.

"그…… 그게 무슨 말씀……"

"……"

"사람은 누구나 오지도 않은 미래를 두려워하는 것 아닌가요? 노파께서는 그렇지 않으시다는 듯 말씀하시네요."

"아가씨 말이 맞아. 하지만 말이야……"

노파가 몇 개 남지 않은 이를 드러내며 웃었다.

"모든 사람이 아가씨처럼 좋은 기회가 왔는데도 잡지 않는 것은 아니라네. 설령 오지 않은 미래가 두렵다고 해도 말이지."

"……"

페트로닐라가 생각을 꿰뚫린 사람처럼 창백한 표정을 짓자, 로스시가 괜찮냐는 듯 그녀의 얼굴을 살폈지만, 페트로닐라는 그저 고개만 한번 끄덕여 괜찮다는 의사를 밝힐 뿐이었다. 노파의 말은 거기서 끝나지 않았다.

"아가씨는 두렵지? 상황이 반복될까 봐 말이야."

"그걸 어떻게 아세요?"

"그저 얕은 눈속임이지."

정체 모를 말로 페트로닐라를 혼란스럽게 만든 노파가 빙긋 웃으며 말했다.

"그 수정구가 마음에 드나보군. 가져가."

"값을……."

"값은 필요 없어."

로스시의 말에 노파가 단호하게 말했다. 그러더니 곧 설핏 웃으며 덧붙였다.

"총각이 값이야."

"……네?"

이런 말에는 아무리 로스시라도 당황하지 않을 수 없었다. 노파의 말은 계속되었다.

"자, 아가씨. 카르페디엠. 현재를 좀 즐겨."

"……."

"어차피 처음부터 일은 어긋나고 있었잖아. 안 그래?"

"당신 도대체……."

페트로닐라가 귀신에게 혼이라도 빼앗긴 사람처럼 중얼거렸고, 로스시는 뭔가 이상함을 느꼈는지 페트로닐라를 재촉했다.

"영애, 이만 가는 것이 좋겠습니다."

"아…… 잠깐만요."

페트로닐라가 떨리는 목소리로 물었다.

"당신은 누구죠? 신인가요? 아니면……."

"신이라……. 미천한 신의 종에게는 너무나도 과분한 말 아닌가."

노파가 알 수 없는 미소를 지으며 밤하늘색을 닮은 수정구를 페
트로닐라에게 내밀었다. 그녀가 엉겁결에 그것을 받아 들었고, 노
파는 인자한 목소리로 그녀에게 조언했다.

"자, 아가씨. 만일 근심이 생기면 그 수정구를 들여다 봐."

"……."

"혹시 알아? 답이 나올지."

페트로닐라는 끝까지 혼란한 표정으로 그 자리에 멍하니 서 있
다가, 뭔가 위험하다고 판단한 로스시에게 이끌려 가게를 나왔다.
노파는 두 사람이 사라진 뒤에도 끌끌거리며 웃다가, 곧 무표정한
얼굴로 먼지가 낀 다른 수정구를 닦기 시작했다.

한편 로즈몬드는 황당한 표정으로 황후궁에서 보낸 백 송이의
장미를 쳐다보았다. 지금 이게 무슨 수작인가 싶은 얼굴로 미르야
를 쳐다보았지만, 보아하니 그녀도 그리 탐탁지는 않은 얼굴이다.
그렇다면 황후의 단독 행동이라는 건데…… 이렇게 생각하니 더
황당했다. 아무래도 불임인 걸 알고 나서 제대로 미쳐버렸나보군.

"황후께서 보내셨다고?"

"그러합니다, 후작부인."

"허."

로즈몬드가 고개를 절레절레 저으며 성의 없는 목소리로 말했다.

"감사하다고 전해드려라. 그리고 혹시 어디 아프신 건 아닌지도 물어보고."

"……."

미르야는 이미 물어봤다고 대답하려다 그만두었다. 그녀는 영마뜩잖은 얼굴로 곧바로 베인궁을 나갔고, 글라라도 그리 밝은 얼굴은 아니었다. 그녀는 이게 무슨 상황인지 도통 파악이 안 되는 모양이었다. 로즈몬드가 물었다.

"뭘까, 이건. 양동작전, 뭐 이런 건가?"

"……그렇게 자존심 강한 황후가요?"

"그리고 딱히 꾸밀 일도 없단 말이지."

로즈몬드가 고개를 갸웃거리며 중얼거렸다.

"그렇잖아, 글라라. 황후는 석녀야. 아이를 낳을 수 없는 몸이라고. 알리사 폐후처럼 뒷배경이 어마어마한 것도 아니니 내가 황자만 생산하면 그 자리를 보존하는 것만으로도 힘들 수 있는데……."

흠……. 고민하던 로즈몬드는 그나마 가능성 있는 답안을 추리해냈다.

"역시 아첨인가?"

"그것밖에는 설명이 안 됩니다, 부인."

"하."

로즈몬드가 헛숨을 흘렸다.

"그렇게 고고한 척하더니, 황후도 별수 없군."

"그래봤자 석녀인 것을요. 어찌하겠습니까."

"그래도 혹시 모르니 경계를 늦추어선 안 되지. 황후궁 주변 감시는 잘하고 있는 거지?"

"네, 부인. 염려 마세요."

그제야 안심한 표정을 지으며, 로즈몬드는 미소를 지었다.

"그래, 이게 맞는 거지."

"……."

"본래부터 내 자리였어. 그랬으니까."

그녀는 이제야 모든 것이 제자리를 찾아가고 있다고 생각했다. 황후의 자리는 자신의 것이고, 황태후의 자리는 더더욱 저의 것이다. 자신은 반드시 이 제국에서 가장 존귀한 여인이 될 것이다. 누가 뭐라 해도, 반드시.

"그 노파 좀 이상한 것 같아요. 안 그런가요?"

로스시가 꺼림칙한 표정으로 말했지만 정작 페트로닐라는 아무렇지 않은 표정으로 대꾸했다.

"괜찮습니다, 영식."

"음⋯⋯."

로스시는 알 듯 모를 듯한 표정으로 무언가를 생각하다 곧 아쉽다는 목소리로 말했다.

"역시⋯⋯."

"⋯⋯?"

"제가 아직은 영애에 대해 모르는 게 더 많겠지요."

"⋯⋯."

"영애."

로스시가 따뜻한 미소를 지어 보이며 그녀와 눈을 마주쳤다. 페트로닐라는 처음으로 로스시의 눈을 피하지 않았다. 그가 물었다.

"제가 영애의 곁에서 영애에 대해 더 알아가도 되겠습니까?"

"⋯⋯."

톡, 토독.

그때 화창했던 하늘에서 빗방울이 떨어졌다. 로스시는 대답도 듣기 전에 얼른 자신이 입고 있던 재킷을 페트로닐라의 머리 위에 씌워주며 다급하게 말했다.

"좀 피해 있는 게 좋겠군요."

"⋯⋯."

"저쪽 가게로 가죠, 영애."

"페트로닐라."

페트로닐라가 가만히 자신의 이름을 읊었다. 여전히 그녀의 머리 위에 씌운 재킷을 붙들며, 로스시가 의아한 표정을 지었다.

"영애, 대화는 나중에⋯⋯."

"페트로닐라라고 불러요, 로스시."

"⋯⋯페트로닐라."

두 사람은 지금 비가 내리고 있다는 사실을 잊어버린 사람처럼 서로 마주 섰다. 주변의 사람들은 갑작스러운 소낙비를 피하느라 정신이 없는데, 이 두 사람만이 고고하게 서 있는 모습은 우스꽝스럽게 느껴졌다. 물론 당사자들 입장에서는 진지하기 짝이 없는 상황이었다.

"제가⋯⋯."

페트로닐라가 천천히 입을 뗐다.

"겁이 많아요."

"무슨 뜻입니까."

"사랑에 빠지는 걸 두려워한다는 말이에요."

페트로닐라가 떨리는 목소리로 말을 이었다.

"운명을 믿지 않아요. 운명을 믿었다가 크게 데인 적이 있거든요. 난 이 사람이 내 운명의 상대라고 생각했는데, 사실은 아니었던 거죠."

페트로닐라가 쓰게 웃었다. 로스시는 비를 맞으면서도 진지하게 그녀의 말에 경청했다.

"사랑이란 걸 다시 하지 않겠다고 다짐했어요. 그런 건 나랑 안 맞는다고 생각했거든요. 애당초 나는 사랑을 할 수 없고, 그게 진짜 내 운명이라고. 그 같잖은 운명이란 착각 때문에 남에게 피해만 주니까."

"……."

"그래서 죽을 때까지 안 하려고 했어요. 사랑은 집어치우더라도 결혼도 안 하려고 했죠."

"……페트로닐라."

"서투르고 미숙할 수 있어요. 재미도 없고 매력도 없을지도 몰라요."

페트로닐라가 슬픈 눈으로 이미 비에 젖어버린 로스시를 올려다 보며 물었다.

"그래도 괜찮다면…… 이런 나라도 괜찮다면……."

"……."

"영식과 만나고 싶습니다."

"……."

페트로닐라는 떨리는 모습으로 로스시의 대답을 기다렸다. 로스시는 한동안 아무 말도 하지 못하다가, 한참 후에 페트로닐라보다 훨씬 더 떨리는 목소리로 그녀를 불렀다.

"페트로닐라."

"……네."

"지난 건국제 때 말했고, 아까도 말했어요."

"……."

그가 페트로닐라에게 가까이 다가왔다. 그녀가 저도 모르게 인상을 찌푸렸다. 로스시가 그런 그녀의 얼굴을 조심히 펴주며 다정하게 말했다.

"페트로닐라."

"……네."

"사랑해요."

"……."

"아주 많이."

"……."

"당신은 충분히, 사랑할 수 있고 사랑받을 수 있는 멋진 여자예요. 내가 아닌 누구라도 사랑하지 않고서는 못 배길."

"……하지만."

"그러니까 자기 비하는 그만둬요, 페트로닐라. 그건 자신을 너무 과소평가하는 일이니까."

"……고마워요."

페트로닐라가 감정이 북받친 얼굴로 자신보다 한 뼘은 더 큰 로스시에게 안겼다. 로스시는 처음에는 당황한 듯 보였으나, 곧 차분하게 자신에게 안긴 페트로닐라를 품에 품어 주었다. 페트로닐라는 조용히 눈물을 흘리며, 그의 옷깃을 꼭 잡았다.

소나기는 여전히 그치지 않은 채 내리고 있었다.

"어땠나?"

페트리지아의 질문에 미르야가 난감한 표정을 지었다.

어땠냐고? 글쎄. 폐하께선 그걸 꼭 말로 해야 아시나. 그럼에도 그녀는 충실히 대답했다.

"……그리 좋은 반응은 아니었습니다. 당황하더군요."

"그랬겠지."

페트리지아가 이해한다는 듯 고개를 끄덕였다.

"만약 당황하지 않았다면 내가 당황했을 거야."

"폐하, 송구하지만."

미르야가 답답한 표정으로 입을 열었다.

"소신은 아둔하여 폐하의 의중을 전혀 파악하지 못하겠습니다."

"별거 없는데, 뭘."

페트리지아가 나직하게 웃으며 혼잣말인지 설명인지 모를 말을 했다.

"다만…… 그녀가 원하는 대로 행동하는 것처럼 보이는 게 중요할 뿐이야."

"……네?"

"그 이상은 비밀이네. 어쩌면 영원히 그 누구도 모를 수도 있고, 언젠가는 밝혀질 수도 있지."

"도대체 무슨 말씀을……."

"중요한 건 내가 알고 있다는 것이고, 설령 누군가가 안다고 해도 빠져나갈 구멍은 있다는 뜻이지."

페트리지아는 끝까지 모르쇠로 일관했고, 미르야는 직감적으로 그녀가 이 이야기를 더 하지 않기를 원한다는 것을 깨달았다. 충직한 신하는 모시는 분의 의중을 제대로 파악하고 그에 맞추어 행동하는 법이다. 결국 미르야는 입을 다무는 것을 택했다.

"비가 오네."

페트리지아는 거세지는 창밖의 빗방울을 쳐다보며 중얼거렸다.

"닐라의 데이트를 망치는 건 아닌지 걱정이군."

"원래 연인 사이는 적당한 역경이 있어야 발전하는 법이니까요."

미르야가 빙긋 웃으며 그녀에게 말했다.

"너무 걱정하지 않으셔도 될 것입니다. 영애께서는 현명하시고 아름다우시니까."

"……맞아. 그렇지."

내가 괜한 걱정을 했네. 내 앞가림도 못하는 처지에. 페트리지아가 씁쓸하게 중얼거리고선 곧 나지한 목소리로 미르야에게 진한 라벤더 티를 부탁했다.

"푸에춰!"

마른 옷으로 갈아입은 페트로닐라가 크게 재채기했다. 비를 너무 많이 맞은 탓에, 로스시는 그녀의 건강이 염려된다며 극구 괜찮다고 말하는 페트로닐라를 후작저로 보냈다. 그럼에도 불구하고 결과는 그리 좋지 않았다. 시녀가 그녀를 꾸중했다.

"아가씨도 참. 데이트도 좋지만 몸도 생각하시면서 하셔야죠."

"그게…… 사정이 좀 그랬어."

"감기 걸리시면 어쩐담."

시녀가 속상한 목소리로 중얼거렸고, 페트로닐라는 그저 머쓱하게 웃을 뿐이었다. 빗속에서의 고백이 그녀에게 감기를 가져다주긴 했지만, 결과적으로는 그녀에게 새로운 사랑의 시작을 안겨주기도 했기 때문에 손익계산만 놓고 보자면 그리 손해는 아니었다. 페트로닐라는 아까 노점에서 가져온 수정구를 닦고 있는 시녀에게 조용히 물었다.

"감기 걸리면 어떡하지?"

"저야 모르죠, 아가씨. 자업자득인 걸요."

시녀는 여전히 그녀가 감기에 걸린 것이 서운한 모양이었다.

"거기다 이 수정구는 뭐예요? 혹시 저 몰래 점성술이라도 배우셨어요?"

"음…… 아니. 그런 용도는 아니야."

"그럼요?"

"그냥……."

페트로닐라가 적당한 답을 고민하다가 곧 대답했다.

"일종의 고민 해결이지. 생각이 많을 때 거기에 손을 올려보면 도움이 될 거래."

"……그건 또 무슨 사이비 종교 같은 말이에요?"

"홀리지는 않았으니 걱정하지 않아도 돼."

미소 띤 얼굴로 읊조린 페트로닐라가 곧 시녀에게 부탁했다.

"브레딩턴 백작저에 좀 물어봐줄 수 있겠어? 내가 감기에 걸렸으니, 영식께서도 걸리셨을지도 모르겠다."

"알아보고 올게요, 아가씨. 염려 마시고 얼른 쉬세요."

"그래. 알았어."

시녀는 그렇게 말한 뒤 침대에 모로 누운 페트로닐라의 이불을 목 끝까지 덮어준 다음에야 방을 나갔다. 가만히 눈을 감은 페트로닐라는 아까 빗속에서 있었던 일을 회상하며 잠에 들었다.

6
Love

로즈몬드는 그 어느 때보다도 비장한 표정으로 화장을 했다. 오늘 이 하룻밤으로 그녀의 운명이 결정 나는 것이다. 덕분에 죽어나는 것은 시녀들이었으나, 그네들 또한 오늘 밤의 중요성을 잘 알고 있었기 때문에 불평하는 일은 없었다.

장장 세 시간에 걸친 준비가 끝난 후에야, 로즈몬드는 만족스러운 표정을 지었다.

모든 것이, 완벽하다. 그녀가 글라라에게 물었다.

"와인과 약은 어디에 있지?"

로즈몬드의 질문에 글라라가 기다리고 있었다는 듯 그녀에게 와인병과 약을 흔들어 보였다. 로즈몬드가 고개를 끄덕였고, 곧 다른 시녀가 그녀에게 몸을 전부 가리는 검은 숄을 둘러주었다.

"폐하께서 지금 중앙궁에 계신 것이 확실하지?"

로즈몬드는 다시 한번 확인했다. 만일 이러고 갔다가 그가 없기라도 한다면 그처럼 낭패가 없을 것이다. 글라라는 걱정 말라는 듯 고개를 끄덕였다.

"확인했습니다, 부인. 걱정 않으셔도 됩니다."

"좋아."

로즈몬드가 긴장을 풀기 위해 심호흡을 했다. 그녀는 곧 새빨간 킬 힐을 신은 채로 베인궁 밖을 나섰다. 현재 시각 10시경. 다행히 주변이 어두워 그녀의 화려한 옷차림은 특별히 눈에 띄는 것이 아니었다.

"황제 폐하, 에틸레르 후작부인께서 드셨습니다."

그 시각, 루시오는 늘 그렇듯 정무에 집중하다 갑작스레 들려오는 시녀의 말에 인상을 찌푸렸다. 그는 테라스에서의 일 이후 단 한 번도 로즈몬드와 마주한 적이 없었다. 그는 그녀를 돌려보내려다가, 어쨌든 로즈몬드가 공식적으로는 황제의 후궁이었으므로 하는 수 없이 안으로 들였다. 곧, 숄을 몸에 감은 로즈몬드가 안으로 들어왔다.

"폐하를 뵙습니다. 마비너스의 영광을."

"어쩐 일이지."

루시오가 차가운 목소리로 로즈몬드에게 물었다. 그러나 로즈몬드는 조금의 주눅 듦 없이 태연하게 테이블 곁에 가 와인 병을 내려놓았다. 새빨간 루주가 발린 입술을 움직이며, 로즈몬드가 매혹적으로 웃어 보였다.

"와인 한잔할 수 있을까 해서요."

"……지금 매우 바빠. 이만 돌아가도록."

"냉정하시긴."

로즈몬드가 너무하다는 듯 중얼거렸지만, 루시오는 변함없이 차가웠다. 그 모습에 약간 서운함을 느낀 로즈몬드가 마지막 패를 꺼내 들었다.

"지나간 연인을 위한 마지막 호의라고 생각하시고, 같이 마셔주세요."

"……."

"네?"

"……하아."

결국 그가 한숨을 쉬며 테이블로 와 앉았고, 로즈몬드는 회심의 미소를 지으며 방 안에 있던 와인 잔을 찬장에서 꺼냈다. 그가 보지 못하도록 뒤를 돈 채, 로즈몬드는 루시오의 잔 안에 재빨리 최음제를 넣고, 그대로 와인을 부어버렸다.

로즈몬드가 곧 우아하게 뒤를 돌며 와인 잔 두 개를 양손에 끼운 채 테이블로 걸어왔다. 최음제가 든 와인 잔을 루시오에게 건넨 로즈몬드가 우아한 목소리로 읊조렸다.

"건배할까요?"

"폐하, 로즈몬드가 중앙궁으로 갔다는 소식입니다."

책을 읽고 있던 페트리지아가 그 소식을 듣고선 의아해했다.

"로즈몬드가?"

하지만 그녀가 알기로 그 둘은 이미 사이가 틀어졌다. 그런데 왜……? 페트리지아가 이해할 수 없는 얼굴로 고개를 갸웃거렸다.

"무슨 속셈이지, 또?"

"황제 폐하를 유혹이라도 하려는 거겠죠."

"……그럴지도."

"신경 안 쓰여? 나는 좀 짜증 나는데."

영 불쾌한 목소리로, 라파엘라가 물었다.

"갑자기 무슨 속셈이람. 갑자기 애가 필요해지기라도 했나?"

"……그런가 보지. 아이를 낳아야 황후가 되는데 더 수월할 테니까."

"왜 그렇게 태평해?"

"라파엘라."

화를 내는 라파엘라에게, 페트리지아가 조용히 미소 지으며 말했다.

"다 이유가 있으니까. 오늘 밤 내가 가장 경계해야 하는 건, 다른 무엇도 아니라 그의 총애가 다시 로즈몬드에게 돌아가는 거야."

"……?"

"염려하지 마. 더 이상 호락호락하게 당할 생각은 나도 없으니까."

이유 모를 자신감에 라파엘라도, 미르야도 전부 어리둥절한 표정이었지만, 어쩐지 더는 물어볼 수 없을 것 같은 분위기에 두 사람 모두 입을 다물었다. 오직 페트리지아만이 혼자 여유로운 모습으로 자리에서 일어나 말했다.

"우린 산책이나 가볼까? 달빛이 너무 좋네."

"도대체 무슨 속셈으로 이러는지 모르겠는데."

그가 서늘한 목소리로 입을 열었다.

"대관절 갑자기 이러는 저의가 뭐지?"

"저의라니요, 폐하. 저도 사람인지라 그런 말을 들으면 마음이 아프답니다."

"하."

루시오는 헛웃음을 터뜨렸지만 로즈몬드는 아무래도 상관없다는 듯 와인을 홀짝였다. 그 모습을 따라 루시오도 조건반사적으로 와인을 마셨다. 로즈몬드의 입가에 미소가 지어졌다.

"조금 덥네요."

로즈몬드는 그때를 놓치지 않고 입고 있던 숄을 벗었다. 검은 숄에 가려져 있던 로즈몬드의 흰색 여체가 드러났다. 그러나 루시오는 미동도 않은 채 가만히 와인만 들이킬 뿐이었다. 로즈몬드가 아쉽다는 목소리로 말했다.

"이런, 폐하. 제가 이렇게까지 노력했는데도 저를 보아주지 않으시는군요."

"이미 끝난 사이에 이러는 건 구질구질한 일이지. 그대에게도, 나에게도."

"맞아요, 폐하. 폐하께서는 고귀하시니까."

슬립만 입은 로즈몬드가 매혹적으로 웃으며 자리에서 일어섰다. 그녀는 루시오의 곁으로 다가가 그의 상체에 자신의 몸을 밀착시킨 후 낮은 목소리로 그를 유혹했다.

"하지만 대제라도 창녀는 취할 수 있는 법이죠."

"군이 그렇게 자기 비하를 할 것까지야."

"폐하와 하룻밤만 보낼 수 있다면 창녀라도 기꺼이 되겠다는 영애들이 아마 황성에 수두룩할 겁니다."

로즈몬드는 군이 부정하지 않으며 그의 귓가에 바람을 불어넣었다. 하지만 루시오는 한숨을 쉰 채 그녀를 밀어냈다.

"이만 돌아가는 게 좋겠군. 와인까지 마셨으니 더 이상……."

그때, 루시오의 말이 멈추어졌다. 로즈몬드는 서서히 붉어지는 그의 얼굴과 고통스러운 듯 찡그리는 얼굴을 보고선 회심의 미소를 지었다. 황궁의에게 상이라도 주어야겠군. 그녀가 이 기회를 놓치지 않으며 다시 루시오의 곁에 다가가 몸을 기댔다.

"어머, 폐하? 왜 그러세요?"

"그대…… 와인에 도대체 뭘 넣은……."

루시오는 말을 잇기조차 어려워 보였다. 로즈몬드는 사악한 미소를 지으며 시치미를 뗐다.

"어머, 폐하. 무슨 말씀이세요. 전 이리도 멀쩡한데요."

"하아…… 당장 나가."

"이런, 폐하. 그러지 마시고요."

로즈몬드가 그의 무릎 위에 앉아 귓가에 대고 바람을 불어넣을 듯 속삭였다.

"한번 하시면, 금세 편안해지실 거예요, 폐하."

"……"

"저처럼 폐하에 대해 잘 아는 사람도 없잖아요? 폐하처럼 저에 대해 잘 아는 사람도 없고요."

"과거에는 그랬을지도 모르지."

루시오가 간신히 욕망을 억누르며 잇새로 괴로운 신음을 냈다. 버티고 있는 것이 용했다.

"하지만 더 이상은 아니니까."

"어리석으시긴."

로즈몬드가 흐뭇하게 웃으며 루시오의 입술에 그대로 자신의 것을 포갰다. 그 어느 때보다도 정성 들여 키스한 로즈몬드가 거의 풀리기 직전의 루시오에게 속삭였다.

"제게 황자 하나만 안겨주세요, 폐하."

"결국 속셈이 그거였나? 그 열정만큼은 칭찬해주지."

"침대에서 칭찬해주시면 기쁠 것 같은데요."

"당장 나가."

그가 억눌린 목소리로 낮게 으르렁거렸지만, 로즈몬드는 웃으며 그의 약을 올렸다.

"싫어요."

"그래?"

루시오가 비참한 표정으로 웃었다.

"그대가 싫다면 내가 나가는 수밖에."

그렇게 말한 루시오가 로즈몬드를 뿌리치고 방 밖으로 나갔다. 최음제에 중독되어 한 걸음조차 옮기기 힘들어 보였으나, 그는 용케 그렇게 했다. 혼자 남겨진 로즈몬드가 인상을 찡그리며 입꼬리를 살짝 들어 올렸다.

"이를 어쩌나. 발버둥 쳐봤자, 당신은 내 품 안에 있을 게 뻔한데."

미르야는 페트리지아의 심란한 기분을 눈치챘다. 본인은 절대 아닌 척하고 있지만, 지금 그녀가 중앙궁에서 일어나는 일에 촉각을 곤두세우고 있다는 사실을 모를 이는 아마 바보가 아닌 이상 없을 것이다.

그냥, 인정하시면 편하련만. 미르야가 한숨을 쉬며 그녀에게 물었다.

"제가 한번 중앙궁에 다녀올까요?"

"무슨 뜻이야, 미르야?"

페트리지아가 언짢은 표정으로 물었다.

"그대가 거길 왜 간다는 거지?"

"……"

"지금 한창 정사 중이실 게 뻔한데 괜히 방해하는 건 황후로서의 도리가 아니……."

페트리지아의 말이 순간 멎었다. 그녀는 어딘가로 시선을 고정시킨 채 우두커니 서 있었는데, 자연히 미르야의 시선도 페트리지아가 향하는 쪽을 향했다. 미르야는 곧 이상하다는 목소리로 중얼거렸다.

"저분…… 황제 폐하 아니십니까?"

"그런 것 같기도 한데……. 뭐지?"

페트리지아가 의아한 표정으로 고개를 갸웃거리며 저도 모르게 천천히 걸음을 옮겼다. 마음속으로는 끊임없이 이건 단순한 호기심일 뿐이라고 자위하면서. 미르야와 라파엘라도 덩달아 걸음을 옮겼다.

마침내 페트리지아가 루시오의 지척까지 다가왔을 때, 그녀가 루시오의 모습을 보고선 당황한 목소리로 물었다.

"……지금 뭐 하십니까?"

열이 오른 얼굴에 누가 들어도 거친 숨. 후들거리는 다리에, 무언가 참기 힘들어 보이는 표정. 페트리지아는 직감적으로, 로즈몬드가 발칙한 장난을 쳤다는 사실을 깨달았다.

그녀가 속으로 조소했다. 하, 로즈몬드. 갈 데까지 가는구나.

"후작부인이 천박한 짓을 저질렀군요."

"……하아."

"어서 가서 그녀를 안으세요, 폐하. 그럼 편안해지실 겁니다."

페트리지아가 싸늘한 눈으로 그에게 일갈하듯 말했지만, 루시오는 그 힘겨운 표정 속에서도 미소를 드러내며 중얼거렸다.

"미안하지만 황후, 그렇게는 못 하겠어."

"……무슨 뜻입니까."

"내가 후작부인을 안을 생각이 전혀 없다는 뜻이야."

"하면 다른 궁인을 안으시면 되겠군요. 축하드려요, 폐하. 잘하면 내일 후궁 한 사람이 더 늘어날지도 모르겠네요."

"하아…… 그럴 생각도 없다."

"그럼."

페트리지아가 황당함을 감추지 못하며 물었다.

"어떻게 하시려고요. 최음제는 그 욕망을 해소하지 않으면 절대 그 효능이 사라지지 않습니다. 이대로 쓰러지고 싶으신 겁니까?"

"그 또한 상관없어. 그대가 관여할 일은 아니지 않나?"

"……."

울컥한 페트리지아가 쏘아붙였다.

"네, 폐하. 제가 주제넘게 폐하의 일에 끼어들었군요. 송구합

니다."

"······."

"하나 전 폐하의 정실 황후. 폐하께서 곤경에 처하셨으니 응당 도와드려야지요."

그렇게 말한 페트리지아가 미르야에게 명령했다.

"미르야, 에틸레르 후작부인을 데려오도록 해."

"폐하······."

"어서! 그대는 감히 내 명을 어길 셈이야?"

하지만 미르야는 도저히 그것만은 하지 못하겠다는 듯한 눈으로 간절하게 고개를 저었다. 루시오가 피식 웃으며 그녀에게 말했다.

"유감스럽지만 후작부인은 내 쪽에서 먼저 거절했어."

"미르야, 황후궁 시녀들 중 용모가 수려한 이로 한 명 데려와. 선하고 참한 여인으로."

"폐하······ 제가 어찌 그런 일을······."

"어서! 폐하께서 다 죽어가시는데 지금 그런 게 문제인가?"

"······그대는 나를 참 비참하게 만드는 데 재주가 있어."

가만히 있던 루시오가 힘겹게 입을 열었다. 이제는 참는 것조차 어려운지 제대로 몸을 가누기도 어려워 보였다. 그가 비틀거리자, 페트리지아가 본능적으로 그를 부축했다.

"조심하십시오."

"하아…… 나한테서 떨어져. 그대가 나를 더 경멸하게 되는 짓을 해버릴지도 모르니까."

"그러게 왜 이렇게 말을 안 들으십니까. 궁인은 널렸어요. 지금 당장 데려오겠습니다. 미르야, 당장 가지 않고 뭐 하나?"

"……."

결국 미르야가 울상을 지으며 황후궁 쪽으로 뛰어갔고, 라파엘라는 난감한 표정으로 이도 저도 못 했다. 루시오는 한계에 다다랐는지 마침내 그 자리에 주저앉았다. 페트리지아가 놀라 그를 부축했다.

"폐하."

"하아…… 어서 떨어지라니까."

루시오가 괴로움으로 잠식된 얼굴로 입술을 물어뜯었다. 본능을 제어하기가 힘들었는지 입술이 뜯어져 피가 났다.

제기랄, 미르야는 왜 이렇게 안 오는 거야. 궁인 하나 데려오는 게 그렇게 어렵나? 그녀가 다급한 목소리로 라파엘라에게 부탁했다.

"라파엘라."

"네, 폐하."

"지금 당장 가까운 궁으로 폐하를 모셔."

페트리지아의 말에 라파엘라가 고개를 끄덕인 뒤 루시오를 부축해 가장 근처에 있던 이스테궁으로 그를 옮겼다. 그러는 동안에도 루시오는 욕망을 참기 위해 끊임없이 자해를 했다. 입술은 이미 엉망이었고, 입 안쪽도 헐기 직전이었다. 페트리지아는 이유 모를 분노로 이스테궁 안에서 쓰러진 루시오에게 원망의 말을 쏟아냈다.

"왜 이렇게 미련하세요, 폐하. 온 제국의 여인들이 폐하의 것입니다. 원하신다면⋯⋯!"

"그게 무슨 소용이 있지?"

그가 탈진한 듯한 목소리로 물었다.

"정작 황후가 내 것이 아니라면, 천하의 여인들이 내 것이라고 해도 무쓸모인 일이지."

"지금 그걸 말이라고⋯⋯!"

"두 사람 다 당장 나가. 더 이상은 나도⋯⋯ 못 버티겠으니까."

아까보다 거칠어진 숨으로 괴로워하며, 루시오가 목소리를 쥐어짜냈다. 그 모습을 굳은 표정으로 바라보고 있던 페트리지아가 곧 천천히 입을 열었다.

"라파엘라."

"네, 폐하."

"나가 있어. 네가 호위를 맡아. 입구를 봉쇄하고 내가 나갈 때까지 아무도 들어오지 못하게 해."

"폐하, 설마⋯⋯?"

"나가 있어."

"황후, 지금 뭐 하는 짓⋯⋯."

루시오의 목소리를 무시한 채, 페트리지아가 단호하게 명령했다.

"나가게, 당장."

그제야 라파엘라가 진지한 표정으로 고개를 끄덕였다.

"예, 폐하."

라파엘라가 서둘러 궁에서 나갔고, 혼자 남은 페트리지아는 천천히 쓰러진 루시오 쪽으로 발걸음을 옮겼다. 그가 인상을 찡그리며 그녀에게 물었다.

"뭐 하는 짓이지? 그대도 당장 나……"

"제가 폐하를 더 경멸하게 만들지도 모른다고 하셨지요."

페트리지아가 서글프게 웃었다.

"그렇게 되는 것도 나쁘지 않겠네요. 제가 여기서 폐하를 더 경멸하게 되면 어떻게 될지……."

"나가라고!"

"폐하, 어차피 전 석녀가 아닙니까. 오늘 무슨 일이 일어난다고 해도, 아무도 모를 겁니다."

페트리지아가 그렇게 말하며 천천히 옷을 벗었다. 그가 소리쳤다.

"그만하라고!"

"……."

그러나 페트리지아는 말없이 계속해서 입고 있던 것들을 허물처럼 벗어 내렸다. 마침내 그녀가 아주 얇은 검은 슬립만 남고 모두 다 벗어버렸을 때, 루시오는 거의 혼절하기 직전의 상태였다. 페트리지아가 서둘러야겠다고 생각하며 루시오의 옷을 천천히 벗겼다.

똑, 똑. 단추가 끊어지며 페트리지아는 이성이 점차 혼미해지는 것을 느꼈다. 돌아올 수 없는 강을 건너는 느낌이 이것이라면······.

"그대 분명 오늘 일을 후회하게 될 거야."

"폐하를 만나고 단 한순간도 후회하지 않은 날이 없었어요."

페트리지아가 서늘하게 웃으며 마침내 태초의 상태로 돌아간 루시오에게 키스했다.

"여기서 더 후회한다고 해도, 특별히 달라질 것은 없을 겁니다."

페트리지아는 멍한 표정으로 눈을 떴다. 한동안 상황 판단이 잘 되지 않는지 멍한 눈으로 허공만 바라보던 페트리지아는, 곧 낯선 풍경에 그제야 어제의 일을 기억해냈다. 그녀가 허탈하게 웃으며 슬쩍 고개를 돌렸다.

"······."

그와 이런 식으로 몸을 섞게 될 줄은 꿈에도 몰랐기 때문에, 페트리지아는 황당한 느낌까지 들었다. 어제의 일이 또렷이 기억에 남아 그녀를 괴롭혔다.

페트리지아가 가만히 입술을 깨물었다. 증오하는 상대와 한 침대 위에서 뒹굴었다는 사실은 그녀에게 묘한 감정을 불러다 주었다.

"하아……."

페트리지아가 한숨을 쉰 뒤 여전히 잠에 빠져 허우적거리는 자신의 남편을 바라보았다. 사랑도 없는 첫 잠자리라니. 그것도 약의 힘까지 빌려서. 나도 참 갈 데까지 갔구나. 페트리지아가 자조적으로 중얼거렸다.

"윽!"

무심코 몸을 일으키던 페트리지아가 저도 모르게 신음을 흘렸다. 최음제의 약효는 복용자의 바닥난 인내심으로 인해 증폭되었고, 결국 그것을 온전히 받아들인 이는 처녀였던 페트리지아였다. 그녀가 고통스러운 표정으로 허리를 매만졌다. 어제는 나름 루시오가 배려를 한다고 했으나, 그럼에도 불구하고 처음이었기 때문인지 사후의 고통은 어쩔 수 없는 일이었다.

"……읏."

그녀가 연신 신음을 흘리면서도 안간힘을 쓰며 침대에서 몸을 일으켰다. 원래 입고 왔던 드레스를 그대로 혼자 입은 페트리지아가 다리를 절뚝거리며 천천히 이스테궁을 나섰다.

마지막으로 문을 열기 전, 페트리지아가 뒤를 돌아 여전히 잠에 빠져 있는 루시오를 쳐다보았다. 그녀가 쓸쓸한 표정으로 중얼거렸다.

"이게 우리의 처음이자 마지막이야."

페트리지아는 그렇게 내뱉은 다음 망설임 없이 문을 열고 밖으로 나갔다. 그때까지도 루시오는, 여전히 눈을 감고 있었다.

"황후 폐하."

뜬눈으로 밤을 지새운 것인지 라파엘라의 얼굴이 초췌했다. 페트리지아가 왠지 미안한 마음에 그녀에게 물었다.

"괜찮아?"

"나야 괜찮지. 폐하는?"

"아……."

페트리지아가 살짝 민망한 얼굴로 고개를 저었다.

"좀…… 힘드네."

"업어줄까?"

"이런. 황후의 체면이 있는데."

체면 이야기에 페트리지아는 갑자기 로즈몬드 생각이 났다. 분명 먼저 유혹한 이는 로즈몬드라 했다. 그렇다면 로즈몬드는 결국 루시오에게 선택받지 못했다는 이야기인데…….

속이 말이 아니겠군. 페트리지아가 속으로 생각하며 라파엘라에게 물었다.

"미르야는?"

"폐하 목욕 준비 중. 아침부터 돌 데우느라 분주해."

"하하……."

페트리지아가 어색한 표정으로 뒷머리를 긁적였다. 부끄러워할 일이 전혀 아니었음에도 이상하게 부끄러웠다. 그녀가 큼큼 헛기침을 한 다음 라파엘라에게 말했다.

"부축도 어색하고 업히는 것도 이상하니까, 나 혼자 걸어갈게."

"이럴 때 부려먹으라고 있는 게 호위 기사야. 둘 다 싫으면 내가 안고 갈 테니까, 황후 폐하는 잔말 말고 안기세요."

라파엘라가 끝까지 고집을 부렸기 때문에 페트리지아는 하는 수 없이 라파엘라의 품에 안겨 황후궁까지 이동하는 수밖에 없었다. 혹시라도 누군가가 볼까 부끄러워 눈을 질끈 감은 채 몇 분 정도를 가만히 있다 보니 어느새 황후궁에 도착해 있었다. 처소 안으로 들어서자, 미르야가 호들갑 대신 평소와 다름없는 모습으로 그녀를 맞아주었다.

"오셨습니까, 폐하."

"목욕부터 하지."

"네, 폐하."

미르야가 준비해두었다는 듯 페트리지아를 부축했고, 페트리지아는 거대한 목욕탕 안에서 시녀들의 손길을 받으며 몸을 씻었다. 옷을 벗자마자 붉은 상흔들이 전신에 가득해 욕탕의 분위기가 순간적으로 어색해졌지만, 다행스럽게도 길지 않았다. 그녀의 몸 구석구석을 부드럽게 닦아주던 어린 시녀 한 명이 말실수를 한 것만 빼면, 평온했던 과정이었다.

"……어제 폐하께서 드신 약이 꽤 강한가 봅니다."

"……"

페트리지아는 그 순간 엄청나게 부끄러워 쥐구멍에라도 숨고 싶은 심정이었다.

파정의 순간 무의식적으로 피임을 하려던 그에게, 페트리지아는 자조적으로 말했다.

'어차피 석녀인 것을요. 안 하셔도 괜찮습니다.'

"그냥 하라고 할 걸 그랬나?"

"네?"

"아무것도 아니야."

짤막하게 한숨을 쉰 페트리지아의 몸에 곧 서너 개의 깨끗한 수건이 올라갔고, 시녀들은 정성스럽게 그녀의 몸을 닦아주었다. 첫 합궁 직후라 조심스러워하는 기색이 완연했다. 페트리지아는 그런 시녀들의 배려가 고마운 한편 부담스러운 마음도 들었다.

"참, 폐하. 오늘 아침에 그로체스터 후작저에서 연통이 왔는데, 레이디 페트로닐라가 감기에 걸려서 당분간은 댁에서 요양을 하신다 합니다. 그래도 황제 폐하의 탄신 연회 때는 나올 수 있을 것 같다고 하더군요."

"이런."

페트리지아가 설핏 웃었다.

"밖에서 비를 맞으면서까지 데이트를 즐겼나 보네, 우리 닐라."

"모쪼록 영애께서도 좋은 짝을 만나 결혼하셔야 할 텐데요."

"영애께서 '도'가 아니라, 영애께서 '는' 아니겠나, 미르야."

페트리지아가 쓰게 웃으며 미르야의 말을 바로 잡아주었고, 미르야는 어색한 표정으로 가만히 미소만 지을 뿐이었다. 뒤이어, 페트리지아가 아까보다 좀 더 경직된 목소리로 시녀 하나에게 지시를 내렸다.

"베인궁 쪽의 상황을 살펴보고 와라. 후작부인이 지금 어떤 상태인지, 베인궁 분위기가 어떠한지. 대충 예상은 가지만⋯⋯ 아무래도 정확한 게 좋으니까."

"예, 폐하."

"미르야는 중앙궁으로 가서 시녀들에게 이스테궁에 계신 폐하를 보필하라고 전해줘요. 일어나셨을 때 아무도 없다면 당황해하실 테니."

"⋯⋯네."

그제야 무언가가 좀 정리된 기분에, 페트리지아가 피곤한 눈을 감았다. 어제, 아니, 오늘 몇 시간을 잤더라? 세 시간, 아니, 두 시간? 흐릿한 기억을 붙잡으며, 페트리지아가 중얼거렸다.

"⋯⋯아무래도 좀 쉬어야겠네."

로즈몬드는 싸늘한 표정으로 의자 위에 가만히 앉아 있었다. 모든 것이 어제와 그대로였다. 갈아입지 않은 슬립도, 지우지 않은 짙은 화장도. 그리고 글라라를 포함한 다른 시녀들은 그 옆에서 로즈몬드의 눈치만 보고 있었다.

"그래서…… 폐하께서 어제 황후와 동침하셨다고."

"그렇다고…… 합니다, 부인."

그렇다면 어젯밤은 황후와 황제의 첫 번째 합궁일일 것이다. 하지만 로즈몬드는 생각보다 태연했다. 그녀는 싸늘하게 웃으며 혼잣말했다.

"뭐, 어차피 석녀라 아이를 낳지도 못할 텐데, 상관없지."

"……."

그 자리는 총애로만 버틸 수 있는 자리가 아니니까. 지금에야 폐하께서 단순한 호기심으로 새로운 꽃에게 밀어를 속삭이실 수도 있겠지만, 길지는 않을 것이다. 애당초 사랑이란 걸 할 수 없는 사람이니까. 그렇게 생각한 로즈몬드의 표정이 한결 누그러졌다. 그럼에도 불구하고, 어제의 적기를 놓친 일에 대해서는 여전히 분노한 듯 보였다. 하지만 그마저도 곧 자위로 다스렸다.

"괜찮아. 나도 폐하도 아직 젊으니 기회는 언제든 있지."

다만 마음에 걸리는 것이 있다면, 이번 일로 자신이 그의 신뢰를 완전히 잃어버렸다는 것. 하지만 핑계는 만들면 그만이고 기회는 조작하면 그만이다.

정 안 되면…….

"부인, 그보다."

글라라가 싸늘해진 궁 안의 분위기를 전환하기 위해 화제를 돌렸다.

"탄신 연회 때의 일을 생각하는 것이 더 좋지 않겠습니까."

"……무슨? 아!"

로즈몬드가 깜빡 잊고 있었다는 듯 고개를 끄덕이며 웃었다.

"그래, 내가 잊고 있었네. 요즘 너무 정신이 없군. 그래서 준비는?"

"업자를 매수했습니다. 아마 뜻대로 될 것입니다."

"그래…… 그래야지."

로즈몬드가 만족스러운 얼굴로 고개를 끄덕였다. 이번에는 황후만 골려주지는 않을 것이다. 루시오, 그 남자가 망신을 당하는 것을 지켜보는 것 또한 나쁘지 않은 일이겠지.

"일에 차질이 없게 해. 지난번 크리스타 사신 부인단 때처럼 실패한다면 가만두지 않겠다."

"염려 마십시오, 폐하. 이 일은 아무도 눈치채지 못할 겁니다."

글라라는 자신만만해했고, 사실 이번 일은 로즈몬드도 꽤 자신 있어 하는 일이었다. 로즈몬드는 기대 어린 미소를 지으며, 속으로는 어떻게 하면 탄신 연회를 더 효과적으로 망칠 수 있을지에 대해 궁리하기 시작했다.

"……."

느릿하게 눈을 뜬 루시오는 고개를 돌려 주변을 돌아보았다. 주위의 모든 풍경이 완벽하게도 그가 중앙궁, 그의 침대 위에 누워 있다는 사실을 증명해주었다. 루시오는 멍한 목소리로 중얼거렸다.

"……꿈이었나."

약에 취해 꿈인지 현실인지 모를 정도로 폭주했던 어제의 밤은, 과연 꿈이었나, 생시였나. 구분이 잘 가지 않아 인상을 찡그리고 있을 때, 시녀 하나가 들어왔다. 그가 그녀에게 물었다.

"폐하, 물을 드릴까요?"

"……그보다."

그가 아리송한 목소리로 물었다.

"내가 어젯밤에 어디에 있었지?"

"……아."

시녀가 난감해하다가 곧 대답했다.

"이스테궁에서 합궁을 하셨습니다."

"내가?"

"예, 폐하. 중앙궁의 기사들이 오전에 폐하를 모시고 온 것입니다."

"……그렇다면 황후는 어디에 있지?"

"……."

시녀는 이 문제에 대해서만큼은 입을 다물 수밖에 없었다. 하지만 곧 입을 열어 충직하게 답했다.

"황후궁에 계십니다."

"······."

루시오는 약간 충격을 받은 표정이었지만, 곧 잘 갈무리했다. 그가 알았다고 말한 뒤 시녀에게 나가도 좋다고 말했다. 그는 잠시 후 아까 그 시녀가 가져온 미지근한 물을 마시며 잠시 생각에 빠졌다. 그러다 곧 자괴감 어린 표정으로 얼굴을 파묻었다.

"······미친놈."

자신은 처음이 아니었지만 그녀는 처음이었다. 좀 더 배려했어야 했는데······. 루시오가 끊임없이 자신을 책망하며 주먹으로 머리를 쳤다. 이 쓰레기 같은 자식.

"하아······."

괜찮은 건가.

루시오가 심각한 표정으로 고민했다. 황후궁에 갈 것인지, 말 것인지. 황후궁으로 가자니 그녀의 얼굴을 볼 면이 서질 않았고, 가지 않자니 안 그래도 미움을 받고 있는 상황에서 더 미움을 받을 것 같았다.

결국 한 시간 동안 꼼짝 않고 둘 중 한 가지를 고르던 루시오는, 마침내 가기로 마음을 굳히고선 자리에서 일어났다.

페트리지아는 오후 내내 잠으로 보내겠다는 원대한 포부를 결국 실현시키지 못했다. 고작 하룻밤의 고통 가지고 하루를 온전히 낭비하기에 그녀는 할 일이 너무 많았고, 더군다나 곧 황제의 탄신 연회가 있었다.

일찍이 신경 쓰지 않겠다, 알아서 하라 말하며 성의 없이 준비할 것이라고 말했지만, 그럼에도 불구하고 그녀가 해야 할 일이 어느 정도는 의무적으로 정해져 있던 탓에, 결과적으로 페트리지아의 업무는 별로 줄어들지 않았다.

페트리지아가 연회에 사용될 초콜릿의 금액에 대한 예산안을 검토하고 있는데, 시녀가 소식을 전해왔다.

"폐하, 황제 폐하께서 드셨습니다."

"……."

페트리지아가 인상을 찌푸렸다. 어젯밤의 일로 안 그래도 어색한 사이가 더 어색해지게 생겼는데, 일을 더 어색하게 만들려는 황제의 저의를 도무지 알 수 없었다. 그녀는 마음 같아서는 문전박대를 하고 싶었지만, 꾹 참고 말했다.

"……모시거라."

그와 동시에 황제가 모습을 드러냈다. 그가 평소와 다름없는 모습으로 방 안까지 들어오자, 페트리지아는 이유 모를 짜증이 솟구쳤다. 나는 이렇게 아픈데, 당신은! 물론 엄밀히 말해서 그건 루시오가 어떻게 할 수 없는 일이었기 때문에, 페트리지아는 냉철한 이성을 발휘해 겨우 감정을 진정시켰다. 그녀가 인사를 올렸다.

"위대하신 제국의 태양이자 군주이신, 황제 폐하를 뵙습니다. 마비너스에 광영만이 있기를."

"몸은 좀 괜찮나?"

먼저 물어오는 것이 내 몸 상태인가. 페트리지아가 묘한 표정으로 입을 열었다.

"……송구합니다만, 거짓으로도 괜찮다고는 말씀드리지 못하겠군요."

"그렇다면 궁의를……."

"……그 정도까지는 아닙니다."

무엇보다 그건 어제의 밤이 우리 두 사람의 첫날밤이라고 사람들에게 완전히 각인시켜 버리는 꼴이 아닌가. 생각 없는 발언이었다는 사실을 그제야 자각한 루시오가 미안한 표정으로 사과했다.

"……사과하지. 전부 내 불찰이다."

"폐하께서 사과하실 일이라면…… 글쎄요. 제 생각에는 없는 줄로 압니다만."

페트리지아가 무덤덤한 목소리로 어제의 일을 덮었다.

"괜찮다는 폐하께 먼저 안긴 것은 다름 아닌 저 아닙니까. 폐하께서 저를 강제적으로 취하신 것도 아니고, 또한 아시는 것처럼 저희 두 사람은 부부니까요."

페트리지아는 그렇게 말하면서도 썩 기분 좋아 보이는 표정은 아니었다.

"그러니 괜찮습니다, 폐하. 정 어제 일이 불편하시다면 잊으시면 될 일이지요."

"······그대는 잊을 것인가?"

"원하신다면 잊겠습니다."

그 말에, 루시오의 표정에 상처가 드러났다. 페트리지아는 순간 흠칫했으나, 여기에서 자존심을 내리기에는 상황이 여의치 않았다.

"내가 잊으라 하면 잊고, 기억하라 하면 기억할 만큼, 그대에게는 하찮았던 시간이었나 보군."

"폐하를 사랑하여 스스로 안긴 것이 아니었고, 폐하 또한 욕정에 취해 저를 안으셨으니, 저희 두 사람 모두에게 그리 가치 있는 밤은 아니었습니다."

"······첫날밤이었다."

"그게 무슨 의미가 있지요?"

페트리지아가 싸늘하게 말했다.

"제게는 첫 고통을 선사한 밤, 그 이상도 그 이하도 아니었습니다."

"······내게 상처를 주기 위해 작정이라도 한 것 같군."

"이러시면 곤란합니다, 폐하."

페트리지아가 황당함이 섞인 얼굴로 웃었다.

"제게 먼저 상처를 주신 분은 폐하시고, 그걸 인정하신 분도 폐하시지요. 또한······ 어제 폐하를 경멸하려 스스로 안긴 사람은 저이구요."

"……."

"그러니 잊으세요. 어제의 밤을. 모든 것을."

"……나는 말이지, 어제 그대를 안으며 참 저급한 생각을 했어."

"……."

"혹시라도 그대가 나를 조금이라도 보아주지 않을까 하는. 몸을 섞었으니 조금이라도 내게 마음을 보여줄 수 있지 않을까 하는."

"흔히 여인은 마음도 없는 사내와 몸을 섞는 것이 안 된다고들 하는데…… 글쎄요. 어제의 저는 가능했습니다."

페트리지아는 조금의 틈도 보이지 않은 채 그의 마음을 봉쇄했다.

"사창가의 여인들도 마음 없이 몸만 섞지요. 정 불편하시면 그렇게……."

"왜 그런 식으로 그대를 깎아내리려 하지? 그럼 내게 더 상처를 줄 수 있을 것 같나?"

"……."

"만일 그런 생각이라면 성공했어. 덕분에 나는 상처를 입었으니까."

"왜요."

페트리지아가 말간 눈으로 물었다.

"왜 상처를 입으셨습니까."

페트리지아의 질문에 루시오가 주저하다가, 결국 입을 열었다.

"내가……"

"……"

안 돼, 하지 마.

"내가 그대를……"

그 입, 닫아. 더 이상 말하지 마.

"그대를 사랑하는 것 같다."

마침내, 판도라의 상자가 열렸다.

사랑.

이 두 글자를 그가 입에 담았을 때, 페트리지아는 속으로 조소하지 않을 수 없었다.

"사랑이요."

"……"

"폐하께서는 일전에 후작부인도 사랑하셨지요."

"……"

"저도 그러한 종류의 사랑입니까. 폐하, 폐하께서는 착각하고 계십니다."

페트리지아가 슬픈 눈으로 말했다.

"저를 후작부인처럼 보고 계신 거예요. 폐하의 상처를 연민한 저를."

그 상처에 속아, 조금의 진심을 내어 주었던 바보 같았던 자신을.

"제가 아닌 다른 누군가가 그런 이야기를 듣고 폐하를 위해 눈물을 흘렸다면, 폐하께서는 그 여인도 사랑하실 건가요?"

"……난."

과거의 실책이 명백했기 때문에, 황제는 함부로 입을 열지 못했다. 그녀의 말이 구구절절, 맞았기 때문에.

"부정을 못 하시겠지요. 전적이 있으시니."

"……."

"그리고 마음. 마음이라."

그녀가 냉소했다.

"마음은 보여드렸습니다. 과거, 폐하의 이야기를 들었을 때요."

차라리 그때, 듣지 말았어야 했다.

"그러니 더는 원치 마세요. 사랑이라 말씀하지도 마세요."

당신에게 품은 연민의 감정 따위, 오만이자 낭비라는 것을 알았어야 했다.

"저희는 어제, 아무 일도 없었던 겁니다."

그녀는 그리하여, 그에게 비수를 꽂았다.

마침내 황제의 탄일이 되었을 때, 페트리지아는 순백의 하얀 드레스를 입었다. 시녀들은 좀 더 화려한 드레스를 입으라고 했지만, 글쎄. 페트리지아는 그의 생일을 축하해주고픈 마음이 그리 없었다.

"황후 폐하를 뵙습니다. 제국에 영광을."

"오랜만입니다, 그랑시아 백작."

페트리지아는 수많은 귀족들과 인사를 나누며 인형처럼 가만히 서 있었다. 이미 달달 외워버려 톡 건드리면 튀어나올 정도로 익숙한 귀족들의 이름을 재생하는 일을 반복하다 보면, 상념은 사라지고 근심은 잊어버린다. 물론 그와 별개로 정신은 몽롱해지지만. 정말 감정이 없는 인형처럼.

"오늘 좀 피곤해 보이세요, 폐하."

보다 못한 미르야가 그녀에게 걱정의 말을 건넸지만, 페트리지아는 태연하게 대답했다.

"하지만 난 괜찮은걸, 미르야."

"말씀만 늘 그렇게 하시지요."

"……달거리가 시작되어 그런가 봐."

페트리지아가 조용히 소근거렸고, 미르야는 이해한다는 듯 고개를 끄덕였다.

"일찍 쉬시면 좋으련만, 때가 참 얄궂네요."

"어쩔 수 없지."

페트리지아가 조금 힘겨운 표정으로 미르야에게 부탁했다.

"달콤한 칵테일이라도 한 잔 가져다주겠어?"

"예, 폐하. 잠시만 기다려주세요. 금방 가져오겠습니다."

"그래. 천천히 해."

엷은 미소를 지으며 고개를 끄덕이니 미르야는 금세 칵테일을 가지러 사라졌다. 그러는 사이 페트리지아는 약간의 현기증을 느끼며 비틀거렸고, 그런 그녀를 붙잡는 이가 있었다.

"조심해야지."

"……"

소름 끼치도록 익숙한 목소리에, 페트리지아는 그대로 굳었다. 그녀가 차분히 몸을 바로한 뒤 그와 마주했다.

"황제 폐하를 뵙습니다. 탄신을 경하드립니다."

"마주치는 사람마다 그 소리니."

그가 씁쓸하게 웃었다. 지긋지긋하다는 표시가 얼굴에 가득했다.

"……"

페트리지아는 아무 말도 하지 않았다. 문득, 밤을 보낸 이후 처음 그와 만났던 일이 떠올랐다. 그 당시에는, 지금 생각해보면 그 밤의 일로 감정이 조금 상기되어 있었는데, 지금은 그냥 그랬다. 오히려 그때 괜히 그를 몰아붙인 것 같아 조금 마음에 걸리는 것 같기도…….

"어디 아픈가? 오늘따라 초췌하군."

"화장이 잘 안 먹었나 봅니다."

"말도 안 되는 소리."

그가 심각한 표정으로 부정했고 페트리지아는 아무 말도 하지 않았으나, 점차 현기증이 심해지는 것을 느꼈다. 이번 따라 출혈이 심했다. 참다못한 그녀가 솔직하게 고백했다.

"……달거리가 있는지라."

"아."

그가 약간 어색한 표정을 지으며 고개를 끄덕였다.

"많이 힘들 텐데. 가서 쉬지 않아도 괜찮겠나?"

"버텨야지요. 자리가 자리인데."

"탄생화 수여만 빨리 치르면 가서 쉬어도 되지 않겠나."

"버틸 수 있습니다. 폐하와 황실의 명예에 금이 가는 일은……."

"그 모든 것보다 황후의 건강이 우선이지."

"……."

페트리지아가 아무 말도 하지 못하고 있는 사이, 루시오가 중저음의 듣기 좋은 목소리로 그녀에게 속삭였다.

"식순을 조금 바꾸겠어. 황명이니 수여식만 마치고 들어가서 쉬도록 해."

"……네."

겨우 그렇게 대답하자 그는 그제야 얼굴이 밝아지는 듯 보였다. 그 모습을 바라보는 페트리지아의 마음이 싱숭생숭했다.

"그런데 오늘도 혼자군."

"오늘도 미르야는 칵테일을 가지러 갔고, 제 호위는 잠시 화장실에 갔습니다. 언니는 일이 있어 조금 늦는다고 했고요."

"황제 폐하."

그때 끼어든 불쾌한 목소리에, 페트리지아는 간신히 표정을 관리해야만 했다. 에프레니 공작과 그 여식 – 로즈몬드 – 이었다. 그녀는 두통을 느끼면서도 애써 웃으며 두 사람을 맞아주었다.

"오랜만에 뵙는군요, 두 사람."

"아…… 황후 폐하께서도 계셨습니까."

"제국의 달을 뵙습니다. 마비너스에 축복을."

에틸레르 후작부인 로즈몬드가 페트리지아에게 완벽한 예법으로 인사했다. 아마 황제가 앞에 있어서 그렇지, 만일 그가 없었더라면 인사를 하지 않았을지도 모를 일이다. 페트리지아가 속으로 냉소하며 에프레니 공작에게 물었다.

"공작부인은 아직도 귀국하지 못하고 있다지요."

그 말에 에프레니 공작의 표정이 약간 침울해졌다.

"예, 폐하. 제 아들의 병세가 위중하여……."

"저런. 부디 빨리 쾌차하여야 할 텐데요. 아니 그렇습니까, 후작?"

"저도 제 오라버니가 심히 우려스럽습니다. 제가 황실에 매여 있는 몸만 아니라면 당장 그쪽으로 갈 텐데……."

가증스럽게도 연기를 하는 로즈몬드를 보며, 페트리지아는 조용히 입꼬리만 끌어 올려 미소 지었다. 에프레니 공작이 루시오에게 말을 걸었다.

"폐하, 잠시 드릴 말씀이 있어서요."

"급한 일인가?"

"국정과 관련한 일입니다, 폐하. 이번 빈민 구제 사업 예산 책정과 관련해서요."

"하아……."

루시오가 대놓고 한숨을 쉰 다음 장난스럽게 말했다.

"오늘 같은 날 정도는 나도 황후와 함께 보낼 수 있는 것 아닌가."

속이 뻔히 보이는 얕은수에 루시오가 서늘하게 웃었고, 그 반응에 에프레니 공작은 움찔했다. 그가 페트리지아를 쳐다보았지만, 페트리지아는 애써 루시오의 시선을 회피했다. 시선을 다른 곳으로 돌린 페트리지아를 얼마간 더 응시하던 루시오가, 잠시 뒤 건조한 목소리로 말했다.

"가지. 황후는 아까 했던 말, 명심하도록."

"……."

루시오와 에프레니 공작이 자리를 뜨자, 이제 남은 사람은 로즈몬드와 페트리지아, 두 사람뿐이었다. 페트리지아가 피곤한 표정으로 자리를 뜨려고 하는데, 로즈몬드가 그녀를 불러 세웠다.

"황후 폐하, 이리 저를 무시하시다니요. 조금 서운해지려고 합니다."

"과장이 심하군. 몸이 좋지 않아 잠시 휴식을 위해 자리를 피하려 했던 것뿐이야. 자네는 예나 지금이나 비약이 심한 것 같군."

"글쎄요. 그것은 폐하의 양심에 달린 일 아니겠습니까."

"……말을 삼가는 게 좋겠군. 늘 생각했던 거지만 그대는 입이 너무 방정맞아."

"주제넘었다면 송구합니다."

내용과 상반되는 미소를 지은 로즈몬드가, 곧 다시 아무렇지 않게 페트리지아에게 말을 걸었다.

"오늘 폐하께 드릴 탄생화가 무엇인지, 혹 여쭤봐도 되겠습니까?"

"그게 왜 궁금하지?"

"제가 좀 호기심이 많은 편인지라."

"……판도라는 그 호기심 때문에 파멸했지."

페트리지아가 낮은 목소리로 경고했다. 그러자 로즈몬드가 호들갑을 떨며 말했다.

"어머, 폐하도 참. 겨우 꽃 하나 가지고 저를 그런 여인하고 비교하시다니요."

"다르지 않아. 판도라도 '겨우' 상자 안에 들어 있는 것을 궁금해해 비극을 맞았지."

"알려주기 싫으시면 그냥 싫다고 하시지."

"자네만 비밀을 알고 있으면, 불공평하지 않나."

"전 폐하의 후궁이니 그 정도 권리는 있다고 생각합니다만."

그렇게 말한 로즈몬드는 이번에는 조금 더 사악하게 웃으며 다른 이야기를 시작했다.

"참, 폐하. 그거 아십니까?"

"뭘 말하는 거지?"

"알리사, 폐후 말입니다."

"⋯⋯."

페트리지아가 로즈몬드를 노려보았다. 알리사 폐후의 일을 제대로 아는 이는 드물다. 그때 당시 알리사의 폐위 원인은 천륜을 저버리도록 한 죄가 아니라 단순한 사치였다. 물론 황후의 친가였던 오스윈 공작가는 진실을 알고 있었기 때문에 그 얼토당토않은 이유도 감사하며 받아들였지만. 페트리지아가 소름 끼치도록 낮은 목소리로 으르렁거렸다.

"감히 폐하의 치부를 들먹이는 것인가."

"역시."

로즈몬드의 표정 역시 싸늘하게 변했다.

"아시는군요. 예상은 했습니다만."

"자네가 그렇게 예상한 이유야 뻔하지."

페트리지아가 로즈몬드의 귓가에 대고 낮게 속삭였다.

"내가 그것을 이용해 폐하의 총애를 차지했다고 생각한 것이지? 폐하의 총애가 자네에게서 내게로 옮겨진 이유도, 그것이라고 생각했을 것이고."

"이런."

로즈몬드가 안타까운 탄성을 흘렸다.

"전부 알고 계시니, 폐하. 제가 이래서 폐하를 무서워하는 것 아니겠습니까."

"그대는 자신 말고는 아무도 무서워하지 않으면서, 거짓말도 잘하는군."

"이런 것까지 전부 꿰뚫고 계시니 무서워하지 않을 수 있을 리가요."

로즈몬드가 사악한 미소를 지으며 말했다.

"하면 이것도 알고 계시겠군요, 폐하."

"……."

"언젠가 폐하와 같은 여인이 나타나면, 폐하께서도 저와 똑같은 전철을 밟게 되시리라는 것을."

"그대는 내가 그런 것을 두려워한다고 생각하나 본데."

페트리지아가 재미있다는 얼굴로 고개를 저었다.

"유감스럽게도 그것만은 틀렸어. 나는 폐하를 사랑하지 않거든."

폐하께서는 나를 사랑하시는 것 같지만. 페트리지아의 말에 로즈몬드가 손끝을 부들거렸다. 그 모습을 보고 페트리지아는 더더욱 재미있다는 표정을 지었다.

"질투라도 나나 보군."

"그럴 리가요."

"왜 아니겠어. 이해해. 지난 건국제 이후 폐하를 모신 적이……
단 한 번도 없다지."

"……폐하, 제게 갑자기 또 왜 이러세요."

로즈몬드가 짜증 나는 목소리로 그녀에게 물었다.

"향수에 장미 꽃다발까지 보내주셨으면서."

로즈몬드가 페트리지아의 귓가에 대고 사납게 속삭였다.

"석녀라는 처지를 자각하셨으면, 이제는 좀 조용히 지내셔야 하실 때 아닌가? 그 선물들의 의미, 그런 거 아니었어요?"

"맞아, 후."

페트리지아가 억지 미소를 지으며 대답했다.

"그대와 잘 지내보고 싶은 게 내 마음이지."

"그런데 이런 식으로 나오면 어떻게 해요, 폐하."

로즈몬드가 서늘한 목소리로 반협박을 했지만, 페트리지아는 눈 하나 깜짝하지 않은 채 대꾸했다.

"그대와 잘 지내보고 싶다고 했지, 모욕을 당하겠다 말한 적은 없는데?"

"……."

"거기다 먼저 시비를 건 쪽은…… 그대지, 아마?"

"역시."

로즈몬드가 예상했다는 목소리로 말했다.

"폐하께서는 저와 잘 지내보고픈 마음이 조금도 없으신 거예요."

"아니라니깐. 그대는 의심이 너무 많아."

페트리지아가 조용히 미소 지으며 로즈몬드의 말을 부정했다.

"때론 연장자의 말을 믿어야 할 줄도 아는 법이지."

"송구합니다만, 제가 폐하보다 나이는 훨씬 많습니다."

"그게 중요한가?"

페트리지아가 소리 죽여 웃었고, 로즈몬드는 이런 식으로 은근히 자신의 나이를 트집 잡는 페트리지아가 마음에 들지 않았다. 하, 역시 그 선물은 그냥 눈속임이었나. 대외용 포장?

로즈몬드는 경계심 많은 표정으로 그녀를 노려보다가, 곧 잊은 게 있다는 듯 '아' 하고 소리를 냈다

"참, 그러고 보니, 폐하. 제가 알리사 폐후의 이야기를 하다 말았지요."

"그 이야기는……."

"그녀가 가장 좋아했던 꽃이 뭔 줄 아십니까, 폐하?"

"모르네만."

"그건 바로……."

"황후."

그때 루시오가 끼어들어, 두 사람 사이의 대화는 자연히 중단되었다. 페트리지아가 뒤를 돌아 자신을 부르는 루시오를 쳐다보았다. 그녀가 중얼거렸다.

"폐하……."

"춤을 춰야지."

"생각이 없습니다만."

"원래 모든 파티의 첫 춤은 황제와 황후의 것이지."

그렇게 말한 루시오가 페트리지아의 귓가에 대고 낮게 속삭였다.

"상대의 체면을 살려주는 것이 부부의 의무, 아니겠나."

"……."

로즈몬드가 보고 있었다. 물론, 고운 눈길은 아니었다. 루시오의 말이 맞다. 페트리지아가 속으로 한숨을 쉬었다. 자신은 어린애가 아니다. 감정에 따라 행동하고 멋대로 구는 일은 지양해야 한다. 그렇지 않으면 자신이 저 치와 다른 게 무엇인가. 페트리지아는 가만히 고개를 끄덕였다. 루시오의 얼굴에 미소가 번졌다.

"그럼, 실례하지."

루시오가 정중하게 그녀를 에스코트했고, 페트리지아는 인형이 된 기분으로 그에 맞추어 발걸음을 따라갔다. 곧 음악이 흘러나왔고, 루시오는 페트리지아의 손을 가볍게 잡았다. 그가 말했다.

"발을 밟아도 상관없어."

"……네?"

"마음껏 하라는 이야기야."

의미심장한 말을 남긴 채, 그가 춤을 추기 시작했다. 페트리지아는 무도회에서 춤을 춘 적은 없었지만, 이미 영애 시절 지나치리만큼 많은 교습을 받아왔기 때문에, 기계적으로 춤을 추기 시작했다.

춤이란 게 원래 그렇듯, 상대방과 숨이 섞이기 쉽고 그 향을 맡기가 용이한 행위이다. 페트리지아는 순간적으로 그날의 밤을 떠올렸다. 숨이 섞이고 향이 섞여, 마침내는 몸까지 한데로 섞였던…… 그날. 그녀가 저도 모르게 신음을 흘렸다. 그때의 고통이 재생되는 기분이었다.

"괜찮아?"

루시오가 걱정스럽게 물었고, 페트리지아는 무겁게 고개를 끄덕였다. 제기랄, 속으로 욕을 하는 것을 잊지 않으면서. 그녀가 혼잣말하듯 중얼거렸다.

"조금 어지러워서요."

그 말에 루시오는 춤의 강도를 조금 낮추었다. 그의 배려가 고마우면서도 껄끄러웠다. 이중적인 감정에, 페트리지아가 가만히 눈을 감았다. 그러는 동안에도 그녀의 몸은 끊임없이 춤을 추고 있었다.

"페트리지아."

그가 오늘로서는 처음으로, 그녀의 이름을 불렀다. 절정의 순간에 그는 그녀의 이름을 불렀었고, 그것은 그녀 또한 마찬가지. 페트리지아가 낮게 신음하며 그를 불렀다.

"폐하."

물론, 애정의 의미는 아니었다. 현기증을 느낀 페트리지아가 비틀거렸고, 루시오의 단단한 손이 페트리지아를 잡았다. 그가 당황한 목소리로 그녀에게 물었다.

"황후, 괜찮은 건가?"

"아뇨."

여전히 힘겹게 춤을 추면서도, 페트리지아는 솔직하게 고백했다.

"쉬고 싶어요. 제발요…… 너무 어지럽…… 하……."

이미 춤이 중반부를 향해 달려가고 있었지만, 루시오에게 있어 그런 것은 별로 중요한 게 아니었다. 다행한 것은 그나마 사람들이 둘의 주변에서 춤을 추고 있었기 때문에, 그 두 사람이 그리 큰 주목을 받지 못했다는 사실이었다.

그가 그녀를 부축해 사람들이 잘 다니지 않는 테라스로 갔다. 벤치에 그녀를 앉힌 루시오가 걱정스럽게 물었다.

"괜찮은 건가? 궁의를 부를까?"

"그 정도는 아니에요. 조금 쉬면 나아질 겁니다."

페트리지아는 그렇게 말하며 처음으로 미소 지었고, 그 미소에 루시오는 찰나 동안 얼굴을 굳혔으나, 워낙 순식간이었던 탓에 컨디션이 좋지 않았던 페트리지아는 알아채지 못했다. 그녀가 말했다.

"이만 가보셔도 좋아요, 폐하. 조금 쉬다 들어가겠습니다."

"괜찮아."

"저 혼자 자리를 비우는 것도 이상한 일인 걸요. 폐하라도 계셔야……."

"둘 모두 안 보이면 어디서 키스라도 하고 있겠다 생각하겠지."

그가 낮은 목소리로 대답했고, 페트리지아는 입을 다물었다. 벤치에 기대어 쉬고 있던 그녀가 잠시 후에 물었다.

"폐하, 궁금한 게 있는데요."

아까 로즈몬드가 말하려던 것이었다.

페트리지아는 그녀의 입에서 듣느니 차라리 직접 물어보기로 했다.

"물어보지. 뭐든."

"싫어하시는 꽃이 있으세요?"

"……"

그 질문에 루시오는 잠깐 얼굴을 굳혔다가, 곧 짐작되는 바가 있다는 듯 읊조렸다.

"후작부인이군. 그렇지?"

"……네."

"싫어하는 꽃, 있어. 거의 증오에 가깝나."

페트리지아는 그게 무엇인지 대충은 눈치챘으나, 일단은 입을 다물었다. 그가 비통한 목소리로 대답했다.

"사루비아야. 폐후가 좋아했던 꽃이지."

"……"

"늘 사루비아가 가득 핀 후원에서, 은밀하게 나를 학대했지. 그래서 아직도 그 꽃만 보면 경기를 일으켜."

그가 아무렇지 않은 얼굴로 페트리지아를 돌아보았지만, 페트리지아는 그 순간 눈을 어디로 돌려야 할지 몰라 당황했다. 그 모습을 보고 루시오가 상처받은 눈으로 그녀에게 물었다.

"왜, 내가 괴물 같나?"

"그렇게 생각한 적은 없어요."

페트리지아가 차분하게 변명했다.

"괴물은 폐하를 학대한 폐후지요. 피해자는 괴물이 될 수 없습니다."

"내 눈을 못 쳐다보기에."

"말씀에 어떻게 반응해야 하나…… 갈피를 못 잡아서 그런 것일 뿐, 그 이외의 이유는 없습니다. 곡해하지 말아 주세요."

"알아. 적어도 그대는 그럴 사람이 아니거든."

루시오가 힘없이 웃었고, 페트리지아는 이상하게 마음이 불편했다. 그녀가 아까보다는 조금 힘이 돌아온 목소리로 중얼거렸다.

"그런데 그 이야기를 왜……."

여기까지 중얼거린 페트리지아는 순간 무언가에 한 대 크게 얻어맞은 표정으로 몸을 떨었다.

설마…… 설마? 아냐, 그럴 리가 없어.

페트리지아가 몸을 떨기 시작했고, 이에 당황한 루시오가 다급하게 그녀에게 물었다.

"페트리지아? 왜 그러지? 또 어디가……."

"폐하, 지금 당장……!"

페트리지아가 벌떡 일어서 어디론가 달려가려 할 때, 누군가가 그녀의 앞길을 막아섰다. 미르야였다. 그녀가 여전히 당황한 눈으로 그녀에게 물었다.

"미르야? 무슨 일이지?"

"아, 다행히 여기 계셨군요, 폐하."

미르야가 다행이라는 듯 방긋 미소 지었다.

"탄생화 수여를 하셔야 합니다."

"……벌써 말인가."

페트리지아가 당황한 목소리로 물었고, 미르야는 의아한 표정으로 되물었다.

"무슨 문제라도 있으십니까."

"……."

페트리지아가 굳은 표정으로 루시오를 돌아보았다. 제기랄, 그녀의 입속에서 욕이 터져 나왔다.

로스시는 페트로닐라를 찾느라 정신없는 시간을 보내고 있었다. 분명 감기가 나아 오늘 연회 때는 만날 수 있다고 했는데, 왜 감감무소식인 건지. 그가 걱정스러운 표정으로 중얼거렸다. 설마, 아직도 다 안 나은 건가?

그녀는 몸이 너무 약한 것 같다며 로스시가 걱정했다. 돌아가면 그녀를 위한 보약이라도 주문해야 할 듯싶다. 그도 그럴 것이, 똑같이 비를 맞았고, 심지어는 그녀를 위해 비까지 막아주느라 정작 비를 더 많이 맞은 사람은 그였는데, 자신은 말짱했고, 페트로닐라는 감기에 걸렸다. 로스시가 여전히 걱정이 담긴 눈으로 끊임없이 페트로닐라를 찾았다. 그러다 우연히, 로스시는 페트로닐라와 닮은 듯한 한 여인을 보고 밝은 미소를 지었다.

"페트로닐……."

하지만 로스시의 목소리는 거기서 끝나버렸다. 그녀가 너무나도 다급한 얼굴로 어딘가를 향해 뛰어가고 있었기 때문이었다. 뭔가 사정이 있는 것 같아서, 로스시는 그녀를 향해 높이 치켜든 팔을 가만히 내리고 머쓱하게 뒷머리를 긁적였다. 나중에 물어봐야겠다고 생각하면서.

루시오와 함께 연회장 안으로 들어가면서, 페트리지아는 먼저 루시오의 손을 잡았다. 갑작스러운, 그리고 주도적인 스킨십에 놀란 루시오가 그녀를 쳐다보자, 페트리지아가 울 것 같은 표정으로 그를 바라보았다. 무언가 심상치 않음을 느낀 루시오가 그녀에게 물었다.

"왜 그러지, 황후. 무슨 심각한 일이 있는 사람 같아."

평소답지 않아. 그 말에 페트리지아가 저도 모르게 그의 손을 잡은 자신의 손에 힘을 주었다.

"……폐하."

페트리지아가 떨리는 목소리로 그를 불렀다.

"말씀드리고 싶은 게 있습니다."

"무엇이든 말해."

"앞으로 무슨 일이 일어나도…… 놀라지 마세요."

"……뭐?"

"약속해주실 수 있겠습니까. 아무렇지 않은 척, 해주실 수 있겠습니까."

"그게 무슨 말……."

의아함에 캐물으려던 루시오는, 그러나 너무나도 절박해 보이는 페트리지아의 얼굴에 더는 묻지 않고 고개를 끄덕였다. 도대체 무슨 일이 일어나기에 그런 표정에 그런 약속인지. 루시오가 심각한 표정을 지었다.

"제가 한 일이 아닙니다. 절대로……."

"왜 그래, 황후. 오늘따라 좀 이상하군."

"저희 두 사람의 명예와 위엄을 생각해서라도, 황실의 체면을 위해서라도."

페트리지아가 엄중한 목소리로 말을 끝맺었다.

"부디……."

"알았어. 뭐가 되었든, 염려하지 않아도 돼."

루시오의 대답을 듣고 나서야 페트리지아는 조금 진정된 듯 보였지만, 여전히 불안한 모습이었다. 그 모습에 의문이 커져가는 미르야와 루시오였다.

루시오는 괜히 긴장한 채로 연회장 안에 들어섰다. 가장 위쪽에 마련된 의자에 앉자, 모든 사람이 그들을 향해 예를 갖추었다.

"황제 폐하와 황후 폐하를 뵙습니다. 마비너스에 무한한 영광을-."

"다들 이리 와주어 고마울 따름이다."

루시오가 간단하게 입을 열었고, 페트리지아는 여전히 불안한 모습이었다. 그런 그녀를 안심시키기 위해 루시오가 그녀의 손을 잡았지만, 페트리지아는 도리어 그 손 위에 자신의 손을 포갰다. 그녀가 떨리는 얼굴로 생각했다.

'그만 잘 참아준다면, 아무 일도 없어. 아무런 문제도 없다, 페트리지아.'

그러니 침착해. 페트리지아는 끊임없이 되뇌며 억지로 미소 지었다.

"폐하, 그럼 이제부터 황후 폐하께서 준비하신 탄생화 수여가 있겠습니다. 시녀들은 들어……."

"잠시만요!"

그때, 누군가가 다급한 목소리로 말을 끊었다. 모두의 시선이 한 사람에게 집중되었다. 그 주인공을 본 페트리지아가 놀란 목소리로 중얼거렸다.

"페트로닐라……!"

"양 폐하를 뵙습니다. 제국에 무한한 영광을."

페트로닐라였다. 루시오가 의아한 표정으로 물었다.

"그로체스터 영애? 무슨 일인가."

"저희 폐하께서 황후가 되시고 맞는 첫 탄신일이니, 제가 폐하께 꽃을 드리는 것 또한 인상적인 일이 되리라고 하셨습니다. 황제 폐하, 괜찮으시다면 미천한 종이 감히 폐하께 꽃을 드려도 되겠습니까."

"상관없지. 그렇지 않나?"

"그렇지만 폐하, 이는 법도에 어긋나는 일……!"

로즈몬드가 당황한 목소리로 소리쳤지만, 그 말을 끊은 사람은 페트리지아였다. 그녀가 떨리는 목소리로 그녀를 제지했다.

"에틸레르 부인."

"……."

"제국의 달인 내가 허락한 일이다. 문제될 소지가 있나?"

"……."

입술을 깨무는 것이, 그녀가 생각한 일이 맞는 모양이었다. 페트리지아가 저도 모르게 서늘한 표정을 지었다. 금세 원래의 표정으로 되돌아온 페트리지아가, 곧 따뜻한 목소리로 말했다.

"계속 진행하세요, 레이디 페트로닐라."

"황후 폐하의 은총을 담아……."

페트로닐라가 시리게 웃었다.

"준비했습니다, 황제 폐하."

그 말과 동시에, 페트로닐라는 상자 가득 덮고 있던 천을 들췄다. 그리고 거기에는…….

"황후 폐하의 성의입니다, 황제 폐하. 부디 마음에 드시기를."

아마릴리스가 있었다. 그 붉디붉은 꽃. 더불어 하얀색까지. 페트로닐라는 웃었지만, 페트리지아는 웃을 수 없었다. 그녀는 약간 충격을 받은 표정으로 중얼거렸다.

"어떻게……."

"아름다운 꽃이군, 황후. 붉은색과 하얀색이 섞여 인상적이야. 아마릴리스를 좋아하나?"

루시오가 아무렇지 않게 웃으며 말했다.

"멋진 선물을 받았으니 나 또한 선물을 해야 하지 않나."

"……굳이 그러실 필요는."

"사양은 거절하고."

루시오가 빙긋 웃었고, 페트리지아는 멍한 얼굴로 아무렇게나 중얼거렸다.

"지금 당장은…… 받고 싶은 것이 없는데요."

"하나쯤은 있을 텐데."

"정 뜻이 그러하시다면……."

페트리지아는 자신이 지금 무슨 말을 하고 있는지도 자각하지 못한 채, 계속해서 말했다.

"언젠가 제 소원 하나만 들어주실 수 있겠습니까."

"어렵지 않군. 그렇게 하겠다."

그렇게 말한 루시오가 만족스러운 미소를 지으며 옆에 있던 칵테일을 높이 들어 올렸다.

"제국의 번영을 위해, 다들 건배하지."

탄생화 수여식이 끝난 후 페트리지아는 비틀거리며 단상 아래로 내려갔다. 그녀는 충격을 받은 눈으로 쌍둥이 언니를 쳐다보았다. 페트로닐라는 담담한 표정으로 그런 동생과 마주했다. 페트리지아가 떨리는 목소리로 페트로닐라를 불렀다.

"페트로닐라."

"……그래, 리지."

"닐라, 네가 정말……."

페트리지아가 금방이라도 울음을 터뜨릴 듯한 얼굴로 입을 가렸다. 그녀가 믿을 수 없다는 목소리로 중얼거렸다.

"닐, 내가…… 내가…… 생각하는 게 맞는 거야?"

"……."

"그런 거야?"

"뭘 생각하고 있니, 리지?"

"어떻게 알았어?"

페트리지아가 공허한 목소리로 물었다.

"어떻게…… 어떻게……."

"한때는 나도."

페트로닐라가 시리게 미소 지었다.

"네 남편의 아내였으니까."

쿵.

페트리지아의 심장이 떨어져 내렸다.

페트리지아가 털썩 바닥에 주저앉았다. 그런 그녀에게 다가가 한쪽 무릎을 꿇고 앉은 페트로닐라가 눈물 섞인 목소리로 인사했다.

"오랜만이야, 레이디 페트리지아."

"……아."

"사랑하는 내 쌍둥이."

페트로닐라의 두 눈에, 눈물이 고였다.

7

The Same

운명의 상대를 착각한 소녀는 가혹한 벌을 받게 되었다.

페트로닐라 라우라 레 그로체스터의 이야기였다.

처음 그 남자를 보았을 때, 페트로닐라는 심장에서 별이 날뛰는 듯한 착각에 사로잡혔다. 완벽한 미남은 그녀의 두 눈을 멀게 하고, 붉은 심장을 멈추게 했다. 어린 소녀였던 페트로닐라는, 그 남자가 자신의 운명의 상대라 믿어 의심치 않았다.

'그 남자의 신부가 될 수만 있다면……'

모든 퀴네즈가 황제의 신부가 되기를 원치 않아 했다. 공공연하게 소문이 돌고 있는 황제의 총희 때문이었다. 그리하여, 오직 페트로닐라만이 그 자리를 원했다.

결국 원래 황후로 내정되어 있었던 바시에 공녀가 그 아비를 움직여 고의적으로 퀸 선발에서 탈락하고 나서야, 페트로닐라는 무사히 황후가 될 수 있었다.

페트로닐라는 운명이 이루어졌다며 뛸 듯이 기뻐했으나, 그 기쁨은 정확히 결혼한 지 반나절도 되지 않아 깨지고 말았다. 그녀의 남편은 그녀에게 사랑을 기대하지 말라며 매몰차게 대했다. 결혼 첫날밤부터 그 정부라는 여자를 안으러 갔다.

그래도 괜찮았다. 그녀는 그를 사랑했고, 무엇보다 그녀는 그의 정실 황후였다. 그는 본처를 버릴 수 없다. 페트로닐라는 안일하게도, 그렇게 생각하고 있었다.

그녀는 총애를 받지 못했고, 그녀의 가문은 알리사 폐후처럼 무소불위의 권력을 휘두를 수 있는 아주 대단한 명문가는 아니었다. 그녀의 입지는 점점 좁아졌으며, 정부는 끊임없이 그녀의 자리를 위협하려 들었다. 남편의 냉대와 무관심, 하릴없는 황궁생활은 그녀를 점점 더 지치게 만들었다.

그녀의 안온했던 성품은 점차 변화하고 있었다. 좋지 못한 변화였다. 그녀는 그 사실을 알고 있었지만, 되돌릴 수 없었다. 그녀는 악녀가 되어가는 자신을 저주하면서도, 감히 멈출 수 없었다. 끊임없이 자신을 저주하면서도 악행은 계속되었다.

황제는 더더욱 그녀에게 눈길을 주지 않았고, 곁에 있던 이들은 그녀를 떠나거나, 죽음으로써 그녀를 비호했다. 그중에는 미르야와 라파엘라도 섞여 있었다.

마침내 그의 모든 비밀을 알게 되었을 때, 페트로닐라는 그와 자신이 운명의 상대가 아니었다는 사실을 깨달았다. 그는 그녀가 포용하고 사랑하기에, 너무나도 큰 상처를 지닌 남자였다. 페트로닐라는 그의 상처를 감싸 안아줄 수 없었다.

　그리고 남편으로부터, 정부는 그렇게 해주었다는 사실을 들었을 때, 그녀는 다시 한번 깨달았다. 정부가 남편의 진정한 운명이었음을. 자신의 치기 어린 풋사랑은 그저 어린 소녀의 감정적 오만이었다는 사실을. 그녀가 완전히 틀렸고, 착각했던 것임을. 하지만 후회해본들, 이미 그녀는 황제의 여인이었다.

　정부는 똑똑한 여자였다. 자신보다 한 수 위에 있던 그 악녀는, 마침내 누명을 씌워 그녀를 황후에서 폐위하고, 그녀의 가문까지 멸문하게 만들었다. 사랑하는 자신의 어버이와 쌍둥이 여동생이 함께 벌을 받았다. 그녀는 단두대의 이슬로 사라졌고, 죽은 이후에는 제 가족들 또한 그리되었을 터였다.

　한 많은 인생이었다고, 그녀는 삶의 마지막 순간 생각했다. 만일 다시 태어난다면, 그리할 수만 있다면. 아니, 그를 만나기 직전으로 돌아갈 수만이라도 있다면, 다시는 그와 연을 맺지 않으리라. 눈길 한 줌조차 주지 않으리라. 모르는 사람으로, 철저한 남으로, 그렇게 살아가리라.

　처절하게 눈을 감으며, 페트로닐라는 다짐했다.

그리고 눈을 떠보니, 자신은 돌아와 있는 것이었다. 신의 축복에 감사하기도 잠시, 페트로닐라는 다시 한번 절망할 수밖에 없었다. 이번에는 자신 대신 자신의 동생이 황후가 되어 있는 것이었다.

페트로닐라는 직감적으로 그녀 또한 회귀하여, 못난 언니를 살리기 위해 그리했음을 깨닫고선, 눈물을 흘렸다. 페트리지아에게 너무나도 미안했다.

그녀는 과거 해맑기만 했던 성격을 좀 더 어둡게 바꾸었다. 그리고 다짐했다. 이미 일은 벌어졌고, 남은 것은 과거, 아니, 아직 오지도 않은 미래를 바꾸는 것뿐이다. 페트로닐라는 이번 생에서는 절대로 그때의 비극을 재생하지 않겠노라 굳게 마음먹었다.

그녀는 동생을 돕기로 다짐했다. 다행히 페트리지아는 영민했고, 자신의 도움이 필요할 만큼 자신처럼 어리석지도 않았다. 때때로 페트리지아가 불행해하는 모습이 눈에 띄었지만, 그녀는 가슴 아파 하는 일밖에는 할 수 있는 게 없었다.

그나마 못난 위로가 되는 점이라면, 그녀의 동생이 그녀보다 훨씬 더 어른스럽고 차분하게 매사를 대처했다는 사실이었다. 그때가 되고 나서야, 페트로닐라는 자신의 성격이 황후에는 걸맞지 않음을 다시 한번 깨달았다.

운명이라 착각한 사랑의 허울에 크게 한 번 데였던 그녀는, 다시는 사랑을 하지 못할 것이라고 생각했다. 자신을 사랑해줄 수 있는 남자는 없을 것이며, 그녀 스스로도 이제는 사랑이면 지긋지긋하다고 믿고 있었다. 그러나 신의 장난은 그녀를 다시 한번 뒤흔들어 놓았다.

"첫눈에 반했습니다, 영애. 영애를 사랑하고 있습니다."

한 남자가 그녀에게 사랑을 고백했다. 예전 같았으면 기뻐하며 받아들였을 고백이었다. 그러나 페트로닐라는 두려웠다. 혹시라도 이 남자가 자신과 같은 부류여서, 흔한 풋사랑의 감정을 진짜 사랑이라고 착각하는 것은 아닌지. 그리하여, 자신은 또 상처를 받고 이 남자에게도 상처를 주는 것은 아닌지.

"받아들일 수 없습니다."

그래서 그녀는 거절했고, 도망쳤고, 회피했다. 그 노파가 자신을 일깨워주기 전까지는.

"도망치지 마."

현재에 충실하세요, 카르페디엠. 페트로닐라는 그 말을 듣고 다시 한번 용기를 내기로 마음먹었다. 설령 이번 삶 역시 그녀에게 실패한 사랑을 안겨준다 해도, 혹시 아는가. 다음번에도 신이 그녀에게 회귀라는 축복을 내릴지. 페트로닐라는, 용기를 내보기로 결심했다.

그러던 중 그녀에게 동생을 도울 기회가 찾아왔다. 로즈몬드, 그 간악한 여자가 페트리지아가 준비한 탄생화를 황제가 증오하는 사루비아로 바꿔치기한 것이다. 그것도 수여 직전의 순간에! 페트로닐라는 이번에야말로 자신이 나설 기회라고 판단했다.

"드디어 말할 수 있게 되었네."

그리고 결과는,

"나도, 너처럼 회귀했어."

성공.

페트리지아는 당황하지 않을 수 없었다. 닐라도 저처럼 회귀를 했다! 페트리지아가 혼란한 눈으로 페트로닐라를 쳐다보았다. 그녀가 물었다.

"정말?"

"응."

"정말이야?"

"그렇다니까."

재차 물어보았음에도 답이 동일하자, 페트리지아가 탄성을 터뜨렸다.

"세상에, 어떻게 이런 일이⋯⋯."

"우리 둘만의 비밀이야, 리지."

"당연하지⋯⋯ 아직 아무에게도 말하지 않았어."

페트리지아가 멍한 표정으로 주저앉았다. 페트로닐라가 안쓰러운 시선으로 그녀를 쳐다보며 사정을 설명했다.

"네가 퀸이 된 이후로 돌아왔어. 그래서 네게 미안하게 생각해."

"닐이 그 전으로 돌아왔어도, 난 똑같은 행동을 했을 거야. 미안해할 필요는 없어, 닐라."

"……고마워."

눈물이 섞인 목소리로, 페트로닐라가 간신히 말했다.

"자리를 좀 옮길까? 보는 눈이 많네."

테라스로 자리를 옮긴 두 사람은 그동안의 모든 이야기를 풀었
다. 페트리지아는 중간중간 이야기를 들으며 깜짝 놀란 소리를 터
뜨렸는데, 그녀가 가장 놀랐을 때는 역시나 오늘 일에 대한 이야기
를 들었을 때였다.

"세상에."

그녀가 또다시 탄성을 냈다.

"닐라, 정말로 고마워. 닐이 아니었으면 지금쯤 사달이 났을지도
몰라."

그 사람은 그 꽃을 정말로 혐오하니까. 페트리지아의 말에 페트
로닐라가 굳은 얼굴로 고개를 끄덕이며 응수했다.

"늦지 않아 다행이야."

"로즈몬드의 짓이지? 그렇지?"

"그래."

페트로닐라가 고개를 끄덕였다. 페트리지아의 얼굴이 분노로 물
들었다.

"세상에……."

"열 내지 마, 리지. 결과적으로는 잘되었으니까."

"……그래, 닐. 네 말이 맞아."

페트리지아가 떨리는 목소리로 말한 다음 페트로닐라에게 물었다.

"한 번만 안아봐도 돼?"

"마치 이제야 만나는 사람처럼."

페트로닐라가 새삼스럽다는 듯 말했지만, 몸은 어느샌가 페트리지아에게로 안기고 있었다. 마침내 눈물 한 방울을 떨어뜨리며, 페트로닐라가 페트리지아에게 말했다.

"그동안 혼자 고생 많았어, 리지."

"닐……."

"이제 내가 너와 함께할게."

"……고마워."

페트리지아가 쥐어짜는 듯한 목소리로 말했다.

"네가 있어서 얼마나 다행인지 몰라."

-짝.

로즈몬드가 화난 얼굴로 글라라의 얼굴을 내려쳤다. 그녀는 조용히 분노했다.

"어찌 된 일이지, 글라라? 이게 도대체 몇 번째 실패야?"

"……송구합니다, 부인."

솔직히 말해 글라라의 잘못은 아니었다. 그녀는 임무를 완벽하게 수행했다. 거기에 페트로닐라가 난입한 것뿐이다. 그럼에도 불구하고 글라라는 입이 열 개라도 할 말이 없는 사람처럼 굴었다. 로즈몬드의 화를 풀어주기 위해서는 이게 먼저다.

"그로체스터 영애가 끼어들지만 않았어도."

"……하, 그래. 맞아."

로즈몬드가 기가 차다는 목소리로 응수했다.

"그년은 도대체 어떻게 알고 온 거지?"

"저도 그게 의문입니다, 부인."

인부를 시켜 꽃이 든 상자를 바꿔치기한 것은 상자가 들어가기 바로 직전에 일어난 일이었다. 그런데 그걸 어떻게 알고 준비했단 말인가. 글라라는 도무지 모를 일이라며 고개를 저었다. 그때 로즈몬드가 멍한 목소리로 중얼거렸다.

"설마……."

"네?"

"아냐, 충분히 가능한 일이지."

로즈몬드가 굳은 목소리로 글라라에게 말했다.

"이렇게 되면 일이 꼬여. 글라라, 당장 재뉴어리에게 편지를 써. 페트로닐라가 모든 것을 알고 있으니 행동거지를 더욱 유의하라고."

"페트로닐라."

로스시가 그녀를 불렀다. 페트로닐라는 그제야 뒤를 돌아보았다.

"로스시."

"한참 찾았습니다."

"미안해요."

페트로닐라가 머쓱한 얼굴로 사과했다. 그녀에게는 변명의 여지가 아직 남아 있었다.

"급한 일이 있어서요."

"그런 것 같더군요. 황후 폐하와 관련된 일입니까?"

페트로닐라가 조용히 고개를 끄덕였다. 로스시가 이해한다는 얼굴로 말했다.

"책망하려는 건 아닙니다. 다만 걱정했을 뿐이에요."

"알아요, 로."

페트로닐라는 그렇게 말한 다음, 멍한 얼굴의 로스시에게 조심히 물었다.

"로라고 불러도 되죠?"

"물론입니다, 닐라. 기뻐요."

로스시의 얼굴에 웃음꽃이 피었다. 그것도 잠시, 그가 페트로닐라를 재촉했다.

"영애와 춤을 추고 싶었는데."

“아……."

맞다. 그러고 보니 자신과 그는 단 한 번도 같이 춤을 춘 적이 없었다. 그녀가 중얼거렸다.

“그러고 보니 우리 처음이네요."

“네, 처음."

로스시가 다정하게 말을 받으며 덧붙였다.

“하지만 괜찮아요. 앞으로 시간은 많으니까."

내가 다시 회귀하지 않는 한, 나는 분명 이 남자와 보낼 수 있는 시간이 많겠지. 페트로닐라는 그렇게 생각하며 슬프게 미소 지었다.

다시 회귀할 일은, 없다. 그녀는 지금 이대로도 좋았다. 지금 이 순간이 원래의 삶이 아니라는 사실에 비탄을 느낄 정도로. 페트로닐라가 나긋한 목소리로 대꾸했다.

“맞아요. 앞으로 시간은 많으니까."

그럼에도 불구하고, 나는 현재의 시간에 충실하려고요. 페트로닐라가 속으로 생각했다.

～♥⌒

페트리지아는 페트로닐라를 보내고 나서도 벤치에 앉아 무언가를 골똘히 생각하고 있었다. 뜻밖의 지원군이 등장했으니 이게 판도에 어떤 영향을 끼칠지는 아무도 모른다. 페트리지아가 이제 남은 일이 무엇이 있을지 고민하고 있는데, 위에서 낮은 목소리가 들렸다.

"꽃이 예쁘더군."

"아……?"

페트리지아가 놀라 위를 쳐다보았다. 그 사람이었다. 그녀가 아무 말 없이 생각했다.

다행이다. 아무 일도 일어나지 않아서.

"아까 그 말은 뭐지?"

"무엇을 이름이신지."

"놀라지도 말고, 아무렇지 않은 척해달라……."

"……."

"그리 말했었지, 아마."

"네, 폐하."

페트리지아가 어색하게 웃으며 거짓말을 했다.

"놀라지 않으셨네요. 꽃이 너무 예뻐서, 놀라실 줄 알았어요."

그 말에 루시오가 페트리지아에게로 얼굴을 들이댔다. 그가 낮게 속삭였다.

"거짓말."

"……."

"그대는 거짓말을 못하는군."

"······무슨 말씀이신지."

"말 못 할 말인가."

루시오가 돌려 말하지 않고 물었고, 페트리지아가 눈을 감으며 한숨 어린 목소리로 대답했다.

"그렇습니다, 폐하."

"기분이 묘하군."

"······네?"

"아직은 내가 그렇게 믿음직스럽지는 못하겠지. 이해해."

"······."

"주제넘었다면 미안하군."

"······아닙니다."

페트리지아가 정돈된 목소리로 대답했고, 루시오는 그녀에게 무언가 더 할 말이 있는 듯했지만, 하지 않고 대신 다른 말을 건넸다.

"몸이 안 좋아 보이던데, 가서 쉬는 게 좋겠군."

"네, 폐하."

"······."

루시오는 그 말만 하고서는 자리를 떴다. 더 할 말이 있는 것 같았는데······. 조용히 중얼거리던 페트리지아가 곧 고개를 저었다.

관심 가지지 말자.

페트리지아는 그의 말대로 곧바로 황후궁으로 돌아왔다. 그녀는 주변 사람들에게 이 일에 대해서 함구했다. 로즈몬드의 악행을 까발리려면 루시오와 알리사의 이야기까지 전부 열어야 했다. 그녀는 이 일이 널리 알려지는 것을 원치 않았다. 다른 게 아니라, 타인의 비밀이었기 때문이었다. 남의 치부를 상대가 허하지도 않았는데 알리는 것은 부덕한 일이다. 페트리지아는 그렇게 생각했고, 부디 자신의 주변 사람들도 그렇게 생각해주기를 바랐다.

'지금쯤이면 아마 향수를 다 썼겠지.'

향이 좋은 향수다. 아무리 로즈몬드라고 해도 거부하기 어려울 것이다. 페트리지아가 미소 지으며 눈을 감았다. 효과는 곧바로 나타날 것이라고, 약사는 그렇게 말했었다.

"······하, 폐하."

그리고 얼마나 지났을까. 페트리지아는 자신을 부르는 소리에 눈을 떴다. 어둠 속에서 희미하게 미르야의 모습이 보였다. 잠을 설쳐 언짢아진 페트리지아가 약간 짜증 섞인 목소리로 말했다.

"······깨우지 말라고 잠에 들기 전에 말하지 않았나."

"송구합니다, 폐하."

그렇게 말하는 미르야는 꽤 급박해 보이는 얼굴이었다. 돌아가는 상황을 대강 눈치챈 페트리지아가 슬며시 자리에서 일어났다. 찌뿌둥한 몸 상태를 견디며 페트리지아가 물었다.

"무슨 일인가, 도대체."

"중앙궁의 궁녀장이 폐하를 급히 찾기에……."

"……중앙궁에서?"

페트리지아는 순간적으로, 불길한 예감에 사로잡혔다.

슬립만 입고 있던 몸에 두꺼운 숄을 두른 페트리지아가 서둘러 걸었다. 그러면서 그녀가 다급한 목소리로 물었다.

"발작이 시작된 지는 얼마나 되었지?"

"10분째 되었을 때 폐하를 모시러 갔습니다."

"……로즈, 아니 후작부인은?"

그토록 꺼내기 싫었던 이름까지 꺼냈지만, 궁녀장은 고개를 저었다.

"잠을 깨우지 말라 하셨습니다. 피곤하시다고……."

"……."

페트리지아는 말없이 걷다가, 결국에는 뛰기 시작했다. 언젠가 한번 그가 자해하는 것까지 목격했기 때문인지 페트리지아의 머릿속에서는 계속해서 좋지 않은 생각들이 자리 잡았다.

안 돼, 그러지 마. 페트리지아가 끊임없이 중얼거렸다. 누구를 위해 말하는 것인지도 인지하지 못한 채.

"폐하, 괜찮으시겠습니까."

마침내 그의 침실까지 도달했을 때가 되어서야, 그녀는 물었고, 페트리지아는 실소했다.

"나를 부른 건 자네야."

"……그러니까 말입니다."

궁녀장이 초조한 목소리로 페트리지아에게 말했다.

"대안이 없어 폐하께 도움을 요청드리기는 했습니다만, 폐하…… 힘겨우시면 강요는 하지 않겠습니다."

"……."

"10년…… 쯤 되었나. 오랜 발작입니다. 저러다 멈추실 것……."

"자네는."

페트리지아가 약간 분노한 목소리로 말했다.

"모시는 분에 대한 충심이 부족한 건가, 아니면 단순히 그분의 정실인 나를 염려하는 건가."

"……폐하."

"후자라면 좋았어. 하지만 그게, 적어도 자네가 가져야 할 마음가짐은 아니지. 그대가 정말로 폐하를 생각한다면 나의 안위 따위는 걱정하지 않아도 돼. 내가 그런 것까지 이해하지 못할 정도로 마음이 좁은 사람은 아니니까."

"……송구합니다."

페트리지아는 자신에게 사과할 문제는 아니라고 말해주고 싶었지만, 대신 다른 말을 꺼냈다.

"폐하를 모신 지 몇 년이나 되었나."

"……폐하께서 황태자가 되신 이후부터입니다."

"오래도 되었군."

페트리지아가 씁쓸하게 중얼거렸다.

"그가 안쓰럽겠지. 이 일이 지긋지긋하기도 할 테고."

확실히, 보는 사람이 정신적으로 건강한 일은 아니니까. 페트리지아는 그렇게 읊조린 뒤 망설임 없이 문을 열었다.

"으아아아악!"

"……."

여전히 발작하며 소리를 지르는 그를 보며, 자신의 손으로 자신을 해하려는 그를 보며. 페트리지아는 순간 이런 생각이 들었다. 아, 이 남자는 도대체 얼마나 이 일이 지긋지긋했을까. 페트리지아가 한 발자국을 내딛었다.

"폐하."

얼마나 지긋지긋하냔 말이다. 보는 사람은 논외로 친다고 해도, 정작 그 일을 겪는 사람은, 얼마나 자신이 저주스러울 것이며, 얼마나 자신을 혐오하겠나. 나 같아도…….

"폐하."

나 같아도…… 싫을 거야. 끔찍하겠지. 벗어나고 싶을 거야. 하지만 벗어나기에는 너무 오래된 수렁의 굴레. 결국 남는 건…….

"그만하세요."

비참한 후회와 자괴감. 페트리지아가 떨리는 걸음을 한 발걸음씩 옮겼다. 어느새 그녀는 그의 지척까지 다가와 있었다. 페트리지아가 입술을 깨물었다.

"그만두세요."

"으아아악! 흐아아……."

루시오가 핏줄이 터진 듯한 눈자위로 페트리지아를 응시했다. 그녀도 모르게 눈물이 한 방울 흘렀다.

당신은 왜…….

"왜 저를 자꾸 시험에 들게 하세요."

"……하아."

그가 진정하는 모습을 보였다. 그럼에도 불구하고 페트리지아는 계속해서 눈물을 흘렸다.

"왜 저를 자꾸…… 폐하를 무시하지 못하게 만드세요."

"……흐윽."

"당신이 자꾸 이러면…… 내가 흔들리잖아요. 안아주고 싶잖아. 위로해주고 싶잖아."

"……."

"그러니까 내 앞에서 이러지 마요. 나 흔들지 말란 말이야. 난 자신이 없다고."

당신을 감당할 자신이 없고, 당신을 사랑할 자신이 없어. 당신을 품을 자신은, 더더욱 없어. 페트리지아는 그렇게 중얼거리며 그를 안았다. 사시나무처럼 떨던 그의 몸이 차츰 진정되었다. 그 변화를 온 가슴으로 느끼며, 페트리지아가 비통한 목소리로 읊조렸다.

"나보고 당신은, 어쩌라는 거야."

"하아……."

"무시하고 싶은데 계속 눈에 밟히고, 신경 쓰기 싫은데, 자꾸 그런 행동을 하면……."

"……흑."

"내가 그럴 수가 없잖아……."

루시오를 안은 채로 주저앉은 페트리지아가 흐느끼기 시작했다.

"여전히 당신을 경멸하는데, 당신이 싫은데……."

"……."

"왜 나는 다시 여기로 온 걸까."

페트리지아가 눈물을 삼키며 그의 머리에 키스했다.

"당신은 왜 자꾸 내게…… 무리를 바라."

이제는 나도 모르겠다고 생각하며, 페트리지아는 그의 품에 얼굴을 묻었다.

"……."

루시오는 한참을 그녀의 품에서 발작하다 겨우 진정했고, 곧 잠에 빠져들었다. 시녀들의 도움을 받아 루시오를 침대에 눕힌 페트리지아는 그가 잠든 후에도 그의 곁을 떠나지 않은 채 무언가를 깊게 생각하는 표정을 지었다.

그녀는 무언가를 생각하고 있었다. 이를테면 이런 내용이었다.

그녀는 왜 궁녀장의 말을 듣고 여기까지 왔는가? 그녀는 왜 그를 무시하지 못했는가?

그녀는 왜 그를 신경 쓰는가. 그녀는 왜 그를 경멸한다 말하는 동시에 그를 위해 눈물 흘리는가.

그녀는 어째서 그에게 마음을 흔들지 말라고 사정하는가. 그녀는, 어째서, 왜…….

"제기랄."

그녀는 욕지거리를 했다. 기분이 좋지 않았다. 그것도 아주, 매우.

"뭘 숨겨, 페트리지아. 이미 답은 나왔는데."

그녀가 싸늘한 목소리로 중얼거렸다. 페트리지아는 곧 울 것 같은 표정이 되었다. 마음이 뜻대로 되지 않는 자들이 흔히 짓는 억울한 표정이었다. 나는 이렇게 하고 싶은데 정작 내 마음은 그렇지 않다, 하는. 실로 씹다 뱉은 다쿠아즈 같은 일이었다.

"모르겠어. 이제는 정말로 모르겠다."

이미 답은 알고 있었음에도 그녀는 시치미를 뗐다. 짜증 난 표정으로 머리를 벅벅 긁던 그녀는, 곧 가야 한다는 생각도 까마득히 잊은 채 그대로 침대 옆에 기대어 잠이 들었다.

발작한 날은 으레 정신적 자해를 하기 마련이었다. 결국 또 저질러버렸다는 자기혐오감과 더불어, 이성을 찾았을 때 뒤늦게 밀려들어오는 죄책감 때문이었다. 아마 그날도 크게 다름이 없으리라고, 루시오는 그렇게 생각하고 있었다.

"……페트리지아?"

그래서 그가 잔뜩 잠긴 목소리로, 제가 누워 있는 침대 옆에 기대 잠들어 있는 그녀를 불렀을 때, 그는 차마 놀라지 않을 수 없었다. 그녀가 어떻게 여길……?

루시오가 다급하게 궁녀장을 불렀고, 궁녀장은 그가 묻기도 전해 설명했다.

"황후 폐하께서 어젯밤부터…… 폐하의 곁을 지키셨습니다."

"……"

루시오는 정말로, 접시 물에 코라도 박고 죽고 싶은 심정이었다. 그가 비통한 표정으로 궁녀장을 꾸짖었다.

"왜 그녀를 불렀지? 늘 있는 일이잖아."

"……폐하."

"부르지 말지 그랬나. 그 추한 모습을 보이도록 한 이유가, 도대체 뭐야?"

"어제 황후 폐하께서 그러시더군요."

담담한 목소리로 궁녀장이 말했다.

"저는 오로지 모시는 분만을 생각해야 한다고."

"……"

"송구합니다, 폐하. 이 일로 인해 기분이 언짢아지셨다면요. 하지만 저는…… 어젯밤으로 다시 되돌아간다고 해도 똑같은 일을 했

314

을 것입니다. 폐하를 위해서요."

"……다시는 그러지 마."

"……예. 사죄드립니다."

"나가봐."

루시오의 비통한 목소리에 궁녀장은 새삼 후회가 들었으나, 그럼에도 불구하고 그녀는 끝까지 자신은 잘못하지 않았다고 자위했다. 어제 페트리지아 황후의 말에 힘을 얻어, 그녀는 아마 다음번에도 황제의 명을 거역하게 될 것이라고 생각했다.

"그렇다고 해도 당신은 왜……."

루시오가 괴로운 목소리로 중얼거렸다. 그가 텅 비어버린 눈동자로 잠든 페트리지아를 응시했다.

"몸도 안 좋다고 했으면서."

"……."

그가 안타까운 눈길로 그녀를 바라보다, 곧 조심스럽게 그녀의 머리를 쓰다듬었다. 그마저도 그녀가 깰까 봐, 최대한 조심스러워하는 기색이 역력했다. 루시오가 건조한 목소리로 그녀에게 사과했다.

"미안해."

"……."

"나는 늘 그대에게, 상처만 주는군."

"……."

페트리지아는 이미 궁녀장이 들어왔을 때부터 정신이 깨어 있었지만, 그 후 닥칠 어색한 분위기가 무서워 그냥 다시 눈을 감고 있었다. 때문에 루시오가 하는 그 말을 들었을 때, 그녀는 이유 모를 불쾌함을 느꼈다.

'짜증 나……'

그가 그런 말을 하는 게 싫었다. 그런 눈으로 자신에게 사죄하는 것도 마음에 들지 않았다. 그냥 그의 모든 것이, 거슬렸다.

'어떻게 일어나지……'

그건 차치하고서라도, 지금 당장은 그게 가장 큰 문제였다. 일어나기도 애매하고, 그냥 계속 잠든 척하기도 애매한 상황. 페트리지아가 난감한 표정으로 대책을 강구하고 있는데, 갑자기 루시오가 그녀를 가볍게 들어 올렸다. 페트리지아는 순간 비명을 지를 뻔하다가, 간신히 참고서는 속으로 안심했다.

"일어나면 또 화낼지도 모르겠지만……."

"……"

"그래도 편히 자길 원하니까."

"……"

페트리지아가 그가 보지 않는 사이에 조용히 입술을 깨물었다.

"나갈 테니까, 좀 더 편히 자길."

"……"

쿵. 곧 문 닫히는 소리와 함께 저벅저벅 걷는 발소리마저 희미해졌다. 페트리지아는 그제야 눈을 뜨고는 아무 말 없이 그가 누워 있던 자리를 가만히 쓸었다. 슬프게도 따뜻했다.

$$\sim\!\!\sim\!\!\diamond$$

"다시 말해봐. 뭐라고?"

한편, 잠에서 깬 로즈몬드는 분노한 목소리로 글라라에게 물었다. 그녀는 주눅이 든 표정으로 로즈몬드에게 다시 소식을 전했다.

"어제 양 폐하께서 합궁하셨다는 소식입니다."

"합궁이라니. 어제? 어떻게? 왜?"

"어제 폐하께서 발작을……."

"그럼 나를 깨웠어야지!"

깨웠는데…… 글라라가 거의 울 듯한 표정으로 변명했다.

"안 그래도 중앙궁에서 찾았습니다. 한데 부인께서 깨우지 말라고, 더 잘 거라고 말씀하셔서……."

"……"

제기랄, 로즈몬드가 대놓고 욕을 했다. 그런 일이 있었다면 합궁을 하는 것도 가능한 일이다. 극도로 약해져 의지하고 싶어 하는 마음과 연민이라면……. 거기다 이미 한번 합궁이 치러졌다면, 충분히……! 로즈몬드가 분노 어린 목소리로 소리를 질렀다.

"아아아악!"

"부인, 진정하세요!"

"왜 이렇게 일이 다 뜻대로 안 풀리는 거야?"

물론 합궁을 치렀다 해도 중요한 건 황후가 석녀라는 사실이었다. 그러니 회임 문제는 걱정하지 않아도 될 테지만…….

로즈몬드는 그냥 기분이 나빴다. 자신만의 것이라고 생각했던 남자였다. 관계가 수틀리긴 했지만 당분간은 조용히 있을 줄만 알았는데…….

'내 오판이었나?'

"글라라."

부들부들 떨리는 목소리로 로즈몬드가 글라라를 불렀다. 그녀가 불똥이 최대한 튀지 않도록 하기 위해 얼른 답했다.

"네, 부인."

"재뉴어리에게 연락해서 암살자를 고용해."

"폐하, 또요?"

하지만 주기가 너무 짧은데……. 글라라가 소심하게 변명했지만, 로즈몬드는 막무가내였다.

"어서! 이러다 황후 자리는 영영 요원해질지도 몰라. 그걸 바라는 거냐?"

"길게 보시면 부인, 다른 방법도 많질 않습니까. 너무 위험한 방법……."

"지난번에도 실패는 했지만 들키지는 않았지."

로즈몬드가 섬뜩한 목소리로 말했다.

"이번에도 들키지만 않으면 돼, 글라라. 비밀은 무죄니까."

"……알겠습니다."

로즈몬드의 고집에 글라라가 하는 수 없이 고개를 끄덕였다.

"마담 재뉴어리에게 편지를 보내겠습니다. 하지만 부인, 시기는……?"

"때를 엿봐야지. 그 부분은 다시 일러주겠다고 써. 지금은 내 이름으로 대라고 하고."

"네, 부인. 그렇게 하겠습니다."

로즈몬드는 이번에야말로 모든 것을 끝장낼 기회라고 여겼다. 그녀는 이번 기회에 모든 일을 마무리 지을 계획이었다. 인내심은 점점 바닥을 드러내고 있었고, 그녀는 점점 나이 들어가고 있었으니까.

"내가 무슨 자기 심부름꾼인 줄 아나."

편지를 받은 재뉴어리가 방에서 몰래 투덜거렸다. 상호 이익에 의해 손을 잡긴 했지만, 요즘은 그 도가 지나쳤다. 그녀가 하는 수 없다는 듯 중얼거렸다.

"뭐, 로즈가 황후가 되고 나는 공작부인이 되면 다 끝날 문제니까."

그때까지 조금만 더 참아야지. 조용히 읊조린 재뉴어리가 이번에도 자신의 보석함에 로즈몬드의 편지를 넣어두었다. 그녀는 늘 편지 말미에 '이 편지는 태워줘'라고 썼지만, 어림도 없는 소리. 로즈몬드의 본성을 그 누구보다 잘 알고 있는 그녀로서는, 절대 안 될 말이었다. 내가 널 어떻게 믿고? 재뉴어리가 코웃음을 쳤다.

로즈몬드는 재뉴어리 자신이 곤궁에 빠지거나 도움을 청하면 금세 그녀를 버리고도 남을 여자였다. 아니, 어쩌면 자신에게 모든 죄를 뒤집어씌울지도 모를 일이다.

그런 사태를 방지하기 위해서라도, 그러니까 혼자 죽지 않기 위해 재뉴어리는 착실하게 모든 증거물을 모으고 있었다. 물론 다른 사람들에게는 무덤까지 가져갈 비밀이었지만.

-똑똑

그때 누군가가 그녀가 있는 방의 문을 두드렸고, 재뉴어리는 '이크' 소리를 내며 얼른 보석함의 뚜껑을 닫았다. 그녀가 얼른 말했다.

"네, 들어오세요."

문이 열리자 모습을 보인 것은 집사였다. 그녀가 태연한 표정으로 물었다.

"무슨 일이지, 집사?"

"그로체스터 영양이 귀한 과자를 가져왔다고, 마담 재뉴어리와 함께 드시길 원하시더군요. 어떻게 말씀 전해 드릴까요?"

"귀한 과자라니?"

"스플러리 왕실에만 진상되는 과자인데, 맛이 일품이라고 합니다."

"그래?"

단것을 좋아하는 재뉴어리로서는 눈이 번쩍 뜨일 만한 소식이었다. 그녀가 콧노래를 흥얼거리며 고개를 끄덕였다.

"좋아. 내려가지."

재뉴어리는 너무 흥분한 나머지, 편지들이 들어 있는 보석함을 원래 자리에 놓아야 한다는 사실도 잊고 곧바로 계단을 따라 내려갔다.

"어머, 너무 맛있는데요?"

재뉴어리가 감탄하며 페트로닐라가 가져온 과자를 오도독 깨물었다. 달짝지근하면서도 고소한 맛이 재뉴어리의 입맛에 딱이었다. 페트로닐라가 미소 지으며 그녀에게 말했다.

"많이 드세요, 마담. 원하신다면 제가 공작저로 더 보내드리겠습니다."

"어머, 정말이요?"

"그럼요."

페트로닐라의 말에 재뉴어리가 어색하게 웃으며 물었다.

"그런데 갑자기 제게 왜 이런 호의를……."

"어머, 갑자기라뇨, 마담. 서운하네요."

페트로닐라는 지난 생에서도 영애들 앞에서 가감 없이 발휘했던 친화력을 발동시켰다.

"전 원래 마담과 친하게 지내고 싶었는걸요."

"저랑요?"

미심쩍은 듯한 눈길에도 페트로닐라는 굴하지 않은 채 대답했다.

"네, 마담. 아름다운 분이시잖아요."

페트로닐라는 그렇게 말하며 들고 있던 홍차를 후루룩 마셨다. 기문 티인가. 속으로 중얼거린 페트로닐라가 덧붙였다.

"전 미인을 좋아하는 사람이거든요."

"어머, 입 발린 소리도 잘하셔라."

정부라는 위치 때문에 늘 집 안에만 갇힌 답답한 일상을 살아야 했던 재뉴어리로서는, 페트로닐라의 등장이 그리 달갑지 않은 것만은 아니었다. 그녀는 페트로닐라가 가져온 과자를 기점으로 서서히 경계심을 풀다가, 대화의 말미에 가서는 자연스럽게 그녀와 이야기를 나누기 시작했다.

"그래서 제가 이번에 전하를 졸라 산 드레스가……."

"아, 잠시만요."

페트로닐라가 예쁜 미소를 지으며 재뉴어리에게 말했다.

"실례합니다, 마담. 차를 너무 많이 마셨나 봐요."

어색하게 나오는 목소리에, 재뉴어리가 눈치 있게 고개를 끄덕였다. 그녀가 너그러운 목소리로 말했다.

"다녀와요. 기다리고 있을게요."

"배려에 감사드립니다, 마담."

우아하게 고개를 숙인 페트로닐라가 정말로 화장실이 급한 사람처럼 다급하게 위층으로 올라갔다. 그녀가 자리를 비운 사이 페트로닐라가 가져온 과자를 맛있게 먹고 있던 재뉴어리는, 순간 의구심이 들었다.

'잠깐만…… 화장실은 1층에도 있는데?'

여기까지 판단한 재뉴어리가 다급하게 자리에서 일어섰다. 설마 이 여자가 또…… 재뉴어리가 서둘러 자신의 방으로 올라갔다. 자신의 방에는 아무도 없었다. 그녀는 거친 손놀림으로 보석함 안을 살폈다.

"하나, 둘, 셋, 넷……."

편지는 총 17통이었고, 다행히 없어진 것은 없었다. 재뉴어리는 안도의 한숨을 내쉰 다음 보석함의 뚜껑을 닫았다. 그때 뒤쪽에서 목소리가 들려왔다.

"……뭐 하세요?"

그 목소리에 깜짝 놀란 재뉴어리가 '꺄악' 하고 비명을 질렀다. 그녀는 올라갔다 내려갔다 하는 가슴을 진정시키며 오묘한 시선으로 자신을 바라보고 있는 페트로닐라를 쳐다보았다. 페트로닐라가 말했다.

"과자를 좀 더 드시질 않고요."

"아…… 확인을 좀…… 할 게 있어서요."

"아아."

'그러셨구나' 하고 페트로닐라가 중얼거렸다. 재뉴어리가 떨떠름한 목소리로 페트로닐라에게 물었다.

"일 층에도 화장실이 있는데……."

"……아."

"왜 이 층까지 올라오셨어요?"

재뉴어리가 억지로 미소 지으며 물었고, 페트로닐라는 그제야 알았다는 듯, 깜짝 놀라며 말했다.

"이런, 몰랐네요, 마담."

"……."

"다만 2층 위치는 접때 부인이 알려주셔서 알고 있는데…… 1층은 잘 모른단 말이지요."

"……."

"이런 일로 굳이 질문을 하고 싶지 않아…… 혹 기분 나쁘셨다면……."

"아닙니다. 아니에요."

재뉴어리가 그제야 자연스럽게 웃으며 페트로닐라에게 말했다.

"그럴 리가요, 영양. 신경 쓰지 마세요."

"배려에 감사드립니다, 마담."

페트로닐라가 예쁘게 미소 지으며 재뉴어리에게 다가가 친한 척을 했다.

"자아, 그러면 저희는 내려가서 다시 담소를 나누어볼까요?"

"닐라는 어디로 갔지?"

황후궁에서 서류를 넘기던 페트리지아가 미르야에게 묻자, 그녀가 지체 없이 대답했다.

"에프레니 공작저에 가셨습니다."

"아."

그녀가 알 만하다는 듯 중얼거렸다.

"일을 끝내느라 분주하겠군."

"네?"

"아무것도 아니야."

태연하게 대꾸한 페트리지아가 미르야에게 다시 물었다.

"그보다 집에서는 통 소식이 없나? 요즘 너무 친정에 무심했어."

페트리지아의 친부인 그로체스터 후작은 분명 중앙 정계에 참여하는 고위 귀족이긴 했으나, 그리 존재감 있게 자신을 드러내지는 않고 있었다. 원래 성격이 그러한 남자였고, 딸이 황후가 된 이후로는 더더욱 몸을 사렸다. 페트리지아는 그런 아버지의 태도에 고마움을 느끼면서, 동시에 미안함도 느꼈다.

"그러고 보니 며칠 후가 어머니 탄신일이지."

페트리지아가 잠깐 고민하다 물었다.

"다녀와도 되나?"

"문제가 될 소지는 없습니다, 폐하."

"흐음."

잠깐 고민하던 페트리지아가 고개를 작게 끄덕였다.

"라파엘라, 그렇다면 내일 외출 준비를 네가 맡아주겠어?"

"물론입니다, 폐하."

페트리지아가 미소를 지으며 느릿한 목소리로 지시했다.

"미르야, 아버지에게 연통을 넣어줘. 사흘 후에 방문하겠다고."

"더 이상 그 여자를 이 집에 들여선 안 돼."

재뉴어리가 방 안을 서성거리며 중얼거렸다. 레이디 페트로닐라, 그 여자는 위험하다. 재뉴어리의 직감이 말해주고 있었다. 에프레니 공작부인과 처음 마주했을 때와 똑 닮은 느낌. 그런 느낌은 흔치 않다. 더구나 에프레니 공작부인은 제게 대놓고 적대감을 드러냈지만, 이 여자는 그렇게 하지도 않는다.

마치 사냥감이 덫에 걸리기까지 기다리고 있는 사람처럼…… 재뉴어리가 초조한 표정으로 방 안을 서성이다, 곧 성질 난 표정으로 보석함을 눈에 띄지 않는 곳에 숨겨두었다. 그녀는 잠시 뒤 진지한 표정으로 고민했다.

"에프레니 공작부인은 언제쯤 돌아오려나."

진짜, 정부가 정실 되기 어지간히 힘드네. 잔뜩 짜증 어린 소리를 내던 재뉴어리는, 순간 벌컥 문을 열고 들어온 누군가로 인해 화들짝 놀랐다. 의외의 인물이 거기에 있었다. 상대를 확인한 재뉴어리의 표정이 밝아졌다.

"어머, 제이콥."

그녀의 어린 아들이었다. 재뉴어리는 얼른 제이콥에게 다가가 그를 번쩍 들어 올려 안아주었다. 그녀가 다정하게 물었다.

"왜 그러니, 아가? 엄마 방에는 어쩐 일이야?"

정부의 자녀라 하여도 어쨌든 반은 고위 귀족의 피가 흐르고 있었기 때문에, 제이콥은 유모의 손에서 자라야만 했다. 평민 출신이었던 재뉴어리로서는 도무지 이해할 수 없는 처사였으나, 그녀는 미래를 위해 그 룰에 순순히 따랐다. 아직 어린 제이콥이 엄마에게 칭얼거렸다.

"유모가 갑자기 울어, 엄마."

"유모가?"

그녀가 의아한 목소리로 물었다. 제이콥의 유모인 일레나는 좀체 눈물이 없는 여성이었다. 그녀가 이유를 물었다.

"왜?"

"몰라?"

제이콥이 고개를 저으며 어깨를 으쓱였다. 직감적으로 집안에 무언가 큰일이 일어난 것이라고 판단한 재뉴어리가 문을 열고 밖으로 나갔다.

"무슨 일이지, 집사?"

그녀가 새초롬한 표정으로 집사를 불렀다. 집사는 평소와 다름
없는 표정 없는 얼굴로 재뉴어리를 쳐다보았다. 그 얼굴이 왠지 마
음에 들지 않아, 재뉴어리가 조금 날카로워진 표정으로 다시 물
었다.

"일레나가 애 앞에서 울었다고 들었어. 조심해야지, 아직 어
린애⋯⋯."

"이해하십시오, 마담."

집사의 목소리에는 어쩐지 날이 서 있었다. 그 반응에 재뉴어리
는 저도 모르게 움찔했다. 그녀가 본능적으로 심상치 않음을 느끼
며 물었다.

"⋯⋯무슨 일이 있나? 그런 거지?"

"⋯⋯."

집사는 아무 말도 하지 않았다. 자세히 보니 집사의 희멀끔했던
눈동자는 붉어져 있었다. 재뉴어리는 인내심 있게 집사의 말을 기
다렸다. 잠시 뒤에 집사가 그 메마른 입술을 열어 말했다.

"도련님께서⋯⋯."

이 집안에서 '도련님'이라고 불릴 수 있는 자는 오로지 단 한 명,
에프레니 공작부인의 적장자인 헨리뿐이었다. 그녀는 직감적으로
무언가를 예측해내고선 집사에게 말을 재촉했다.

"도련님께서……? 왜, 무슨 일이 있어?"

"……눈을 감으셨답니다."

그 말에, 재뉴어리는 순간적으로 삐져나올 뻔한 웃음을 참아야만 했다.

$$\sim\!\!\infty$$

한편, 페트리지아는 그날 오후 늦게 황후궁으로 당도한 페트로닐라를 보고선 반가운 표정을 지었다.

"닐라, 늦게 왔네?"

"……."

하지만 그녀의 맑은 인사에도 페트로닐라는 어쩐지 얼굴이 어두워 보였다. 그럼에도 불구하고 페트리지아는 차분하게 미소 지으며 페트로닐라에게 물었다.

"네 얼굴을 보니."

"……."

"성과가 있었나 봐?"

"리지, 황후 폐하."

페트로닐라가 머뭇거리면서도, 단호한 목소리로 입을 열었다.

"그녀를 완전히 파멸시킬 수 있을지도 몰라."

"그래."

페트리지아는 빙긋 미소 지으며 고개를 끄덕였다.

"네가 뭘 찾아냈는지는 모르겠지만…… 대충 예상했어."

에프레니 공작과, 로즈몬드 두 사람 간의 모종의 관계. 하지만 거기서 끝이 아니었다. 페트로닐라가 난감한 목소리로 말을 이었다.

"만약 로즈몬드를 끝장낸다면, 에프레니 공작도 끝이야."

"……그 정도야?"

페트리지아는 페트로닐라의 말에 잠깐 관심을 보이다가, 곧 아무렇지 않게 말해버렸다.

"하지만 상관없어. 내가 원하는 건 로즈몬드의 파멸인걸. 그 과정에서 에프레니 공작까지 파멸한다면, 그건 그 또한 죄를 지었다는 말이겠지."

페트리지아가 나른하게 웃으며 중얼거렸다.

"그러니까, 그 상대가 설령 에프레니 공작이 아닌 위더포드 공작이라고 해도, 나는 상관없다 이 말이야."

"백 번 듣는 것보다는 한번 읽는 게 낫겠지."

페트로닐라는 주변에 있던 모든 시녀를 물린 다음 그녀에게 재뉴어리의 방에서 가져왔던 편지들을 전부 넘겨주었다. 재뉴어리의 보석함에는 아마 페트로닐라가 대충 휘갈겨 적은 편지들이 들어있을 터였다. 페트리지아는 페트로닐라에게서 총 17통의 편지를 받아 든 다음, 천천히 읽어 내려가기 시작했다.

애당초 잔잔했던 그녀의 표정은, 편지를 4통째 읽었을 때 서서히 일그러지기 시작했고, 9통째에 이르러서는 믿을 수 없다는 표정을 짓기 시작했으며, 마침내 마지막 편지까지 다 읽고 난 후에는……

"하."

헛웃음을 터뜨렸다. 그건, 가히 그럴 만한 것이었다. 페트리지아는 미친 사람처럼 웃기 시작했다.

"하하하하."

그렇게 웃는 그녀의 표정에는, '한 방 먹었다'는 듯한 놀라움도 섞여 있었다.

후계자의 죽음으로 에프레니 공작가에는 깊은 슬픔이 깃들었다. 헨리 영식은 심성이 따뜻하고 모두에게 친절했기 때문에, 모든 공작가의 가신들이 그의 죽음을 추모했다.

단, 한 사람만 빼고.

"아하하하."

재뉴어리는 그녀의 방에서 조용히 소리를 죽인 다음, 낮게 웃음을 터뜨렸다. 헨리가 죽었다! 공작부인의 유일한 후계인 그가 죽었어! 헨리는 평소 재뉴어리에게 살갑게까지는 아니더라도, 서모로서 최대한의 예우를 다해 그녀를 대했지만, 이 상황에서 재뉴어리가 헨리를 애도할 만큼 그녀는 정이 풍부한 여인은 아니었다.

그녀는 그저 앞으로 도래할, 제 아들이 공작가의 정식 후계자가 되고, 로즈몬드를 황후로 올려 공작부인을 그 자리에서 끌어내릴 상황을 생각하며 즐겁게 웃고 있었다. 물론 이 상황이 밖으로 드러났다간 다른 누구보다 가신들에게 쫓겨날 수도 있는 상황이었기 때문에, 조용히 웃을 수밖에 없었다.

-똑똑

그때 들려오는 노크 소리에, 재뉴어리는 얼른 웃던 표정을 갈무리하고 잔뜩 슬픈 표정을 지었다. 그러는 그녀의 행동은 상당히 가증스러워서, 만일 옆에서 누군가가 그 모습을 처음부터 끝까지 살펴보았다면 그 뻔뻔스러움에 치를 떨며 욕을 할 정도였다.

재뉴어리는 마치 자신의 아이라도 잃은 사람처럼 눈가에 침을 발라 눈물 자국을 만들어낸 뒤, 눈을 세차게 비벼 벌겋게 만들었다. 그런 다음에야 문을 열어 집사와 마주했다. 재뉴어리가 물었다.

"집사, 무슨 일이지?"

"……"

그는 말없이 편지 한 장을 건네주었다. 황궁, 정확히는 로즈몬드에게서 온 편지였다. 그가 말했다.

"에틸레르 후작부인의 편지입니다, 마담."

"어머, 부인께서?"

재뉴어리가 짐짓 놀란 표정으로 편지를 받아 들었다. 그녀는 여전히 눈가에 드러난 슬픔을 지우지 않으며 문을 닫았다. 하지만 문이 닫히고 집사의 얼굴이 감추어지자마자, 재뉴어리는 미소 띤 얼굴로 마음속으로 콧노래를 부르며 편지를 뜯어보았다.

로즈몬드, 이 여자는 도대체 왜 이렇게 편지를 자주 보내는 거야? 하얀 편지 봉투에 화려한 필기체로 써진 내용을 읽던 재뉴어리는, 곧 아무렇지 않게 다시 웃었다.

"사흘 후, 사흘 후라……."

조용히 중얼거린 재뉴어리가 곧 어딘가로 편지를 쓰기 시작했다. 짤막한 편지의 요는 이것이었다.

사흘 후, 후작저에서 황궁으로 돌아올 황후의 발걸음이 영영 끊기게 해주세요.

"결국 에프레니 공자가 사망한 모양이야."

페트로닐라가 우울한 목소리로 말했다. 에프레니 공자는 아직 어린 나이였다. 아직 어린 나이에 하늘나라로 갔다는 소식은, 어찌 되었든 페트로닐라에게 우울감을 가져다주었다. 페트리지아가 짧게 유감을 표했다.

"저런."

에프레니 공작부인의 속이 말이 아니겠군. 페트리지아는 그렇게 생각하며 그녀에게 물었다.

"그렇다면 공작부인은 바로 귀국하겠군."

"아들의 시신과 함께. 장례는 고국에서 치를 모양이야."

"저런."

페트리지아가 다시 한번 유감을 표하며 머리를 굴렸다. 공작가의 유일한 후계자가 사망했다. 그렇다면 이제 남은 후계는 정부의 어린 아들밖에 없다는 소리인데…….

"리지."

"응?"

"마담 재뉴어리의 어린 아들이 그렇다면 차기 가주가 되는 것일까?"

페트로닐라의 말에 페트리지아가 잠깐 생각하는 표정을 짓다가 그녀의 애칭을 불렀다.

"닐."

"응?"

"지금 이 편지의 내용이 사실이라면 말이야……."

페트리지아가 슬쩍 말꼬리를 늘이며 말을 이었다.

"아마 그렇게 되지 않을지도 몰라."

"무슨 뜻이야?"

"우리 예상대로 일이 진행된다면, 공작부인은 아마 양자를 들이게 될 거야. 가문의 차기 후계자는 그녀가 원하는 사람이 되겠지."

"공작부인은 충분히 그럴 권리가 있지."

페트로닐라는 고개를 끄덕였다. 에프레니 공작부인은 남편의 성을 따르고 있지 않았다. 그녀는 본래 에프레니 영애였고, 현 에프레니 가문의 가주는 고작해야 남작가의 영식이었다. 에프레니 공작이 결혼하면서 자신의 성이 아닌 아내의 성을 따른 것은 어찌 보면 당연한 일이었다. 어쨌든 고작해야 남작 영식이 후작의 지위를 차지한 것은, 순전히 에프레니 공작부인이 당시 에프레니 후작의 무남독녀였기 때문이었다.

그러니 그의 공작 직위는 에프레니 영애의 남편이기 때문에 성립되는 것이었다. 그 말인즉슨, 지금 에프레니 공작부인이 에프레니 공작을 사랑하기 때문에 그의 지위를 건드리지 않고 있지만, 그게 수틀린다면 어떤 식으로든 에프레니 공작은 그 작위를 반납해야 한다는 뜻이었다. 만일 그렇게 되면 재뉴어리는 닭 쫓던 개 신세가 되는 것이다.

"이 일은 나 혼자서만 준비할 수는 없겠어. 위더포드 공작의 도움을 받아야겠군."

"내 생각도 같아, 리지. 그걸 홀로 밝히기에는 의심의 여지가 있어. 넌 어쨌든 로즈몬드에 관한 일에 대해서는 중립적일 수 없는 입장이라고 모두가 생각할 테니까."

"미르야."

페트리지아는 생각한 바를 그대로 실천하기로 했다. 파멸의 순간은 굳이 농익기 전까지 기다릴 필요가 없다. 그 순간이 농익기까지, 그녀는 도대체 얼마나 많은 순간을 인내하고, 얼마나 많은 세월을 기다렸던가.

무엇보다, 이런 일은 빨리 할수록 좋은 일이다. 잔머리가 좋은 재뉴어리가 페트로닐라가 한 일을 알아채기 시작하면, 그때부터는 일이 골치 아파질 수도 있다. 그런 일은 미연에 방지하는 것이 옳았다.

"위더포드 공작을 불러주게. 편한 시간에 좀 보자고 말을 전해줬으면 좋겠는데."

"네, 폐하. 그렇게 하겠습니다."

"이틀 후에 후작저를 찾는다고 했다며?"

라파엘라에게 들었는지, 페트로닐라가 물었다. 페트리지아는 고개를 끄덕였다.

"어머니 탄신일이기도 하고, 무엇보다 내가 너무 가족에게 신경을 쓰지 못했어."

"두 분은 이해하실 거야. 네가 그곳을 찾는 게 흠은 아니니까. 문제가 될 소지가 있는 것도 아니고."

"······응. 나도 그렇게 생각해."

페트리지아가 앉아 있던 의자의 등받이에 몸을 나른하게 기대며 가만히 중얼거렸다.

"보고 싶다, 우리 엄마 아빠."

위더포드 공작은 그다음 날 오후 페트리지아를 찾아뵙겠다는 서신을 보내왔다. 페트리지아는 그 편지를 받고 심란한 표정을 했다. 함부로 터뜨리기 어려운 일이나, 분명 언젠가는 터질 일이었다.

만일 그렇다면, 잘 터뜨려 그 효과를 증대시켜야지 그냥 묻혀버려서는 안 됐다. 후원을 가만히 거닐던 페트리지아가 한숨 쉬었다.

"좀 알아 볼 필요성은 있어."

"뭐에 대해서, 리지?"

"이 일에 대해서."

페트리지아가 힘주어 말했다.

"좀 더 정확한 증거가 필요해. 이 일을 확실히 도마 위에 올릴 확실한 증거……."

그때 페트리지아는 말을 멈추었다. 이방인이 그녀의 눈에 띄었다. 이방인이라고 하기에는 조금 어색한 감이 있는 이방인이었다. 페트리지아는 약간 머뭇거리다가, 곧 아무렇지 않게 인사했다.

"황제 폐하를 뵙습니다."

"황후."

루시오가 어색한 표정으로 눈을 돌렸다. 그날의 발작 이후 두 사람은 만난 적이 없었다. 페트리지아는 이 상황이 이상하게 불편해, 가만히 고개만 아래로 숙였다.

"그…… 잘 지냈나?"

루시오는 이 말을 내뱉은 직후 자신의 멍청함에 후회했다. 할 말이 이런 거밖에 없어? 그가 마음속으로 발길질을 연신 해대고 있는 사이, 페트리지아가 아무렇지 않게 대답했다.

"네."

완벽한 단답형에 루시오는 난감해졌다. 이렇게 되면 대화가 끊겨버린다. 하긴 애당초, 그녀는 자신과 대화를 원하지 않고 있을 터였다. 그저 어떻게든 대화를 이어나가려는 자신의 모습이 우스꽝스러울 뿐. 그때, 기적 같은 말소리가 들려왔다.

"몸은……."

"……응?"

"좀 괜찮으신지요."

페트리지아는 차분하게, 정말 아무런 감정도 담지 않은 채 그에게 물었으나, 질문을 받는 루시오의 입장에서는 그처럼 영광스러운 일이 없었다. 그가 얼른 대답했다.

"괜찮아."

"……."

"물어봐줘서, 고마워."

"……예."

페트리지아는 그 말만 맺고서는 다시 걸음을 옮기기 시작했다. 자신을 지나쳐 저쪽으로 가버리려는 페트리지아를 루시오가 다급하게 잡았다.

"황후!"

"……네?"

페트리지아가 느릿하게 뒤를 돌아 그를 쳐다보았다. 그녀는 고고하고 아름다웠다. 루시오가 머뭇거리다가, 결국 마음속에 있는 말 대신 다른 이야기를 했다.

"그날 일은 미안해."

"……신경 쓰실 필요 없습니다."

"그래도…… 미안하군."

루시오가 약간 목멘 목소리로 말을 맺었다.

"이틀 후에 후작저에 간다지?"

"네."

난 분명 이 일을 떠벌린 적이 없는데. 페트리지아는 어째 황후궁의 보안이 생각했던 것보다 허술하다고 생각했다. 그러는 사이 루시오가 얼른 말했다.

"원하는 만큼…… 있다 와도 좋아."

"……네?"

"편히 쉬다 오라는 말이야. 그간 고생이 많았으니까."

"……."

그러면 얼마나 좋겠습니까, 폐하. 페트리지아가 피식 웃었다. 하지만 그러기에 그녀가 짊어진 자리의 무게가 너무 막중했다. 그녀는 자리를 오래 비울 수 없다. 자리를 오래 비운 만큼, 뒤에 와서 그녀가 검토해야 할 서류의 무게도 늘어날 테니까. 그녀가 말했다.

"그날 아침에 갔다가, 밤에 올 겁니다, 폐하."

"……."

그 말에, 루시오는 속으로 안도의 한숨을 쉬었다. 그 모습이 눈에 빤히 보여, 페트리지아는 뒤돌아 다시 걸음을 옮기며 저도 모르게 피식, 웃음을 흘렸다.

"어울리지 않게."

페트리지아가 마지막으로 중얼거렸다.

"위더포드 공작께서 오셨습니다, 폐하."

페트리지아는 별말 하지 않았지만, 문은 자연히 열렸다. 방음이 아주 잘 되는 황후궁의 고급 응접실에서, 페트리지아는 그녀가 가장 좋아하는 페퍼민트 차를 마시며 생각을 정리하고 있었다. 위더 포드 공작이 그녀에게 예를 갖추어 인사했다.

"제국의 달, 황후 폐하를 뵙습니다."

"……어서 오게, 공. 이리 앉지."

페트리지아는 평소보다 얌전한 모습으로 위더포드 공과 마주했 다. 생각이 깊어 보이는 얼굴에 위더포드 공작이 지레 겁을 먹으며 물었다.

"무슨 일이 있으십니까, 폐하?"

"공."

페트리지아가 말문을 열었다.

"단도직입적으로 묻지. 에프레니 공작에 대해 어떻게 생각하고 있나?"

"……."

갑작스러운 질문에 답이 나오지 않는 것은 자연스러운 일이었다. 그녀는 차분하게 말을 이었다.

"에프레니 공작과 공이 사이좋지 않은 것은 이미 많은 사람들의 입에 오르내린 일이야. 내 말이 틀리나?"

"폐하, 유감스럽게도 그렇지 않습니다."

"그래."

페트리지아가 진지함을 담아 물었다.

"공, 내가 만약 에프레니 공작을 파멸시킬 수 있는 방법을 가지고 있다면."

"……."

"공은 어찌할 텐가?"

"폐하, 그게 무슨 말씀……."

"대답하게. 말 그대로야."

페트리지아가 높낮이 없는 건조한 목소리로 위더포드 공작에게 선택을 요구했다.

"선택하라는 말이지. 그를 파멸시킬 수 있는 기회가 있어. 난 그 열쇠를 쥐고 있지."

"……."

"날 도와줄 수 있는 사람이 필요해. 내 손을 가급적 더럽히고 싶지 않은 일이거든."

"그렇다면 폐하의 말씀은, 폐하께서 에프레니 공을 파멸시킬 열쇠를 쥐고 있으니……."

위더포드 공작이 꿀꺽 마른침을 삼켰다.

"제게 선택하라 그 말씀이십니까?"

"그래. 아무래도 혼자보다는 둘이 낫지 않겠나."

페트리지아가 낮게 소리 내 웃으며 위더포드 공작에게 말했다.

"그 말은 그대가 부정적인 입장을 내논다고 해도, 내 뜻에는 변함이 없다는 소리야."

"……폐하."

위더포드 공작이 입꼬리를 길게 끌어 올려 미소 지었다.

"그자를 처단할 수 있는 방법이라면, 소신은 무슨 방법이든 쓸 수 있습니다."

에프레니 공작은 남작가 출신으로, 벼락출세를 한 인물이었다. 그것만으로도 공작가 순혈 출신의 위더포드 공작은 에프레니 공작을 좋아하지 않았다.

사실 결정적인 문제는 그 뒤에 일어났는데, 에프레니 공작이 과거, 위더포드 공작이 주관했던 사업을 교묘하게 베꼈다가 그걸로 크게 흥행해, 위더포드 공작에게 엄청난 손해를 끼쳤기 때문이었다. 때문에 위더포드 공작은 에프레니 공작을 매우 싫어했다.

"폐하, 말씀해주십시오. 제가 무슨 일로 폐하를 도울 수 있습니까?"

"……."

페트리지아는 말없이, 위더포드 공작에게 총 열일곱 통의 편지를 내밀었다. 그는 눈빛으로 그게 무엇인지를 물었다가, 곧 아무 말 없이 편지를 천천히 읽기 시작했다.

한참의 시간이 흐른 후에 그가 당황한 표정으로 손을 부들부들 떨었다.

"폐하, 이건……."

"공은 황제 폐하께서 겪으신 일을 알고 있나?"

"예……."

위더포드 공작이 조심스럽게 대답하자, 페트리지아는 차분하게 다시 말했다.

"이 일이 어떤 파장을 불러일으킬지 잘 알고 있겠지?"

"물론…… 입니다, 폐하."

그가 떨리는 목소리로 다른 의견을 제시했다.

"하나 이 편지만으로는 부족합니다, 폐하."

"알고 있어. 하지만 말이네, 공……."

페트리지아가 느긋한 목소리로 말했다.

"사실 이 편지만으로도 충분해, 공. 이미 알리사 폐후는 사형을 당했고, 오스윈 공작이 이 일에 대해 말해줄 리도 없거니와, 자세히 알고 있으리라는 보장도 없지. 그렇다면 남은 건 오직 편지 속의 두 사람과, 에프레니 공작뿐이야. 그러니 증거는 아마, 찾는다고 해도 나오기가 어렵겠지."

"가장 효과적인 방법은, 황제 폐하께 이 일을 알리고 이 편지를 대신 회의에……."

"아니지, 공."

페트리지아가 단호하게 고개를 저었다.

"무언가 착각하고 있어. 이건 역모 죄가 아니야. 황실을 능욕한 것 또한 아니지. 폐하께 이 편지를 보여드릴 수는 있어. 하지만 황제께서 이 일로 에프레니 공작에게 직접적인 불이익을 가하신다면, 이는 폐하 개인의 복수일 뿐이야. 폭군이 되시는 거라고. 자네는 그걸 바라나?"

"하면 폐하께서는 일이 어떻게 진행되기를 바라십니까?"

"가장 좋은 방법은, 폐하가 아니라 에프레니 공작부인이 공작을 처단하는 거야. 사실 그 자체만으로도 완벽한 파멸 아닌가?"

페트리지아가 씩 미소 지으며 덧붙였다.

"거기에 귀족들의 수군거림이 더해진다면, 나쁘지 않겠지."

"하면 제가 어떻게 폐하를 도울 수 있습니까?"

"위더포드 공작부인이 사교계에서 꽤 발이 넓다고 들었다."

"아, 예……."

위더포드 공작이 살짝 얼굴을 붉혔고, 페트리지아는 느릿하게 입꼬리를 끌어 올려 미소 지었다. 모든 파란의 시작은 소문이다.

"이 내용을 좀 더 부풀려서 소문을 내는 거지. 그대도 알겠지만, 소문은 원래 사람의 입을 거칠수록 더 와전되고, 커지기 마련이라네."

"폐하의 뜻은 충분히 알겠습니다. 하면 황제 폐하와 에프레니 공작부인에게는 어떻게 이 사실을 알리실 셈이신지……."

"공작부인은 그로체스터 영양이 맡을 거고, 폐하는……."

내가 직접, 모든 일을 끝내야 해. 시작한 사람이, 매듭도 지어야 하는 거니까.

"내가 맡을 생각이네, 위더포드 공."

그래, 이제 진짜로 끝을 낼 때가 왔나 보다.

"요즘 우리 너무 만나기가 어려운 거 아니에요?"

로스시가 살짝 불평하는 목소리로 말했다. 그 모습이 이상하게 귀엽게만 느껴져서, 페트로닐라는 작게 웃었다.

"미안해요, 로. 요즘 좀 중요한 일이 있어서……."

"그럼 어쩔 수 없지만……."

로스시가 페트로닐라의 이마에 작게 키스하며 속삭였다.

"닐이 너무 보고 싶어서 요즘 아무것도 못 하겠단 말이에요."

"아하하."

노골적인 애정 표현에 페트로닐라가 저도 모르게 웃음을 빵-하고 터뜨렸다. 그녀가 못 말린다는 듯 고개를 절레절레 저었다.

"그런 말은 어디서 배워요?"

"부모님이 매번 서로에게 하셔서."

그러니까, 이 남자의 달콤한 밀어는 전부 그 출처가 브레딩턴 백작부부에게 있는 것이었다. 참 금실 좋은 부부라고 생각하며 그녀가 중얼거렸다.

"나도 나중에 그렇게 살고 싶다."

"걱정 말아요, 닐라."

로스시가 세상 다정하게 미소 지으며 페트로닐라에게 속삭였다.

"난 부모님 두 분 모두를 닮아서, 하루 종일, 쉬지 않고 해줄 수 있거든요."

"그래서 지금, 결혼하자고요?"

이렇게 은근슬쩍 프로포즈하기에요? 페트로닐라가 짓궂게 웃자, 로스시가 능글맞은 표정으로 말했다.

"이걸로 때울 생각은 당연히 아닌데요?"

기대했어요? 하고 묻는 그에게, 페트로닐라가 솔직하게 말해주었다.

"음…… 솔직히 조금?"

"이런."

곤란한데, 라고 덧붙이며, 로스시가 흰 이를 드러내고 웃었다.

"이런 건 프로포즈가 아니죠, 닐. 기대하고 있어도 좋아요."

"나 아직 받아주겠다고도 안 했는데, 너무 자신만만한 거 아니에요?"

"안 되면."

그가 다정한 목소리로 그녀에게 말했다.

"될 때까지, 할 거예요."

"……."

그 말에서 진심이 느껴져서 페트로닐라는 순간 울컥했다. 과거의 자신과 지금의 자신. 비교조차 불가능한 행복이다. 그녀가 눈물이 나오려는 눈을 애써 참으며, 간신히 속삭였다.

"고마워요."

정말로.

8

Compassion

이튿날, 페트리지아는 어쩐지 신나 보이는 표정으로 집으로 가는 마차에 몸을 실었다. 지난 몇 개월간 단 한 번도 방문하지 못했던 그녀의 고향 집이었다. 페트리지아가 기쁜 표정으로 중얼거렸다.

"이게 도대체 얼마만이야."

"그렇게 좋아, 리지?"

미르야는 황후궁에 남았고, 라파엘라는 그녀의 호위를 위해 동행했다. 페트리지아가 고개를 끄덕이며, 오래간만에 해맑은 표정을 지었다.

"거의 몇 달 만에 뵈는 거라, 너무 설레."

"그래, 몇 달간 네가 고생 많이 했지."

안쓰러운 표정으로 고개를 끄덕이던 라파엘라가, 곧 희망찬 목소리로 말했다.

"밤늦게까지 원 없이 있다가 오자."

오늘 가면 또 언제 갈지 모르는데. 한마디로 기약 없는 이별인 거다. 페트리지아가 동의한다는 듯 고개를 끄덕였다.

"그래야지. 넌 안 심심하겠어?"

"닐라도 있고, 너도 있고, 그로체스터 후작부도 계시는데 심심하긴. 할 거 없으면 잠자면 돼. 쓸데없는 걱정이야."

"그럼 다행이고."

포근한 미소를 지은 페트리지아가 슬며시 몸을 뒤로 기댔다. 그 모습을 본 라파엘라가 눈치 있게 말해주었다.

"좀 자, 황후 폐하. 요즘 너무 잠이 줄었어."

업무 과다로 인해 어쩔 수 없는 부분이었다. 페트리지아는 양해를 구하려는 사람처럼 희미하게 웃은 다음, 빠르게 잠에 빠져들었다.

페트리지아가 눈을 떴을 때는, 이미 마차가 그로체스터 후작저 앞까지 당도했을 때였다. 라파엘라가 먼저 문을 열어주자, 페트리지아가 조심히 마차 안에서 내렸다. 가장 먼저 그녀의 눈앞에 보이는 사람은, 부모님인 그로체스터 후작부부였다. 페트리지아가 환한 미소를 지으며 부모님께로 가 안겼다.

"어머니, 아버지."

"제국의 달, 황후 폐하를 뵙습니다."

그러나 그로체스터 후작부부는 사랑스러운 딸을 안아주는 대신, 먼저 그녀에게 예를 갖추어 인사를 했다. 두 사람의 행동이 이해가 가면서도 왠지 모르게 섭섭하게 느껴지는 건 어쩔 수 없는 일이어서, 페트리지아가 저도 모르게 입술을 비죽였다.

"그로체스터 가문의 영양으로서 온 것인데요. 대 마비너스의 황후가 아니라."

"그렇다고 해서 폐하께서 온 제국민의 어머니라는 사실이 변하는 것은 아니지요."

"너무 섭섭케 생각하지 말아주세요, 폐하. 이 또한 폐하의 신하로서 마땅히 갖추어야 할 예랍니다."

"어서 들어가시죠, 어머니, 아버지."

페트리지아가 짓궂게 웃으며 두 사람과 함께 집 안으로 들어갔다. 그러자 곧바로 뒤늦게 달려 나오는 페트로닐라의 모습이 보였다.

"리지?"

"닐."

페트리지아가 씩 웃으며 그녀에게 인사했다. 황궁이 아닌 본가에서 그녀를 보는 것은 정말로 오랜만이다. 페트리지아가 물었다.

"뭐가 그렇게 급해?"

"어제 늦잠을 잤거든."

대충 이유가 이해가 가—브레딩턴 후작 영식과 늦게까지 만나곤 했다—페트리지아는 그저 웃기만 했다. 페트리지아가 물었다.

"곧 좋은 소식을 기대할 수 있는 건가?"

"우리 그런 사이 아니야!"

깜짝 놀란 페트로닐라가 얼른 부인했다. 아무래도 페트리지아의 말을 곡해한 것이 틀림없었다. 어느 정도 예상이 가, 페트리지아는 키득키득 웃었다.

"결혼 이야기 한 건데."

"……나도 알아."

페트로닐라가 슬쩍 얼굴을 붉히며 아래쪽으로 내려왔다. 그녀가 부끄러운 듯한 목소리로 말했다.

"자, 이야기는 나중에 하고…… 밥부터 먹을까요, 우리?"

페트리지아는 그날 점심, 엄청난 양의 음식을 배 속으로 집어넣어야만 했다. 황궁에서 굶고 지낼 일도 없는데, 그로체스터 후작부인은 굳이 그녀에게 무언가를 끊임없이 먹였다. 다행히 그녀가 살이 잘 찌는 체질은 아닌 탓에 안심하고 먹긴 했지만, 그걸 차치하고서라도 너무 많은 양이라 페트리지아는 식사의 말미에 가서는 숨조차도 제대로 쉬기 어려웠다.

후식으로 달달한 차 한잔의 여유를 즐긴 페트리지아는, 잠시 후 아버지와 응접실에서 독대의 시간을 가졌다.

"그래, 리지. 황궁 생활은 할 만하느냐?"

그로체스터 후작의 질문에 페트리지아가 조금 서운하다는 표정으로 답을 했다.

"그게 그리 궁금하신 분이, 황후궁에 단 한 번도 걸음 하지 않으셨습니까."

"이해해줄 줄 알았단다, 애야."

후작이 인자한 미소를 지으며 말했다.

"알다시피 내가 너와 이제는 가깝게 지내봐야 좋은 말이 나돌 턱이 없잖느냐. 난 네게 폐를 끼치고 싶지 않았다. 황실과 황제 폐하께도 물론이고 말이지. 그분께 쓸데없는 근심거리를 안겨드릴 수야 없는 노릇 아니냐."

"그렇다고 해도 방문은 하실 수 있었어요. 아버지가 무슨 나쁜 일을 하실 것도 아니고."

"중요한 건 남들 눈에 그렇게 비쳐지지 않는 거지."

빙긋 웃은 그로체스터 후작이 페트리지아에게 물었다.

"어쨌든 그래서, 황궁 생활은 어떠하냐? 대충 이야기는 들어 알고 있다만."

"알면서 뭘 물으세요."

페트리지아가 피식 웃으며 솔직하게 털어놓았다.

"폐하와의 사이는 소원하고, 에틸레르 후작부인과는 으르렁대기 바쁘죠."

상당히 유쾌한 척 말하긴 했지만, 그 사이에 숨겨 있는 뜻까지는 유쾌하지 않다는 것을 그로체스터 후작은 빨리 알아차렸다. 그가 약간 난감한 표정을 지으려는 것을 얼른 바꾸며, 딸에게 다정한 목소리로 말했다.

"아비가 도움이 되지 못하는 것 같아 미안하구나."

"미안하긴요, 아버지. 전 그로체스터 가문의 적차녀인데요."

그녀가 태연하게 고개를 저으며 그의 말에 반박했다.

"이 혈통을 물려주신 것만 해도 저는 충분히 감사하게 생각하고 있습니다."

"그보다 폐하와의 사이는 여전히 소원하다고?"

그가 이해가 되지 않는다는 표정으로 고개를 갸웃거리며 페트리지아에게 물었다.

"듣기로는 폐하의 총애가 에틸레르 후작부인에게서 이미 떠났다고 하던데……."

"……."

페트리지아는 순간 황당한 표정을 지었다.

황후궁을 찾지 않는다 뿐이지, 황궁 소식을 너무나도 잘 알고 계신 아버지였다. 그녀가 물었다.

"그걸 어떻게 아셨어요?"

"조용히 지낸다고 해서 귀까지 막아버리고 사는 건 아니거든, 리지."

그로체스터 후작이 낮게 소리 내어 웃었다.

"그리고 폐하께서 요즘 네게 관심을 보이고 있다는 소식까지 들려오더구나."

"……궁에 스파이라도 심어놓으신 거예요?"

대단하다는 듯, 페트리지아가 키득거리며 묻자, 그로체스터 후작은 그저 어깨만 으쓱였다.

"그 정도는 누구나 알 수 있는 거란다. 별 대단한 지식은 아니지. 그보다, 내가 들은 게 헛소문이 아니긴 한 게냐?"

"그저 스쳐 가는 관심일 뿐이랍니다, 아버지. 설령 그분의 총애가 제게 머물러 있다 해도, 에텔레르 후작부인의 예처럼 언제 떠나버릴지 모르는 거 아니겠어요?"

"그게 현명한 태도이긴 하지, 리지. 원래 군주란 다 그런 족속들이거든."

후작의 말에 페트리지아는 그저 가만히 웃기만 했다. 그녀는 무언가를 생각하는 표정을 짓다가, 한참 후에나 입을 열었다.

"하지만 아마 이 싸움은 곧 끝나게 될지도 몰라요."

"왜, 후작부인이 죽을병에라도 걸렸다더냐?"

그럼 얼마나 좋을까. 이뤄지기 어려운 바람을 속으로 중얼거리며 페트리지아가 말했다.

"그건 아닌데요. 목덜미를 틀어잡을 수 있는 걸 얻어냈어요."

"유능하구나."

"닐라 덕이죠."

"기쁜 일이야."

그로체스터 후작은 그 말에 정말로 기쁜 듯했다. 원래 자매의 다정함은 부모에게 있어 더없는 기쁨일 테니 이상한 일은 아니었다. 페트리지아가 말했다.

"가문에는 해가 되는 일이 없도록 해야죠."

"하지만 우리를 위해 네가 피해를 입는 걸 자처한다면, 리지, 굳이 그럴 필요까지는 없다고 말해주고 싶구나."

"……네. 그럼요."

페트리지아가 가만히 웃으며 그로체스터 후작에게 물었다.

"가족들은 어떻게 지냈나요?"

"닐라는 네가 더 잘 알 테고…… 우린 정말로 별일이 없었단다, 애야."

무소식이 희소식이라잖니. 그는 그렇게 말하며 실없는 사람처럼 웃었다. 아버지는 그대로였다. 페트리지아가 따라서 웃었다.

"실로 다행한 일이네요."

"그래야 네가 걱정하지 않겠지. 큰일을 하는 사람에게 도움은 못 될지언정, 방해가 되어서야 되겠느냐."

그렇게 말한 그로체스터 후작이 잠깐 머뭇거리다 물었다.

"그보다 너는 폐하께 전혀 마음이 없는 거냐?"

"……"

페트리지아는 아무 말도 하지 않다가, 곧 아무렇지 않게 대답했다.

"글쎄요. 증오와 연민, 동정도 마음이라면."

"연민과 동정은 뭐냐?"

"……아버지는 폐하의 치부를 알고 계세요?"

"무슨 소리냐?"

"그분께는 치부가 있어요."

페트리지아가 조용히 말했다.

"저는 그걸 동정하고 있어요. 하지만 그건 절대 사랑이 될 수 없답니다."

"그렇구나."

"아버지는 제가 그분을 마음에 담기를 바라시는 것 같아요. 아닌가요?"

"그건 네 자유지. 다만 부모 된 입장에서는, 만일 폐하께서 널 사랑하지 않으신다면 너 또한 그분께 마음을 드리지 않기를 바라. 하지만 그게 아니라면, 네가 단란한 가정을 꾸리며 살아가는 걸 원한단다."

"그게 효도라면, 적어도 지금은 그럴 수 없을 것 같아요."

에틸레르 후작부인의 존재 때문에라도 그랬다. 페트리지아가 속으로 한숨 쉬었다.

"다행히 저는 지금도 나쁘지 않다고 생각해요. 언니도 있고, 이렇게 가족들도 가끔 보고……."

"그래, 그럼 된 거지."

푸근한 미소를 지으며 그로체스터 후작이 고개를 끄덕였다.

"행복에 꼭 한 가지 종류만 있는 건 아니니까."

"네."

페트리지아가 웃었다.

"그보다 어머니 탄신 선물은 준비하셨어요?"

"너는 준비했느냐?"

"당연하죠. 설마…… 잊으신 건 아니죠?"

"내가 그런 쓰레기일 리가. 염려 말거라."

그로체스터 후작이 인자하게 웃으며 그녀에게 말했다.

"선물은 저녁 식사 시간에 함께 풀어보도록 하자꾸나. 네가 뭘 준비했을지 나도 궁금해."

"별것 아니에요."

페트리지아가 쑥스러운 듯 얼굴을 붉히자, 그로체스터 후작이 그런 딸을 사랑스러운 눈으로 바라보았다. 다행히 입궁 후에도 그의 딸내미는 그리 많이 변하지는 않은 듯했다. 그가 다정한 목소리로 페트리지아에게 말했다.

"자, 다른 가족들에게 가보자꾸나."

"이번에는 절대로 실수가 없어야 할 거다."

로즈몬드가 날카로운 목소리로 글라라에게 말하자, 글라라가 염려 말라는 듯 그녀에게 낮은 목소리로 대답했다.

"염려 마세요, 부인. 이번에는 정말 확실할 겁니다."

"이제 모든 걸 끝내야 해. 더 이상 지체하면 내 손해만 막심해져."

로즈몬드의 나이가 올해로 스물일곱. 이제 아이를 낳기에는 그리 좋은 시기가 아니었다. 그녀는 무조건 서른이 가기 전에 황자를 생산해야 했고, 그 황자를 황태자로 만들어 모후로서의 자리를 미리 만들어두어야만 했다. 이것이 그녀가 현재 바라는 모든 것이었다.

"뒤처리는 확실히 해두라고 말해놓았겠지?"

"마담 재뉴어리도 바보는 아닙니다, 부인. 걱정 마세요."

"그래, 맞아. 그녀는 꽤 영특한 사람이지."

무언가를 생각하는 듯한 표정으로 중얼거리던 로즈몬드가 말했다.

"황후가 죽는다면 의심의 화살은 내게로 쏠리겠지. 하지만 뭐, 어쩌겠어? 명백한 증거도 없는 이상 누가 날 범인으로 몰 수 있느냔 말이야."

"재뉴어리 님만 입을 다무신다면 모든 일이 원하시는 뜻대로 풀려갈 겁니다."

"재뉴어리는 날 배신하지 못해. 내가 몰락하면 그건 곧 에프레니 공작도 끝난다는 소리고, 그럼 재니가 갈 곳이 어디에 있겠어?"

킬킬 웃은 로즈몬드가 테이블 위에 놓인 녹차를 한 입에 전부 털어 넣었다. 뜨거운 열이 목구멍에 그대로 느껴졌지만, 그마저도 곧 취할 승리에 가려져 잊힌 듯했다. 로즈몬드가 즐거움이 가득한 목소리로 말했다.

"참, 그리고 에프레니 공작에게……."

부스럭.

그때 누군가의 인기척이 느껴졌고, 로즈몬드는 그대로 입놀림을 멈추었다. 그녀는 지난날 남작부인의 직위를 박탈당했을 때, 사람에 대한 불신이 더욱 심해져서 후작부인이 된 이후에도 최소한의 시녀들만 베인궁에 두고 있었다. 더구나 이런 중요한 이야기를 할 때는 모든 시녀를 물렸기 때문에, 지금 그녀가 있는 방 안에서 인기척을 느껴야 할 이유는 전혀 없는 상태였다. 로즈몬드의 등골이 오싹해졌다.

"글라라, 가서 확인하고 와."

"네, 부인."

상황의 심각성을 눈치챈 글라라가 재빨리 문가로 달려가 문을 열었다. 하지만 밖에는 아무도 없었다. 그 모습에 글라라가 당황하며 말했다.

"부인, 아무도 없습니다."

"당연히 지금은 도망갔겠지."

로즈몬드가 이를 부득 갈며 명령했다.

"당장 찾아내. 이 일이 새어 나가서는 결코 안 된다!"

한편 페트리지아는 가족들과 함께 정말 오랜만에 즐거운 시간을 보내고 있었다. 저녁 식사까지 마친 페트리지아의 가족들은 그로체스터 후작부인의 탄신일을 기념해 준비한 선물들을 증정하며 그로체스터 후작부인의 생일을 축하해주었다.

페트리지아는 직접 만든 티코스터를, 페트로닐라는 동방의 어느 제국에서 건너왔다는 다기 세트를, 마지막으로 남편인 그로체스터 후작은 하나뿐인 부인을 위해 최근 제도에서 인기 몰이 중인 디자이너의 고급 드레스를 선물해주었다. 그로체스터 후작부인은 가족들의 정성에 매우 감동하는 모습을 보였다.

"세상에, 날 이렇게 감동시킬 줄은 몰랐는데 말이에요."

"생일 축하해요, 여보."

"엄마, 생신 축하드려요."

"다들 고마워요."

그로체스터 후작부인이 살포시 눈웃음을 지으며 기뻐하자, 페트리지아는 오래간만에 가슴이 따뜻해지는 것을 느꼈다. 이런 예쁜 감정을 느껴본 게 얼마 만이더라. 기억조차 까마득해 기분이 묘해졌다. 그 감정의 변화를 무섭게 잡아낸 그로체스터 후작부인이 물었다.

"리지, 황궁에는 언제쯤 돌아갈 거니?"

"자정 전에는 돌아가려고요."

"라파엘라가 고생이겠구나."

"어머, 전 괜찮습니다, 부인."

라파엘라의 명랑한 대답에 설핏 웃은 그로체스터 후작부인이, 곧 가족들을 둘러보며 양해를 구했다.

"우리 둘째 따님과 단둘이 이야기 좀 할까 하는데, 다들 괜찮죠?"

"물론이죠, 어머니. 지금 아니면 기회가 언제 또 올지 모르잖아요."

"나도 아까 이야기 나눴으니까, 부인도 당연히 그렇게 해야지요."

"다들 고마워요."

모두의 동의가 떨어지자, 그로체스터 후작부인이 따뜻한 미소를 지으며 페트리지아에게 물었다.

"황후 폐하, 엄마랑 이야기 좀 할까요?"

"좋아요, 어머니."

페트리지아 또한 작게 웃으며 자리에서 일어섰다. 두 사람은 곧 후작부인의 방으로 자리를 옮겼다. 시녀가 두 사람을 위해 따뜻한 카모마일 밀크 티와 버터 쿠키를 가져와 주었다. 문이 닫히고 마침내 두 사람만 남자, 그로체스터 후작부인이 가장 먼저 아쉽다는 목소리로 말문을 뗐다.

"곧 너와 헤어져야 한다고 생각하니 벌써부터 아쉽구나, 리지."

"저도 그래요, 어머니."

쓸쓸한 표정을 지은 페트리지아가 말했다.

"황후가 되어도 본가를 자주 찾을 수 있을 줄 알았는데, 생각보다 어려운 일이었네요."

"그냥 해본 말이란다, 아가. 황후가 친정을 자주 찾는 게 그리 좋은 일로 비쳐지는 건 아니거든."

그로체스터 후작부인이 다정하게 딸을 위로하며 말을 계속했다.

"아버지하고는 무슨 이야기를 했는지 궁금하구나."

"별 이야기 아니었어요."

페트리지아가 피식 웃으며 어깨를 으쓱였다.

"그저 어떻게 살았는지, 어떻게 지냈는지…… 이런 시시한 것들이었죠."

"오, 아가. 그렇지 않아. 시시하다니. 부모 입장에서는 자식이 어떻게 지내는지 만큼 중차대한 일도 없단다."

"그런가요?"

하지만 그 내용이 그리 밝은 것만은 아니라는 게 유감스러운 일이었다. 페트리지아가 말했다.

"사실 좀 숨기고 싶은 것도 있어요. 아시겠지만, 지금 제 상황이 객관적인 행복과는 거리가 멀어서요."

"행복은 원래 주관적인 거란다, 애야. 남들이 뭐라 든 네가 행복하면 그걸로 그만 아니겠니?"

그로체스터 후작부인이 따뜻한 목소리로 말했다.

"네 주변에는 좋은 사람들이 많잖아. 물론 안 그런 사람도 있지만."

"그 몇 안 되는 좋은 사람들 덕분에 황궁 생활을 버티고 있어요."

"다행이다."

그렇게 말한 그로체스터 후작부인이 잠시 후에 은근한 목소리로 물었다.

"황제 폐하와는…… 사이가 어떠니?"

"음……."

잠깐 고민하던 페트리지아가 곧 솔직하게 말했다.

"증오하고, 연민하고."

"……."

"동정하는 관계죠."

"그렇구나."

"좋은 관계인가요?"

"글쎄."

그로체스터 후작부인이 잘 모르겠다는 듯 말했다.

"일반적인 부부 관계로 보기에는 확실히 범상치 않구나. 아까도 말했지만, 좋고 나쁨의 기준에 있어서 가장 중요한 건 너의 의사란다."

"……."

"넌 그 관계가 마음에 드니?"

"사실 잘 모르겠어요."

페트리지아가 다시 한번 어깨를 으쓱였다. 그로체스터 후작부인은 그게 상황을 회피하고 싶어 할 때 그녀가 흔히 보이는 습관적인 행동이라는 사실을 이미 알고 있었기 때문에, 잠시 아무 말도 하지 않았다.

페트리지아가 말했다.

"아주 싫은 건 아닌데, 이 관계로 평생을 지낸다면 그건 분명 피곤하고 힘든 일일 거예요."

"불안정하다는 뜻이구나."

"네, 그런 것 같아요."

"안정적인 관계가 꼭 좋은 것도 아니지. 안정은 곧 권태를 불러일으키거든."

"지금 상황이 너무 휘몰아치듯 돌아가서, 글쎄요. 지금은 차라리 권태가 더 좋게 느껴질 정도예요."

"황제 폐하를 모신 적이 있니?"

"……"

갑작스럽게 치고 들어온 질문에 페트리지아의 얼굴이 빨개졌다. 후후 웃고 있는 후작부인의 앞에서, 페트리지아가 작게 대답했다.

"네."

"부끄러워 하긴. 이제 다 컸잖니."

"어머니 앞에서 논하기엔 여전히 부끄러운 주제예요."

"저런. 그보다 놀랍구나. 사실, 그분에 대한 네 태도가 너무 냉랭해서, 나는 혹시라도 지금껏 아무 일도 없는 줄 알았단다."

"……우연히 일어난 일이에요."

사실 그럴 뻔했었다. 뜻하지 않게 일어난 일 때문에 그와 밤을 보내긴 했지만, 그건 사고나 우연에 가까웠으니까. 페트리지아가 말을 보탰다.

"그냥 어쩔 수 없는 상황에 있어서 일을 치른 것뿐, 마음이 오간 것은 아니었어요."

"그랬구나."

담담하게 말하긴 했지만 그로체스터 후작부인은 지금 좀 슬픈 상태였다. 딸의 입에서 이런 말을 듣는 건 그리 기꺼운 일이 아니었으니까. 속으로 남몰래 한숨을 쉰 후작부인이 페트리지아에게 부드러운 음성으로 말했다.

"뭐, 앞일은 어떻게 될지 아무도 모르는 법이지."

"적어도 그분을 사랑한다는 보기는 없을 거예요."

"그 또한 모르는 법이란다, 리지."

후작부인이 연배가 묻어나는 미소를 지으며 말을 이었다.

"속단은 일러. 그분의 황후가 된 지 일 년도 채 지나지 않았잖니?"

"아직 일 년도 채 지나지 않았다는 사실이 놀랍네요. 체감상으론 십 년을 그곳에서 보낸 것 같아요."

"네가 지금 상황에 많이 지쳐 있다는 증거지."

씁쓸하게 대꾸한 후작부인이 페트리지아에게 조심스러운 목소리로 말했다.

"너무 어린 나이에 큰 짐을 지운 것 같아 늘 마음이 불편했단다."

"저뿐만 아니라 선대의 다른 황후들께서도 겪으셨던 일이고……누군가는 겪어야 할 일이었어요."

담담하게 말하는 어른스러운 딸을 쳐다보며, 그로체스터 후작부인이 당부하듯 말했다.

"이 어미는 무지해서 정치도 잘 모르고, 내궁의 살벌한 다툼도 잘 몰라. 하지만 나는 그저 네가 행복해졌으면 좋겠구나. 네가 다치지 않고, 그 궁 안에서 행복하게, 편안하게 살았으면 좋겠어."

"그러려고 노력하고 있어요."

하지만 적어도 황궁 안에서 '편안하다'와 '행복하다'는 결코 양립할 수 없는 두 단어였다. 편안함과 안락함을 추구하면 곧 상황에 도태되어 제거될 것이고, 행복함을 추구한다면 남들보다 먼저 움직여 자신을 지켜야만 했으니까. 사실 두 보기 모두 썩 좋은 선택지는 아니었다. 페트리지아가 말했다.

"이만 가봐야겠어요. 너무 늦으면 아랫사람들이 고생이니까요."

"그래, 그게 좋겠구나."

아쉬운 기색을 애써 숨기며, 자리에서 일어난 그로체스터 후작부인이 페트리지아를 안아주었다.

"이렇게 안아보는 게 얼마 만이니."

"……."

"모쪼록 다시 만날 때까지 건강하고, 무탈해야 한다. 알았지?"

"그럴게요."

살짝 웃음기가 묻어나는 목소리로 대답한 페트리지아가 그로체스터 후작부인의 이마에 입을 맞추었다.

가족들 한 명 한 명과 모두 인사를 마친 페트리지아는 마침내 마차 위에 올라탔다. 마차의 문이 닫히고 홀로 남겨진 페트리지아는 무언가를 심각하게 생각하는 듯한 표정을 지었다. 가족들을 만나고 난 후 생각이 더 깊어진 듯했다. 저도 모르게 한숨을 쉰 그녀가 중얼거렸다.

"가고 싶지 않아."

마음 같아서는 그냥 쭉 그로체스터 후작저에서 머물고 싶었다. 하지만 그럴 수는 없는 노릇이겠지. 이건 그냥 어리광에 불과했다.

"너무 늦게 움직였나? 어머니 말씀대로 네가 너무 고생하는 것 같아."

"그런 말 마세요, 폐하. 전 도리어 폐하께서 좀 더 오래 있다 가셨으면 했는데요."

라파엘라가 물었다.

"왜 더 있다 오지 않으시고요. 지금 이동하시는 건 어두워서 위험하기도 한데."

"내가 궁을 비우는 시간이 늘어날수록, 로즈몬드를 감시하기도 어렵고…… 무엇보다 황실의 정후가 궁을 하루 이상 비우는 건 남들 보기에도 좋지 않아."

"뭐, 그렇긴 하죠."

그 말을 끝으로 대화가 한동안 끊겼다. 페트리지아는 머릿속으로 어제 오후에 위더포드 공작과 나누었던 이야기를 떠올렸다. 소문은 그의 부인이 내줄 것이고, 에프레니 공작부인은 페트로닐라가 맡을 것이다. 그렇다면 자신은 황제를 맡아야 하는데…….

'그는 내 말을 믿으려 할까.'

증거가 있다. 들이대는 건 어렵지 않다. 하지만 그는 과연 마음으로, 가슴으로 그 사실을 받아들일 수 있을 것인가 말이다. 뜻하지 않은 걱정에, 페트리지아가 저도 모르게 흠칫했다. 왜 내가, 이런 것까지 걱정하고 있는 거야.

'그가 무슨 충격을 받든, 나와는 전혀 상관없는 일.'

애당초 그녀와 그, 두 사람의 관계는 그 정도뿐이었으니까. 페트리지아가 불편한 표정으로 드레스 자락을 움켜쥐었다.

"웬 놈이냐!"

그때, 날카로운 라파엘라의 목소리가 들려왔다. 페트리지아가 깜짝 놀란 얼굴로 재빨리 창문을 열었다.

"무슨 일…… 아!"

복면을 쓴 자객들이었다. 수는 일곱? 여덟 아니…… 열 명 정도.

페트리지아는 저도 모르게 입가를 비틀었다. 이제는 너무 식상해서 웃음이 다 나올 지경이다.

"라파엘라, 괜찮겠어?"

"폐하."

라파엘라가 차분하게 대답했다.

"전 폐하를 믿잖아요."

그래, 나를 믿어. 페트리지아가 아무렇지 않게 의자 등받이에 몸을 기댔다. 하지만 여전히 초조한 듯, 손끝에서는 감출 수 없는 떨림이 묻어났다. 페트리지아는 눈을 감으며 이틀 전 있었던 일을 떠올렸다.

제국의 황후는 황실 제2기사단의 호위를 받는다. 하지만 기사단의 기사 전부가 황후를 지키기 위해 움직이는 경우는 실로 드물었다. 그렇게 위험한 상황이 도래할 일도 적을뿐더러, 번잡하기 때문이기도 했다.

페트리지아는 이틀 전, 자신의 궁 안에서 단출하게 나갈 것이라고 미리 말을 흘린 상태였다. 그녀의 예상이 맞다면, 황후궁 내부에 베인궁과 내통하고 있는 자가 있다. 미르야에게 미리 말을 남겨 지시했으니, 아마 지금쯤이면 그녀가 배신자를 찾아냈을 가능성이 컸다. 물론 실패했다고 하더라도 시녀들 전부를 물갈이하면 그만이다.

어쨌든 그녀는 말만 그렇게 해두고, 뒤로는 라파엘라에게 비밀리에 지시를 내렸다. 제2기사단의 1/3을 호위에 동원토록 하라고.
처음부터 그들을 대동하고 다닌다면 저쪽에서 계획을 알아챌 위험
성도 분명히 있거니와, 어차피 로즈몬드가 페트리지아 자신의 목
숨을 노리려면 입궁하는 밤중밖에는 기회가 없었기 때문에, 페트
리지아는 그 시간에 맞추어 그녀가 있는 쪽으로 와달라고 미리 명
령을 전달한 상태였다.

'제발 늦지 않게 와야 할 텐데.'

페트리지아가 초조한 표정으로 붉은 드레스 자락을 거머쥐었다.
라파엘라는 실력 있는 기사다. 그리고 호위에 그녀만 대동한 것은
아니니 너무 걱정할 필요는 없겠다 싶기도 했지만, 자객의 수가 너
무 많고, 제2기사단이 아직 도착하지 않은 게 문제라면 문제였다.
라파엘라가 상대의 몸을 가차 없이 베는 소리를 들으며, 페트리지
아는 저도 모르게 머리를 틀어 올렸던 호박석의 비녀를 뽑았다. 긴
청록색 머리카락이 어깨를 타고 폭포수처럼 흘러내렸다.

챙, 챙! 밖에서는 여전히 결투의 소리가 생생히도 들려왔다. 그
때, 익숙한 목소리가 비명처럼 그녀의 귓가에 내리꽂혔다. 라파엘
라의 신음이었다.

"으윽!"

"엘⋯⋯!"

"폐하, 전 괜찮습니다!"

부상을 입은 모양이었다. 페트리지아는 점점 초조해지기 시작

했다. 왜 아직까지 도착하지 않는 거지? 그녀가 입술을 깨물었고, 동시에 그녀가 타고 있던 마차 안이 열렸다. 당황한 페트리지아가 자리에서 벌떡 일어섰고, 같은 순간에 자객이 그녀에게 검을 휘둘 렀다.

"윽!"

하지만 마차 안에 울려 퍼진 신음은, 페트리지아의 것이 아니었 다. 그녀에게 검을 휘두른 자객이 순간 모든 움직임을 멈추었다가, 그 자리에서 고꾸라졌다. 페트리지아가 저도 모르게 거친 숨을 몰 아쉬었다.

"제국의 달이시여."

뒤쪽에서 몸에 박힌 검이 빠져 나가는 소리와 함께 중후한 목소 리가 들렸다. 제2기사단장의 목소리였다. 페트리지아가 여전히 놀 란 표정으로 그를 쳐다보았다. 그가 반쪽 무릎을 꿇고 그녀에게 사 과했다.

"늦어서 송구합니다, 황후 폐하."

"실수에 대한 벌은…… 완벽한 임무 수행으로 갚도록 하지."

페트리지아가 약간 떨리는 목소리로 대꾸했다.

"가급적 생포하도록. 하지만 상황이 여의치 않다면 당연히 죽여 도 좋아."

"명, 받들도록 하겠습니다."

간단하게 대답한 기사단장이 문을 닫았다. 혼자 남겨진 페트리지아는 마차 밖에서 들려오는 생생한 난투의 상황을 귀로 직접 들으며 마른침을 삼켰다. 부상을 입었을 라파엘라가 걱정되었다. 부디 큰 상처가 아니길 바랄 뿐이었다.

"폐하!"

잠시 후에, 문이 열리고 기사단장이 모습을 드러냈다. 페트리지아는 단정한 움직임으로 마차 안에서 내렸다. 자객들은 모두 죽어 있었다. 기사단장이 면목 없다는 목소리로 그녀에게 말했다.

"세 명을 생포하였으나 전부 혀를 깨물고 죽었습니다."

"……"

꽤 비싼 곳에 의뢰를 했나 보군. 페트리지아가 조소하며 중얼거렸다.

"어쩔 수 없지. 돈을 들였으면 그 값은 해야 할 테니까."

그렇게 말한 페트리지아가 이번에는 걱정스러운 표정으로 라파엘라에게 물었다.

"엘라, 괜찮아?"

"전 괜찮습니다, 폐하."

"……부상이 심해."

페트리지아가 인상을 찡그렸다. 회귀 전의 기억과 맞물려, 그때의 일이 계속해서 잔상처럼 남았다. 그때 라파엘라는 황후였던 페트로닐라를 살리기 위해 죽었다. 페트리지아가 입술을 깨물자, 라파엘라가 조심스럽게 그녀의 입술을 매만졌다.

"입술 깨물지 마세요."

"……."

"전 정말로 괜찮으니까."

"무능한 황후를 모시는 탓에, 너만 고생이구나."

"그렇게 말씀하시지는 마시고요. 절 선택하셨으니, 폐하께선 무능과는 거리가 머십니다."

라파엘라가 해맑게 웃었고, 그 모습을 꽤나 뼈아프게 지켜보던 페트리지아가 곧 명령했다.

"마차 안으로 들어와. 호위는 다른 기사들이 할 거다."

"하지만 폐하……."

"라파엘라, 이 이상 나를 마음 아프게 만들 셈이야?"

"……."

그 말에 라파엘라는 더 이상 토를 달지 않은 채 가만히 페트리지아의 마차 위에 올라탔다. 어깨에 자상을 입었는지 오른쪽 어깨에 붉은 핏물이 보였다. 페트리지아가 저도 모르게 입술을 깨물었다.

"어서 출발하지."

그 말에 마차가 출발하기 시작했고, 페트리지아는 가만히 자신이 입고 있던 드레스를 벗었다. 곧 하얀색의 속 드레스가 드러났다. 라파엘라가 당황하며 물었다.

"폐하……?"

하지만 그녀의 물음은 곧 당황 어린 목소리로 바뀌었다. 페트리지아가 망설임 없이 드레스를 찢었던 탓이다. 예전에도 이런 적이 있었다고, 페트리지아는 드레스를 찢으며 생각했다. 그와 함께 생사를 오갔었던 그날의 시간.

"지혈을 해야지."

"괜찮습니다."

"기사들은 다 그래? 아파도 아프지 않은 척, 아프지 않으면 멀쩡한 줄 알고."

"……."

"내가 안 괜찮아."

걱정 어린 목소리로 말한 페트리지아가 단호하게 라파엘라에게 말했다.

"상의를 벗어줘."

"……."

라파엘라는 말없이 그렇게 했고, 페트리지아는 익숙한 듯 그녀의 다친 어깨에 깨끗한 흰 천을 둘러주었다. 간간이 라파엘라가 신음을 참는 듯한 소리가 들렸다. 페트리지아는 그럴 때마다 입술을 깨물었다. 이번에도 그녀가…… 희생될 뻔했다. 그렇게 생각하니 가슴이 철렁해졌다.

"미안해."

"제2기사단이 늦게 도착한 것이지, 폐하의 탓은 아니었습니다."

"아니. 난 이런 상황까지 고려해야만 했어."

페트리지아가 한숨을 내쉬며 사과했다.

"다시는 네가 이렇게 되도록 두지 않을게."

"그 말은 원래 제가 해야 하는 말이랍니다, 친애하는 황후 폐하."

라파엘라가 빙긋 웃으며 페트리지아를 부드럽게 달랬다.

"저는 황궁으로 돌아가 치료만 잘 받으면 나을 거예요. 유난 떨지 않으셔도 되는데."

"유난은. 이렇게 피가 철철 흐르면서."

속상한 목소리로 대꾸하며 페트리지아가 천의 매듭을 단단히 묶었다. 낮은 신음이 귓가에 스치고, 페트리지아는 진지하게 그녀에게 당부했다.

"나를 지키는 것도 좋지만, 다치지 않았으면 좋겠어."

"그렇게 할게요."

라파엘라가 해맑게 웃었고, 그제야 페트리지아의 표정도 천천히 풀어지기 시작했다. 그러다 페트리지아는, 곧 잊었다는 듯 품 안에서 단도를 꺼내 자신의 팔과 어깨를 길게 긋기 시작했다. 고통에 신음하는 페트리지아의 모습을 보고 놀란 라파엘라가 얼른 그녀의 팔을 붙잡았다.

"폐하!"

"진정해, 라파엘라."

하지만 페트리지아는 영 담담해 보였고, 그래서 라파엘라는 순간 그녀가 미친 것은 아닌지 의심이 들기까지 했다. 페트리지아가 아무렇지 않게 자신의 찢긴 드레스를 좀 더 찢어 그 천을 자신의 팔에 두르기 시작했다.

"리지, 미쳤어?"

라파엘라의 떨리는 목소리에 페트리지아가 무덤덤하게 대답했다.

"다행히 그런 건 아니야."

"그럼 왜 이런……."

"너도 다쳤으니, 나도 다쳐야겠지."

페트리지아가 차분하게 설명했다.

"이 일 그냥 묻어둘 생각 없어. 크게 키울 거야. 그러기 위해서는…… 나도 이 정도는 다쳐줘야겠지."

이 상처를 보면 '그'는 무슨 반응을 보일까. 페트리지아는 새삼 궁금해졌다. 하지만 궁금증도 잠시, 그녀는 금방 다른 말을 꺼냈다.

"흉질 정도로 베지는 않았어. 걱정 마."

"그런 말이 아니잖아……."

"피날레를 장식하려면 이 정도 피는 흘려줘야 하지 않겠어?"

페트리지아가 비틀린 미소를 지으며 팔에 감긴 천의 매듭을 묶었다. 핏물이 배어 나와 흰 천을 붉게 물들이는 모습을 바라보며, 페트리지아는 무언가를 깊게 생각하는 표정을 지었다.

루시오는 초조한 표정으로 방 안을 서성거렸다. 밤이 깊었음에도 그는 쉽사리 잠에 들지 못하고 있었다. 그 모습에 중앙궁의 시녀장이 걱정스러운 표정으로 그의 방 안까지 들어왔다.

"폐하, 밤이 깊었는데 어서 잠자리에 드시지 않고요."

"도무지…… 잠을 잘 수가 없겠어."

그가 어쩐지 괴로운 듯한 목소리로 중얼거렸다. 그의 말에 시녀장이 차분한 목소리로 그를 진정시켰다.

"황후 폐하께서는 무사하실 겁니다. 무슨 일이 생긴다면 즉시 깨워드릴 것이니, 이만 주무시지요."

"하지만……!"

그가 고개를 저었다.

"그냥 있겠다. 어차피 봐야 할 정무도 남았으니 그거라도 읽도록 하지."

"……."

시녀장은 더 이상 루시오의 뜻을 꺾지 못하고, 그저 가만히 방 안에서 물러날 뿐이었다. 홀로 남겨진 루시오가 착잡한 걸음걸이로 그의 책상 앞까지 걸어갔다. 하지만 자리에 앉아서도 그는 좀처럼 일에 집중하지 못했다. 그의 신경은 오로지 황궁 밖에 있을 페트리지아에게로 쏠려 있었다.

'만약 내가 짐작한 게 맞다면…….'

"폐하."

그때, 바깥에서 당황한 시녀장의 목소리가 들렸고, 그는 저도 모르게 소리쳐 물었다.

"무슨 일이냐?"

"황후 폐하께서 오셨습니다."

그 한마디에 루시오는 벌떡 자리에서 몸을 일으켰고, 곧 문이 열리며 페트리지아의 모습이 나타났다. 그녀는 아무리 좋게 봐도 단정한 모습이라고는 말할 수 없었는데, 머리는 풀어 헤쳐져 엉망이 되어 있는 데다, 드레스도 이곳저곳이 찢겨 있었다. 가장 큰 문제는 그녀의 어깨와 팔 부분에 긴 상처가 나 있었다는 점이었다. 그가 경악하며 그녀에게로 달려갔다.

"황후!"

"폐하."

그는 놀란 모습이 역력했다. 페트리지아는 생각보다 큰 반응에 잠깐 당황했지만, 곧 속내를 지운 다음 비틀거리며 루시오가 있는 쪽으로 걸어갔다. 그가 얼른 그녀를 부축했다.

"황후, 도대체 무슨 일……."

"오던 중에."

페트리지아가 가녀린 목소리로 말했다.

"습격을 당했습니다."

"……."

루시오가 놀란 표정으로 그녀를 쳐다보았다. 그 시선을 느낀 페트리지아가 균형을 잃고 넘어졌다. 루시오가 그녀를 재빨리 붙잡았지만, 결국 그 자리에 주저앉고 말았다.

"아……."

엉덩방아를 찧은 아픔이 그대로 입속에서 터져 나왔다. 그 소리에 루시오는 애가 탔다. 그가 말했다.

"이야기는 나중에 듣고, 일단 궁의부터 부르지."

그렇게 말한 루시오가 다급한 목소리로 궁의를 불렀고, 페트리지아는 그 모습을 착잡한 눈으로 쳐다보았다. 이런 일이 다 생길 줄이야. 그가 자신의 이런 모습에 이토록 놀라고, 걱정하는 모습이 어색하고 익숙지 않았다. 이건 단순한 연민과 동정일 것이다. 자신이 그를 동정하듯, 그 역시 다친 자신을 동정할 뿐일 테다. 페트리지아는 그렇게 생각하며 가만히 눈을 감았다.

"궁의는 곧 올 테니, 그동안 좀 쉬고 있어."

루시오는 그렇게 말하며 페트리지아를 가볍게 들어 올렸다. 페트리지아가 당황하며 반사적으로 루시오의 어깨를 붙잡았다. 그가 담담한 목소리로 그녀에게 말했다.

"안 떨어뜨릴 테니, 편히 있어."

"……."

페트리지아가 아무 말도 하지 못하고 멍하니 루시오만 쳐다보았다. 그녀가 있던 곳에서 그의 침대까지는 거리가 짧았다. 그는 금방 그녀를 침대로 옮겼다.

침대 위에 조심스럽게 페트리지아를 내려놓은 루시오가 착잡한 눈으로 페트리지아를 쳐다보았고, 페트리지아는 그 시선이 어째 불편해져 가만히 눈만 내리깔고 있었다. 조금이라도 빨리 궁의가 왔으면 하는 바람이었다.

"폐하, 황궁의께서 드셨습니다."

잠시 후에, 페트리지아가 그토록 바랐던 궁의가 방문했고 루시오는 다급하게 외쳤다.

"당장 들여라."

궁의는 재빨리 루시오의 방 안으로 들어와 황제와 황후가 있는 침대까지 달려왔다. 그가 약간 거친 숨을 삼키며 두 사람에게 예를 갖춰 인사했다.

"제국의 달과 태양이신 양 폐하를 뵙습니다. 마비너스에 장엄한 영광이……."

"인사는 생략하고, 어서 황후의 상태를 살펴라."

"예, 폐하."

루시오의 다급한 목소리에 궁의의 움직임도 다급해졌다. 그가 페트리지아에게 다가가 그녀의 어깨 부분에 묶인 천을 푼 뒤, 상처를 꼼꼼히 살폈다. 잠시 뒤에 궁의가 다행이라는 듯 누그러진 목소리로 말했다.

"다행히 상처가 길이에 비해 그리 깊지 않아, 생명이 위태로우실 정도는 아닙니다. 약만 잘 바르신다면 금방 나으실 것입니다."

궁의의 진단에 루시오가 그제야 안도의 한숨을 쉬었다. 궁의가 페트리지아를 치료하는 동안, 루시오는 그 모습 하나하나를 꼼꼼하게 살펴보았다. 의도치 않은 관심과 시선에 페트리지아는 부담을 느꼈지만, 아무 말 하지 않은 채 그 자신도 궁의의 치료를 가만히 바라볼 뿐이었다.

마침내 깨끗한 흰 천으로 그녀의 상처를 꼼꼼히 감아주고 나서야 궁의는 방을 떠났고, 페트리지아는 잠깐 동안 아무 말도 하지 못하다가, 한참 후에 한마디를 내뱉었다.

"치료 때문에 이곳을 찾은 건 아니었는데, 뜻하지 않게 신세를 졌습니다."

"신세."

그 단어에 루시오가 약간 울컥한 목소리로 말했다.

"이런 건…… 신세가 아니야."

"……."

"그러니 그런 말은 하지 않아도 좋아."

"폐하……."

"말해줘, 황후. 무슨 일이 있었던 건가?"

다시 본 그의 눈자위가 붉어져 있었다. 그 모습을 잠시 응시하던 페트리지아가 처음의 다짐과는 다르게 약한 목소리를 냈다.

"환궁하던 중 자객을 만났습니다. 다행히 제2기사단에 미리 연락해 목숨은 건졌고, 자객 두 명도 생포했지만……."

"……."

"하마터면 제 기사가 죽을 뻔했어요."

약간의 과장과 거짓을 섞어 이야기하자, 루시오가 이상한 표정을 지었다. 반쯤은 다행이라는 듯, 다른 반쯤은 비통하다는 듯. 그 표정의 의미가 궁금했던 페트리지아가 물었다.

"왜 그런 표정을 지으시나요?"

"내가 너무 늦은 것 같아서."

"……무슨 뜻입니까."

"그대가 환궁할 시간에 맞춰 내 기사들을 보냈어."

"……."

그건 몰랐던 일이었다. 페트리지아가 당황하며 물었다.

"어째서요?"

"……."

"폐하께선, 이런 일이 있을 줄 미리 알고 계셨나요? 설마…… 폐하께서 이 일을 사주……."

"아니야, 페트리지아. 그런 게 아니다."

루시오가 얼른 그녀의 말을 끊으며 부정했다. 페트리지아가 빨개진 눈으로 루시오를 쳐다보았다. 그 모습을 바라보는 루시오의 얼굴은 어쩐지 절박해 보였다.

"……에틸레르 후작부인이 말하는 걸 엿들었어."

"……."

"혹시 해서 기사들을 보냈을 뿐, 이 일에 직접적으로 연관된 건 아니야. 오해는…… 안 해주었으면 좋겠군."

"그게 무슨……."

"하지만 그마저도 늦었다니, 만약 2기사단이 제때 움직이지 않았더라면……."

루시오가 비통한 표정으로 눈을 질끈 감았다. 상상하기도 싫은 생각이 떠올랐다. 괴로운 음성이 입 밖으로 터져 나왔다.

"미안해, 페트리지아. 이건 전부 내……."

"아……."

갑작스러운 자책에 당황한 것은 페트리지아였다. 그녀가 두 눈을 멍청하게 껌뻑이다가, 곧 단호하게 말했다.

"진정하세요, 폐하."

이 남자에게는 트라우마가 있다. 제 어미의 죽음이 그것이다. 그는 지금 자신이 겪은 일에 그때의 일을 투영하고 있을지도 모른다. 생각이 거기까지 미치자 페트리지아의 목소리가 다급해졌다.

"엄밀히 말해 폐하의 잘못은 아닙니다."

"……."

"말씀하신 것처럼 에틸레르 후작부인의 죄예요. 이번 일을 끝으로 그녀의 모습은 황궁 안에서 사라질 겁니다."

"……."

"그게 싫으신 거라 해도 저는……."

"그대 뜻대로 해."

루시오가 피곤한 음성으로 그녀의 말을 끊었다. 말이 가로막힌 페트리지아가 어안이 벙벙한 표정으로 물었다.

"정말…… 요?"

"자객들을 생포했다고 하지 않았나. 증거까지 있는 마당에 자백만 받으면 어차피 드러나게 될 죄야. 그대에게 수사의 전권을 주겠어."

"……그녀에게 미련이 전혀 없는 것처럼 말씀하시네요."

"……"

미련이라. 그녀에 대한 미련은, 이미 파티장에서 그녀가 자신을 기만한 사실이 드러났을 때 전부 사라져버렸다. 쓰라린 상처만 남긴 채로. 그가 피식 웃었다.

"그래."

이제는 그래서, 미련도 없었다. 이 모든 사태는 자신의 어리석음이 불러온 참사. 자신이 미련을 가져 황후에게 애원하는 것처럼 우스운 일은 또 없을 테니까. 루시오가 말했다.

"모든 것을 바로 잡아줘. 어리석은 나를 대신해서."

"……"

이런 식의 책임 회피가 좋으면서도 싫었다. 이중적인 감정에 페트리지아는 가만히 입술을 물었다. 언제부턴가 그는 로즈몬드에게 이런 태도를 보이기 시작했고, 페트리지아는 그 이유를 알지 못해 궁금했지만, 그저 두 사람 사이에 모종의 이야기가 오고 갔다고만 짐작할 뿐이었다. 페트리지아가 물었다.

"갑자기 마음이 변하신 까닭, 여쭤봐도 되겠습니까."

"특별할 것도 없어. 그저 내가 기존에 알고 있던 진실은 허구에 불과했다는 사실을 너무 늦게 깨달았을 뿐이야."

"……."

그가 무엇을 알아차렸는지는 모르겠으나, 적어도 그것이 그녀가 이제 밝히려고 하는 것은 아닐 것이다. 그는 자신이 말할 것을 알게 되면 어떤 표정을 지을까. 어떤 기분이 들까. 페트리지아가 조용히 입을 열었다.

"폐하께 말씀드릴 게 있어요."

"뭐지?"

"로즈몬…… 에틸레르 후작부인에 관한 이야기예요."

"그대와 있는 자리에서 그런 이야기는 별로 하고 싶지 않은데."

"지금은 아니에요. 지금 말씀드리기에는 저도 너무 피곤하고, 시기상으로도 좋지 않아서요."

페트리지아가 담담하게 말을 이었다.

"폐하께 충격적인 이야기가 될 겁니다."

"……."

"감내하실 수 있을지 걱정돼요."

"걱정이라."

그가 피식 웃으며 물었다.

"그대가 나를 걱정해주다니 별일이야."

"……."

"날 싫어하지 않았나?"

"그러게요."

페트리지아가 건조하게 대꾸했다.

"그랬죠."

"지금은 그렇지 않다는 말이야?"

"지금도 폐하를 싫어해요."

"그런데?"

"동시에 연민하고 있어요."

페트리지아가 흔들림 없는 표정으로 말했다.

"그저 동정입니다. 기분 나쁘게 생각하실 법한."

"아니, 기분 나쁘지 않아."

페트리지아는 제국의 절대자로서 충분히 기분 나쁠 법한 일을 그렇지 않다 말하고 있는 남자를 쳐다보았다. 그녀가 질문을 던지기도 전에, 루시오의 말이 이어졌다.

"그대가 나를 보는 눈에 더 이상 순수한 증오가 담기지 않았다는 사실만으로도."

"……."

"나는 기뻐. 아주 많이."

"……이만 가보겠습니다."

당황한 페트리지아가 천천히 자리에서 일어섰고, 흔들림 없는 발걸음으로 문가까지 걸어갔다. 손잡이에 손을 가져다 댄 그녀가 속으로 중얼거렸다.

더 이상…… 신경 쓰지 말 것.

그게 무엇이 되었든.

"황후 폐하, 오셨습니까."

처소 안으로 들어가자 미르야가 평소답지 않은 요란스러움으로 그녀를 맞아들였다. 페트리지아는 싱긋 웃어 보임으로써 자신이 멀쩡하다는 사실을 피력했다. 미르야가 울먹이며 말했다.

"이리 매번 제 마음을 졸이시다니, 너무도 하십니다."

"결과적으로 일은 잘 끝났다네, 미르야."

편안한 목소리로 대꾸한 페트리지아가 가만히 일의 결과를 말해 주었다.

"폐하께서 수사의 전권을 허락하셨어. 그 자객 두 명은……."

"준비해두었습니다, 폐하. 지하 감옥에 가두었어요."

이미 다 죽어버린 자객들이 다시 살아났을 리는 없었고, 당연히 그 둘은 조작이었다. 페트리지아는 어쨌든 상관없다고 생각했다. 로즈몬드와의 싸움을 이 이상으로 질질 끌고 싶지 않았다. 그건 너무 피곤한 일이었으니까.

"밤이 늦긴 했지만 또 다른 작당을 할지도 몰라. 미르야, 지금 당장 황후궁의 시녀들을 데리고 베인궁으로 가게. 황후의 이름으로 에틸레르 후작부인과 그 시녀들을 잡아들여. 폐하께서 증인이 되어주실 거고, 필요하다면 자객들의 증언도 준비하면 그만이야."

"네, 폐하."

미르야는 그 말만 남기고 빠르게 사라졌다. 라파엘라가 곧이어 물었다.

"황후 폐하, 괜찮아?"

"나는 당연히 괜찮지. 너는?"

"나도 괜찮아."

그렇게 말한 라파엘라가 흰 이를 드러내며 씩 웃었다.

"황궁의를 불렀거든. 역시 황궁의가 실력은 좋아?"

"흉 지면 안 될 텐데 걱정이네."

"기사가 피부 좋아서 뭐에 쓰게."

라파엘라가 키득거리며 웃은 다음, 페트리지아의 옆자리로 다가와 앉았다. 그녀가 페트리지아의 손을 꼭 부여잡으며 물었다.

"이제 끝인 거야?"

"아직은."

"그래도."

라파엘라가 페트리지아의 어깨에 머리를 기대며 중얼거렸다.

"우리 되게 힘들었다, 그치?"

"마지막까지 조금 더 힘내야지."

그렇게 말하는 페트리지아의 목소리에는 기운이 하나도 없었다.

"어떡하지…… 어떡하지……."

로즈몬드가 초조한 목소리로 중얼거렸다. 신경증에 걸린 환자처럼 그녀는 정신없이 방 안을 돌아다녔다. 오밤중에 그 모습을 지켜보고 있던 글라라가 조심스럽게 그녀에게 말했다.

"암살에는 실패했더라도 아마 자객들은 전부 목숨을 끊었을 겁니다. 그러니 우리가 했다는 증거는 어디에도……."

"증거는 만들면 그만이야. 일이 이렇게까지 커지다니!"

로즈몬드가 손톱을 잘근잘근 씹었다. 어째서 이렇게 일이 틀어지는 건지! 그녀가 신경질 어린 목소리로 글라라에게 명령했다.

"당장 재뉴어리에게 편지를 써. 이 일을……."

그때 큰 소리와 함께 문이 열렸고, 로즈몬드는 그 상태로 굳었다. 미르야와 다른 황후궁의 시녀들이 순식간에 안으로 들어왔다. 로즈몬드가 그들을 째려보며 물었다.

"이 무슨 무례지? 도대체 교육을 어떻게 받았기에 이런 짓거리를……!"

"말이 험하십니다, 후작부인."

미르야가 싸늘하게 로즈몬드의 말을 끊었다.

"적어도 부인께서 하실 말씀은 아닌 것 같네요."

"뭐?"

"뭣들 하느냐? 당장 잡아들이지 않고?"

미르야의 말이 떨어지기가 무섭게 황후궁의 시녀들이 로즈몬드와 글라라를 비롯한 다른 시녀들을 붙잡았다. 당연히 로즈몬드는 기세등등하게 저항했다.

"이게 뭐 하는 짓이야! 네년들이 드디어 미쳤나 보구나."

"미친 건 우리가 아니라 그쪽 아니겠습니까. 겁도 없이 황후 폐하를 두 번이나 해하려 하다니!"

"내게 이런 식으로 굴다니! 너희들이 과연 무사할 것 같아? 황제 폐하의 총희에게 감히……!"

"뭘 대단히 착각하고 계신 것 같은데 말입니다, 부인."

미르야가 황당한 표정으로 로즈몬드에게 일침을 날렸다.

"저희 폐하께서 환궁하시던 중 암살 습격을 받으셨고, 이 일은 당연히 황제 폐하께서도 아십니다."

"그래서! 지금 물증도 없이 내게……!"

"황제 폐하께서 수사의 전권을 황후 폐하께 일임하셨고, 생포된 자객은 지하 감옥에서 자백을 받아내는 중입니다. 자백이 나오면 후작부인께서도 무사하시진 못할 겁니다."

"내가 범인이라는 증거가 있나?"

로즈몬드가 비틀린 미소를 지으며 물었다.

"아직 자객에게서 자백도 받아내지 못했다면서! 무슨 증거로 감히 내게 이런 짓을……!"

"황제 폐하께서 부인과 베인궁 시녀의 대화를 들으셨답니다. 그 내용은 감히, 마비너스 황후를 암살하려는 내용이고요."

"그럴……."

로즈몬드가 '아차' 하는 표정을 지었다. 그럼 그때 그 인기척이……!

"아직도 할 말이 남으셨습니까?"

"너……!"

"할 말은 아껴두세요. 어차피 지금 여기서 아무리 소리쳐본들 들어줄 사람도, 옹호해줄 사람도 없을 테니까. 당장 끌고 가거라!"

미르야의 외침에 시녀들의 움직임이 빨라졌다. 로즈몬드는 의미 없는 악을 지르지는 않았다. 대신 재빨리 머리를 굴리기 시작했다. 제가 판 함정에 제가 빠져든 이 거지 같은 상황 속에서, 자신을 구해줄 그 무언가를 끊임없이 갈구하면서.

"에틸레르 후작부인과 그 시녀들은 전부 지하 감옥에 구금하였습니다, 폐하."

"새벽까지 다들 수고했군."

페트리지아가 짤막하게 그들의 수고를 치하했다. 약간 어두워 보이는 얼굴에, 미르야가 조심히 물었다.

"뭔가 심기에 거슬리는 일이라도 있으신가요? 표정이 그리 밝지 않으십니다."

"조금 피곤해서 그래. 이런 일에 왜 기분이 좋지 않겠어."

페트리지아가 짤막하게 한숨을 내쉬며 중얼거렸다.

"다만…… 점점 끝을 향해 내달리는 것 같아 복잡하긴 하군."

"미운 정이라도 드신 건가요."

"그럴 리가."

페트리지아가 가차 없이 고개를 저었다.

"그런 달콤한 말은 나와 그녀 사이에 어울리지 않아. 미운 정이 들어버리기엔, 나도 그녀에게 못 할 짓을 했고, 그녀도 내게 못 할 짓을 많이 했으니까."

"에틸레르 후작부인은 그렇다고 쳐도, 폐하께서는 왜……?"

미르야가 이해할 수 없다는 표정으로 물었지만, 페트리지아는 끝까지 함구했다.

"내가 선물한 불행이지만, 떠벌리지 않고 다니는 편이 나를 위해서도 좋을 거라고 생각해."

"네? 그게 무슨……."

"굳이 떠벌리고 다니고 싶진 않은 이야기야. 나 이외에는 아무도 모르니 너무 섭섭해하진 말고. 그저…… 한 명의 여자로서, 그리 도덕적이진 않은 일을 저질렀지."

"그게 무엇이든."

미르야가 조용히 페트리지아에게 말했다.

"전 폐하의 뜻에 따를 겁니다. 폐하께서 절대적인 선이라고도, 에틸레르 부인이 절대적인 악이라고도 생각하지 않아요. 다만 폐하께서는 제가 선택한 제 하나뿐인 주인이시고, 저는 그래서 폐하의 뜻에 따를 뿐입니다."

"……."

"저지르셨다는, 그 비도덕적인 일에 대해 죄책감을 가지고 계시는 건가요?"

"나는 그리 독한 사람은 못 되는 모양이야. 후작부인이라면 가차 없이 후회 따윈 하지 않는다고 했겠지. 때로는 그런 점이 부럽기도 해."

"부러워하실 수는 있지만, 그걸로 자책은 안 하셨으면 좋겠어요. 저는, 그리고 폐하를 따르는 모든 사람이 그저 있는 그대로의 폐하를 존경하고 모실 뿐이니까요."

"그렇게 말해주니 고맙군."

페트리지아가 피식 웃었고, 미르야는 그 모습을 보다가 살포시 미소 지었다.

"자, 이제 얼른 주무시는 게 좋겠습니다, 폐하. 내일, 아니, 잠시 후부터 해야 하실 일이 태산이에요."

"……그래."

할 일이 많았다. 마무리는 적어도 그녀가 지어야만 했으니까. 시녀들이 정돈해준 긴 청록빛 머리카락을 손가락으로 훑어 내리며, 페트리지아가 무심하게 중얼거렸다.

"오늘부터 매우 바빠지겠지."

9

Down

"하암."

페트로닐라가 손으로 입을 가린 채 하품을 하며 자리에서 일어났다. 어제 너무 피곤했는지 평소보다 방 안으로 들어온 햇살이 더 밝게 느껴졌다. 늦잠으로 무거워진 눈을 비비고 있는데, 누군가가 문을 두드렸다.

"아가씨, 들어가도 될까요?"

"들어와요."

페트로닐라의 말에 시녀가 얼른 문을 열고 들어왔다. 그녀는 약간 다급해 보이는 표정이었고, 페트로닐라는 당연히 이상함을 느꼈다. 페트로닐라가 의아한 표정으로 물었다.

"무슨 일이 있나요? 얼굴이 안 좋아."

"간밤에 궁이 발칵 뒤집혔답니다, 아가씨."

"황궁에서? 왜?"

페트로닐라는 그 이유를 이미 알고 있었지만, 짐짓 놀란 척하며 물었다. 그 반응에 시녀가 울먹이며 말을 전했다.

"글쎄, 황후 폐하께서 자객의 습격을 당하셨다지 뭡니까!"

"……범인은?"

"황제 폐하의 증언으로 에틸레르 후작부인이 구금되어 있다고 해요. 세상에, 아가씨. 어쩌면 좋아요?"

"진정해. 리지는 무사하고?"

이 부분에서는, 페트로닐라도 조금 초조한 기색을 드러냈다. 시녀가 고개를 끄덕였다.

"부상을 입으시긴 하셨지만 생명에 지장이 있는 정도는 아니라고 합니다."

"하아…… 다행이네."

생각하기조차 싫었지만, 혹시라도 '만약'의 상황이 일어날까 봐 마음을 졸이고 있던 페트로닐라였다. 그녀가 차분한 목소리로 시녀에게 말했다.

"오늘은 입궁을 좀 서둘러야겠네요. 좀 도와주겠어요?"

황후가 한 번도 아니고 두 번이나 암살 시도를 당했다는 사실은 분명 황실과 귀족 사회를 뒤흔들기에 충분한 내용이었다. 루시오는 그날 아침이 밝자마자 제2기사단의 인원을 1.5배 늘렸고, 황후에게 수사의 전권을 맡긴다는 사실을 공표했다. 사안이 사안이었던 탓에 아무도 그 결정에 반대하지 않았다. 에프레니 공작은 페트리지아가 로즈몬드를 구금한 사실에 대해 불만을 표하고픈 눈치였지만, 루시오가 이미 수사의 전권을 그녀에게 일임한 데다, 상황이 너무 심각했던 탓에 손을 못 쓰고 있는 실정이었다. 물론 이 상황에 대해 가장 큰 분노를 표한 건 로즈몬드였다.

"제기랄…… 황제가 이런 식으로 나올 줄이야……!"

그녀가 초조한 표정으로 감옥 안을 왔다 갔다 거렸다. 생포되었다는 자객 둘은 분명 페트리지아가 꾸며낸 게 틀림없었다. 로즈몬드가 의뢰한 조직은 임무를 실패한다 하더라도 자살로써 그 비밀을 지켜내는 곳이었다. 하지만 그렇다고 해서 그곳의 존재를 드러내는 바보 같은 짓을 할 수도 없는 노릇이었다. 그러니까, 지금 그녀는 완벽하게 함정에 걸려든 것이었다.

'자칫하다간 이대로 모든 게 끝이야!'

로즈몬드가 불안함에 손톱을 잘근잘근 씹었다. 늘 차분하고 당당했던 그녀였지만, 이번만큼은 그럴 수 없었다. 조작되었다지만 증거가 있고, 무엇보다 황제가 그녀의 편이 아니다. 로즈몬드가 신경질적으로 머리를 긁었다.

"어떻게 하지? 어떻게……."

"로즈몬드."

그때, 누군가가 그녀의 이름을 불렀다. 로즈몬드가 사나운 표정으로 이름을 부른 이를 쳐다보았다.

"너……!"

페트리지아를 보자마자 로즈몬드는 잇새로 날카로운 소리를 냈다. 그녀는 마치 자신이 함정에라도 빠진 사람처럼 페트리지아를 원망스레 쳐다보았다.

그 적반하장의 태도에 페트리지아는 기가 찰 노릇이었다. 이건 분명 정신적으로 문제가 있는 것이다. 자신의 잘못은 조금도 생각하지 않고 어째서 잘못을 징벌하려는 자신을 그런 눈으로 쳐다본단 말인가. 페트리지아가 비소를 숨기지 않으며 물었다.

"감옥에 있어도 그 정신머리는 여전해. 어떻게 해야 네 천박한 말버릇을 고칠 수 있을까?"

"고귀하신 황후 폐하께서는 아무리 노력하셔도 감히 이루실 수 없으실 겁니다."

로즈몬드가 아름답게 웃으며 페트리지아를 조롱했지만, 그녀는 눈 하나 깜짝하지 않았다. 그런 시답잖은 도발에 넘어갈 정도로 상황이 자신에게 불리하게 돌아가고 있는 것도 아니었고, 애당초 이 일의 절반은 자신이 꾸민 것이기도 했기 때문에. 대신 그녀를 닮은 예쁜 미소를 지으며 로즈몬드를 위로하는 가식을 보였다.

"지금 많이 힘들 거야. 그대를 도와줄 사람이 아무도 없거든."

"에틸레르 후작부인이기에 앞서 에프레니 가문의 공녀입니다. 제 양부께서 저를 저버리실 리가 없지요."

"공작이 정말로 그대를 아껴 양녀로 들인 것이 아닐 텐데?"

페트리지아가 이미 그 속내를 꿰뚫고 있다는 듯 비소를 지으며 물었지만, 로즈몬드는 아무렇지 않게 되받아쳤다.

"그게 무슨 소용이겠습니까. 중요한 건 그는 저를 결코 버릴 수 없다는 사실이지요."

"나는 말이야, 로즈몬드."

페트리지아가 재미있다는 듯한 표정을 지으며 말을 이었다.

"그대가 왜 그렇게 에프레니 공작을 믿는지 알고 있어."

"흐음……?"

로즈몬드가 당황스러움을 숨기기 위해 부러 태연한 척 소리를 흘렸지만, 이미 페트리지아에게 그 속을 꿰뚫린 뒤였다. 페트리지아가 매혹적으로 미소 지으며 그녀의 귓가에 속삭였다.

"그대가 공작을 협박한 내용을 속속들이 알고 있다는 이야기야."

"무슨 말씀을 하시는지 전혀 모르겠습니다만, 고귀하신 황후 폐하."

"그래, 몰라도 돼."

페트리지아가 상관없다는 듯 고개를 저었다.

"중요한 건 말이야, 그대가 공작에게 기대를 걸어서는 안 된다는 거야."

"……어째서?"

"공작은 이제 그대를 지켜줄 힘이 없을 거거든."

"마치 그의 공작 직위를 빼앗기라도 하려는 사람처럼 말씀하시네요."

"그건 내 소관이 아니야. 그대도 알고 있겠지만 그건 에프레니 공작부인의 소관이지."

그 한마디에, 로즈몬드는 페트리지아가 그녀가 알고 있는 모든 내용을 이미 알고 있다는 것을 확실히 깨달아야만 했다. 재뉴어리, 도대체 무슨 짓을……! 로즈몬드가 속으로 이를 부득부득 갈았다.

"그가 어떻게 될지는 엄연히 그녀의 뜻에 달려 있어. 그대가 공작부인과도 연이 있다면 모를까…… 그게 아니라면 아마 에프레니 가문의 도움을 기대하기는 어려울 거야."

"……하!"

"하지만 내가 아는 에프레니 공작부인은, 바보가 아니야. 굳이 황후의 미움을 받아가면서까지 그대를 구해줄 가치가, 과연 있나? 무엇보다……."

페트리지아가 서늘하게 웃으며 말을 마무리했다.

"에프레니 공자가 죽었어. 과연 아들을 잃은 어미가, 남편의 정부와 한통속인 여자를 보호하려 들까?"

"……완전히 끝을 보겠다는 겁니까, 지금?"

"그럴 생각이네, 에틸레르 부인."

페트리지아가 피곤한 표정으로 말을 이었다.

"나는 그대와의 이 끊임없는 마찰이 너무 피곤하고, 무엇보다 더 이상 나와, 내가 사랑하는 사람들의 신변이 그대로 인해 위협받는 상황을 묵과할 수 없어. 이렇게 끝내는 게 피차 간편하지 않겠나?"

"폐하께서만 간편하시겠지요. 전 마지막까지 발악할 거고요."

"뜻대로 하게. 하지만 발악도 그 의미를 가지려면 어느 정도의 가능성이 필요한 법이야. 지금 그대가 회생할 가능성이 있나? 난 그대를 감히 황후를 시해하려 한 죄로 사형에 처하고 에프레니 공작의 치부를 널리 퍼뜨릴 거야. 귀족 사회는 파란에 휩싸이겠지."

페트리지아가 덤덤하게 말을 이었다. 그녀는 마치 이 모든 일을 아주 오랫동안 준비해오기라도 한 사람처럼 말을 계속하는 데 조금의 주저함이나 망설임도 보이지 않았다.

"하지만 상관없어. 원래 한바탕 폭풍이 쳐야 가뭄이 해소되고, 공기가 깨끗해지는 법 아닌가."

"……"

"그대와 에프레니 공작이라는 폭풍이 제국을 잠시 혼란스럽고 시끄럽게 만든다고 해도, 곧 그 전보다 안정될 거야. 나는 그렇게 믿고 있네."

"누가 그러던가요? 폭풍이 쉽게 물러난다고."

"지금까지 물러나지 않았잖아. 나는 충분히 어려웠다네."

페트리지아가 조용한 목소리로 그녀에게 일러주었다.

"모든 정황이 폭풍이 곧 끝날 거라 말해주고 있는데, 더 이상의 겁을 먹을 필요가 있나?"

"원래, 마지막 발악이 더 무서운 법이랍니다, 폐하."

로즈몬드가 비틀린 미소를 지으며 페트리지아에게 말했다.

"제가 이대로 끝날 것 같습니까? 저 혼자 죽을 것 같으세요?"

"그대가 누구를 자네의 파멸에 끌어들이든 나는 아무런 관심이 없어. 적어도 내가 사랑하는 이들 중에는 그대의 추악한 짓거리에 동조한 사람이 단 한 명도 없거든. 내게 피해가 올 일이 없는데, 내가 굳이 그대의 말에 신경을 써야 하나?"

"뜻대로 한번 해보시지요, 고귀하신 황후 폐하."

로즈몬드가 서늘한 눈매로 페트리지아를 쳐다보았지만, 페트리지아는 이번에야 말로 꿈쩍도 하지 않았다. 그녀의 눈에는 로즈몬드의 그 말마저 패배자의 마지막 발버둥으로밖에는 보이지 않았으니까. 승리를 자신한 여자에게 그 밖의 다른 것들이 눈에 들어올 리 없었다. 페트리지아가 부드러운 목소리로 속삭였다.

"자객에게 자백을 받아내고 그대의 죄가 입증이 되면, 처벌을 피할 수 없을 거야. 아마 그대는 정식으로 재판에 회부되겠지. 그때까지 로즈몬드, 그대가 할 수 있는 일은 아무것도, 그 무엇도 없다네."

"……"

"그저…… 어떻게 이 부질없는 영화가 끝나는지 잘 봐두도록 해. 그것이 그대가 할 수 있는 유일한 일일 테니 말이야."

페트리지아는 그 말만 남긴 채로, 미련 없이 뒤를 돌았다. 그녀로서는 미련을 가질 턱이 없는 대화였다.

승리는 이미 그녀의 것. 더 이상의 근심은 의미 없는 것이었다. 이제 걱정을 해야 할 쪽은 그녀가 아니라, 로즈몬드였다. 로즈몬드는 아까보다 더욱 초조해진 표정으로 끊임없이 방법을 모색하기 시작했다.

"혹시 모를 상황에 대비해서, 자백은 오늘 오후에 받아둘 예정입니다."

"너무 빠르지 않게. 그렇다고 너무 늦지도 않게."

대리석 홀 안을 걷던 페트리지아가 나직이 중얼거렸다. 만일 에프레니 공작 쪽에서 수를 쓰기라도 한다면 모든 것이 뒤틀린다. 페트리지아가 엄한 목소리로 당부했다.

"에틸레르 부인과 외부인의 접촉은 엄격히 금하도록 하게. 편지는 물론이고 그 어떠한 말도 오고 가서는 안 돼. 외부와의 소통 수단은 모조리 차단되어야만 하네."

"물론입니다, 폐하. 염려 마세요."

듬직한 목소리로 페트리지아를 안심시킨 미르야가 곧 급한 목소리로 보고했다.

"그로체스터 영양께서는 지금 출발하셨답니다, 폐하. 아무래도 일이 일이다 보니 걸음을 서두르시는 것 같습니다."

"괜한 걱정을 하는 건 아닌가 모르겠네. 괜찮을 거라고 그렇게 말해두었는데……."

페트리지아가 약간 불편한 목소리로 말하자, 미르야가 그녀를 다독였다.

"폐하께서 말씀해두시긴 하셨지만, 어쨌든 가슴 떨리는 소식 아닙니까. 불편하게 여기지 마세요."

"부모님께서 많이 걱정하시겠네."

"안 그래도 시녀 아이를 보내 그로체스터 후작 내외분께 소식을 전했습니다. 너무 걱정하지 마시라고 말씀드렸으니 큰 걱정은 않으실 겁니다."

"그래야지. 나는 이리도 멀쩡하니까."

건조한 목소리로 대꾸한 페트리지아는, 벽 쪽으로 돌다가 마주친 뜻밖의 인물에 순간적으로 걸음을 멈칫했다. 그 사람이었다.

"황제…… 폐하."

"걸음이 바쁘군. 어딜 다녀오는 길인가?"

루시오의 말에 페트리지아는 순간 멈칫했다. 자신이 지금까지 있던 곳을 그에게 말해주는 것이 별로 달갑진 않았지만 거짓말을 할 수도 없는 노릇이었다. 그녀가 담담하게 대답했다.

"지하 감옥에 다녀오는 길입니다, 폐하."

"……"

그는 그 한마디로 모든 상황을 파악한 듯, 더 이상 아무것도 묻지 않았다. 기다림에 지친 페트리지아가 먼저 대화를 끝마쳤다.

"그럼 이만……."

"어떻게…… 할 생각이지?"

"……어떻게라뇨?"

페트리지아가 잘 이해가 되지 않는다는 듯 물었다.

"송구합니다만, 폐하께서 무슨 말씀을 하시는지 잘 모르겠습니다."

"……"

"만일 폐하께서 말씀하시는 내용이 에틸레르 후작부인에 대한 처분이 맞다면…… 그것은 폐하, 아직 결정 난 것은 없답니다. 자객에게서 자백을 받아내지 못했으니까요."

물론 곧 받아내겠지만, 하고 페트리지아는 속으로 중얼거렸다.

"하지만 만일 그녀가 저를, 이 제국의 황후를 시해하려 했던 사실이 명백해진다면, 그때는 감히 제국의 달을 시해하려 한 죄를 물어 참형에 처할 것입니다."

"……"

그는 아무 말도 하지 않았고, 페트리지아는 약간 뒤틀린 미소를 지으며 물었다.

"왜요. 싫으십니까."

"아니야. 만일 죄가 명백하다면 그러는 것이 맞는 일이겠지."

그렇게 말하는 루시오의 목소리는 힘이 없지도 슬프지도 않았지만, 어딘지 모르게 쓸쓸한 기운을 풍겼다. 페트리지아는 그게 마음에 들지 않아서, 괜히 쌀쌀맞게 말해버렸다.

"설령 폐하께서 그런 처분을 원치 않으신다 할지라도 어쩔 수 없습니다. 비단 그녀뿐만이 아니에요. 누구든 황족을 시해하려 하는 자가 있다면 엄벌로써 다스리는 것이 맞는 일입니다."

"나는 아무 말도 하지 않았어, 황후. 결과가 그리 나온다면 마땅히 그렇게 해야지."

루시오가 약간의 한숨이 섞인 목소리로 말한 다음 화제를 돌렸다.

"바쁜 것 같은데 괜히 걸음을 방해했군. 어디 가는 길이었나?"

"……아무 데도요."

페트리지아가 대답했다.

"그저 처소로 돌아가는 길이었습니다."

"다친 곳은? 괜찮은 건가?"

"염려해주신 덕분에 괜찮습니다."

애당초 페트리지아가 의도하고 낸 상처였다. 그렇기 때문에 상처의 길이만 길 뿐, 깊이는 상대적으로 깊지 않았다. 얕고 넓은 상처는 금방 아문다. 문제는 깊고 좁은 상처다. 그건 심지어 잘 드러나지도 않으니까. 페트리지아가 대화를 종료시켰다.

"그럼 저는 이만."

페트리지아는 그 말만 남기고선 다시 걸음을 걸었다. 미르야도 그녀를 뒤따랐다. 페트리지아는 스무 걸음 정도를 걷다가, 눈짓으로 슬쩍 뒤를 살펴보았다. 그는 아직도 그 자리에 꼼짝 않고 서 있었다. 마치 발이 붙어버린 사람처럼. 그 모습을 확인한 페트리지아가 묘하게 착잡한 표정을 지었다.

페트로닐라는 페트리지아가 처소에 도착한 후 얼마 지나지 않아 황후궁에 발을 들였다.

"리지, 정말 괜찮은 거지?"

그녀는 염려가 한가득 담긴 표정을 지으며 페트리지아에게 물었다. 페트리지아는 차분하게 대답했다.

"이게 갑자기 일어난 일도 아니고. 사전에 말했었잖아."

페트로닐라도 물론 알고 있던, 그래서 마음의 준비를 했던 일이었으나 막상 일이 일어나니 걱정되는 건 어쩔 수 없었다. 페트로닐라가 대꾸했다.

"그래도 걱정되는 건 어쩔 수 없어. 어쨌든 괜찮다니 다행이야. 엘라는 괜찮아?"

"엘라도 괜찮아. 부상을 입긴 했지만."

"보다시피 난 튼튼해, 닐. 황후 폐하께서 걱정이 지나쳐."

라파엘라가 투덜거리며 말을 보태자, 페트로닐라가 큭큭거리며 웃었다.

"그래, 어쨌든 다행이다. 무사해서 정말 다행이야."

"어머니 아버지께서 많이 걱정하셨겠네."

"말이라고."

페트로닐라가 한숨을 쉬며 말했다.

"무지 걱정하셨어. 내가 잘 보고 올 테니 너무 걱정 말라고 말씀드렸지. 아버지도 티는 안 내셨지만, 많이 걱정하는 투셨어."

"잘 말씀드려 줘, 닐."

여기까지 말한 페트리지아가 잠깐 고민하는 표정을 짓더니 이내 입을 열었다.

"자백은 오늘 오후 즈음에 받을 생각이야. 로즈몬드는 황족시해죄로 재판에 회부되겠지."

"사형이 나오겠지?"

"특별한 일이 없는 한 그럴 거야."

페트리지아가 곰곰이 생각하는 표정을 짓다 말했다.

"스캔들이 터지면 에프레니 공작가에서 로즈몬드를 끝까지 끌어안고 가야 할 이유가 사라져. 아무도 반대하지 않을 거야."

"나도 그렇게 생각해."

"에프레니 공작부인은 언제 귀국해?"

"오늘 오후. 별일이 없다면 4시쯤일 거야."

"좋아, 닐라."

페트리지아가 얕은 숨을 내뱉었다.

"일이 한꺼번에 터지는 게 좀 정신없는 감은 있지만……. 그래, 차라리 지금 모든 걸 다 끝내버리는 게 나을지도 모르겠어."

"원래 일이란 게 그렇잖아? 하나씩 터지면 얼마나 좋을까. 문제는 세상일이 그렇게 차근차근 논리대로만 이루어지지 않는다는 거지."

라파엘라의 말에 페트로닐라가 동의한다는 듯 고개를 끄덕이며 말했다.

"빨리 끝내는 게 좋아, 리지. 보상은 길게, 처벌은 짧게."

"옳은 말이야."

페트리지아가 한숨을 내쉬며 말했다.

"하지만 그렇다고 해도, 폐하께 말씀드리는 건 로즈몬드의 죄가 입증된 다음에나 하는 게 좋겠어."

에프레니 공작부인은 멍한 얼굴로 창밖을 쳐다보았다. 창밖에는 푸르른 파도가 넘실대고 있었다. 그 옆으로 갈매기가 끼룩끼룩 울며 스쳐 지나갔다. 실로 평화로운 풍경이었다.

이 잔잔한 아름다움 속에서 에프레니 공작부인은 표정 없는 얼굴로 창밖만 응시하고 있을 뿐이었다. 그녀는 마치 모든 감정을 한 번에 빼앗겨버린 사람처럼, 안 그래도 허여멀건 한 얼굴을 더 창백하게 물들이며 삶의 모든 낙을 잃어버린 듯 굴고 있었다. 그때, 누군가가 그녀를 불렀다.

"부인."

"……."

하지만 그녀는 말이 없었다. 말을 건 이는 에프레니 공작부인의 오랜 시녀였는데, 그는 대답은 바라지도 않았다는 듯, 혼잣말처럼 말했다.

"곧 마비너스에 도착한다고 합니다."

"……"

대답 한마디라도 해줄 법한데, 에프레니 공작부인은 입도 벙긋하지 않았다. 공작부인의 시녀는 한숨을 쉬며 조용히 그녀가 있는 선실 안에서 물러났다.

쿵, 문이 닫히고, 혼자 남은 공작부인은 여전히 그 상태로 있었다. 그녀는 여전히 초점 없는 눈으로 바다만 바라보고 있었다. 한참 후에, 그녀의 메마른 볼에 한 줄기 눈물이 흘러내렸다.

그리고 대략 한 시간 후에 에프레니 부인을 실은 배는 마비너스의 어느 거대한 항구에 닻을 내렸다. 시녀가 먼저 내려 그녀를 에스코트했다.

"도착했습니다, 부인. 내리시지요."

"……"

여전히 그녀는 말없이 몸만 움직일 뿐이었다. 그녀의 사정을 알고 있는 주변의 모두가 그녀를 동정 어린 눈으로 쳐다보았다. 평소에는 지체 높으신 공작부인에게 감히 이런 시선을 보내는 것이 허용되지 않았으나, 적어도 지금만큼은 누구에게나 허락되었다. 어차피 에프레니 부인이나 다른 시녀들도 굳이 그런 시선을 막으려는 노력 따위는 하지 않았으니까.

곧 공작저에서 나온 마차가 그녀를 태우기 위해 에프레니 공작부인의 앞에 멈추어 섰다. 공작부인은 익숙한 마차의 외관을 보고도 꿈쩍하지 않았다. 마치 몸의 껍데기만 남고, 영혼이 모두 빠져나간 듯했다. 시녀는 군말 없이 그녀를 마차 안에 태우고는, 그 자신도 안에 탔다.

"……."

공작저로 가는 동안 공작부인은 입술조차 달싹거리지 않은 채로 가만히 앉아만 있었다. 정확히 일주일째, 그녀는 그러고 있었다.

한편 페트로닐라는 그날 오후에 예정되어 있었던 바시에 공녀와의 만남을 취소하지 않았다. 바시에 공녀는 페트로닐라에게 자신은 상관없으니 이런 사교적인 만남쯤이야 다음으로 미루어도 괜찮다고 그녀를 배려했지만, 페트로닐라가 거절했다. 바시에 공녀와의 만남을 괜히 오늘로 잡은 것이 아니었다.

"안녕하세요, 레이디 트리샤."

페트로닐라는 훌륭한 사교용 미소를 지으며 바시에 공작저의 정원에 들어섰다. 원예에 관심이 많다는 바시에 공작부인의 정원답게 화려한 모습이었다. 연두색과 갈색이 섞여 나무를 연상시키는 드레스를 입은 레이디 트리샤가 반갑게 페트로닐라를 맞아주었다.

"어서 오세요, 레이디 페트로닐라. 이렇게 와주시다니."

그녀가 약간 얼떨떨한 목소리로 말했다.

"아시다시피 지금 황궁 안이 발칵 뒤집어지지 않았나요. 당연히 못 오실 줄 알았답니다."

"아닙니다, 공녀. 사실 이 일만 아니었다면, 황후 폐하께서 공녀를 내궁의 후원으로 초대하려 하셨을 거라면서 많이 아쉬워하셨답니다."

"황후 폐하의 일은 유감이에요."

마른침을 삼킨 트리샤가 말했다.

"감히 제국의 어머니를 해하려 한 이들을 생포하였다고요."

"네. 그렇답니다, 공녀."

페트로닐라가 평온한 어조로 답했다.

"지금 지하 감옥에서 자백을 받아내기 위해 많은 분들이 애써주시고 있어요."

"모쪼록 일이 잘되어야 할 텐데요. 에틸레르 후작부인이 유력한 용의자라고 들었습니다."

"불미스러운 일이지요. 그녀는 이미 일전에도 양 폐하를 시해하려 한 적이 있다는 의심을 받은 적이 있지 않습니까. 그때의 의심이 헛된 것이 아닐지도 모르겠어요."

물론 그때의 일은 공식적으로 그녀의 잘못이 아닌 것으로 판명나긴 했지만 말이다. 페트로닐라가 때마침 공작저의 시녀가 가져온 차를 받아 들었다. 그녀가 물었다.

"얼 그레이인가요?"

"그렇답니다, 공녀. 좋아하시나요?"

"좋아하지도, 싫어하지도 않아요."

페트로닐라는 그렇게 답하며 뜨거운 차를 홀짝였다. 아직 너무 뜨거운 것이, 조금 더 있다 마셔야 할 듯싶었다.

"그보다 만일 에틸레르 후작부인이 진범으로 밝혀지면, 그때는 어떻게 되는 건가요?"

"뭐…… 특별한 게 있겠습니까. 이유를 막론하고 황족을 시해하려 한 죄는, 더구나 그분이 황후 폐하라면 사형으로 벌하는 것이 마비너스 제국의 법입니다. 외국의 경우도 별반 다르지 않다고는 하더군요. 비록 에틸레르 후작부인이 에프레니 가문의 공녀이긴 하나…… 그것만으로는 그녀의 죄를 더는 것이 그리 수월치는 않을 것입니다."

"일이 그렇게 된다면, 글쎄요……. 제 생각에는 에프레니 가문에서 양녀인 그녀를 그렇게까지 감싸줄지 의문이 드네요."

"저 또한 같은 생각이랍니다."

페트로닐라가 살포시 웃음을 머금은 뒤, 슬쩍 화제를 돌렸다.

"그보다 요즘 뭐 재미난 이야기는 없나요? 요즘 통 사교계 활동을 하지 않았더니, 어째 흐름에 뒤처지는 듯한 느낌이라……."

"참, 그러고 보니 요즘 이런저런 일로 바쁘셨지요."

트리샤가 고개를 끄덕이며 답했다.

"글쎄요…… 뭐, 이곳에서 일어나는 재미있는 이야기야 뻔하지요. 누가 누구와 바람이 났고…… 그런 시답잖은 스캔들 아니겠어요?"

"그래도 그중에 하나쯤은…… 재미있는 소문이 있더군요."

"소문이요? 음, 글쎄요…… 어디 보자."

페트로닐라의 말을 들은 트리샤가 잠깐 고민하는 표정을 지었고, 페트로닐라는 그런 그녀의 모습을 빤히 바라보았다. 잠시 후에 트리샤가 생각났다는 듯한 표정을 지었다.

"그러고 보니 소문이 아예 없는 것은 아닙니다."

"어머, 무슨 소문인데요?"

"아시다시피 요즘 에프레니 가문이 입에 자주 오르내린답니다. 물론 좋은 쪽은 아니에요."

그렇게 말한 트리샤가 실수했다는 듯한 표정을 지으며 말했다.

"참, 그러고 보니 에프레니 공작부인과 친하시지요."

트리샤의 말에 페트로닐라가 작게 웃으며 대답했다.

"글쎄요. 어쩌다 보니 그 댁의 안살림에 잠깐 관여하긴 했지만…… 실질적인 관리는 그 댁의 집사분께서 하셨답니다."

"그래도요. 그런 부탁을 남에게 하기란 쉽지 않은 법 아니겠어요? 그만큼 부인께서 영양을 믿고 계신다는 뜻이겠지요."

그렇게 말한 트리샤가 잠시 후에 중얼거렸다.

"하긴, 뭐. 세컨드에게 맡기는 것보다야 남에게 맡기는 게 더 나을지도 모르겠군요."

"사이가 좋아 보이시진 않았습니다."

"당연하지요. 에프레니 공작부인께서 에프레니 공작께 해드린 게 얼마입니까. 저는 그 이야기를 듣고 공작께서는 절대로 정부를 들이시지 않을 줄 알았답니다. 그런데 떡하니 정부에게서 아들까지 낳으시다니! 에프레니 공자까지 요절하신 마당에, 에프레니 부인의 상처가 클 겁니다."

"저도 그게 걱정이에요. 잘 이겨내셔야 할 텐데……."

그렇게 말한 페트로닐라는 슬쩍 화제를 원점으로 돌려놓았다.

"그래서, 그 소문이란 게 뭡니까?"

"말도 마세요. 글쎄…… 아, 이건 비밀입니다, 영양?"

"물론이죠."

페트로닐라는 그렇게 말하며 설핏 웃었다. 이 바닥에는 비밀이 없다. 누구나 하나쯤은 남들이 모르는 비밀을 가지고 있지만, 전부 자신의 지인에게 '너만 알고 있어'라는 의미 없는 문구를 통해 전파하고 마니까. 그 '너'는 또 다른 '너'에게 '너만 알고 있어'를 말하게 된다는 것을 왜 모를까.

"에프레니 공작부인께서 에프레니 공녀시던 시절에 당시 남작 영식이었던 에프레니 공작과 결혼한 일을 두고 사람들 사이에서 말이 많았잖아요?"

"그랬죠."

지금의 에프레니 공작은 에프레니 가문의 피를 이어받은 후계가 아니었다. 그는 보잘것없는 남작 가문의 영식이었다. 다만 무남독녀였던 에프레니 후작 영애와 결혼하면서 남편인 그가 대신 후작과 가주의 지위를 승계한 것뿐이었다.

어쨌든 이와 같은 만남은 당시로서는 상당히 파격적인 일이었기 때문에 말이 많이 돌았었다. 물론 페트로닐라는 그때 당시에는 그 이유를 몰랐었지만.

"그게 글쎄, 공작이 공작부인을 강간하고, 그때 임신이 돼서 어쩔 수 없이 결혼한 거라고 하더라고요."

"세상에."

모든 사실을 알고 있는 페트로닐라는 깜짝 놀란 척을 했다. 소문은 사실이었다. 당시 남작 영식이었던 에프레니 공작은 에프레니 공작부인을 강간해 아이를 배게 만들었고, 그것을 구실로 결혼을 서둘렀다. 물론 가련한 공작부인은 그 기억나지 않았던 밤의 강간 따위는 까맣게 잊어버린 채, 자신이 정말로 그 하룻밤에 그에게 정신없이 빠져들어 그에게 안겼다고 굳게 믿고 있을 터였다. 그 뱀 같은 남자가 그다음 날 아침 그런 말로 그녀를 꼬드겼을 테니까. 그녀가 이것을 알게 된다면 실로 비극이 될 터였다.

"설마요. 소문이겠죠."

"저도 그랬으면 좋겠어요. 그게 아니라면 공작부인이 얼마나 불쌍합니까? 공작은 이혼을 당하고, 어쩌면 공녀를 기만한 죄로 처벌을 받게 될지도 몰라요."

"이 소문을 설마 모두가 알고 있나요?"

페트로닐라의 물음에 트리샤는 누가 듣지도 않는데도 불구하고 목소리를 한층 낮추어 대답했다.

"며칠 전부터 여러 귀부인의 입에서 오르내리고 있는 따끈따끈한 소문이에요. 아마 조금만 더 있으면 황성 안의 모두가 이 소문에 대해 알게 될걸요? 그보다 누가 이런 소문을 냈는지 몰라."

"글쎄요, 뭐…… 아니 땐 굴뚝에 연기 나겠습니까?"

"사실 정답은 당사자들만 알고 있겠죠."

"'당사자'만 정확하게 알고 있을지도 모르죠. 에프레니 공작부인은 일을 기억하지 못할 수도 있으니까."

"세상에, 만약 그게 정말이라면 에프레니 공작부인이 너무 불쌍해요!"

트리샤가 절레절레 고개를 저었고, 페트로닐라는 살포시 웃으며 속으로는 다른 생각을 했다. 위더포드 공작부인이 잘해주었다. 소문이 이 정도라면, 곧 에프레니 공작의 귀에도 들어갈 것이다.

그는 이 소문에 어떤 반응을 보일까. 페트로닐라는 그 염치없는 작자가 이 소문을 들었을 때 지을 법한 표정을 상상하며 속으로 조용히 웃었다.

"부인, 오셨습니까."

공작저에 도착하자 가장 먼저 그녀를 맞아준 것은, 에프레니 공작가의 충직한 집사였다. 백발이 성성한 에프레니 가문의 집사는 아들을 잃은 그녀의 슬픔을 먼저 위로하기보다는, 그녀가 오랜 이동으로 인해 쌓였을 피로를 먼저 걱정했다.

"시녀들에게 미리 말을 해놓았습니다, 부인. 일단 목욕부터 하시지요."

"……"

집사의 말에도 에프레니 공작부인은 아무 말도 하지 않았다. 그녀는 다만 여전히 초점 없는 눈으로 시녀의 부축을 받으며 자신의 방으로 추측되는 곳까지 발만 질질 끌 뿐이었다. 주변의 상황에 대해서는 조금도 관심이 없었기 때문에, 자신의 남편이자 에프레니 가문의 가주인 에프레니 공작이 집에 없다는 사실이나, 자신이 항상 증오하는 남편의 정부가 그녀를 묘한 눈으로 쳐다보고 있다는 사실조차 눈치채지 못했다. 바꿔 말하자면, 에프레니 공작부인은 지금 주변의 일에 관심을 둘 정도로 정상적인 정서를 가지고 있지 못했다.

"형님."

재뉴어리는 이때 끼어들지 않는 게 현명했지만, 그녀는 현명함보다는 당장의 쾌락을 좇았다. 재뉴어리가 살갑게, 하지만 그 이면에는 안타까움이 묻어나는 듯한 목소리로 에프레니 부인을 불렀다.

"오셨어요."

"……"

에프레니 공작부인은 그제야 재뉴어리에게 눈길을 주었다. 그녀의 시선을 받은 재뉴어리는 순간 흠칫 놀라지 않을 수 없었다. 그건, 살아 있는 자의 눈이라고는 보기 어려울 정도로 메마른 눈이었다. 하지만 재뉴어리는 굴하지 않고 계속 인사했다.

"피곤하시겠어요, 형님."

그건 실로 어리석은 일이었다. 에프레니 공작부인은 재뉴어리를 빤히 쳐다볼 뿐, 아무 말도 하지 않았고, 재뉴어리는 계속해서 입을 놀렸다.

"공자님의 일은 유감이에요."

"……유감."

에프레니 공작부인이 지독히도 건조한 음성으로 중얼거렸다.

"유감이란 말이지?"

"그럼요, 형님."

"왜?"

에프레니 공작부인은 처음으로 감정을 드러냈다. 그녀가 비릿한 미소를 지으며 물었다.

"그대로서는 정말 좋은 일이야. 제이콥이 내 아들을 밀어냈잖아."

"……."

"그렇지?"

"형님, 어떻게 그런 말씀을……."

멍한 표정으로 중얼거리는 재뉴어리의 앞으로 에프레니 공작부인이 성큼성큼 걸어왔다. 그 위세가, 아까까지 죽어가던 여인이라고는 믿기지 않을 정도여서 재뉴어리는 당황했다. 그녀가 저도 모르게 주춤 뒤로 물러났다. 에프레니 공작부인은 여전히 싸늘한 표정이었다.

"내가 네년의 속셈을 모를 줄 아느냐."

"형님, 오해……."

하지만 재뉴어리의 말은 끝을 맺을 수 없었다. 에프레니 공작부인이 그녀의 머리채를 잡아 쥐었다. 머리채가 잡힌 재뉴어리가 높은 비명을 질렀다.

"꺄악!"

"내 집에서 당장 나가, 당장!"

"으악, 형님! 왜 이러세요!"

신기한 건 아무도 그녀의 그런 행태를 말리지 않았다. 그 집 안에 재뉴어리의 편은 없었다. 평소 중립적인 태도를 유지하던 사용인들도 그날만큼은 에프레니 공작부인의 편이었다. 재뉴어리가 실은, 에프레니 공자의 죽음을 좋아하고 있다는 걸 모르는 사람은 아무도 없었다.

"그 더러운 핏줄을 데리고 당장 나가란 말이야!"

"으악! 이 미친 여자가 사람 죽이네!"

당황한 재뉴어리가 에프레니 공작부인의 머리채를 똑같이 잡았고, 그제야 사용인들은 재뉴어리와 에프레니 공작부인을 떼어놓기 시작했다. 재뉴어리가 비교적 쉽게 에프레니 공작부인의 머리채를 놓았던 데 반해, 에프레니 공작부인은 다 죽어가던 사람에게 어디서 그런 힘이 나왔는지 의문일 정도로 끝까지 머리채를 놓지 않았다. 재뉴어리의 머리카락이 뭉텅이로 빠질 때가 되어서야 에프레니 공작부인은 사용인들의 제지에 의해 간신히 손을 놓고 흉흉한 눈으로 재뉴어리를 노려보았다. 재뉴어리도 이번에는 지지 않고 공작부인을 노려보았다.

"너."

"……."

"내 아들이 죽었으니 이제는 세상 모든 일이 네 뜻대로 될 것 같지? 네 반쪽짜리 아들이 이 가문의 후계가 될 것 같지?"

에프레니 공작부인은 그렇게 묻고서는, 지금까지 그 누구도 보지 못했던 섬뜩한 얼굴로 웃었다.

"네 뜻대로 될 턱이 있나. 에프레니 가문의 피를 이어받은 사람은 나지, 그 양반이 아니야. 무언가 대단한 착각을 하고 있는 것 같은데, 내가 양자를 들여서 그 애를 후계자로 삼는다면, 네 천한 핏줄은 그냥 사생아로 영원히 남는 거라고. 알아?"

"어떻게 그런……!"

재뉴어리는 에프레니 공작부인의 직설적인 화법에 당황하면서도, 그녀가 전하는 가장 끔찍한 가정에 경악했다. 유감스럽게도 에프레니 공작부인의 말에는 틀린 점이 없었다. 만일 에프레니 공작부인이 정말로 양자를 들인다면, 그가 에프레니 가문의 차기 가주가 될 것이었다. 재뉴어리는 분하다는 듯 눈을 치켜뜨며 피곤한 표정으로 방 안에 들어가는 에프레니 공작부인을 노려보았다.

"레이디 페트로닐라를 불러."

그리고 그녀가 방 안으로 들어가기 직전, 집사에게 그렇게 말하는 것을 재뉴어리는 똑똑히 들어야만 했다.

페트로닐라는 에프레니 공작부인의 귀국 소식과 함께, 그녀가 자신을 찾는다는 소리에 지체 없이 에프레니 공작저로 걸음을 옮겼다. 예의에 걸맞은 검은 드레스를 입은 페트로닐라가 에프레니 공작저의 문을 두드렸다. 늘 그렇듯 집사가 먼저 나와 그녀를 맞아주었다.

"레이디 페트로닐라, 오랜만에 뵙습니다."

"네. 오랜만입니다, 집사님."

"부인께서 기다리고 계십니다. 어서 안으로……."

페트로닐라는 걸음을 옮기며 조심히 집사에게 물었다.

"부인께서는 언제 도착하셨나요?"

"얼마 되지 않았습니다, 영양."

"상태는 좀 괜찮으신지……."

페트로닐라는 이 말을 내뱉은 직후 자신의 실언을 반성했다. 괜찮을 리가 없다. 하나뿐인 아들이 비명에 갔는데 괜찮을 리가. 하지만 집사는 별다른 기색을 보이지 않은 채 담담히 대답해주었다.

"괜찮은 것 같진 않으십니다."

"역시…… 그렇겠죠."

"영양께서 부인께 힘이 되어드린다면 더할 나위 없이 기쁠 겁니다."

"그보다, 공작 전하께서는 어디로 가셨는지 안 보이시는군요."

"정무 때문에 입궁하셨습니다."

"……."

자신의 정실이 하나뿐인 적장자를 잃고 타국에서 돌아왔는데도 정무 때문에 황궁에 있는다라……. 페트로닐라는 그 사실에 속으로 실소를 터뜨렸다. 그가 분수를 모르는 것일까, 아니면 타성에 젖은 것일까. 어느 쪽이든 공작은 실수하고 있었다.

"부인, 페트로닐라입니다."

"영애?"

안에서는 힘없는 목소리가 들렸다.

"어서 들어오세요."

페트로닐라는 문을 열고 안으로 들어갔다. 목욕을 막 마친 듯 그녀의 모습은 단정하고 정갈했으나, 그 피폐하고 음습한 얼굴 표정까지는 숨길 수 없었다. 페트로닐라는 그녀가 마음고생이 상당히 심했으리라고 짐작하며 그녀에게 안부를 물었다.

"괜찮으신가요, 부인? 많이 힘들어 보이세요."

"하나뿐인 아들이 요절했으니까요."

에프레니 공작부인이 덤덤하게 말하며 그녀에게 자리를 권했다.

"일단 앉으세요."

"감사합니다, 부인."

페트로닐라는 자리에 앉은 다음 의례적으로 그간의 일을 읊기 시작했다.

"부인께서 제게 가문의 안살림을 맡기긴 하셨지만, 전 엄연히 외부인이고, 그래서 가급적 개입하지 않으려고 했습니다. 집사님께서 대부분의 일을 도맡아 하셨고, 저는 굵직한 일만 도왔어요."

"그래서 나는 영양을 믿을 수 있었던 겁니다. 설령 영양이 잘하지 못했더라도, 정부에게 맡기는 것보다는 나았겠죠."

냉소적으로 중얼거린 에프레니 공작부인이 그녀에게 물었다.

"영애는 그간 잘 지냈나요?"

"저는 잘 지냈습니다만, 제도 안팎으로 시끄러운 일이 좀 있었습니다."

"무슨 소린가요?"

"황후 폐하께서 암살당하실 뻔했어요."

페트로닐라가 직설적으로 말했다.

"자객은 생포했고, 자백을 받아내기 위해 심문 중입니다."

"그렇다면 용의자는 아직 검거되지 않았나요?"

"에틸레르 후작부인이 구금되어 있습니다."

"그녀가요?"

에프레니 공작부인이 인상을 살짝 찡그리며 물었다. 엄밀히 말해 로즈몬드는 에프레니 가문의 양녀였으니, 에프레니 공작부인의 양녀이기도 했지만, 그녀는 딱히 양녀의 소식에 관심이 없는 듯했다. 하긴 남편이 정치적인 이유 때문에 들인 딸에게 무슨 관심이 있을까. 페트로닐라가 설명했다.

"황제 폐하께서 그녀가 황후 폐하를 해치려 한다는 내용의 대화를 들으셨답니다. 그 때문에 곧바로 구금되었습니다. 이게 경죄도 아닌 데다, 처음도 아니니까요."

"그랬군요."

"놀라지 않으시네요."

"전 그녀에게 그다지 관심이 없답니다, 영애. 그녀가 가문의 일원이 된 건 순전히 남편의 뜻이었어요. 에틸레르 후작부인은 양모인 내게 인사를 온 적도 없으니 그녀도 일반적인 모녀 관계를 원한 건 아니라고 생각했습니다."

"……"

정치적인 부분에 대해서는 할 말이 없었던 페트로닐라가 입을 다물었고, 에프레니 공작부인도 이것을 눈치챈 것인지 더 이상은 말을 꺼내지 않았다. 에프레니 공작부인이 화제를 돌렸다.

"그간 황성에 다른 소식은 없었나요?"

"……."

페트로닐라는 순간, 자신이 그대로 계획을 실행해야 하는지 고민했다. 상대는 아들을 잃은 귀부인이다. 그런 그녀에게 죽은 아들이 강간으로 태어났다는 소문을 전해주는 건 너무 잔인하고 비인간적인 일이 아닌가. 하지만…….

'일을 질질 끌 수는 없어.'

페트로닐라는 굳게 마음을 먹고 입을 열었다.

"망측한 소문이 돌고 있어요."

"망측한 소문이라뇨?"

"……."

페트로닐라는 한 번 더 주저했다. 하지만 이것은 그녀 내면에 있는 마지막 도덕성의 발로라기보다는, 에프레니 공작부인의 호기심을 증폭시키기 위해 한 행동에 더 가까웠다. 예상대로 에프레니 공작부인은 호기심을 참지 못하고 물었다.

"무슨 일인데 그러세요, 영양."

"제가 이걸 부인께 말씀드려야 할지…… 고민이 되어서요."

"저와 관련된……. 설마 제 아들과 관련된 이야기인가요?"

"그렇다기보다는……."

"뭐가 되었든 알려주세요, 영애. 그렇다면 내가 더 잘 알아야 하지 않겠습니까."

에프레니 공작부인의 계속되는 요청에 페트로닐라는 고민하는 척하며 입을 열었다.

"워낙 망측한 이야기인지라……."

"뭔데 그러십니까."

"에프레니 공작께서는 남작 영식의 몸으로 부인과 결혼하셨지요."

"그랬습니다."

"그때 일을 두고 이야기가 많았다고 들었습니다."

"파격적인 일이었으니까요."

"부인께서는 공작 전하를 사랑해서 결혼하신 게 맞지요?"

페트로닐라의 말에 에프레니 공작부인이 이상하다는 듯 한쪽 눈썹을 치켜뜨며 물었다.

"왜 갑자기 그런 걸 물어보십니까?"

"부인."

페트로닐라가 작게 한숨을 내쉬며 말했다.

"어디서 그런 해괴한 소문이 시작되었는지는 모르겠으나, 지금 제도에서는 전하께서 부인을 강간했고, 그 결과 부인께서 전하의 아이를 임신하셔서 어쩔 수 없이 결혼하셨다는 소문이 돌고 있습

니다."

"……뭐라고요?"

"저 또한 들은 이야기인지라……."

"누가 그런 소문을…… 말도 안 되는 일이 아닙니까."

에프레니 공작부인이 가련하게 몸을 떨며 중얼거렸고, 페트로닐라는 맞장구를 쳤다.

"네. 말도 안 되는 일이지요. 부인께서……."

페트로닐라가 약간 낮아진 어조로 말을 맺었다.

"정말로 에프레니 공작 전하를 사랑해서 결혼하신 게 맞다면요."

"……."

바로 대답이 나올 줄 알았는데, 의외로 에프레니 공작부인은 입을 다물고 있었다. 그리고 페트로닐라는 그녀의 선택에 사랑이 온전히 작용했다고는 생각하지 않았다. 그녀가 말했다.

"사실이 아니니 언젠가 모두의 앞에서 진실을 밝히면 될 일입니다, 부인. 심려치 마세요."

"……도대체 누가 그런 소문을 퍼뜨렸다는 건가요? 이건 모욕죄가 아닙니까."

"부인, 진정하세요."

'그런 소문을 퍼뜨린' 누군가를 알고 있는 페트로닐라가 차분히 그녀를 달랬다.

"원래 이 바닥이 그렇지 않습니까. 근거 없는 가십도 진실인 것처럼 떠들지요."

"……."

"너무 신경 쓰지 마세요. 곧 사그라들 겁니다."

하지만 과연? 페트로닐라는 설령 그런 가십이 사라진다고 해도, 그녀의 마음속에 이미 뿌리를 내리기 시작한 의심의 씨앗은 죽지 않을 것이라고 확신했다.

원래 인간이란 그런 존재다. 한번 의심을 품기 시작하면 그때는 걷잡을 수 없다. 눈치를 보아하니, 일이 더 수월해질 것 같다고 생각하면서 페트로닐라가 말했다.

"이만 쉬셔야 할 듯하니 저는 이만 가보겠습니다."

페트로닐라는 그렇게 말한 다음 정중히 고개를 숙였다. 그녀는 마지막으로 방을 나가기 전, 에프레니 공작부인에게 진심을 담아 애도했다.

"에프레니 공자의 일은…… 정말 유감입니다."

"……."

"아마 좋은 곳으로 가셨을 거예요."

"……그래야지요."

에프레니 공작부인은 그 말을 전하는 것으로 대답을 마쳤다. 페트로닐라는 다시 한번 고개를 숙인 다음 방을 나갔다. 그러자 얼굴에 손톱자국이 선명한 재뉴어리의 얼굴이 눈에 들어왔다. 그녀는 태연하게 재뉴어리에게도 인사했다.

"안녕하세요, 마담. 오랜만에 뵙네요."

"네. 요즘 격조했지요."

페트로닐라는 그녀에게 얼굴의 상태를 물어보는 대신, 다른 이야기를 꺼냈다.

"에프레니 부인께서 공자의 일로 많이 힘들어 하시는 것 같더군요."

"네. 그 덕에 저는 이 모양 이 꼴이 되었답니다."

"저런."

페트로닐라가 뻔뻔하게 그녀를 위로했다.

"마담께서 이해하세요. 아무래도…… 시기가 시기니까요."

"네. 제가 이해해야지요."

"그럼 저는 이만 가보겠습니다. 상처 관리 잘하시길."

페트로닐라는 그 말을 끝으로 저택을 나가, 마차 위에 올라탔다. 1단계가 끝났으니 이제는 2단계, 의심에 불을 지펴줄 차례다. 페트로닐라가 한숨을 쉬며 피곤한 표정으로 등받이에 몸을 기댔다.

그날의 늦은 오후에, 루시오는 생포했던 자객이 로즈몬드가 모든 일을 사주했다고 자백했다는 소식을 접했다. 그는 생각보다 담담하게 그 소식을 받아들인 다음, 아무렇지 않게 자리로 돌아와 정무에 매진했다.

"……"

솔직하게 말하자면, 루시오는 이미 그 자객이 조작된 것이라는 사실을 알고 있었다. 하지만 그는 굳이 그 사실을 알리지는 않았다. 그가 설령 그것을 주장하고 나섰다고 해도 증거가 불충분할뿐더러, 이제는 끝을 내야 할 시기라는 것을 그 또한 직감적으로 깨달았기 때문이었다. 루시오가 가만히 눈을 감고 속으로 한숨을 쉬었다.

"폐하."

그때 시녀장의 목소리가 들렸다. 그가 대답했다.

"무슨 일이냐."

"황후 폐하께서 오셨습니다."

"……."

그녀는 왜 자신을 찾았을까. 그가 아무렇지 않게 다시 말했다.

"모시도록."

문이 열리고 페트리지아가 들어왔다. 감색 드레스를 입은 그녀의 모습이 어쩐지 신비로워 보였다. 그가 물었다.

"어쩐 일인가?"

"재판 날짜가 잡혔습니다."

페트리지아가 담담하게 말했다.

"사흘 후, 정오."

"……."

"인가를 받으러 왔어요. 자백까지 나온 마당에 길게 끌 필요가 없다고 판단했습니다."

"허락하지."

"……."

페트리지아는 잠시 아무 말도 하지 않다가 곧 입술을 달싹이며 그에게 말했다.

"사형이 구형될 겁니다."

"알아."

"아무렇지 않아 하시네요. 그래도…… 한때 폐하의 연인이었는데."

"내가 그녀를 정말로 사랑했는지, 그녀가 나를 정말로 사랑했는지는 신만이 아실 거야."

루시오가 단조롭게 말했다.

"어쩌면 그마저도 나의 불행일지 모르지."

"무슨 소리를 하시는지 모르겠어요."

"괜찮아. 실은 나도…… 잘 모르겠으니까."

그렇게 말하는 그가 괴로워 보였다면 그것은 그녀의 착각이었을까. 페트리지아는 루시오가 태연한 척하면서도 내면은 복잡할 것이란 걸 눈치챘다. 그녀는 말없이 입술을 달싹거리다 결국 하고 싶은 말을 했다.

"폐하께서 그러지 않으실 거란 걸 알지만, 그렇다고 하더라도……."

"……."

"용서는 없습니다. 전 그렇게 자비로운 사람이 되지 못해요."

"자비를 떠나 법의 문제야. 황후를 시해하려 한 자는 그 누구도 살아남을 수 없다."

루시오가 건조하게 대꾸했다.

"나를 신경 쓰지 마. 내가 설령 그녀를 사랑한다고 해도, 이제는 그때처럼 그대에게 그녀를 살려달라 부탁할 염치가 남아 있지 않으니까."

"……다행이네요."

페트리지아는 그렇게 말한 다음 뒤를 돌았다. 순간 엄청난 피로감이 몰려왔다. 하지만 스스로를 다잡으며 페트리지아는 속으로 중얼거렸다. 이제 조금만 있으면 모든 게 다 끝이라고. 그러니, 조금만 더 힘을 내자고.

에프레니 공작부인이 돌아온 공작저의 분위기는 싸늘했다. 아까 있었던 에프레니 공작부인과 재뉴어리의 몸싸움도 거기에 한몫했지만, 일단은 상중이었다. 공식적인 상은 내일부터 사흘간 치러질 예정이었다.

"부인께서는 어디 계시냐?"

에프레니 공작은 황궁에서 집으로 복귀하자마자 그녀를 찾았다. 집사는 친절히 그녀가 방 안에서 쉬고 있다고 말해주었고, 그는 곧바로 제 부인의 방까지 갔다. 문을 두드리자 안에서 잠긴 목소리가 들렸다.

"누구지?"

"나요, 부인."

"……들어오세요."

목소리가 어쩐지 탐탁지 않아 하는 느낌이었지만, 에프레니 공작은 그것까지는 눈치채지 못한 채 그녀의 방문을 열었다. 안에는 검은 옷을 입고 슬픔에 잠긴 공작부인이 앉아 있었다. 그는 자신의 부인에게 말을 걸었다.

"몇 시간 전에 도착했다고 들었소. 마중 나가지 못해 미안하군."

"……바쁘시니까요. 괜찮습니다."

"몸은 좀 괜찮나? 충격이 컸을 텐데."

"저만 충격이 큰 건가요?"

에프레니 부인이 마뜩잖은 표정으로 에프레니 공작을 쳐다보았다. 분명 두 사람 모두 자식을 잃었다. 그런데 그는 너무나도 아무렇지 않아 보였다. 에프레니 부인의 심장이 잘게 떨렸다.

"우리 아들이 죽었는데? 그 애는 죽을 때까지 고국을 그리워했어요. 이곳에서 죽게 하지 못한 게 내 천추의 한이야!"

"나라고 어찌 슬프지 않겠소, 부인. 나도 지금 비통한 심정……."

"진짜로?"

에프레니 공작부인이 날카로운 눈으로 공작을 꿰뚫었다.

"정말 비통한가요? 그런데 왜……."

"……."

"내 눈에는 그렇게 슬퍼하지 않는 것처럼 보일까."

"부인, 오해요. 나는 지금……."

"애당초 데이비드를 외국으로 보낸 것부터가 나는 마음에 들지 않았어요. 당신은 학문을 익히고 오라는 뜻으로 그 애를 유학 보냈지만, 정말 그게 당신 자식을 위해서였어요?"

"이즈, 그게 무슨 소리야. 당연히……."

"당신이 데이비드를 사랑했느냐고."

에프레니 공작부인이 서슬 퍼런 눈으로 그에게 물었고, 공작은 침착하게 대꾸했다.

"물론이지. 말했잖소. 나도 지금 너무 슬프다고."

"그러니까, 당신의 눈동자에는 슬픔이 안 보인다고요."

에프레니 공작부인이 냉소했다.

"당신은 지금 거짓말을 하고 있는 거야. 물론 슬프겠지요. 하지만 죽을 것처럼 아프진 않잖아요. 아닌가요? 저 위에 당신의 아들이 하나 더 있으니까? 에프레니 가문의 후계를 그 애로 하여금 잇게 할 생각이죠?"

"이즈, 진정하지. 지금 너무 흥분했소."

"흥분."

에프레니 공작부인이 조소하며 물었다.

"왜, 아예 미쳤다고 하지 그러세요?"

"이즈."

"내 이름 부르지 마요."

에프레니 공작부인이 분노에 몸서리치며 자리에서 벌떡 일어났다. 그런 그녀를 에프레니 공작이 아무 말도 하지 못한 채 쳐다보자, 에프레니 공작부인은 못을 박듯 말했다.

"양자를 들일 거예요. 제이콥은 영원히 당신의 사생아로 남을 겁니다. 그 첩년의 핏줄은 절대! 내 가문의 후계가 될 수 없어. 알았어요?"

그녀는 그렇게 말한 다음 씩씩거리며 방에서 나와버렸다. 그런 그녀가 곧바로 한 일은 집사에게 일러 가문의 방계혈족에게 연락하는 일이었다. 집사는 충직하게 그녀의 말에 따랐고, 뒤따라 나온 에프레니 공작이 물었다.

"부인, 이게 지금 뭐 하는 짓이오? 상중에!"

"내 아들은 죽어버렸고, 그 첩년의 아들이 가문의 후계자가 될 판인데 지금 그게 중요한가요?"

에프레니 공작부인이 싸늘하게 일갈했다.

"당신도 조심해요. 이 집안의 주인은 나야. 데이비드가 죽은 마당에 당신과 이혼을 못 할 이유도 없다는 뜻이라고요."

"……"

그 말에 위기감을 느낀 에프레니 공작이 입을 다물었다. 만일 그녀가 그와 이혼하면 그는 더 이상 위대한 에프레니 가문의 가주도 아니고, 에프레니 영지의 공작도 아니게 된다. 원래 자신의 가문이었던 헤드윅 가문의 성을 다시 써야 하는 것이었다. 심지어 이미 그의 동생이 작위를 물려받아 남작의 작위조차 가질 수 없었다. 그러니 그것은 결국 에프레니 공작의 파멸을 의미했다.

"이번 기회에 경고할게요. 그 여자와 그 아들, 내보내세요."

"……."

"지금까지는 데이비드 때문에 이혼도 못 하고 그냥 살았지만, 그 애가 죽었으니 나도 더 이상 참지 않을 거예요."

"부인, 이혼이 그렇게 간단한 게 아니오. 이혼 사유가 불충분해. 엄밀히 말해 공작이 정부를 두는 게 이혼 사유는 아니잖소."

"그래서 지금 그 모자를 내보내지 않겠다는 건가요?"

"아무리 그래도 제이콥은 아직 어려. 그 어린애를 어떻게 내쫓는단 말……."

"나는 분명히 경고했어요."

에프레니 공작부인이 에프레니 공작의 말을 끊은 뒤 못을 박았다.

"장례식이 끝나기 전까지 그 구역질 나는 모자를 이 집에서 당장 쫓아내요. 그렇지 않는다면 나도 가만있지 않을 테니."

에프레니 공작부인은 그렇게 말한 다음 방 안으로 들어가버렸고, 혼자 남은 공작은 난감한 얼굴로 한숨을 쉬었다. 그리고 그 모습을, 기둥 뒤에서 고스란히 지켜보고 있던 이가 있었다.

'어떡하지?'

재뉴어리였다. 그녀는 초조한 표정으로 입술을 물어뜯으며 소리 없이 자신의 방까지 들어왔다. 그녀는 안절부절못하며 방 안을 서성이다가 중얼거렸다.

"로즈몬드도 잡혀가고, 에프레니 공작도 이혼당할 판이야."

어느 순간부터 일이 완전히 잘못되어버렸다. 어쩌다 이렇게 되었지? 재뉴어리가 울상을 지으며 계속해서 혼잣말을 했다.

"로즈몬드는 분명 사형을 당할 거야. 하지만 그녀가 나까지 물고 들어가면 어쩌지?"

거기까지 말한 재뉴어리가 퍼뜩 무언가가 생각난 사람처럼, 로즈몬드와 주고받은 편지가 들어 있는 함을 찾았다. 그걸 태워야만 했다. 그녀는 서둘러 보석함을 연 뒤, 수북이 쌓여 있는 편지들 중 하나를 펼쳐보았다. 가장 최근의 것으로, 로즈몬드가 재뉴어리에게 황후의 청부 살인을 부탁하는 내용의 편지였다. 그녀는 지체 없이 그것을 촛불에 태워버린 뒤, 나머지 편지들도 그대로 벽난로 속에 집어넣어버렸다.

편지의 내용은 확인하지 않은 상태였기 때문에, 재뉴어리는 그 편지들이 이미 페트로닐라에 의해 바꿔치기당했다는 사실은 끝까지 알지 못했다.

10
Close

한편 로즈몬드는 자객들이 자백했으며, 자신의 처벌을 결정할 재판이 얼마 후에 열린다는 사실을 알고부터 제정신이 아니었다. 그녀는 극도로 초조하고 긴장한 모습으로 미친 사람처럼 온 감옥 안을 헤집고 다녔다.

"어떡하지? 어떡하지? 어떡하지? 어떡하지?"

자백까지 나온 상황에 그녀가 할 수 있는 일은 아무것도 없었다. 황제는 그녀의 편이 아니었고, 대로우 가문에서 그녀를 도와줄 리도 없었다. 그러므로 로즈몬드가 생각해낸 돌파구는 딱 한 가지밖에 없었다.

"에프레니 공작에게 도움을 청해야 해!"

그녀는 이미 에프레니 공작도 이 사실을 알고 있다는 점을 망각한 사람처럼, 허둥지둥 간수를 불렀다. 간수가 귀찮음이 역력한 표정으로 그녀에게 물었다.

"무슨 일입니까?"

"편지를 써야 해. 종이와 펜을 가져다 줘."

"음식물 외에는 아무것도 들이지 말라는 황후 폐하의 명이십니다. 절대 안 됩니다."

"부탁이야! 그것도 안 된다는 거야?"

"안 됩니다."

간수는 앵무새처럼 그 말만 반복했고, 마지막 희망이 사그라들었음을 인지한 로즈몬드는 절망적인 표정을 지었다. 하지만 그때, 그녀는 순간적으로 번뜩이는 생각이 떠올랐다.

"난 나가야 해."

"절대 안 됩니다."

"내 동생이 죽었어! 에프레니 공자가 죽었다고. 나는 나가야 해."

죽은 에프레니 공자를 이용할 생각이었다. 로즈몬드는 최대한 가련한 표정을 지으며 간수에게 애원했다.

"내 동생의 장례식에는 참석하게 해줘. 황후 폐하께 그렇게 말씀드리면 안 될까?"

"……."

그 말에 영 떨떠름한 표정을 지은 간수가 곧 한숨을 쉬며 말했다.

"말씀은 드려보겠지만, 중죄인의 신분으로는 아마 어려울 겁

니다."

"말씀은 드릴 수 있는 거잖아."

"기다리십시오."

간수는 그 말만 남기고 사라졌다. 로즈몬드는 부디 그녀의 부탁이 받아들여지기를 바랐고, 아마 특별한 일이 없는 한 그렇게 될 것이라고 믿었다. 아무리 중범죄자라도 가족의 장례식에는 보내주는 것이 제국의 관례였으니까. 더군다나 아직 그녀는 재판에서 죄를 확정받은 것도 아니었다.

"장례식에 보내달라고?"

간수의 말을 전해 들은 페트리지아는 영 마뜩잖은 표정을 지었다. 빤히 머리 굴리는 게 눈에 보이는데, 더 짜증 나는 것은 그녀의 부탁을 받아들여주지 않을 명분이 없었다. 아직 그녀는 죄를 확정받은 것도 아니었고, 설령 그렇다고 해도 가족의 장례식은 참석하게 해주어야 한다고 제국법에 명시되어 있었으니까. 그녀가 한숨을 쉬었다.

"뭐, 상관없으려나."

"에프레니 공작 내외가 어제 말다툼을 했다고 합니다, 폐하."

미르야가 조용히 다가와 소곤소곤 소식을 전했다.

"아무래도 그 정부라는 여자와, 그 아이 때문 같아요. 이제 공작가에 후계를 이을 만한 이가 없지 않습니까."

"그 정부가 에틸레르 부인과 연관이 있다는 걸 알면, 아무리 공작 부인이라도 용인하기 어려울 겁니다. 두 사람의 사이를 밝히는 게 무엇보다도 중요해요."

"그건 걱정 마세요. 제가 이미 손을 써두었으니까."

옆에서 책을 읽고 있던 페트로닐라가 아무렇지 않게 말했다.

"아마 공작부인은 오늘쯤 두 사람이 연관되어 있다는 사실을, 그리고…… 자신이 왜 에프레니 공작과 결혼했는지를 알게 될 거예요."

"공작부인의 충격이 상당하겠어."

"당연히 그렇겠지."

페트로닐라가 가만히 고개를 끄덕이며 말을 보탰다.

"부인의 인생도 참 기구해."

그건 그렇다고 페트리지아는 생각했다. 일이 그렇게 된다면 페트리지아 자신의 사연은 명함도 못 내밀 정도로 공작부인의 인생은 나락으로 떨어지는 것이다. 페트리지아는 그 사실에 유감을 느끼며 미르야에게 말했다.

"장례식에 참석하는 것을 허락하도록 해. 하지만 도주하지 못하도록 감시 인원을 네댓 명은 붙이도록 하지."

"물론입니다, 폐하. 간수에게 그렇게 전하겠습니다."

미르야가 물러나자, 옆에 있던 페트로닐라가 페트리지아에게 물었다.

"만약 에프레니 공작이 마담 재뉴어리를 내치면 어떻게 하지?"

만약의 가설에 페트리지아는 깔끔한 목소리로 대답했다.

"그렇게 되면 재뉴어리 쪽에서 먼저 에프레니 공작의 치부를 밝히게 될 거야. 어느 쪽이든 우리가 입을 피해는 없게 되는 거지."

"황제 폐하께는 언제 말씀드릴 생각이야, 리지?"

"……."

페트로닐라의 물음에, 페트리지아는 잠깐 입을 다물었다가, 곧 다시 열었다.

"일이 잘 해결된다면 굳이 말할 필요는 없을 것 같아. 좋지 않은 내용이잖아."

"그래."

페트로닐라가 짤막하게 동의한 후 그녀를 걱정하는 모습을 보였다.

"그보다 피곤해 보여."

"그래."

페트리지아가 한숨성의 목소리로 대꾸했다.

"피곤해."

"좀 쉬어야 하지 않겠어?"

"그런 문제라기보다는……."

페트리지아가 메마른 목소리로 말을 맺었다.

"그냥 이 모든 상황이 버겁고 힘들어."

"······."

"빨리 끝내고 쉬고 싶어."

"너······ 그럼."

페트로닐라가 무언가를 짐작한 듯 입술을 달싹이며 단어 몇 개를 입 밖에 냈지만, 끝내 그것은 문장으로 완성되지는 못하였다. 페트리지아는 미완의 문장을 굳이 끝맺어줄 생각을 하지 않은 채, 그냥 가만히 있었다. 페트로닐라는 마음속에서 문장을 완성시켰지만, 그것을 입 밖에 꺼내지는 못했다.

한편 장례식에 참석해도 된다는 말을 들은 로즈몬드는 뛸 듯이 기뻐했다. 마치 양동생의 죽음이 그녀에게 어떤 구원의 동아줄이나 되는 것처럼. 그녀는 시간이 없음을 누구보다도 잘 알았고, 그래서 그 즉시 외출 준비를 했다.

황후의 엄명으로 간수 넷이 그녀에게 붙었지만, 로즈몬드는 상관없다고 생각했다. 분명 공작저에는 사람이 많을 것이고, 그러니 그 틈에 재뉴어리를 만나는 건 일도 아니다.

로즈몬드는 죄수 전용 마차를 타고 에프레니 공작저까지 이동했다. 그녀의 모습은 남루했고, 며칠간의 감옥 생활로 깨끗하다고는 하기 어려운 모습이었지만, 그 미모가 워낙 수려했던 탓에 그마저도 의미가 없는 듯했다.

조문객들로 붐볐던 공작저는 로즈몬드의 등장에 잠시 더 시끄러워지는 듯했으나, 곧 다시 잔잔한 소음만이 일었다. 모두가 로즈몬드를 피했지만, 눈까지 피한 것은 아니어서 대부분의 사람들이 지나가는 그녀의 모습을 흘긋거렸다. 로즈몬드를 둘러싼 네 명의 간수들로 인해 흘긋거림은 더 증폭되는 듯했다.

로즈몬드는 그런 시선이 몹시 불쾌했지만 어쩔 수 없는 일이었다. 그녀는 아무렇지 않게 걸으며 눈으로는 재빨리 재뉴어리의 모습을 찾았다. 하지만 그녀는 어쩐 일인지 보이지 않았다. 정부라는 신분 때문에 방에 있는 것일까? 그 생각을 하자 초조해졌다.

간수들이 두 눈을 시퍼렇게 뜨고, 그것도 한 명이 아닌 네 명이나 그녀를 감시하고 있었다. 이 인원들을 모두 뚫기란, 더군다나 이런 상갓집에서는 불가능하다. 로즈몬드는 다시금 머리를 굴리기 시작했다. 그때 그녀의 눈에 반가운 얼굴이 보였다.

"제이콥?"

얼굴은 단 한 번도 본 적 없었지만, 이런 상갓집에 아이가 있다는 건 필히 저 애가 공작의 사생아인 제이콥이라는 소리였다. 그녀는 어린 제이콥에게 재빨리 다가가 친근한 척 물었다.

"안녕? 엄마는 어디에 계시니? 여긴 아이 혼자 있을 곳이 아니란다."

"누구세요?"

어린애는 경계심이 많았다. 소년은 처음 보는 낯선 여자를 경계했다. 로즈몬드는 사람 좋은 미소를 지어 보이며 제이콥의 경계심을 풀어주기 위해 노력했다.

"나쁜 사람은 아니란다."

쿡. 이 말에 옆에 있던 간수 하나가 참지 못하고 웃었다. 하지만 로즈몬드는 그에 아랑곳하지 않고 계속해서 제이콥에게 말을 걸었다.

"어서 엄마에게로 가렴. 어머니는 어디 계시니?"

"엄마는 방에 있어요."

"그래, 내가 데려다 줄게."

그녀는 그렇게 말한 다음 간수들에게 '어린애잖아요' 하고 중얼거렸다. 그들은 자신들이 지키고 있기 때문에 괜찮을 것이라고 생각했는지 로즈몬드의 행동을 제지하지 않고 있었다.

로즈몬드는 제이콥의 손을 잡고 재뉴어리의 방으로 가 문을 두드렸다. 똑똑 노크 소리에 방 안에서 앙칼진 목소리가 들려왔다.

"누구야?"

"이 아이의 어머니인가요?"

"로……."

재뉴어리는 로즈몬드의 목소리를 알고 있었다. 방 안의 문이 벌컥 하고 열렸다. 마치 죽은 사람을 본 듯한 얼굴의 재뉴어리가 로즈몬드와 자신의 아들을 번갈아 가며 쳐다보았다가, 곧 로즈몬드의 손을 잡고 있는 제이콥을 얼른 제 쪽으로 끌어당겼다. 마치 자신이 어린이 유괴범이라도 된 것 같은 취급에 로즈몬드가 기분 나쁜 표정으로 말했다.

"아이가 집 안을 혼자 나돌고 있기에 데려왔어요."

"감사…… 합니다."

재뉴어리는 마치 귀신이라도 본 듯 어안이 벙벙해진 표정으로 제이콥의 손을 잡아끈 뒤, 곧바로 문을 닫았다. 그녀는 아이의 앞에 무릎을 꿇고 앉아 눈높이를 맞춘 뒤 물었다.

"저 사람이 네게 무슨 짓을 했니, 제이?"

"아니야, 엄마."

하지만 이렇게 답한 아이는 잠시 후 곰곰이 생각하다가 무언가를 내밀었다. 아이의 손에는 구겨진 천 쪼가리가 들려 있었다.

"말도 안 하고 이걸 갑자기 내 손에 쥐여줬어."

제이콥의 손에 들린 구겨진 천 조각을 재뉴어리가 얼른 집어 들었다. 천의 상태는 아주 나빴는데, 재뉴어리는 그것을 보자마자 이 천 조각이 아까 로즈몬드가 입고 있던 드레스의 일부라는 사실을 눈치채고선 실소를 흘렸다. 종이가 없어 드레스 천을 이용한 것이 틀림없었다. 편지는 새빨간 피로 작성이 되어 있었다. 펜도, 잉크도 없어 혈액을 이용한 모양이었다.

친애하는 재니.

나는 지금 큰 곤란에 빠져 있어. 황후가 거짓으로 자백을 받아 내 나를 참형에 처하려 하고 있어. 며칠 후가 재판이야. 이 사실을 에프레니 공작에게 알리고 나를 구해줘. 나를 구하지 않는다면 너도, 나도, 에프레니 공작도 모두 끝이라는 걸 분명히 알아둬.

너의 로즈.

"'너의 로즈' 같은 소리 하고 있네."

재뉴어리가 실소를 흘렸다. 지금 이 여자는 무언가를 단단히 착각하고 있는 게 틀림없었다. 에프레니 공작이 그녀가 곤경에 처했다는 사실을 몰라서 그녀를 도와주지 않는 것일까?

로즈몬드는 이미 버림받았다. 죽은 자는 말이 없으니 오히려 에프레니 공작은 하루빨리 로즈몬드가 죽어주기를 바랄지도 몰랐다. 그녀만 죽는다면 더 이상 그를 쥐고 흔들 사람은 그 누구도 없을 테니까. 거기다 이런 편지를 보내다니!

이번에는 심지어 편지를 꼭 태워달라는 문구도 없었다. 만일 자신이 로즈몬드와 연관되어 있다는 사실을 누구라도 알게 되는 날에는 모든 게 끝이다. 자신은 공범으로 참수형에 처해질 것이고, 그렇게 되면 자신의 불쌍한 아들은 천애로 떠돌게 될 것이다. 사랑하는 아들을 결코 그렇게 둘 수는 없었다.

재뉴어리는 망설임 없이 천 조각을 촛대 위로 올려 태워버렸다.

로즈몬드가 자신과 조금이라도 연관되어 있다는 사실을 그 누구도 알아서는 안 된다!

밀려드는 조문객들을 상대하는 건 상당히 피곤하고 힘든 일이었다. 마음의 상처도 아직 채 추스르지 못했는데 조문객들의 의미 없는 위로까지 받아야 한다니.

에프레니 공작부인은 피곤한 표정으로 자신의 방 안에 들어갔다. 장례식을 마치니 정말로 아들이 떠나버린 것 같아 우울하기 짝이 없었다.

똑똑. 노크 소리에 에프레니 공작부인이 힘없는 목소리로 대꾸했다.

"누구지?"

"접니다, 부인."

집사의 목소리였다.

"소포가 도착했습니다."

"소포라니?"

의아한 물음에 집사는 직접 소포를 보여주었다. 에프레니 공작부인은 소포의 겉면을 자세히 살폈다. 정갈한 글씨체로 '에프레니 공작부인 귀하'라고만 되어 있을 뿐, 발신인에 대한 정보는 그 어디에도 없었다. 에프레니 공작부인은 집사를 포함한 모든 시녀를 물린 다음 홀로 그 소포를 열어보았다.

"이게…… 뭐지?"

소포 안에 들어 있던 것은 총 17통의 편지였다. 에프레니 공작부인은 첫 번째 편지부터 읽어보았다. 편지의 첫 줄에는 이런 말이 적혀 있었다.

-친애하는 재니에게.

"재니……?"

에프레니 공작부인이 곰곰이 생각하는 표정을 지었다. 재니가 누굴까? 그녀는 두 번째 줄부터 다시 읽어 내려가기 시작했다.

아이를 가졌다고? 축하해. 네 원대한 계획의 첫 장을 열었구나.

공작부인에게 아들이 있다고는 하지만 병약하니 네게도 기회가 아예 없는 건 아니야. 네가 만약 아들만 낳는다면 승산이 있어.

약속했던 대로 난 네가 에프레니 가문의 안주인이 되는 걸 물심양면으로 도울 거야. 네가 날 돕는다면 말이지.

어쨌든 몸조리 잘하고 순산하길 바라. 일이 있으면 또 적을게.

이 편지는 태워줘.

너의 로즈가.

"하……!"

에프레니 공작부인은 그 편지 한 장에 모든 내막을 알아차렸다. '재니'는 '재뉴어리'의 애칭이고, 여기서 '로즈'는…….

"에틸레르 후작부인, 그대가……."

에프레니 공작부인이 뜻하지 않게 알게 된 사실에 몸서리를 치며 편지를 구겼다. 에프레니 가문의 안주인이 되는 걸 돕는다고? 에프레니 가문의 혈통인 나를 밀어내고? 왜, 내 아들을 죽이고 나까지 죽이려 다짐했나 보지, 둘 다?

에프레니 공작부인이 황당한 웃음을 터뜨렸다. 끝에 에틸레르 후작부인의 서명이 있는 것을 보니 이 편지가 조작은 아니었다.

그녀는 곧바로 두 번째 편지를 읽었다. 재뉴어리의 득남을 축하하는 내용이었다. 세 번째, 네 번째도 별거 없었다. 그리고 다섯 번째가 되었을 때, 에프레니 공작부인은 그녀만 알고 있으리라고 생각했던 일을 편지에서 확인해야만 했다.

친애하는 재니, 오랜만이야.

오늘은 드디어 에프레니 공작과 만났어.

그는 드디어 내가 알리사 폐후와의 일을 알고 있다는 사실을 알았지. 그가 알리사 폐후에게 자네트와 관련해 보냈던 편지가 내 손안에 있거든! 그때 그자의 표정을 네가 봤어야 하는 건데! 너무 아쉬워.

이 일이 황제 폐하의 귀에 들어가면 아마 폐하께서는 그자를 용서치 못하실 거야. 어미의 죽음에 직접적으로 연관되어 있는 자에게 어떤 식으로든 복수하실 거야.

그도 그걸 잘 알고, 그러니 그는 내게 꼼짝하지 못해.

물론 그가 나를 암살할지도 모르지만, 황제의 총희를 함부로 없앨 만큼 그가 어리석은 위인은 아니니까. 더구나 황실의 기사들이 나를 지켜주고 있는데 무슨 걱정이겠어?

다른 일이 생기면 또 적을게. 편지는 태워버려.

로즈.

"그래서 에틸레르 후작부인을······!"

에프레니 부인이 이제야 이해하겠다는 듯 고개를 끄덕였다. 어쩐지 남편이 갑자기 보잘것없는 남작 가문의 영양을 양녀로 들이자고 했을 때부터 이상하다 싶었는데, 이런 흑막이 있었다니. 에프레니 공작부인은 황당한 표정을 지우지 못했다.

로즈몬드가 알고 있는 내용은 사실 공작부인도 이미 알고 있었다. 그녀가 모를 리 없었다. 남편의 계획을 부추기고 도움을 준 것이 바로 그녀였으니까.

당시 후작의 신분이었던 에프레니 공작은 더 높은 신분을 원했고, 가장 빨랐던 방법은 질투심에 눈이 먼 황후가 대역죄를 짓게 만들어 그녀의 친가였던 오스윈 가문에서 재상의 자리를 빼앗는 것이었다. 당시 알리사는 질투에 눈이 멀어 있었으니 충분히 가능한 일이었다.

남편의 계획을 들은 에프레니 공작부인은 이에 동의했다. 가문을 위한 일이니 그녀가 반대할 이유가 없었다. 에프레니 공작부인은 남편과 더불어 알리사 폐후와 접촉해 그녀와 자네트 사이를 끊임없이 이간질했고, 알리사 폐후가 자네트를 증오하도록 만들었다.

결국 알리사 황후는 폐후가 되어 사사당했고, 그 일로 오스윈 공작은 칩거에 들어갔다. 자연히 재상의 자리는 후작 가문 중에서도 서열이 높았던 에프레니 가문에게 돌아갔고, 후작은 몇 년 후 재상으로서의 공로를 인정받아 공작이 되었다.

그런데 그 일을 로즈몬드가 알고 있었을 줄이야! 편지의 내용으로 미루어 보건대 에프레니 공작이 직접 그녀에게 일을 누설한 게 아니라, 로즈몬드가 다른 곳에서 일의 내막을 접한 듯했다. 에프레니 공작부인이 초조하게 손톱을 씹었다.

어차피 로즈몬드는 곧 재판에 회부될 거고, 특별한 일이 없는 한 사형을 당할 것이다. 그때까지 비위만 맞춰서 입을 여는 걸 방지하면 된다. 그도 아니면 쥐도 새도 모르게 죽여버리거나. 어차피 죽을 목숨이니 갑자기 죽어버렸다고 해도 누구 하나 특별히 여기지 않을 것이다.

에프레니 공작부인은 그렇게 생각하며 다음 편지를 읽었다. 평범한 내용이었다. 그다음 편지도 평범, 그다음 편지도 평범…… 일관된 평범함에 익숙해져 있을 무렵, 그녀는 눈에 띄는 문구를 발견했다.

에프레니 부인도 참 불쌍해.

에프레니 공작부인은 그 한 문구에 얼어붙었다.

불쌍하다고? 감히 나에게? 그녀는 재빨리 편지의 다음 구절을 읽어 내려갔다.

까놓고 말하자면, 그녀처럼 불쌍한 여인도 없는 듯해.

에프레니 가문의 영양으로 태어나서 후계를 직접 잇는 대신 남편에게 넘겨버렸지. 그것도 자신과 비슷한 위치의 남자가 아닌 고작 남작 가문의 영식에게 말이야.

에프레니 공작도 참 뻔뻔한 게, 그럼 자기 부인에게 지극정성을 다해야 하는데, 고작 창녀 하나의 유혹에 발라당 넘어가서 아들까지 낳았잖아?

게다가, 이건 넌 모르는 내용이겠지만 에프레니 공작은 에프레니 공작부인을 강간해서 임신시킨 거거든. 물론 공작부인은 이 사실을 몰라. 그것도 모르고 그녀는 자신이 그를 선택했다고 굳게 믿고 있어. 정작 선택한 사람은, 그녀가 아니라 그인데 말이야.

툭. 편지가 떨어졌다. 에프레니 공작부인의 손끝이 바들바들 떨려왔다.

"어……떻게, 이런 것까지……."

에프레니 공작부인의 얼굴이 충격과 분노로 새파래지기 시작했다. 그녀는 의자 아래로 떨어진 편지를 주울 생각도 하지 못한 채, 얼굴을 감싸 쥐었다. 그건 20년 전의 일이었다. 이제는 기억조차 희미한.

"레이디 이즈."

이즈 에프레니는 누군가가 자신을 부르는 소리에 뒤를 돌았다. 금발의 미남자가 그녀의 이름을 부른 듯했다. 그녀는 자연스럽게 두근거리는 심장을 느끼며 대답했다.

"네, 영식. 무슨 일이시죠?"

그때는 바야흐로 새 황제의 즉위를 맞아 온 제국이 떠들썩하던 시기였다. 연회가 시시때때로 열렸고, 귀족들은 사치와 향락에 취해 날마다 즐거운 밤을 보냈다. 후작가의 영양이었던 이즈 에프레니도 예외는 아니었다.

"손수건을 떨어뜨리셨습니다."

금발 남자는 정중하게 말하며 그녀에게 흰 손수건을 건넸다. 이즈 에프레니는 얼굴을 붉히며 그것을 받아 들었다.

"감사합니다, 영식. 제가 칠칠치 못했네요."

"아닙니다. 제가 발견해서 다행이군요."

"참, 그보다…… 제 이름은 어떻게 아셨나요?"

이즈 에프레니의 물음에 남자는 다정한 미소를 지어 보였다.

"제도에 유명한 미인이 있기에 한눈에 알아봤습니다, 레이디 이즈."

"어머."

남자의 칭찬에 이즈 에프레니의 얼굴이 더욱 붉어졌다. 그녀가 물었다.

"그런데 누구신가요? 제가 뵌 기억이……."

"아, 인사가 늦었군요."

남자가 정중하게 인사했다.

"헤드윅 가문의 제임스 뉴튼 리 헤드윅입니다."

"에프레니 가문의 이즈 카티아 라 에프레니에요. 혹시 헤드윅 남작의 자제분이신가요?"

"그렇습니다."

"아."

이즈는 속으로 안타깝다고 중얼거렸다. 얼굴도 잘생기고, 다정해 보이는 남자다. 그런데 출신이 흠이었다. 하급 귀족과의 결혼이라니. 아버지가 절대 허락해주실 리 없었다. 이즈가 아쉬운 표정을 애써 숨기며 제임스에게 말했다.

"어쨌든 감사했습니다, 영식. 그럼 모쪼록 오늘 연회 즐기다 가시길……."

"잠시만요, 영애."

제임스가 이즈를 불러 세웠다. 이즈가 의아한 표정으로 큰 키의 제임스를 올려다보았다. 그가 부드러운 미소를 지으며 그녀에게 물었다.

"혹 아직 파트너를 구하지 못하셨다면."

"……."

"레이디 이즈, 부디 제 댄스 파트너가 되어주시겠습니까?"

"아……."

이즈는 거절하지 못하고 작게 고개를 끄덕였다. 그녀는 분명 그때부터 그에게 호감을 가지고 있었다. 이즈의 허락에 제임스의 미소가 아까보다 한층 밝아졌다.

"영광입니다, 영양."

"……."

이즈의 볼이 분홍빛으로 물들었다. 두 사람은 곧 함께 춤을 추기 시작했다. 제임스는 마치 오랫동안 사교계에서 활동했던 사람처럼 왈츠를 잘 추었고, 덕분에 이즈를 잘 리드했다. 나름 춤에 자신이 있었던 이즈는 그 모습에 더 반할 수밖에 없었다. 춤이 끝난 뒤에, 이즈는 약간 상기된 얼굴로 그에게 인사했다.

"오늘 너무 즐거웠어요, 영식."

"저 또한 그렇습니다, 레이디 이즈."

제임스가 끝까지 정중한 미소를 잃지 않으며 이즈에게 물었다.

"목이 마르지는 않으신가요? 칵테일을 가져오겠습니다. 잠시 쉬고 계세요."

"아…… 감사합니다."

이즈가 고개를 끄덕이며 구석진 곳으로 이동했다. 자상한 남자다. 아버지의 신분이 조금만 더 높았다면 좋으련만…….

"무슨 생각을 하고 계세요, 영양?"

이런저런 생각을 하고 있는 사이 그가 칵테일을 들고 돌아왔다. 이즈가 살포시 미소 지으며 대답했다.

"그냥, 별 잡생각이요."

"생각이 많으신가 보군요."

"그냥 조금이요."

그렇게 말한 이즈가 제임스가 가져온 칵테일을 들이켰다. 달달했다. 그녀가 물었다.

"제가 술이 좀 약한데. 취해 몹쓸 모습을 보일까 봐 걱정이네요."

"그런 염려는 넣어두세요, 영양."

제임스가 매혹적인 미소를 지으며 그녀의 귓가에 속살거렸다. 그도 술을 마셨기 때문일까. 귓가의 숨이 덥게 느껴졌다. 이즈는 약간 몽롱함을 느끼며 비틀거렸고, 제임스가 그런 그녀를 잡아주었다.

"조심하세요, 영양. 아무리 도수가 낮은 칵테일이라지만⋯⋯."

"칵테일 한 잔에 취할 주량은 아니라고 생각했는데, 이런. 저도 늙었나 봐요."

"무슨 그런 서운한 말씀을."

제임스가 아니라는 듯 고개를 저으며 물었다.

"그럼 테라스로 갈까요?"

"좋아요."

그녀는 동의했고, 두 사람은 테라스로 자리를 옮겼다. 테라스에 있던 벤치에 앉은 두 사람은 남은 칵테일을 계속 홀짝였다. 취기가 올랐는지 이즈는 기분이 좋아짐을 느꼈다. 어쩌면 지금 옆에 있는 사람 때문일지도 모르겠다고 생각하면서, 이즈가 중얼거렸다.

"좀 덥네요."

"더우십니까?"

"몸에⋯⋯ 열이 오르는 것⋯⋯ 으!"

그녀가 어느 순간 비명을 질렀다. 아, 이상했다. 그녀의 몸이 오늘따라 평소 같지 않았다. 단전에서 열이 뿜어져 나오는 듯한⋯⋯ 이즈가 떨리는 목소리로 말을 뱉었다.

"몸이 이상해요."

"저런."

제임스가 안타까운 목소리로 중얼거렸다.

"어디가 불편하십니까."

"으…… 그냥……."

"아까 춤을 너무 열심히 추셔서, 몸이 놀란 모양입니다."

그가 걱정스러운 목소리로 이즈의 몸에 손을 가져다 댔다.

"제가 근육을 풀어드리겠습니다."

"괜찮…… 하으!"

제임스는 그녀의 근육을 풀어주는 척하면서, 은근히 그녀의 은밀한 속살을 어루만졌다. 사실 제임스가 이즈에게 건넨 칵테일에는 최음제와 함께 수면제가 같이 들어 있었다. 그것을 알 리 없는 이즈는 울상을 지으며 애원했다.

"이상해요, 영식. 몸이 너무…… 뜨거워서……."

"영애."

그때 제임스가 은근한 목소리로 그녀를 불렀다. 이즈는 붉어진 눈으로 그를 쳐다보았다. 그가 조심스럽게 속살거렸다.

"사랑합니다."

"네?"

뜬금없는 고백에 이즈는 단전의 뜨거움도 모두 잊고 깜짝 놀란 목소리로 물었다. 제임스가 수줍은 듯한 목소리로 고백했다.

"실은 처음 뵈었을 때부터……."

"……."

"첫눈에 반했습니다."

"하지만, 우린 오늘 처음…… 아!"

이즈는 자신의 말을 끝맺지 못했다. 제임스가 그녀에게 곧바로 키스했기 때문이었다. 그의 부드러운 입술에 이즈는 정신을 차리지 못할 것 같다고 생각하며 제임스의 몸에 자신의 몸을 밀착시켰다. 그러는 사이 그녀는 점점 자신의 의식이 흐려지는 것을 느꼈다.

"아…… 영식……."

그 말을 끝으로, 이즈는 정신을 잃었다.

"으응……."

"일어나셨습니까?"

이즈는 옆에서 들려오는 목소리에 화들짝 놀랐다. 옆에 제임스가 있었다. 그녀가 어안이 벙벙해진 표정으로 그에게 물었다.

"영식? 이게 어떻게 된 일……."

"이런."

제임스가 난감하다는 듯한 표정으로 이즈에게 물었다.

"설마 어제의 일이 전혀 기억나지 않으시는 겁니까?"

"네? 그게 무슨……."

"영애께서 어제 저를……."

그가 머뭇거리면서도 끝까지 말을 계속했다.

"덮치시지 않으셨습니까."

"제…… 제가요?"

난생처음 듣는 소리에 이즈는 어안이 벙벙해졌다.

덮쳤다고? 내가? 저 남자를? 세상에, 맙소사! 제임스의 말에 이즈는 부끄러워 죽을 것 같았다. 하지만 여기서 끝이 아니었다. 그녀의 부끄러움은 나신의 자신과, 똑같이 태초의 상태로 돌아가 있는 제임스의 모습을 보고선 극에 달했다. 이즈는 눈을 질끈 감았다. 정숙하지 못한 모습에 그녀는 자신이 직감적으로 무슨 짓을 저질렀는지 눈치챘다.

그녀는, 어제 그러니까…….

"제가 어제 그럼 영식과……."

"제게 그리 속삭이셨잖습니까. 가지 말라고. 제발 안아달라고 하셨어요."

"제가……."

이즈는 허망한 표정을 지었다. 망했다. 앤더슨 부인이 그토록 강조했던 숙녀의 정숙을 어제 완전히 버려버린 것이다! 그녀가 울상을 지으며 다시 한번 물었다.

"제가 정말 그랬다고요?"

"영애, 자꾸 그렇게 물으시면……."

제임스가 난감한 목소리로 말했다.

"제가 마치 영애를 범한 것 같지 않습니까."

"아, 아니에요. 영식께서 그러셨다고는 생각지 않습니다. 다만 제가……."

"다 제 탓입니다. 어제 칵테일을 가져다 드리지 말았어야 하는 건데……."

그가 자책 어린 목소리로 말하며 풀 죽은 표정을 짓자, 이즈가 얼른 부인했다.

"아, 아니에요, 영식. 영식께서 잘못하신 게 아닙니다."

"하지만 영애께서 이런 반응을 보이실 줄 알았으면…… 전 절대로 영애를……."

제임스가 망설이다 결국 말을 맺었다.

"안지 않았을 겁니다."

"……."

그러니까 지금, 이미 그녀와 그의 사이에는 부부만이 할 수 있는 그런 행위가 오간 것이다. 그 사실을 깨달은 이즈가 허탈한 표정을 지어 보였다. 이미 일은 일어났고, 이제 어떻게든 이 상황을 대처해야 한다. 그녀가 물었다.

"제게 바라시는 것이 있으신가요, 영식?"

"그럴 리가요. 감히 후작 가문의 영양께 어찌 어제의 밤을 대가로 무언가를 바라겠습니까. 저는 남창이 아닙니다."

그렇게 말하는 그의 목소리가 어쩐지 싸늘해서, 이즈는 저도 모르게 움츠러들었다. 하지만 그것도 잠시, 제임스가 다정한 목소리로 그녀를 위로했다.

"너무 걱정 마세요, 영양. 어젯밤의 일은 비밀에 부칠 것입니다."

"하지만……!"

"영애의 앞길을 저 같은 놈 때문에 망칠 수는 없지요. 어제의 일은 그저 찰나의 유희에 불과했을 뿐입니다."

"……."

"잊으세요, 영애. 어젯밤도, 저도."

제임스의 단호한 말에 이즈는 아무 말도 할 수 없었다. 그는 그런 그녀를 빤히 쳐다보다가, 잠시 후에 피식 웃고선 그녀의 이마에 작게 키스했다.

"부끄러우실 것 같으니 저는 이만 나가겠습니다."

그는 그렇게 말하며 재빨리 의복을 갖춰 입었다. 이즈는 나신을 하얀 이불로 가린 채 멍한 표정으로 그런 그의 모습만 빤히 쳐다볼 뿐이었다. 마침내 제임스가 모든 준비를 다 갖추었을 때, 그는 마지막으로 이렇게 말했다.

"죄책감 가지실 필요 없습니다. 신경 쓰실 필요도 없어요."

"영식……."

"저만 기억할 것입니다. 영애의 키스, 영애의 손길, 영애의 숨결 모두 다."

"……."

부끄러움이 밀물처럼 밀려왔고, 이즈는 아무 말도 하지 못했다. 제임스는 그런 그녀를 잠시간 바라보다가, 곧 아무렇지 않게 자리를 떴다. 홀로 남겨진 이즈는 그 후에도 한참 동안 멍한 표정으로 그 자리에 앉아만 있었다.

'그리고 난 임신을 했어.'

회상을 마친 에프레니 공작부인이 심각한 표정을 지었다. 그녀
는 그 후 거짓말처럼 임신했고, 그녀는 하는 수 없이 그와 결혼식을
올릴 수밖에 없었다. 갑작스럽게 이루어진 혼사에 모두가 이러쿵
저러쿵 말이 많았고, 그중에는 혼전 임신을 했다는 말도 있었다. 그
건 사실이었기 때문에 에프레니 공작부인은 한동안 사교계에 출입
할 수 없었다. 부끄러웠기 때문이었다.

어쨌든 그녀가 그를 원했고, 선택했고, 그래서 그에게 안긴 것이
라고 생각했다. 그 또한 같은 생각이었기 때문에 그녀의 유혹을 받
아들였을 터였다. 그러니 배 속의 아기도 당연히 사랑의 결실. 에프
레니 공작부인은 그 생각에 모든 괴로움을 털어버렸다.

아기는 사내아이였고, 에프레니 가문의 가주가 될 운명을 타고
태어났다. 에프레니 공작이 죽은 후 후계는 자연스레 이즈 에프레
니의 남편인 제임스 헤드윅이 잇게 되었고, 그는 그때 자신의 성을
버리고 에프레니의 성을 택했다. 그리고 그녀는 지금까지 잘 살아
왔다. 물론 중간에 그가 정부를 들이는 등 시련도 있긴 했지만, 그
녀는 나름 잘 살아왔다고 끊임없이 자위하고 있었던 것이다.

하지만 출처를 알 수 없는 편지 한 장에, 지난 20년간 그녀를 유
지했던 모든 정당성과 자부심이 사라지고 말았다. 그녀는 그를 원
해서 그에게 안긴 것이 아니라, 그에게 이용당한 것일 뿐이었다. 사

랑이 아닌 강간이었고, 운명이 아닌 조작이었다. 에프레니 공작부인은 그 모든 사실을 깨닫고선 허탈하게 웃음 지었다. 편지의 가장 마지막에는 이런 문구가 적혀 있었다.

에프레니 공작부인은 가엽게도 공작이 건넨 칵테일에 사랑의 묘약이 들어 있었다고 믿었던 거야. 실상은 최음제와 수면제. 그녀를 불행으로 몰아넣을 씨앗이었는데 말이지.

그러니까 그녀는 많이 어리석었던 것이다. 그때의 그녀는 지금과는 비교할 수 없을 정도로 순수하고, 아름답고, 어렸으니까. 하지만 그녀는 더 이상 어리지도, 아름답지도, 순수하지도 않았다. 그러니 선택은 달라져야만 했다.

에프레니 공작부인은 분노를 담아 편지를 구겼다. 하지만 그것을 태워버리거나 갈가리 찢지는 않았다. 오히려 섬뜩한 표정으로 자신의 비밀 금고에 그 열일곱 통의 편지를 전부 넣어두었다. 언젠가 요긴하게 쓰일 일이 있을지도 모른다.

아니, 당장 남편과의 이혼에 유리하게 쓰일 것이다. 강간으로 성립된 결혼은 무효다. 에프레니 공작부인이 기괴한 미소를 지었다. 그녀를 지탱하고 있던 모든 추억이 전부 판타지라는 걸 안 순간, 그녀는 더 이상 진심으로 웃을 수 없었다.

에프레니 공작부인은 당장 이혼하기로 결심했다. 그게 자신을

20년 동안 속인 남편과 꼴 보기 싫은 남편의 정부, 그 아들까지 한꺼번에 처리할 수 있는 일이었다. 결심이 굳어지니 남은 것은 행동뿐이었다. 그녀는 자리에서 벌떡 일어난 뒤 성큼성큼 문가로 걸어갔다.

문을 열자 조용한 공기가 그녀를 맞아주었다. 에프레니 공작부인은 망설임 없이 남편이 있을 방으로 걸어가 문을 열었다. 에프레니 공작은 그녀의 난데없는 방문에 놀란 듯, 놀란 표정을 짓고 있었다. 저 표정을 이 집 안에서 보는 것도 조만간 마지막이 될 것이다. 그렇게 생각한 에프레니 공작부인이 서늘하게 웃었다.

"이혼해요, 전하."

"부인……?"

"장례식도 끝났으니 당장 이 집에서 나가주세요."

"부인, 그게 무슨……."

"날 20년 동안이나 속여놓고, '어떻게 당신이 나한테 이래'라는 소리는 못 하겠죠?"

"이즈, 알아듣게 이야기를……."

"20년 전 우리가 처음 만났을 때."

그녀가 싸늘한 목소리로 말문을 열었다.

"당신이 날 강간했다지? 최음제와 수면제를 탄 칵테일을 먹여서."

"부인, 그게 무슨 소리예요. 누구한테 그런 헛소리를……."

"진짜 몰라서 물어?"

에프레니 공작부인은 더 이상 공작에게 남편으로서의 예우를 다하지 않았다. 지금 그녀의 눈앞에 있는 남자는 죽은 아들의 아버지도, 그녀의 남편도 아닌 강간범일 뿐이었다. 에프레니 공작부인이 분노를 억누르며 그에게 쏘아붙였다.

"강간으로 인한 임신은 결혼 사유가 될 수 없어. 그 증거를 제출하면 이혼은 무조건 성립되니까, 당장 나가라고!"

"도대체 당신 무슨 소리를 하는 거요!"

"뻔뻔하고 파렴치한 남자 같으니! 나와 이혼하면 당신은 더 이상 에프레니 가문의 성을 쓸 수 없어. 우리 가문의 가주도 아니라고!"

에프레니 공작부인은 분노를 주체할 수 없는 사람처럼 보였다. 그녀는 큰 소리로 집사를 불렀고, 곧 명령했다.

"2층의 여자와 그 아들을 당장 이 집에서 내쫓아. 그리고 내일 아침 날이 밝자마자 이혼 신청을 넣어. 제임스 뉴튼 리 헤드윅은 더 이상 에프레니 가문의 주인이 아니다."

"네, 부인."

"부인, 이게 무슨······!"

"두 모자를 당장 끌어내!"

에프레니 공작부인은 더 이상 에프레니 공작의 말을 듣지 않았다. 그녀는 그가 허튼짓을 할 수 없도록 잘 감시하라고 모든 사용인에게 명령한 뒤, 2층에서 질질 끌려 내려오는 재뉴어리를 싸늘하게 노려보았다. 사용인들에게 몸을 붙들린 재뉴어리가 절규하듯 물었다.

"이게 무슨 짓이에요, 형님!"

"형님은 누가 네 형님이라는 거야. 난 선대 에프레니 후작의 무남독녀. 너 같은 동생 따위 둔 적 없어."

에프레니 공작부인이 기가 차다는 듯한 표정으로 헛웃음을 터뜨렸다.

"이 가문의 가주는 더 이상 제임스가 아니야. 나는 새 가주를 들일 거다. 그러니 너도 저 남자와 함께 나가줘야겠어."

"뭐라고요?"

"네 애도 어차피 에프레니 가문의 피는 한 방울도 섞이지 않았잖아? 내가 낳은 아들이라면 또 모를까, 그게 아니라면 이야기가 달라지지."

"부인, 저더러 이 밤에 어디로 가라고요!"

"그건 내 알 바 아니야. 당장 내쫓아."

"부인, 부디 자비를……."

"4년 동안 자비는 충분하지 않았나?"

에프레니 공작부인이 조소하며 방 안으로 들어갔다. 재뉴어리는 미칠 지경이었다. 이 무슨 마른하늘에 날벼락이란 말인가! 그녀는 아직 어린 아들을 끌어안은 채 엉엉 울었다. 하지만 사용인들이 그간 기고만장했던 재뉴어리에게 동정심을 가질 리 없었다.

그나마 제이콥의 유모였던 일레나는 제이콥을 동정했지만, 그마저도 아직 어린 아이에 대한 동정일 뿐, 그 어미에 대한 동정은 아니었다. 어쨌든 사용인들은 에프레니 공작부인의 말을 충실히 이행했다. 재뉴어리는 결국 아들과 함께 내쳐졌다. 완전히 빈 몸뚱이로.

"마담 재뉴어리가 내쳐졌다고요?"

이 소식은 빠르게 페트로닐라의 귀에 들어갔다. 소식을 전해준 시녀가 고개를 끄덕였다.

"푸줏간에 갔다 오는 길에 봤어요. 자기 아들이랑 거리를 걷고 있던데, 행색이 초라한 걸로 봐서는 쫓겨난 것 같아요."

"저런."

페트로닐라가 혀를 쯧쯧 찼고, 시녀가 말을 보탰다.

"애도 있고 너무 불쌍해 보여서 동전 몇 닢을 던져줬어요. 처음에는 자기를 동정하느냐고 쏘아보다가, 그래도 먹고는 살아야겠는지 집어 들더라고요."

"그보다 에프레니 공작가에 무슨 일이 있나 보네요. 에프레니 공작이 그걸 가만히 뒀을 사람이 아닌데."

"그러게요. 무슨 일이 있나 봐요. 하지만 그것까지는 모르겠어요."

"내가 내일 알아보죠, 뭐. 이 늦은 시간에 가기도 그렇고."

그렇게 말한 페트로닐라가 깜빡했다는 듯 고개를 살짝 추켜올렸다.

"그러고 보니 내일이 재판이네요."

"에틸레르 부인이요?"

"네. 내일 오후에 있어요."

"사형을 받겠죠?"

"아마 그럴 거예요."

페트로닐라가 중얼거렸다.

"여기서 또 이상한 꾀를 쓰는 건 아닐지……"

"그렇다고 하더라도 쉽게 빠져나가지는 못할 걸요? 지은 죄가 있는데요."

"그건 그래요."

워낙 간교한 여자라 끝을 보기 전까지는 쉽게 안심할 수 없었다. 부디 내일 재판이 무사히 마무리되기를 바랄 뿐이었다.

재판은 수도 카우드의 제르비아넨 광장에서 열렸다. 정오가 되기 조금 전에, 페트리지아는 푸른색의 드레스를 입고 마차에 올라탔다. 오늘의 재판은 사실상 형을 구형하는 자리였기 때문에 모든 제국민들이 재판을 참관할 수 있었다.

"5분 후면 도착할 것 같아."

옆에서 들려오는 라파엘라의 말에 페트리지아는 말없이 눈을 감고 손을 한데 모았다. 그녀는 지금 제르비아넨 광장으로 가고 있었다. 회귀 전 자신의 가족이 줄줄이 사형당했던 곳으로.

그런데 지금 그녀는 황후이고, 목이 잘릴 것을 선고받는 여자는 자신이 아닌 로즈몬드다. 그 아이러니에 페트리지아는 작게 웃었다.

간만에 열리는 공개재판이라 그런지 많은 사람들이 와 있었다. 공개재판은 그 기밀을 유지할 필요가 없는 경우 중죄인에 한해 열렸는데, 지난번 로즈몬드의 재판은 황후는 물론 황제까지 암살당할 뻔했다는 사실을 숨겨야 했기 때문에 공개재판으로 열리지 않았다.

"황후 폐하시다!"

"황후께서 오셨다!"

마차 위에 그려진, 황실과 그로체스터 가문의 특징이 섞인 문장을 발견한 제국민들이 소리치는 소리가 들렸다. 페트리지아는 웃음기 없는 얼굴로 마차 안에서 내렸다. 황제의 모습과 다른 귀족들의 모습이 보였다. 로즈몬드는 아직 오지 않은 듯했다.

페트리지아가 황제가 있는 쪽으로 걸어가자, 그녀를 발견한 귀족들이 무릎을 꿇으며 그녀에게 예를 취했다. 그녀는 자신에게 무릎을 꿇지 않은 단 한 사람, 루시오의 앞에 가 인사했다.

"제국의 달이 황제 폐하를 뵙습니다."

"오는 데 불편함은 없었나?"

"네, 폐하. 괜찮았습니다."

황후궁에서 제르비아넨 광장까지는 고작 13분 정도가 걸렸다. 질문이 우습다고 생각하면서도 페트리지아는 웃지 않은 채로 그에게 물었다.

"죄인은 언제 당도하는지요."

"곧 당도할 거다. 방금 황궁 쪽 연락을 받았으니."

그 말이 끝나기가 무섭게, 초라한 마차 하나가 광장 쪽으로 들어왔다. 곧 마차가 멈추고 안에서 간수 둘과, 그 사이에 낀 로즈몬드가 모습을 드러냈다. 로즈몬드를 본 사람들이 그녀를 비난하는 소리가 들렸다.

"저 여자가 폐하를 시해하려 했대!"

"남작의 딸이 벼락출세를 했으면 황은에 감사할 줄을 알아야지! 욕심이 지나쳤어."

"결국 벌을 받는구나."

로즈몬드는 자신에게 쏟아지는 그 모든 비난을 하나도 빠짐없이 들으면서도, 자신감 넘치는 표정으로 태연하게 걸어갔다. 그녀는 광장의 정중앙에 놓였다. 간수 두 명이 뻣뻣한 그녀의 무릎을 꿇렸고, 그녀는 양손이 등 뒤에 결박당한 채로 무릎을 꿇고 앉았다. 눈빛은 전과 다름없이 오만하고 사나웠지만, 약간의 불안감까지는 숨길 수 없었다. 페트리지아는 그 불안감을 빠르게 읽어냈다. 자신이 죽기 전 보였던 불안이다. 태연한 척하면서도, 숨길 수 없었던 죽음에 대한 공포. 그에 따른 불안. 황제가 재판을 시작했다.

"죄인이 왔으니 재판을 시작하지."

수사의 전권이 황후인 페트리지아에게 있었지만, 재판만큼은 바시에 공작이 맡았다. 그가 낮은 목소리로 말문을 열었다.

"로즈몬드 메리 룬 에틸레르 후작부인의 처벌에 대한 재판을 시작하겠습니다."

"잠깐만요, 전하."

그때 어느 귀족 하나가 이의를 제기했다.

"한데 에프레니 공작께서는 왜 불참하시는 겁니까? 엄연히 에틸레르 후작부인의 양부가 아닙니까."

"에프레니 공작부인이 오전 6시에 이혼 신청을 했다."

페트리지아가 무심한 목소리로 대신 대답했다.

"아직 확실하게 결정 난 것은 없지만, 만일 에프레니 공작이 공작부인과 이혼하게 된다면 그는 더 이상 에프레니 가문의 가주가 아니라 헤드윅 가문의 일원일 뿐이야. 이 자리에서 의견을 말할 수 있는 귀족은 반드시 백작 이상의 신분을 가지고 있어야만 한다. 그러니 신분이 어떻게 될지 불확실한 자가 어찌 이 재판에 귀족으로서 참여할 수 있겠나."

뜻밖의 소식에 좌중이 다시 한번 술렁였지만, 바시에 공작이 그런 소란을 잘 막아냈다.

"자자, 다들 조용히 하십시오. 그 이외의 문제가 없다면 재판은 이대로 진행할 것입니다."

바시에 공작이 정면을 바라보며 정확한 발음으로 말을 이었다.

"제국력 986년 9월 10일, 마비너스의 황후 폐하께서는 암살 시도를 받으셨으나, 다행히 훌륭한 기사들의 도움으로 무사하실 수 있었습니다. 황실의 제2기사단에서 당시 폐하가 탄 마차를 습격했던 자객 2명을 생포했고, 나흘 전 그들로부터 범인에 대한 자백을 받았습니다. 또한 황제 폐하의 증언 역시 있었던 바, 황후 폐하께서는 에틸레르 후작부인을 범인으로 지목하셨습니다."

바시에 공작이 무릎을 꿇고 사나운 표정을 짓고 있는 로즈몬드를 향해 물었다.

"에틸레르 부인, 자신이 지은 죄를 인정합니까?"

"나는 억울합니다. 이건 모함이에요! 모든 게 다 조작된 겁니다. 자객도, 황제 폐하의 증언도 전부 다!"

"에틸레르 부인, 진정하십시오. 조작이라는 증거가 없으면 부인의 형이 더 길어질 수 있습니다."

그렇다고 해도 그녀는 사형을 구형받을 것이다. 페트리지아가 이런 좋은 기회를 놓칠 리 없었다. 로즈몬드가 이를 부득 갈았다. 에프레니 공작은 뭐가 틀어졌는지 에프레니 공작부인과 갑자기 이혼할 위기에 처했고, 덕분에 재뉴어리도 쫓겨났다.

이제 그녀를 도와줄 사람은 에프레니 공작부인밖에 없는데, 그녀는 자신의 양딸이 죽어도 아무렇지 않은 것인지 사람 하나 보내지 않았고, 오늘 이 자리에도 참석하지 않았다. 로즈몬드는 한마디로 미치고 팔짝 뛸 지경이었다.

"에틸레르 부인, 죄를 인정하지 않겠다는 겁니까?"

"나는 잘못한 게 없으니까요! 모든 게 다 나를 함정에 빠뜨리기 위한 간악한 황후의 소행입니다!"

"……."

도무지 말로 해서는 안 되겠군. 그녀가 한숨을 내쉬며 모두에게 물었다.

"여기 모인 귀족들에게 묻지. 황후를 시해하려는 죄는 분명 중죄야. 제국법에도 이는 사형으로써 다스려야 한다고 나와 있지. 나는 그녀에게 사형을 구형함으로써, 감히 황실과 황족을 능멸하려 한 일에 대해 벌을 내리고, 모두에게 본보기가 되도록 할 생각이다. 이에 반대하는 귀족이 있나?"

"……."

아무도 나서는 이가 없었다. 침묵을 동의의 표시로 받아들인 페트리지아가 메마른 목소리로 루시오에게 물었다.

"황제 폐하, 귀족들 중 아무도 제 의견에 반대하는 이가 없는 것 같습니다만."

"……."

"감히 황후를 시해하려 한 폐하의 총희에게 사형을 내리려 합니다. 허락해주시겠습니까."

"……허락한다."

"폐하! 폐하께서 어찌 감히 제게……!"

로즈몬드는 지난날 그녀가 루시오에게 했던 말도 까맣게 잊어버렸는지, 마치 버림받은 비운의 여주인공 같은 태도를 보였다. 그때의 일을 똑똑히 기억하고 있던 루시오로서는 지금의 상황이 더없이 씁쓸했고, 페트리지아는 조금이라도 빨리 이 상황을 종결짓고 싶었다. 그녀가 엄숙한 목소리로 선언했다.

"그렇다면 황후의 이름으로 로즈몬드 메리 룬 에틸레르에게 사형을 선고한다. 사형 집행일은 이틀 후. 또한 그녀는 이 시간부로 에틸레르의 성을 쓸 수 없고, 만일 에프레니 가문에서 그녀를 파양하지 않는다면 에프레니 가문 또한 처벌을 피할 수 없을 것이다."

페트리지아는 그런 다음 미르야를 통해 에프레니 가문의 입장을 알아 오라고 지시했다. 재판은 이것으로 끝이었다. 로즈몬드는 사형선고를 받았고, 이틀 후면 그녀는 형장의 이슬로 사라질 것이었다. 이 사실에 로즈몬드는 날카로운 비명을 질렀다.

"꺄아아악! 아니야! 아니라고!"

그녀는 황후가 되어야만 했다. 아니, 황태후가 되어야만 했다. 그래서 아무도 그녀를 넘볼 수 없도록 해야 했다. 형장의 이슬? 그건 자신의 것이 아니었다. 페트리지아의 것이었다. 그녀는 억울하다는 표정으로 끝까지 항변했다.

"난 억울해! 억울하다고!"

하지만 로즈몬드의 외침은 이제 의미가 없었다. 이미 재판은 끝났고, 사람들은 간교한 악녀의 추태를 구경했다. 간수 두 명이 그녀를 다시 잡고 마차 안으로 집어넣었다. 로즈몬드는 이제 공식적인 사형수였다. 페트리지아는 그녀가 마차 안으로 질질 끌려가는 모습을 관망하듯 바라보다 곧 피곤한 표정으로 한숨지었다.

한편 페트로닐라는 제르비아넨 광장에서 로즈몬드의 재판을 구경하는 대신 에프레니 공작저를 방문했다. 저택 안은 평소와 다름없는 분위기여서, 페트로닐라는 그날 오전, 페트리지아가 보내온 소식-공작부인이 이혼 신청을 했다는-을 듣지 못했더라면 이 집에 무슨 일이 있었는지 아무것도 눈치채지 못했을 것이라고 생각했다.

집사가 그녀를 응접실로 들였고, 곧이어 에프레니 공작부인의 모습이 나타났다. 그녀가 얼른 일어나 그녀에게 인사를 건넸다.

"에프레니 공작부인. 오랜만에 뵙습니다."

"레이디 페트로닐라."

마지막으로 본 지가 며칠밖에 안 되었는데도 불구하고 그녀의 얼굴은 며칠 새 많이 상해 있었다. 그 모습에 페트로닐라가 안쓰럽다는 듯한 얼굴로 그녀에게 안부를 물었다.

"괜찮으신가요? 전에 뵈었을 때보다 더 힘들어 보이시는 군요."

"근래에 일이 많았지요."

에프레니 공작부인은 그렇게 말하며 시녀에게 차를 두 잔 부탁했다. 달콤한 오렌지 밀크티였는데, 평소 쓴 차만 마시는 에프레니 공작부인의 취향을 고려했을 때 일반적인 일은 아니었다. 페트로닐라는 그녀가 아닌 척하면서도 속은 매우 심란하다는 것을 깨닫고선 속으로만 고개를 끄덕였다. 그럴 테지. 남편이 자신을 강간해 결혼했다는 사실을 알고 어떤 여자가 마음이 안 복잡하겠어?

"표정도 어두우시고."

"내가 오늘 오전에 이혼 신청을 했거든요."

"저런."

페트로닐라가 전혀 몰랐다는 듯 천연덕스럽게 물었다.

"어쩌다가 그런 일이……"

"이야기를 하자면 길고요."

에프레니 공작부인은 그 이상의 이야기를 하는 것을 피했다. 물론 페트로닐라는 에프레니 공작부인이 말하지 않은 내용을 알고 있었지만, 입을 다물어주기로 했다. 사람이라면 누구나 하나쯤은 들키고 싶지 않은 치부를 가지고 있는 법이고, 더군다나 페트로닐라는 이미 그 비밀을 알고 있었으니까. 그걸 굳이 꼬치꼬치 캐물어 드러낸다는 것도 꽤나 잔인한 일이다. 더구나 이미 그 사실로 마음의 상처가 컸을 인물에게.

"그럼 전하께서는……"

"이혼 접수는 빨리 될 거예요. 아까 시녀가 말하길, 폐하께서 긍정적으로 검토하고 계시다고 하더군요. 그 사람은 지금 자기 동생의 영지로 내려갔어요."

그가 자의로 갔을 리는 만무하고, 에프레니 공작부인이 이 집에서 그를 쫓아냈을 것이다. 그녀가 말했다.

"차기 에프레니 공작은 내 이종 사촌이 될 거예요. 영특하다고 가문 내에 소문이 자자하니 잘해내겠지요."

"그렇다면 부인께서는 대부인으로 물러나시는 건가요?"

"네. 하지만 후회는 없답니다."

그녀가 씁쓸한 표정으로 설명을 보탰다.

"이 나이에 다른 남자에게 시집갈 수도 없는 노릇이고, 이미 내 하나뿐인 아들은 죽어 차가운 흙에 파묻혔으니까요."

그렇게 말하는 그녀는 처음보다는 안정된 감정 상태를 보였지만, 페트로닐라는 그녀의 마음속이 여전히 불모지와 같다는 것을 눈치채고선 안타까운 표정을 지었다. 그 표정을 본 에프레니 공작부인이 말했다.

"나는 괜찮지 않아요, 그로체스터 영애. 하지만 그마저도 어쩔 수 없는 일이라고 생각하면 그나마 마음이 편하답니다."

"……."

"난 늘 최선을 다해요. 그 남자와의 결혼 생활에서도, 내 아들과의 관계에서도 늘 최선을 다했어요. 결과가 둘 다 좋지 않게 끝났지만, 비단 내 탓만은 아니겠지요."

"부인……."

그때, 누군가가 응접실의 문을 두드렸다. 이어서 시녀의 목소리가 들렸다.

"마님, 황궁에서 사람이 왔습니다."

"누가 왔다는 거냐."

"미르야 프린스키 부인입니다."

"프린스키 후작부인이? 무슨 일이냐."

"에프레니 공녀의 일로 오셨다고 합니다."

에프레니 공작부인은 그 말에 살짝 인상을 찡그렸다. 그녀가 페트로닐라에게 양해를 구했다.

"황후 폐하께서 사람을 보내신 모양입니다."

"아마 에프레니 공녀의 파양 건으로 프린스키 부인을 보내신 걸겁니다."

페트로닐라가 놀라지 않으며 말을 맺었다.

"저는 이만 가보는 것이 좋겠군요. 황후 폐하께서 찾으시겠습니다."

"네, 영양. 다음번에 또 방문해주길 바라요. 나는 이제 너무나도 적적하니까."

"그렇게 할 수 있도록 하겠습니다, 에프레니 부인."

페트로닐라는 정중하게 인사를 남긴 뒤, 응접실의 유리문을 열었다. 그녀는 나가면서 미르야와 눈이 마주쳤고, 시선을 교환하며 고개를 끄덕였다. 모든 일이 잘되어가고 있다는 신호에 페트로닐라는 작게 미소 지었다.

미르야가 페트리지아를 보좌하는 일 외에 황궁을 비우는 것은 이례적인 일이었으나, 이번에는 사안이 사안인 만큼 그녀가 직접 움직였다. 미르야를 본 에프레니 공작부인이 그녀에게 말했다.

"어서 오세요, 프린스키 부인. 아주 오랜만에 보는 것 같군요."

"네, 에프레니 부인 전하. 그간 격조하였지요."

미르야는 우아하게 자리에 앉았고, 곧 시녀가 페트로닐라의 것을 치우고, 미르야 몫의 오렌지 밀크티를 따로 가져다주었다. 공작부인은 페트로닐라 때와는 달리, 이번에는 용건부터 캐물었다.

"무슨 일이십니까."

"아까 전 에틸레르 후작부인의 재판이 끝났습니다. 에틸레르 후작의 신분을 빼앗겼고, 이틀 후 사형입니다."

"일이 매우 빠르게 진행되네요."

"대역 죄인의 처벌을 늦출 이유가 없으니까요. 부인께서도 오늘 일이 있으셨다고 들었는데……."

"그 이야기는 하지 않는 것으로 하지요."

"네, 부인. 그것 때문에 찾아온 것은 아니니까요. 불쾌하셨다면 송구합니다."

미르야가 예의 바르게 사과한 다음 그녀에게 방문 목적을 알렸다.

"황후 폐하께서는 이번 사태에 매우 진노하셔서, 만약 에프레니 공녀를 파양하지 않는다면 에프레니 가문 역시 공녀의 친정 가문으로서 처벌을 피하기 어려울 것이라고 경고하셨습니다."

"부인도 알고 계시겠지만 내 남편은 곧 에프레니 공작이 아니게 됩니다. 에프레니 공녀는 순전히 내 남편의 의지로 들인 딸이에요. 나와는 무관한 일입니다."

"부인, 그렇다면 그 말씀은……."

"황후 폐하의 진노를 감당하면서까지 내가, 그리고 에프레니 가문이 레이디 로즈몬드를 감싸줄 생각이 없단 말입니다, 부인. 파양을 하겠어요. 절차가 복잡합니까?"

"아닙니다, 부인. 부인의 허락을 구했으니 절차의 복잡함은 그리 중요한 것이 아니랍니다. 폐하께 부인의 입장을 잘 말씀드리도록 하겠습니다."

"네. 신경 좀 써주세요, 부인. 제임스 헤드윅이 그간 폐하의 심기를 어지럽히는 일을 많이 해왔다고 들었는데, 괜히 폐하께서 우리 가문에 감정을 가지고 계신 것은 아닌지 우려스럽군요. 이제는 우리 가문의 일원도 아닌 자 때문에요."

"그 말씀을 폐하께 전해드리면 폐하께서도 이해하실 겁니다, 부인. 너무 염려 마세요."

"고마워요, 프린스키 부인."

"그럼 저는 이만 물러나보도록 하지요."

용건을 마친 미르야가 조용히 자리에서 일어났고, 에프레니 공작부인은 형식적으로 그녀를 붙잡았다.

"벌써요? 차를 아직 다 비우시지도 않으셨는데."

"황후 폐하께서 이 일에 신경을 많이 쓰고 계십니다. 얼른 가서 결과를 알려드려야 해서요."

"하긴. 그도 그렇겠군요."

에프레니 공작부인이 이해한다는 듯 고개를 끄덕였다.

"폐하께서는 좀 어떠십니까?"

"습격 당시 입으셨던 상처를 많이 회복하셨습니다. 걱정해주셔서 감사합니다."

"다행이네요. 조만간 시녀를 통해 상처 치료에 좋은 약초를 보내드릴 수 있도록 하겠습니다. 잘못 들인 딸아이 때문에 괜히 폐하께서 해를 입으셨군요."

"관심에 감사드립니다, 부인. 그럼 저는 이만……."

미르야는 우아한 걸음으로 문까지 물러났고, 소리 없이 문을 열어 나갔다. 응접실에는 이제 에프레니 공작부인밖에는 남지 않았고, 그녀는 이미 다 식어버린 밀크티를 끝까지 다 비우며 자리를 지켰다. 어차피 이 방을 나간다고 해도 그녀는 여전히 혼자일 테니까.

황궁으로 복귀한 미르야는 곧바로 페트리지아에게 공작부인과 나눈 이야기를 전했다. 원하는 방향의 답변을 받은 페트리지아는 그제야 마음을 놓았다. 이제는 정말 끝이 보였다. 미르야가 물었다.

"에프레니 공…… 아니 레이디 로즈몬드에게 이 사실을 전해야 겠지요?"

"그래야겠지. 그녀는 지금 어쩌고 있나?"

"심각하답니다."

미르야가 한숨을 내쉬며 고개를 저었다.

"심각해요. 난동이란 난동은 다 피우면서 자기는 억울하다고 고 래고래 소리를 지른답니다. 결국 참다못한 간수가 그녀가 먹는 밥 에 수면제를 타서 재웠다고 하더군요."

"죽는 순간까지 그러겠구나, 그녀는."

페트리지아는 착잡한 목소리로 중얼거리다가 곧 천천히 자리에 서 일어섰다. 라파엘라가 물었다.

"리지? 어디 가게?"

"그 소식은 내가 전하는 게 좋겠어. 마지막으로 할 말도 있고."

사형 하루 전에는 사형수와의 모든 접촉이 금지된다. 그러니 그 녀가 로즈몬드와 말을 섞을 수 있는 시간은 오늘밖에 없었다. 그녀 는 적어도 마지막으로 이야기 정도는 나누어야 한다고 생각했다. 물론 그녀의 생각을 들은 라파엘라와 미르야는 도무지 이해할 수 없다는 표정이었다. 그렇게 당하고도 뭐가 예뻐서 마지막 이야기 를 나누냐는 거였다. 그들의 반응에 페트리지아는 자신도 잘 모르 겠다고 대답하며, 힘없이 웃어버렸다.

"에프레니 공작을 불러! 에프레니 공작을 부르라고!"

한편 잠에서 깬 로즈몬드는 일어나자마자 소리를 지르기 시작했다. 페트리지아는 그녀가 악을 내지르는 소리를 감옥 입구에서부터 들을 수 있었다. 그녀는 웃음기 없는 표정으로 그녀가 가두어져있는 감옥까지 걸어갔다. 로즈몬드는 페트리지아를 발견하고선 더욱 크게 소리를 질렀다. 고막이 아파올 정도의 크기에 모두가 인상을 찡그리며 귀를 막았다.

"네가! 네가 나한테 이러고도 무사할 것 같아?"

"무사하지. 나는 이 나라의 황후고, 너는 내일모레 사형당할 사형수니까."

그렇게 말하는 페트리지아의 목소리에는 어떠한 조롱조도 없었고, 웃음기도 없었다. 그저 진지한 말투와 표정으로 그녀에게 마지막 말을 남길 뿐이었다.

"에프레니 공작은 찾아봐야 무의미해."

"왜! 네가 뭔데 내게 그런 말을……!"

"에프레니 공작부인이 그가 자신을 강간해 결혼했다는 사실을 알아버렸어. 공작부인은 이혼을 신청했고, 에프레니 공작, 아니 제임스 헤드윅은 동생의 영지로 내려갔지. 나는 최대한 빨리 두 사람의 이혼 절차를 마무리할 생각이고, 그럼 이제 그는 더 이상 제국의 삼재상이 아니야. 그저 헤드윅 남작가의 일원일 뿐이지."

"너……!"

아무도 모를 것이라 생각했던 비밀이 탄로 나자, 로즈몬드는 어안이 벙벙해진 표정으로 물었다.

"너 어떻게 그 사실을……!"

"어떻게 그 사실을 아느냐고."

페트리지아는 담담하게 말을 이었다.

"그것만 아는 건 아냐. 네가 뭘 빌미로 제임스 헤드윅을 협박했는지도, 제임스 헤드윅이 어떻게 재상이 되고 공작이 되었는지도 나는 알고 있어."

"그걸 어떻게 알아? 그건 나하고 재니만……!"

"그래."

페트리지아가 그녀의 말에 긍정했다.

"너와 재뉴어리만 아는 사실이지. 알고 있는지 모르겠지만 재뉴어리는 덕분에 제임스 헤드윅과 함께 쫓겨났어. 다섯 살도 안 된 어린 아들과 함께 무일푼으로 말이야."

"……."

"에프레니 공작부인이 널 파양했어. 이제 너는 더 이상 에프레니 공녀가 아니야."

"……."

"에프레니 공작이 네게 협조하지 않으면 모든 진실을 까발릴 생각이었겠지. 하지만 이제는 그마저도 의미 없어. 공작은 이제 잃을

게 더 이상 남아 있지 않거든."

"그렇다고 하더라도 그 남자를 상처 입힐 수는 있겠지."

"……."

로즈몬드의 말에 페트리지아의 표정이 어두워졌다. '그 남자'는 루시오를 의미했다. 그녀가 짤막하게 경고했다.

"그러지 마."

"왜?"

로즈몬드가 웃기다는 듯 그녀에게 물었다.

"말해봐. 너 설마 그 남자를 좋아하기라도 하는 거야? 정신 차려! 그 남자는 살인마야. 친모를 제 손으로 죽인 패륜아라고."

"그 상황을 직접 겪지 않았다면 그 남자를 비난할 수 없다고 생각해. 로즈몬드, 너도 널 강간한 이복형제에게 복수했잖아? 그럼 너도 알 텐데. 그에게 함부로 돌을 던질 수 없다는걸."

"그래서 그 남자를 좋아하기라도 하는 거야? 멍청하긴!"

"폐하를 좋아한다고 말한 적은 없어. 나는 그저 그를 연민할 뿐이야."

"연민!"

로즈몬드가 푸하하 웃음을 터뜨렸다.

"그 남자를 연민하다니 너도 제정신이 아니야. 어떻게 그런 일을 겪고도, 그가 무슨 짓을 했는지 누구보다도 잘 아는 네가……!"

"그만해, 로즈몬드. 그 이상은 네가 참견할 바가 아니야. 네가 만약 그 앞에서 함부로 주둥이를 놀려댄다면, 그 입이 벌어지기 전에 내가 네 목을 칠 거야."

"너……."

로즈몬드가 분노한 음성으로 그녀에게 물었다.

"도대체 내게 왜 이러는 거야?"

"왜 이러는 거냐고."

페트리지아가 이제는 황당하지도 않다는 듯 차분하게 대꾸했다.

"그걸 묻고 싶은 건 나야. 너는 가만히 있는 나를 계속해서 찔러 댔잖아. 나는 네게 이럴 마음이 별로 없었어. 그저 조용히, 이름뿐인 황후로서 살다 가는 게 목표였지."

"……."

"네가 날 이렇게 만들었어. 그러니 로즈몬드, 나는 네게 이럴 자격이 있겠지."

"이름뿐인 황후, 하! 참으로 고귀한 소리를 하는군."

로즈몬드가 조소하며 페트리지아를 조롱했다.

"그 자리, 제국의 모든 여성이 갈망하고 우러러보는 자리야. 그런 자리에 앉아 그냥 이름뿐인 황후로 있다 가겠다고? 웃기는 소리 하지 마. 그런 게 어디 있어!"

"모두가 너처럼 생각하는 건 아니니까. 뭐, 대부분은 그렇게 생각할지도 모르겠지만, 적어도 나는 아니었어."

페트리지아가 담담하게 모든 상황을 종결지었다.

"모든 게 다 끝났어."

"아직 끝나지 않았어."

로즈몬드가 어림도 없다는 듯, 표독스러운 목소리로 페트리지아에게 쏘아붙였다.

"황손을 임신한 여자는 죽일 수 없어."

"지금에 와서 폐하의 아이를 가지기라도 하겠다는 말이야? 임신 판정을 받으려면 못해도 일주일은 필요해. 넌 내일모레 사형이고. 무엇보다 아무도 믿어주지 않을 거다. 어리석은 생각하지 마."

"난 살아야 해. 이대로 죽을 수는 없어!"

로즈몬드가 흉흉하게 눈을 뜨고선 확고한 목소리로 말했다.

"난 반드시 황태자를 낳아서 황태후가 될 거야. 아무도 나를 무시하지 못하게 만들 거야. 아무도 내게 함부로 대하지 못하게 할 거라고!"

"……로즈몬드."

페트리지아가 조용히 그녀를 불렀다.

"네가 지금 살 수 있다고 해도 황태후는 될 수 없다는 소리야."

"웃기지 마. 네가 뭔데……!"

"넌 불임이거든."

"……."

그 한마디에, 로즈몬드의 표정이 그대로 멈추었다. 그녀가 믿을 수 없다는 목소리로 물었다.

"뭐……?"

"너는 불임이라고."

"웃기지 마. 네가 뭔데 그런 걸 멋대로 판단해? 불임은 내가 아니라 너야. 석녀는 내가 아니라! 너라고!"

"맞아. 나는 아이를 가질 수 없는 몸이지."

페트리지아가 건조하게 말했다.

"하지만 그건 너도 마찬가지라니까?"

"무슨 헛소리야? 증거 있어?"

"그래."

페트리지아가 감흥 없는 표정으로 대답했다.

"내가 증거야."

"그게 무슨 개소리……."

"내가 널 불임으로 만들었거든."

페트리지아는 아무렇지 않게 설명을 계속했다.

"얼마 전 내가 네게 선물했던 향수 기억해? 그 향수에는 불임을 유발하는 성분이 들어 있어. 브람스 제도에서만 나는 특이한 꽃으로 만든 거지."

"……."

"넌 좋다고 그걸 뿌렸겠지만, 그게 널 불임으로 만들었을 거야. 효과는 확실하거든."

"안 돼……."

로즈몬드가 허망한 표정으로 중얼거렸다. 페트리지아는 그 사실을 고백하면서까지 표정에 어떠한 감정도 드러내지 않고 있었다. 그녀가 감정을 절제하고 있다기보다는, 드러낼 만한 감정이 없었다. 페트리지아의 감정은 이미 가뭄을 맞은 호수처럼 메말라버린 지 오래였으니까.

"미안하게 생각하지는 않아. 너도 내게 한 짓이 있으니까."

"아…… 안 돼……."

"그냥 조용히 사라져. 아무것도 남기지 말고 그냥 가."

"안…… 안……!"

로즈몬드는 페트리지아가 밝힌 진실을 믿을 수 없는 듯했다. 그녀는 얼이 빠진 표정으로 계속해서 '안 돼'만 중얼거렸다. 로즈몬드에게 아이란 그녀의 신분을 역전시키고 지위를 공고히 할 가장 확실한 카드였다. 물론 죽음을 앞둔 마당에 그런 게 다 무슨 소용이겠냐만, 그녀는 그 사실과는 별개로 자신이 아이를 낳지 못한다는 사실이 크나큰 충격으로 다가오는 듯했다.

"안 돼애!"

로즈몬드는 마침내 머리를 쥐어뜯으며 발작적으로 소리쳤다. 불쌍하게도 그녀는 진실을 감당하지 못하고 미쳐버린 듯했다. 악 지르는 소리가 간헐적으로 페트리지아의 고막을 괴롭혔다. 간수들이 달려와 로즈몬드의 입에 재갈을 물렸고, 페트리지아는 그 모습을 무감정한 눈빛으로 바라보다가 천천히 걸음을 옮겼다.

모든 게 끝났다. 페트리지아는 오랜 시간 그녀를 괴롭혔던 지긋지긋한 정적이자 연적에게 안녕을 고하며 조용히 감옥을 나갔다.

"잘 가."

부디 이것으로 모든 악연의 굴레에서 벗어날 수 있길.

그로부터 이틀 후 로즈몬드의 처형식이 이루어졌다.

수도 카우드에는 아침부터 수많은 사람들이 몰려들었다. 늘 조용했던 황성은 답지 않게 북적거렸으나, 그 분위기는 결코 좋지 않았다.

황궁 근처 제르비아넨 광장에 위치한 처형장. 그 처형장 주변을 가득 에워싼 사람들. 그리고 중앙에 놓여 있는 을씨년스러운 단두대. 그 지척에서 황후 페트리지아는 자신의 남편인 황제 루시오와 함께 죄인의 처형을 기다리고 있었다.

"……."

"……."

페트리지아도, 루시오도 이 순간만큼은 서로에게 아무런 말도 하지 않았다. 그때, 옆에 있던 위더포드 공작이 큰 소리로 외쳤다.

"죄인을 들여라!"

공작의 커다란 목소리를 필두로 죄인, 로즈몬드가 처형장에 등장했다. 그 저주스러운 얼굴을 본 페트리지아의 얼굴이 순간 일그러졌으나, 곧 원래대로 돌아왔다. 그녀는 차분하게 로즈몬드의 모습을 살폈다.

산발의 머리에 다 해어진 흰 드레스를 입은 로즈몬드가 병사 두 명의 부축을 받으며 걸어 들어왔다. 그녀의 모습은 그 아름다운 얼굴마저 눈에 띄지 못할 정도로 피폐했다. 이틀 동안 자해라도 했던 건지 몸 이곳저곳에 손톱자국이 있었는데, 그중 가장 무섭게 다가왔던 것은 그녀의 표정이었다. 로즈몬드는 퀭한 눈으로 허공을 노려보고 있었는데, 그 모습이 꽤나 표독스러워 꿈에 나올까 두려울 정도였다.

"죄인 로즈몬드는 마비너스 제국의 황후를 해하려는 중차대한 죄를 지었던 바, 나 루시오 캐릭 조지 데 마비너스는······."

페트리지아는 그 말을 읊는 루시오의 목소리가 떨리고 있음을 눈치챘지만 아무 말도 하지 않았다. 그녀가 무의식적으로 입술을 깨물었다.

"황제의 이름으로 사형을 명한다."

파국은 다시 한번 찾아왔다. 페트리지아는 많은 것이 담긴 표정으로 눈을 감았다. 정말로 끝났다, 모든 것이.

"죄인의 처형을 시작하라."

페트리지아는 눈을 들어 도살장 끌려가듯 질질 걸음을 옮기는 로즈몬드를 쳐다보았다. 그녀의 얼굴은 자칫 아무것도 담겨 있지 않은 것처럼 보였으나, 페트리지아는 분명히 알아볼 수 있었다. 죽음의 문턱에서조차 포기하지 못한 미련과 분노. 그리고······.

'억울함.'

아아, 로즈몬드. 너는 무엇이 그리 억울했니. 정작 나를 해하려 하고 내 자리를 빼앗으려 했던 이는 너였는데, 도대체 무엇이 그렇게 억울했던 거니.

그때, 로즈몬드의 시선이 페트리지아를 향했고, 페트리지아는 놀라지 않은 채 그녀의 시선을 받았다. 그녀와 눈을 마주치자마자 로즈몬드의 눈빛은 더욱 날카로워졌다. 그녀는 죽음을 앞둔 순간에조차 페트리지아에 대한 증오를 숨길 생각 따위는 하지 않았다.

페트리지아는 담담하게 그녀의 시선을 전부 받은 다음, 루시오에게로 시선을 옮기는 로즈몬드의 얼굴을 끝까지 응시했다. 루시오를 쳐다보는 로즈몬드의 얼굴은 놀랍도록 차분했다.

페트리지아는 순간적으로 로즈몬드의 표정에 스친 죄책감을 읽어내고선 입술을 깨물었다. 결국 그녀는 끝까지 진실을 말하지 않았던 것이다. 페트리지아는 눈을 감지 않은 채 로즈몬드의 마지막을 똑바로 지켜보았다.

"꺄악!"

"흐악!"

로즈몬드의 목이 잘렸고, 사방에서 단말마의 외침이 터져 나왔다. 페트리지아는 입술을 피가 나도록 짓눌렀다.

모든 것이 끝났다. 로즈몬드는 죽었다. 페트리지아는 자신의 두 볼에 눈물이 흘러내리는 것을 느끼고선 조용히 눈물을 훔쳤다. 그녀를 위한 비극의 눈물은 이 두 방울을 흘려주는 것만으로 족하다.

페트리지아는 엄숙한 표정으로 눈을 감았다.

정말로, 모든 것이 끝났다.

백색의 드레스를 입은 페트리지아는 황후로서 입궁한 이후 처음으로 머리카락을 풀어 내렸다. 청록색의 머리카락이 구불구불 파도처럼 휘어져 내려 그녀의 어깨와 가슴 위로 떨어져 내렸다. 페트리지아는 검은 구두를 신고 중앙궁으로 걸어갔다.

"황후 폐하께서 오셨습니다."

"모시도록."

루시오의 목소리와 동시에 문이 열렸고, 페트리지아는 느릿한 걸음으로 방 안까지 걸어 들어갔다. 그녀의 얼굴에는 표정이라고 부를 만한 게 없었다. 루시오는 검은 제복을 입고 있었는데, 방 안으로 들어선 그녀의 모습을 보고 조금 놀라워했다. 그녀가 영양 시절을 제외하고선 머리를 푼 모습을 본 적이 없었던 탓이다. 그가 무슨 일이 있냐고 묻기도 전에, 페트리지아가 먼저 입을 열었다.

"황궁을 나가려고 합니다."

〈3권에서 계속〉

국립중앙도서관 출판시도서목록(CIP)

레이디 투 퀸. 2 / 지은이: 무소. — 고양 :
위즈덤하우스, 2018
    p. ;   cm

ISBN 979-11-6220-753-6 04810 : ₩13800
ISBN 979-11-6220-751-2 (세트) 04810

한국 현대 소설[韓國現代小說]

813.7-KDC6
895.735-DDC23   CIP2018022821

레이디 투 퀸 2

초판 1쇄 발행 2018년 8월 13일 **초판 3쇄 발행** 2020년 8월 18일

지은이 무소
펴낸이 연준혁

웹소설본부 본부장 이진영
책임편집 오가진
디자인 하은혜

펴낸곳 (주)위즈덤하우스 **출판등록** 2000년 5월 23일 제13-1071호
주소 경기도 고양시 일산동구 정발산로 43-20 센트럴프라자 6층
전화 031-936-4000 **팩스** 031)903-3893
홈페이지 www.wisdomhouse.co.kr

값 13,800원
ISBN 979-11-6220-753-6 04810
        979-11-6220-751-2 세트